JN158372

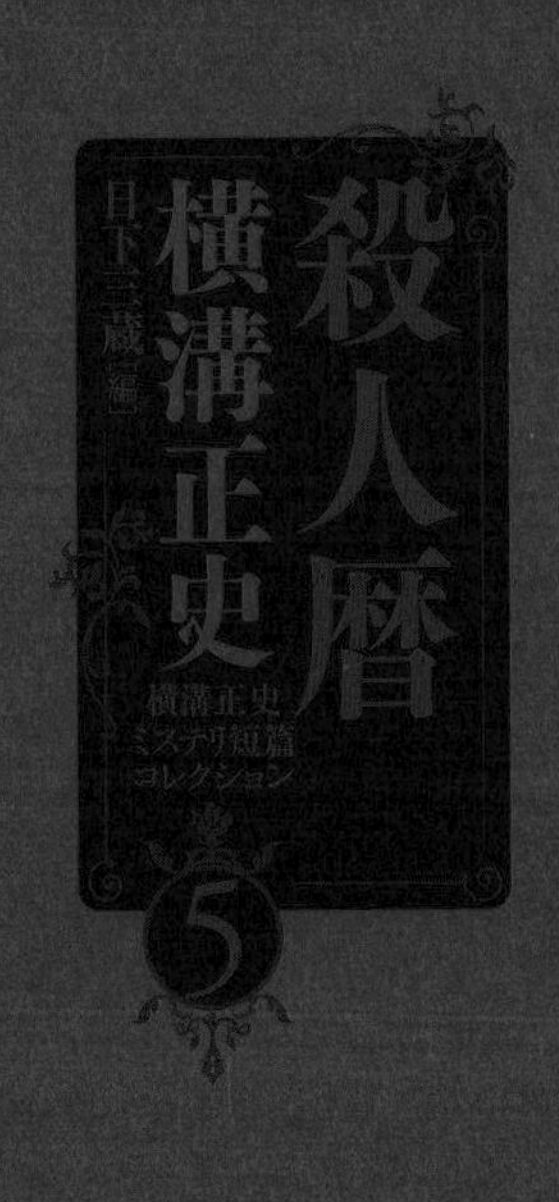

柏書房

目次

横溝正史ミステリ
短篇コレクション
5

殺人暦

富籤紳士

置きざりを食った並河三郎

到頭、並河三郎は置きざりを食ってしまった。

考えてみると、しかしそれも無理からぬ話だ。若い恋人同士が、殆ど食うや食わずで同棲している所へ転げこんで、殆ど三ケ月というもの、何もしないでごろ〳〵していたのだから、置きざりにされたとて、誰に恨みをいう訳にも行かなかった。

　それにしても朝木妻吉という男も、よくよく気の弱い人間に出来ていると見える。居候の彼に出て行ってくれという事が出来ないで、自分の方から家を捨てゝ逃亡してしまったのである。

　もと〳〵並河三郎と朝木妻吉とは、函館の中学にいた時分の同窓だったけれど、学生時代、級も違っていたし、朝木妻吉がうんと出鱈目の弥次大将だったに反して、並河三郎の方は級でも相当勉強家の、いわゆる小心よくよくの部類に属していたので二人はあまり深い交際をした事がなかった。

　それがどうしたものだろう、学校を出ると、後者の並河三郎は、下らない事から家を飛び出して、新聞記者になったり、新劇俳優を志願してみたり、そうかと思うと、画塾へ通ってみたり、そしてそれ等のうちどれも、一年と続いた事はないのだが、そういった風なぐうたらな生活に這入ってしまったに反して、かつては、級でも有名な弥次大将だった朝木妻吉のほうは、その後文学を志して、東京の私立大学の文科に這入ったが、そのうちに、現在の恋人さち子と恋に落ちて、学生の身分であるにも拘らず同棲しなければならない破目になり、今ではかなり神経質な生活をしていた。

二人はむろん、学校を出るとすぐその日から離れ離れになって、つい三ケ月程前に偶然神田のカフェーで出逢うまでは、一度だって落合った事はなかったし、ましてやお互いに、相手のことを思い出したりなんかしたことは、義理にだってなかったに違いない。でも感心に二人とも相手の顔を見忘れてはいなかった。

「やあ、並河君じゃないか」

最初に相手を認めて、そう声をかけたのは朝木妻吉だった。彼はそのことを後々まで執念深く後悔した。

「おや、朝木君」

並河三郎もすぐに、かつての野次団長の顔を思い出した。

「君が東京へ来ているということは、誰かから聞いていたが、どうしているんだね」

朝木妻吉はほかに連れとてもなかったので、並河三郎の卓子に椅子を引寄せて、向い合せに腰を下ろした。

「何さ、どうもこうもないよ、すっかり弱っちまってるんだ」

並河三郎は耳の上まで垂れかゝっている長い頭髪を、左手の五本の指で掻上げながら、癖で、ちらりと上眼使いに相手の顔を見上げた。

丁度その日の朝彼は、もう半年あまりも支払いを滞らせている下宿の亭主から、三日の後には、厭が応でも部屋を開けて貰わねばならぬと、厳しく談じこまれて、すっかり自棄になっている所だった。

「そいつは困ったね、で、下宿を出て、どこかほかに行くところがあるのかい？」

朝木妻吉は、相手の話に釣込まれて、思わずそう親切に問いたゞした。

「それがないんだよ、何しろ一文なしじゃどこの下宿だって置いてくれやしないよ、荷物でもあればいいんだがね、生憎のところ、目ぼしい物はみんなくらへ這入っているんでね」

「でも、誰かいるだろう、先輩とか友人とか……」

「駄目だよ、誰だってこう尾羽打枯(おはうちか)らしちゃ寄附(よりつ)きもしてくれないよ」

並河三郎は、ぐび〳〵と一杯のビールを一息に飲みほすと、がちゃっとそのコップを卓子(テーブル)の上に置いて、自棄(やけ)くそになったような笑い声をあげた。

朝木妻吉は、しばらく黙って相手の顔をみていた。それから慰(なぐさ)めるようにいった。

「いゝよ、いゝよ、まあ何とかなるよ。どうにも仕様がなかったら、僕んとこへでも来給え」

むろんそれは衷心(ちゅうしん)からいったわけではなかった。その場の空気が、何かこう、そういわさずに置かなかったのだ。この事についても彼は、後々まで後悔の臍(ほぞ)をかんだ事である。

「え？　君とこへ転げ込んでも構わないかい？」

すると相手は、その言葉を真正面から受けたらしく、鳥渡卓子(ちょっとテーブル)の上から体を乗り出すようにした。

「いゝとも」とはいいながら朝木妻吉は鳥渡心細くなって、「尤(もっと)もあんまり長くちゃ困るがね、こちらも何しろ貧乏世帯(じょたい)の事だから」

と、その終りの方を笑いで誤魔化(ごまか)してしまう事を彼は忘れはしなかった。

ところが驚いた事には、それから三日目の夕方ごろ、並河三郎がひょっこりと、彼の家へやって来たのである。

むろんその時分には、朝木妻吉は、そんな話があった事をけろりと忘れていた。現に恋人のさち子にすら、一言(ごん)もいっていなかったくらいである。だからその日並河三郎が、一物も持たずに、その昔の名残(なごり)りの油絵具でどろ〳〵になったカーキ色の洋服姿で、ぶらりと彼の家へやって来たとき、彼ははっと心臓が固まるような思いがした。

「や、や」と彼は、咽喉(のど)に棒が支(つか)えたような気持で、うまく物がいえなかったくらいである。

「よ、よく来たね」

頬(ほお)の筋肉が歪(ゆが)んでしまうような笑顔をしながら、それでも、漸(ようや)くこれだけの事をいった。

「いや、あんまりよく来ないんだよ。実はこの間も話した通り、今日到頭下宿屋から追出されてね、ほかに行くところもないから、一応君に相談しようと思って来たんだよ」

「そうかい、それはよく来た、まあ上り給えよ」

　朝木妻吉は、腹の皮が冷たくなるような気持ちを、強いて相手に覚られまいと努力しながら、早口にそういった。

「上ってもいゝのかい?」

　並河三郎は猾るそうな笑い方をしながら奥の方を覗き込んだ。

「いゝよ、構やあしないよ、今生憎マダムは買物に行って留守なんだがね、すぐ帰って来るよ」

「そうかい、じゃすまないけど、ちょっと失敬しよう」

　そして並河三郎は、三畳と六畳の二間しかない朝木妻吉の家へ上り込んだのだが、その「鳥渡」を到頭三ケ月にまで引伸ばしてしまったのである。

親切にする高砂屋の女主人

　朝木妻吉の家は、彼が通っている私立大学の丁度裏手に当る、ごみごみとした路次の中にあるのだが、彼の家の真向いは、「結婚媒介所高砂屋」という看板を上げた家の、裏口と向い合っていた。

　並河三郎がそこに転げ込んでから、友人の朝木妻吉は学校へ行くとか、あるいは彼の唯一つの収入の途であるところのある小さな雑誌の原稿取りに廻るとか、印刷工場へ校正に出向くとかして、大てい家にいないし、彼の恋人のさち子は、大体並河三郎の存在そのものに対してヒステリーを起しているくらいだから、家にいても、口一つ利いてくれないし、だから彼は仕方なしに、半間の張出窓に頬杖を突いて、向いの高砂屋の裏口と睨めっこしていたのだが、そうしているうちに何時の間にやら、高砂屋の家の人と懇意になってしまった。殊に其処の主婦さんは、彼がすっかり気に入ったらしく、朝木妻吉夫婦には内密でこっそり彼を、晩飯に招待したりした。

それというのが、並河三郎は雪国産れだけあって、色は白いし、体つきはいゝし、つまり並々ならぬ好男子に出来ているからでもあるのだ。

「あんなヒステリーの家になんかいないでも並河さん、私の家へいらっしゃいよ。私ん家こうみえたって、あなた一人くらいいても食うに困るような事はありませんよ」

四十がらみの、でっぷりと肥えたお主婦さんは、酒が廻ると、なか〳〵に色っぽくなって来て、彼にもたれかゝるようなしなをしながらそんな事をいうのである。

それにはさすがの彼も大いに閉口するところであった。

ところが、到頭、朝木妻吉夫婦に置きざりにされてしまった翌日の事、すっかり気をくさらした彼は、二時ごろまで雨戸も開けずに寝ていたのだが、するとそこへ、その主婦さんがやって来たのである。

「まあ、どうしたんですよ、並河さん、朝木さんたちいないの？　表を今時分まで開けないもんだから、家の者みんな心配していたんですよ」

そういいながら、主婦さんは、たたきに立ったまゝ、六畳の方へ寝そべっている彼の方を覗き込んだ。

「どうもこうもありませんよ、まあこれを見て下さい」

並河三郎は枕もとにあった手紙を、主婦さんの方へぽんと放り出した。

「何よ？」

主婦さんは不思議そうにそれを手に取り上げた。

並河君。

君には気の毒だけれど、僕たち事情があってしばらく姿を、隠さなければならない。別に君を敬遠する訳ではないが、僕たちが困っている事は君も、万々承知のはずだ。何うぞ気を悪くしないでくれ給え。

朝木生

二仲、押入(おしいれ)の中に夜具と、それから当分君も困る事だろうから、さち子の着物と羽織(はおり)とを残して置く、それを何とか処分して、都合をつけてくれ給え。

「まあ」とお主婦さんは思わずとんきょうな声を上げた。「じゃ朝木さんたち、あんたを置きざりにしてしまったのね。道理で昨日(きのう)、あんたの留守中、何かごて〳〵していたと思った」

並河三郎は蒲団(ふとん)の中から首だけ出して、

「お主婦さんそれを見ていたんですか」

「えゝ、でもそんな事とは知らなかった。それにしても、よくまあ、誰にも内緒で、何もかも持出(もちだ)せたものね、きっと前から少しずつ何処(どこ)かへ運んでいたのに違いないわ。しっかりなさいよ、並河さん」

と、お主婦さんは到頭日和下駄(ひよりげた)を脱いで並河三郎の枕下までやって来ると、そこにべったりと坐り込んだ。

「僕、しかし……」と並河三郎はさすがに少し赤くなりながら、「何しろ、昨日六時頃帰ってみると、家の中は電気もついていず空家(あきや)みたいにがらんとしているんでしょう？　実際すっかり度胆(どぎも)を抜かれましたよ」

「そりゃそうでしょう？　誰だってびっくりしないではいられやしない。これというのも、きっとあのヒステリーの入智恵(いれぢえ)に違いないわ。朝木さん、まさか、そんな不人情な事が出来る人じゃないから……」

お主婦さんは感心したように、すっかり空家になっている家の中を、じろ〳〵見廻しながらいった。

「しかし、考えてみると無理もないんですよ。彼等二人でいてすら困っていたのに、僕みたいな人間が転げ込んで来たんですからねえ。それでもよく、三月(つき)も辛抱(しんぼう)したもんだと、今感心していたところですよ」

「それもそうね」

お主婦さんはそういいながら、眼を、並河三郎の被(かむ)っている夜具の上に落して、「それに夜具と、当座の食代を置いて行くなんて、鳥渡出来ない芸当だわね。で、その着物と羽織とはあったの?」

「ありましたよ」

「もう持って行った?」

「行きました。九円貸しましたよ」

並河三郎はにや〳〵しながらいった。

「そう、九円ありゃ、二三日はまあ……」

「ところが駄目なんです。もうすっかり使っちゃった」

「使ったって、みんな?」

お主婦さんはびっくりしたように眼を丸くして、並河三郎の顔を上から覗き込みながら、「みんな使ってしまったって?」

「えゝ、みんな……。実は昨夜、久振りのまとまった金だし、それに自棄くそも手伝ってね、遊びに行ったんですよ」

そして彼は、突然ハハハハハと面白そうな声を立てゝ笑ったのである。

「まあ、この人は!」

と、お主婦さんは、二の句もつげない形で、呆れ果てたように、笑っている並河三郎の顔をまじ〳〵と眺めていたが、「笑い事じゃありませんよ、一体それじゃ今日からどうするつもりなの? 若いからまあ、無理もないようなものゝ……」

「なに、いゝんですよ、世の中はまた何とかなりますよ」

皮肉でなしに、彼は天井の方を向いたまま、面白そうに笑っていた。

「呆れたよ、本当に。こんな人、私今まで見た事がないわ。――まあまあ」とお主婦さんは、何という事もなく立上って、台所から押入から、便所の中まで覗いて廻った揚句、「本当に何一つ残っちゃいない。仕方がないから、私ん家へいらっしゃい。如何に寝てるとはいえ、朝から何も食べないじゃ、さぞお腹が空いてるんでしょう。さあさあ、何をそんなに暢気そうに笑ってるのよ。本当に笑いごとじゃありゃしない」

そういいながらお主婦さんは蒲団の裾に手をかけると、うんと力を入れて、邪慳にそれをはぐってしまったのである。

さて切出された奇抜な相談

そんな事から朝木妻吉に逃げられた並河三郎は、今度は高砂屋へ転げ込む始末になってしまった。

さすがに彼も、鳥渡擽(くすぐ)ったい気持で、なか〳〵に居心地のいゝ訳ではなかったけれど、といって、ほかに何と仕様もなかった彼は朝木妻吉の家にいた時と同じように、毎日々々猫のように退屈しながら、何と日が経(た)つのは早い事だろうと考えていた。

一体に彼の良心は麻痺(まひ)してしまって、過去を振返ってみたり、前途を考えたりすることが出来なくなっていた。その点、現在の彼にとっては好都合であった。

それにしても、高砂屋のお主婦(かみ)さんは、一体どういうつもりで、彼みたいな厄介者(やっかいもの)を、我れから進んで背負うつもりになったのか、どう考えても彼には不可解であった。彼女がなか〳〵のしっかり者であることは近所の噂(うわさ)までもなく、彼もよく知っていた。

「あんたが何だか、他人みたいな気がしないでね、丁度あんたみたいな年ごろの息子を、一人ほしいほしいと思っていたところなんだよ」

と、お主婦さんはそんな事をいったが、いうまでもなくそれは、彼女の出鱈目(でたらめ)に違いなかった。

「まさか取って食おうとはいうまい、いずれ時機が来たら切出(きりだ)すに違いないから、まあそれまでは、せい〴〵彼女のために肥(ふと)って置く事だね」

彼もよほど出鱈目な人間に出来ていると見えるのだ。鳥渡もそんなことが気にならないばかりか、却(かえ)って何を切出されるか、いっそそれが楽しみなくらいだった。

すると果して、そうだ、それは彼がそこへ転げ込んでから半月ほど経った時分の事である。

「ちょいと並河さん」

と、いい忘れたが、そのお主婦さんにはむろん一人の亭主があるのだが、その亭主というのは、もう二年越しの中風(ちゅうぶう)で、奥の一間に横になったきりであった。だから晩飯の時は、いつも彼女と並河三郎の二人が差向いで、彼女が二合ずつ附ける晩酌を、彼も相手をさせられるのだが、その盃を彼に差しながら、さも改まった調子で、お主婦さんが切出したのである。

「そら、来たな」

そう思うと、さすがに彼は胸がどきんとして、思わず盃の酒を少しばかりこぼしてしまった。

「実はあんたに少々お願いがあるんだけど」

「お願いって？」

急に苦くなった酒を、鳥渡舌の先で舐めながら、彼の癖で、上眼使いでちらりとお主婦さんの顔色を窺った。

「別にそう大して難かしいことじゃないんだけどね、でもそのわけを聞かれると鳥渡こちらが困るのよ」

「へえ」並河三郎は馬鹿みたいな返事をした。

「明日ね、あんた朝少し早く起きて、散髪して風呂へ行っていらっしゃい、髪はそうねオールバックか何かにして、そう、アイロンをかけるのもいゝわね。つまり出来るだけハイカラになって戴くのよ。それから私と一緒に歌舞伎でも見に行きましょう」

「へえ」並河三郎は、成程わけが分らないので、そう返事をするより他に仕様がなかった。

「お願いって、お主婦さん、その事なんですか？」

「そうよ」

「一体何事があるんです。そんな事だと、寧ろこちらからお願いしたいところだな」

「何でもいゝのよ、あんたは私のいう通りにしていればいゝの。だからさっきいっといたでしょう、一切訳を聞いちゃいけないって？」

「それは分ってますがね、でも少々変だな。尤もいやな事なんか、決してないけれど、どうしてどうして、有難すぎて涙がこぼれるくらいですよ」

お主婦さんは、わざとおどけた調子でそんなことをいっている並河三郎を、じっと眺めていたが、

「本当にあんたは気楽でいゝね。だから私ゃあんたがすきなの」

そういって、何がおかしいのか、急にハアハア笑い出した。

その晩さすがに並河三郎は、早く寝ろといわれたにも拘らず、なか〳〵寝附かれないで、いろ〳〵とお主婦さんの言葉を考えてみた。

「お主婦さん。俺に惚れてるのかな」

　その考えは以前からあった事だけれど、その晩も先ず第一にそう考えられた。

　しかし、よく〳〵考えてみると、それは一番可能性が多そうにみえるが、それでいて、実は一番可能性が乏しいのだった。

「どうも分らんな、まあいゝや、明日になったら又凡その見当ぐらいはつくだろう」

　そして間もなく彼はぐっすりと寝込んでしまったのである。

　ところが、その翌日、お主婦さんの命令通り床屋へ入って、風呂へ這入って、すっかりいゝ男振りになって帰ってみると、もっと驚くべき事が、そこに待ち構えていた。

　何時の間に拵えたのか、尤も一週間程前に「並河さん、鳥渡あんたの洋服を貸して御覧」

とそういって、彼の洋服を一日程、何処かへ持って行った事があるが、その時、その寸法で注文したものに違いない、かなりきっちり身に合った新調の洋服が彼を待受けていた。

「並河さん、鳥渡これを着て御覧、よく身に合うかしら」

「え？　これを僕が着るんですか？」

「そうよ、ネクタイもカラーも揃えてあるでしょう、外套も今持って来るはずだから、さあ、何を愚図愚図しているの、一々私の顔を見なくってもいゝじゃないの、ちゃっちゃっと身に附けるんですよ」

　そういいながら、彼女自身もせっせと一張羅の着物と着更えていた。

　並河三郎は、龍宮へ着いた、浦島のような気持ちで、でも心の中ではさすがに、並々ならず不気味に感じながら、お主婦さんの機嫌を損ねないうちにと、その洋服に手を通しはじめた。

「まあ、いゝわね」

　お主婦さんは、女中に手伝わせて帯を締めながら、口と顎で、一つ一つ彼の世話を焼いていたが、やがて彼がすっかり身支度をととのえた所を見ると、思わずそう感嘆の声を放った。

「そうしてると、縦から見ても横から見ても、とても立派な紳士にみえるわ、あんた此処へ来て鏡を覗いて御覧、本当に、私ん家の居候には惜しい標致だよ」

　成程、お主婦さんのいうのは嘘ではなかった。もと〳〵好男子の上に姿がよいので、洋服がすっかり身について、白い襟巻に、皮手袋をはめ、帽子を鳥渡斜に冠って、細身の杖を握ったところは、どうしてなか〳〵さっそうたるモダン・ボーイの姿だった。

「あゝ、そう忘れていた。その鏡台の抽斗に、ひなげしの造花が這入ってるから、それを忘れないで胸に附けて行っておくれね」

　お主婦さんも漸く拵えが出来上ったと見える。もう一度姿見に後姿を写して見ながら、並河三郎にそういった。

悲しき十二人の富籤紳士

　そんな事があってから、その後一週間程の間に、並河三郎は三度お主婦さんのお供をしなければならなかった。一度は帝劇へ、一度は松屋へ買物に、そして一度は井の頭公園へであった。

　いつの場合でも、彼は美しく着飾って、胸にひなげしの造花をさし、唯黙々とお主婦さんのお供をするだけであった。それだけで、何かしらお主婦さんが秘密に持っている用は足りるらしかった。

　並河三郎は内心薄気味悪くないこともなかったが、どうせ世の中は成るようにしかならないのだという、彼一流の哲学からお主婦さんに誘われると、いやな顔一つせずに、むしろ喜んでお供をしたぐらいである。

　さて、そうした一週間がすぎて、ある日、また例の晩酌の時に、お主婦さんが急に改まって切出したのである。

「並河さん、私鳥渡あんたにお願いがあるんだけど」

「何です、遠慮なく仰有って下さい、お主婦さんには種々と御厄介になっているんだから、どんな事でもしますよ」

「そう、有難う、時にあんた、このごろ私が始終あんたを連れて芝居見物をしたり、買物に行ったりする理由が分っていて？」

　無論分りません、と、並河三郎は応えた。不思議に思っていたところです、とそれに附加えた。

「そう、分らないのは当然だわね、実は、内緒にしていたけど、あんたの体を是非借りなければならない事があるの」

　お主婦さんはさすがにいい難いと見えて、

「まあ一つお飲りな」

　と並河三郎に盃を差して置いて、さて、

「並河さん、あんたお金儲けがしたくない？」

　と切出したのである。

「したいですなあ、大いに」

「いや、これは冗談じゃない、本気なの、あんたが承知さえしてくれりゃ、一万円儲かる仕事があるんだけど、いえ、私じゃない、あんたが儲けるのよ」

「へえ？」

　並河三郎は盃を置いて、まじまじとお主婦さんの顔を眺めながら「一体どんな仕事なんです、そいつは？」

「別に仕事って程、大したものじゃないんだけど、時に……」とお主婦さんは、急に又語調をかえて
「並河さん、あんた結婚しない事？」と切出した。

　成程、そうかと、並河三郎は始めて心に頷いた。この間からの総てが分ったような気がした。一万円の持参金を持っている娘と結婚しろというのに違いない。そしてこの間からの事は、みんな態のいゝ見合いみたいなものだったのだ。

「しますよ、しますよ」と彼は何だか、考えていると、その持参金が逃げて行きそうな気がしたので、周章ていった。「一万円の持参金があるんなら、どんな娘とでも結婚しますよ」

「違うよ、誰が持参金なんか、持って来るものかね。

持参金はお前さんの方が持って行くのよ」

「え？　何ですって？　僕が？」

と、並河三郎が矢継早にそう訊ねるのをお主婦さんは抑えつけるようにして、次のような変てこな話を語り出したのである。

――実はね、私達のような職業をしている者が十人程集って、富籤結婚倶楽部というものを作っているの、むろん、おかみには内緒よ。で、その富籤結婚というのは、どんなことをするのかというとね、未婚の、なるべく、縁遠そうな女ばかりを勧誘してね、富籤を買わすのよ。一枚が百円でね、千人の会員を、私たち十人が分担して勧誘することになってるの。百円が千人だから都合十万円集まるわけだわね。その金をどうするかというとね。当り籤を十二枚拵えておいて、当った女にみんな分けてしまうのよ。でも、唯それだけじゃないのよ。その金につけて、男、つまりお婿さんを一人宛つけてやる事になってるの。むろん、会員にとっちゃ、お金よりお婿さんの方が目的だから、それだけいつも、お婿さんの選定は難しいの。今度も十二人極っていたんだけど、その中の一人が間際になって自動車に轢かれて、顔にひどい怪我をしたの、すると会員たちは、あんなひどい男なんかお婿さんに持ちたくないといい出してね、で、仕方なしに、差当りその代りを出さなければ、脱会するという者さえ出て来たので、あんたに出て貰う事になったのよ。幸い、この間、顔を見せて廻ったところが、あんた大した評判よ、あの男が一番いゝって、ほかの十一人よりあんたが一番いゝって噂よ。ちょいと並河さん、お奢んなさいよ。

――

並河三郎は、さすがに彼のような出鱈目な男でも、内心思わず舌を巻かずにはいられなかった。富籤で良人を選ぶ、しかもそんな女が千人もいようとは、何かしら彼はあさましい物をでも見るような気がした。

「で、そ、その、富籤は一体いつあるんですか？」

「明晩、八時から××ホールで、表向きは婦人会という事になってるの。一番おしまいの富籤もだから、唯鳥渡した余興みたいにしてやるのよ。尤もあんた達、富籤紳士はその前に、みんなマスクをかけて、舞台から会員たちに挨拶しなければならないのよ」

おや〱、と彼は内心少からず閉口したことだけれど、根が出鱈目な男なので、

「ぼ、僕、や、やります」

と断乎として答えたのである。


さて、その当日のことである。

さすがに出鱈目男の並河三郎も、ホール一杯に満ち溢れた物凄い女の顔の海を見た時には、どんなにたえようとしても、細い慄えが、後から後からと這い上って来て止まらなかったのである。

琵琶だの、落語だの、講談だの、そういった風な子供だましの余興が一通りすんで、さてその後が、十二人の富籤紳士たちが挨拶する番である。みんなマスクをかけているのでお互い同士、はにかむような事はなかったが、その代り、少からぬ敵意と嫉妬が、めい〱の胸に燃え上っている事はたしかだった。

「さあ、皆さん、しっかりして下さいよ。一号さんから順々に舞台に出て下さい」

幹事らしい年増の女が、命令するようにいった。

並河三郎は第十二号の番号札が胸に懸っていたので挨拶するのも、一番最後であった。第一号君が幹事に連れられて舞台へ出て行くと、それこそ小舎の割れそうな烈しい拍手がそこに起った。中には、

「いよう、色男！」だの、

「女殺し！」だの、
女だてらに、黄色い声を挙げて怒鳴る者さえあった。第一号君はすっかり面喰ってどぎまぎしているらしく、何か低い声で話をしているようだったが、さっぱり訳が分らなかった。間もなく彼は、真蒼な顔をして、よろ〱よろめきながら舞台裏へ帰って来た。

彼が帰って来ると、第二号君がすぐに舞台の上へ引張り出された。

そういう風にして、第一号より第十号まで代る代

る、それでも無事に挨拶を済ます事が出来た。中には勇敢に、朗々たる声を張上げて、自分の姓名素姓を名乗る富籤紳士もあった。

「あゝ、到頭この次は俺の番だな」

並河三郎は体が熱くなったり、寒くなったりするのを覚えた。すっかり汗ばんだ手をしきりに擦り合わせていた。

するとその時である。舞台の方から、突然彼の聞き覚えのある声が聞えて来たのである。

「親愛なる皆さん！」

と、その声は、咽喉が裂けそうな調子で先ずこう叫んだ。「私がこの中の女性のどの人と結びつけられるかも知れませんが、その女性よ、何卒私を愛して下さい。私はどんな事でもします。嘘ではありません、現にこの間まで、私はそうしていました。それだのに、それだのに皆さん、その恋人は私一人を置きざりにして逃げてしまいました。えゝ、逃げてしまったのであります」

烈しい女の弥次声が響き渡った。

あゝ、やっぱりあの男だ！

そう思っている瞬間、高砂屋のお主婦さんがばたばたと彼の方へ駆けよって来た。

「並河さん、並河さん、私びっくりした、あれ朝木さんよ、ね、朝木さんよ」

「そ、そうです、朝木妻吉です」

突然並河三郎のマスクは、涙でびっしょり濡れて来たのである。

生首事件

恐ろしき小包

和泉屋(いずみや)総兵衛(そうべえ)は、しがみ火鉢(ひばち)によりかゝって、ぼんやりと煙草(タバコ)をくゆらしながら、ポカポカと暖かそうな日の当った往来を見ていた。

日中の二時頃のこととて、店は一番閑散(かんさん)な時刻である。

四五日前に降積(ふりつも)った雪も、昨日今日の陽気の為に、往来の方はすっかり解(と)けている。和泉屋と白く染抜(そめぬ)いた紺(こん)の暖簾(のれん)に、春を思わせるなごやかな陽差しが当って、暗い家の中からそれを見ていると、じいんと頭が重くなって来るくらい。

総兵衛は鉄縁(てつぶち)の眼鏡(めがね)を外すと、その玉を拭(ぬぐ)いながら、

「長吉(ちょうきち)！　長吉！」

と小僧の名を呼んでみた。

返事はない。

つい先程迄(まで)、往来の方で犬を追いかけたりして遊んでいた姿が見えていたのに、そのまゝ何処(どこ)かへ行ってしまったのだろう。然(しか)し総兵衛は、別段大した用事もなかったと見えて、いつものように癇癪(かんしゃく)も起さず、そのまゝ又火鉢にしがみつく。すると其(そ)の時、

「お父さん、今何か言って？」

と奥の方から娘のお玉(たま)が顔を出した。

「いゝや、何……」

総兵衛は何か深い思案に捉われていたところだったと見えて、娘の声にびっくりしたようにびくりと半身を挙げた。

「でも、今何か言っていたじゃないの」

「何さ、長吉の奴を呼んでみたのさ。あいつどうも此頃生意気な事を言って困る」

総兵衛はつかぬ事を言いながら、なるべく娘の方を見ないようにしている。

和泉屋総兵衛は、質屋仲間でも仏とあだ名されている人物。それだけに儲けはしらぬが近所の気受けは商売柄にもなく悪くはない。殊に娘のお玉の可愛がりようと言ったら、まるで気狂いのようである。

七年前に女房がなくなった時にも、後添いの口は降る程あったのだが、お玉に苦労させてはと、悉くはねつけて了ったくらい。今では、だから、総兵衛とお玉と小僧の長吉の三人暮し。

お玉は年ごろになって来るにつけて、段々人の目につくように美しくなって来る。総兵衛にとっては、無論それが自慢の種ではあったが、又一方にはそれが苦労の種でもある。

「お父さん、お前このごろ元気がないのね。何処か悪いんじゃないの？」

「うんにゃ」と総兵衛は周章て外の方を見ながら、

「それよりゃお玉、お前の方が蒼い顔をしてるじゃないか。何か心配事があるんじゃないか。あるなら、このお父さんに、何でもいゝから打開けたらどうだね」

「あたし？――」と、お玉はそう言われてうつむいた。

父にそう言われるまでもなく、娘のお玉には、娘らしい心配事が山程ある。然し、如何に母がわりの父親とて、どうしてそんな事が打開けられよう。こんな事を知ったら、父はどんなに憤るだろう。又どんなに落胆するだろう。それを思えば、やっぱり何も彼も自分の胸一つにおさめて置くのが一番よさそうだ。――

お玉の胸に余る心配とはこうである。

父の総兵衛が、子供の時から世話をして、勉強が好きなところから、私立の大学まで出してやった男、井汲潤三という青年が、この頃一寸も顔を出さなくなった事。おまけに人の噂では浅草辺のちゃちな劇場に出ている水木瑠璃子という女優にすっかり溺れて、勤めている会社さえ、ともすれば怠りがちなという話。

無論、口ではしっかり約束してあった訳ではなかったが、お玉はこの潤三と、末は夫婦にして貰えるつもりで、それが此の世の楽しみであったのだ。父の総兵衛にしてからが、内々はその肚で、お玉と潤三とが夫婦になった暁は、店は誰か他の者に譲って、自分は楽隠居で、こうしたいんごうな稼業からは、すっかり足を洗うつもりであった。

それだというのに、今日此頃の潤三の心得違い、さてこそ、和泉屋一家に暗い影がさし始めたのである。

その時突然、表の方から、

「和泉屋さん、小包み！」

という元気のいゝ配達夫の声。

総兵衛はぎょっとしたように顔を挙げた。お玉が立って行って、それを受取る。

「小包みだって？　何処からだい」

「あら、何処からとも書いてないわ。何だか馬鹿に重い事。お父さん、早速開けて見ましょうか」

総兵衛は脅えたようなまなざしで、ぼんやりそれを見ている。娘のお玉は奥の間から鋏を持出した。

小包みは幾重にも幾重にも、用心深く油紙で包んであって、中のものを取出すのに中々骨が折れた。

「何でしょうね、一体。随分後生大事に包んだものね」

お玉がそう言いながら、最後の一枚をめくろうとした時、総兵衛は周章てたようにその手を押えた。

「お玉、もう止しな。そんな物、見なくてもいゝじゃないか」

「あら、どうして？　お父さん、じゃ何が入ってるか御存知なの？」

「え？　イ、いゝや、勿論……」

その時お玉の指は早くも油紙の端にかゝった。そしてそれをめくり上げた途端、

「あれ！」

と叫んで彼女は其処にのけぞるように倒れた。

「お玉、どうした、どうした、え？」

そう言いながら、お玉を抱くようにして小包の中を覗いた総兵衛。これもあっと言って真蒼になった。

それもその筈、中は恐ろしい女の生首だった。

被害者は水木瑠璃子

送届けられた女の生首。和泉屋質店の大恐懼。

そうした記事がごた〳〵と都下の新聞を飾っている時、警視庁の方でも大活動を開始していた。

生首というのは、年齢二十四五の婦人と推定されるだけで、その他は一切判明しなかった。何故とならば、見るも無惨に、顔と言わず額と言わず、ずたずたに斬りさいなまれているので、人相を知るよすがとて、何一つ手懸りはなかった。

「どうだね、少しは手懸りがあったかね」

今、××警察の奥まった一室で、いかめしい顔をしながらそう訊ねたのは、笹部と言ってこの警察の署長である。

「さあ、それがね」

と向いあって腰を下ろしているのが、鬼と呼ばれている栗栖刑事。でっぷりと肥えて、あぶら切った体格をしている。それでいて見るからに敏捷そうな身のこなし、眼光からしてが、普通の刑事と、その趣きを異にしている。ある時は猫のように優しくなるかと思えば、ある時は又、隼の如く鋭く光る、栗栖刑事の眼は、今猫のように穏かだ。それは、彼が今何事かに考え耽っている証拠である。

「医師の診断によると、二十四五の女で、相当贅沢な暮し向きをしていたに違いないというのです。然し、何しろあの通り、顔面がずた〳〵に斬刻まれているので、一向被害者の手懸りがなくて弱ります」

「小包の発送元は静岡だというが、その方はどうだね」

「無論、手落ちはありません。充分手配はしてあります。然し――」

と言って栗栖刑事は口を切った。

「然し、――何だね」

「いや、多分その方は無駄だろうと思うのです。小包の発送駅など、あまり当になるものではありませんからね。やろうと思えば、わざ〳〵台湾からでも、朝鮮からでも、何処からでも発送する事は出来ます。しかしまあ念の為に、手は尽させてはいますけれど、それより……」

「それより？」と署長は鸚鵡返えしに聞きながら膝を進めた。栗栖刑事が、「それより」と言う時には、必ず其処に何等かの確信があるのだ。

「それより、唯一つ此処に、被害者の身元調査について手がかりがあるのです。というのは、極く小さいのですが、被害者の左の奥歯に、最近金を被せた跡があるのです。だから、市内の歯医者を一斉に取調べたら、何か手がかりがあるかも知れません」

「フーム」

と署長は腕を拱いて、太い息を鼻から吐出したが、

「しかし君、被害者が東京の者だという事が分っているならそれでもいゝが、若し他国の者だったらどうするね。何しろ発送駅も静岡という事になっているし……」

「いや、それなら」と栗栖刑事は遮って、「九分九厘まで東京の者だろうと私は信じて居ります。というのは、まだ御報告申上げませんでしたが、あの小包に使用された油紙です。あれは東京製の品物で、この東京でより販売されていないものなんです。それに送先を和泉屋と目星をつけた所から考えても、この被害者、並びに犯人は、どうしても東京の者だと信じられます」

「成程、そう言えばそうだが」と署長も考え深そうに、「で、歯医者の方へは手を尽しているのかね」

「はい、手落ちなく、虱つぶしに調査させて居りますから、間もなく判明する事だろうと思われます」

「何しろ、新聞の方で、あゝ仰山そうに叩きやァがるし、一日も早く犯人を挙げなければ、又上の方からお眼玉だぞ」

「ナーニ大丈夫です。被害者の身元さえ見当がつけば、後はもうしめたものです。こういう事件は、却ってばた〳〵と片付くものですよ」

「それならいゝがね」

署長と鬼刑事とは顔見合せた。

その時である。

突然ドアが開いて、どや〳〵と若い刑事が二三人飛込んで来た。

「署長！　被害者の身元が分りました」

と一番に飛込んで来たのが、昂奮した声でそう叫ぶ。

「何？　被害者の身元が分った？」

署長と栗栖刑事は一斉に椅子からはね上った。

「はい、浅草の遠藤という歯医者が証言したのです。今連れて来て次の部屋に待たせてあります」

「して、その被害者というのは？」栗栖刑事は待切れなそうに後をうながす。「はい、浅草の新進劇場へ出ていた水木瑠璃子という女優だという事です」

静岡にいました

被害者の身元が分ると同時に、刑事は八方に飛んだ。

先ずその第一班は和泉屋親子を検挙するために、第二班は井汲潤三の勤めている会社の方へ――、そして栗栖刑事自身は部下の者一名を引連れて山の宿にある水木瑠璃子の家へ。

和泉屋親子はあの忌わしい小包がとゞいた日より、表を閉して商売は全然休んでいた。そしてたゞひたすらに、素姓の知れぬあの生首の女のために法要を怠らなかった。

一体何のために、選りに選ってこの和泉屋へ、あの忌わしい贈物がとゞけられたのか、無論、総兵衛にもお玉にも少しも解せなかった。単なる悪戯か、それとも何かの因縁があるのだろうか――。第一顔が滅茶苦茶に斬りさいなまれていたので、人相を知るよすがもなかったけれど、考えてみたところ、自分たちの身内の者に、あの年ごろの女は思い当らなかった。

何にしても、飛んだ災難に突当ったものだ――、総兵衛は世間へ対しても、面目なくて顔が出せないような気がして、あれ以来一寸も外へ顔を出さなかった。

お玉は又お玉で別の苦労があるのだ。

あの大騒ぎがあった少し後、彼女は恋人の潤三の勤めている会社の方へ電話をかけてみた。ところが、意外な事には、潤三はこの二三日、無届で会社の方を休んでいるとのこと、そこで早速下宿の方へ使いをやって見たが、此処も二三日前に家を出たきり、未だに帰って来ないという話。お玉は全く取りつく島を失って了った。

それにしても、あゝして新聞で仰々しく書立てられている事件だもの、潤三もきっと何処かで読んでいるのに違いない。

それだのに、何故見舞いに来て呉れないのかしら――、それを思うとお玉の胸は暗くなり、心は鉛のように重苦しくなるのだった。

警察の検挙の手が入ったのはそうした折柄であった。警察側では無論、和泉屋――井汲潤三――水木瑠璃子――、其処にある忌わしい縺れを知っていたのだ。従ってお玉親子は水木瑠璃子殺害の有力なる容疑者でなければならなかった。


一方部下を引連れた栗栖刑事は、宙を飛ぶようにして山の宿なる水木瑠璃子の家へ走って行った。

彼女の家は、山の宿は裏通りの、さゝやかながらも、女優の住居らしい小意気な表構え。留守と見えて、裏も表もちゃんと錠が下りている。

近所のおかみさんに聞いてみると、

「水木さんですか、水木さんなら今お留守ですよ」

「お留守？　何処へ行ったか分らないかね」

栗栖刑事は目的の家へ踏込む前に、何か予備知識となりそうな事を聞出す考えである。

「はい、何でも浅草を打上げたので、地方巡業だとかいう話でした。振出しは静岡とかいう話で……」

「ホウ！」

静岡と聞いて、栗栖刑事は思わず低い叫声を上げた。

「それで何かね、留守番の者はいないのかね？」

「それが何しろお弟子の花代さんとの二人住居の事ですから……、尤もお客さまは大抵毎晩おありのようでしたが……」

おかみさんはそう言って変な笑い方をする。

「フン、すると二人とも巡業に出ているというのだね」

「はい、さようで、用心の方は私どもの方で頼まれて居りますので、何しろこの界隈一切の差配は私どもにまかされているものですから、面倒でもやはり……」

「あゝ、すると君がこの家の差配かね。それなら丁度好都合だ。実は……」

と栗栖刑事は自分の名刺を相手に示しながら、

「この家に就いて一寸取調べたい事があるのだが、開けて貰えまいかね」

おかみさんは、刑事の名刺を見てもあまり驚かなかった。思うに水木瑠璃子の家では、始終警察の手を煩わすような事件を惹起しているのだろう。

「えゝ、よろしゅうございますとも、何しろ水木さんもあまり何ですからねえ、近所でも迷惑しているんでございますよ。毎晩々々男の方がお見えになるんでございましょう。それも同じ方じゃなくて、次から次へと変って行くんですから、呆れたものでございますよ」

おかみさんは聞かれもしない事をべら〳〵喋舌立て乍ら、愛想よく水木方の表の戸を開いてくれた。

中は無人の家特有の一種の臭気をたゝえているが、割合にさっぱり片付いている。栗栖刑事は部下の者に命じて戸という戸を全部開放った。急に飛込んで来た午後の陽足の中に、びっくりしたように埃が立舞っている。

刑事は表の部屋から奥の間へと綿密な注意を払って進んで行く。突然後からついて来た部下の刑事が、

「あっ！　血が……」

と叫んだ。

そう言われてみると、成程奥の茶の間の壁には、すうっと、一筋血汐の飛沫が尾を引いている。

血と聞いて、後から入って来た差配のおかみさんはさっと顔色を失うと、がた〳〵と慄え出した。

「血でございますって？　何処に……」

そう言いながら茶の間を覗いた彼女は、まるで泥

人形のように、へな〱と其処へ崩折れた。

「おい、兇行は此処で行われたのだぞ！　もっとよく調べて見ろ！」

　栗栖刑事がそう言った時、今彼等が入って来た表の戸ががた〱と鳴った。そして誰かゞ入って来る跫音。と次の瞬間には、まるで幽霊のように顔蒼ざめた一人の青年が、取乱した恰好で茶の間を覗込んだ。彼は意外な男たちの姿に、びっくりしたように眼を瞠って不思議そうに刑事を見ている。

　栗栖刑事はその男の姿を見るや否や、何を思ったのか、つか〱とその方へ歩みよった。

「おい！　君は井汲潤三だね？」

　青年は突然見知らぬ男から名をさゝれたので、驚いたように刑事の顔を眺めていたが、軈て、

「そうです。井汲潤三です。して貴方は？」

「俺は警察の者だが、今君の行方を調べていたところだ。君は一体何処にいたのだね？」

「僕ですか……」

　井汲は一寸ためらっていたが、やがてぐる〱辺を見廻わしながら、

「僕は静岡へ行っていました、瑠璃子さんを追いかけて……」

と言った。

入歯の秘密

　水木瑠璃子殺しの容疑者として検挙された有力な三人のうち、言う迄もなく井汲潤三の嫌疑が最も重かった。

　彼は小包の発送元静岡へ行っている。尤も瑠璃子を追いかけて行ったとは称しているが、それは犯人特有の巧みな技巧であって、自分が殺したものを、恰も生きている事を信じているが如く追いかけて行くという事は、世間を欺く術としてよくやりそうな事である。

　然し取調べが進んで行くに従って、此処に一つの錯誤が生じて来た。というのは、井汲潤三が静岡へついたのは、あの恐ろしい小包が発送された時より、数時間後であるという事が判明した。それは最も厳

重な取調べの結果によって判明した事であるから、全然間違いはない。とすると、あの小包を発送したものは、彼でないという事が分る。又もう二人の容疑者、総兵衛親子については、彼等が最近、数時間も家を開けた事がないという事実を以て、全く疑う余地はなくなった。とすれば、小包の発送者――それが犯人に違いないと推定されるのであるが――は一体何者であろうか。

事件は再び迷宮に入りそうになって来た。

唯此処に最も注目すべきは、水木瑠璃子が殺害されると同時に、弟子の花代が行方不明になっている事である。警察の取調べたところによると、静岡へ旅立った一座のうちには、瑠璃子は勿論の事、花代も加わっていなかったのである。或いはこの花代という女が犯人ではなかろうか。警察側では改めてこの花代の行方を調査し始めた。

かくして、折角見え始めたと思った曙光が次から次へと、後かたもなく消えて行くに従って、栗栖刑事の頭は混乱して来た。

彼は毎日、自分の部屋に陣取って、この事件の中に隠れている、まだ何者にも知られざる秘密を解こうとして苦悶していた。

水木瑠璃子――井汲潤三――和泉屋親子――弟子の花代――

そうした名前が消えたりついたり、まるで広告電気のように彼の頭の中を廻転した。彼はやけくそになったように、乱暴にその名前を紙の一端に書きつけていた。

と、突然！

彼はまるで電気仕掛けの人形のように飛上った。

「分ったぞ！　分ったぞ！」

彼は気違いのように叫びながら署長の部屋へ駈込んだ。

「畜生！　うまくやりやァがった！　畜生！」

それから二三時間の後、例の部下一名を引連れた栗栖刑事の姿は、再び山の宿に現れた。

然し今度彼が訪れたのは、先の水木瑠璃子の家ではなくて、遠藤歯科医という看板の上った家の前だった。

　案内によって彼は直ぐに、二階の診察室へ通された。幸い他には誰一人客はいない。

　間もなく階下から上って来た遠藤は、普通の患者だとばかり思っていたのが、意外にも見覚えのある栗栖刑事だったので、一寸びっくりしたように立止った。

「やあ、遠藤さん。此の間は失礼しましたね」

　栗栖は愛想よくそう言い乍ら立上る。

「あゝ、栗栖さんですか。私は又患者だとばかり思っていましたのに……」

「いや、一寸お聞きしたい事が出来ましてねえ」

「あゝそうですか、まあお掛け下さい」

　遠藤は何故か顔色蒼褪めて、そわ〳〵としている。

「お訊ねというのは、他でもありませんが、貴方が水木瑠璃子に入歯をしてやった日ですがね、それをはっきりと承りたいので」

「は、何かと思えばその事ですか、いや、帳簿を見れば直ぐ分る事です。一寸待っていて下さい」

　一旦隣室へ入った遠藤は、直ぐに帳簿を持って引返えして来た。

「えゝと、水木瑠璃子――、あ、これですね。日付は一月十三日――、一月十三日ですね」

「はア、成程、一月十三日、間違いはありませんね」

「間違いはありません」

「で、その時刻ですが、時刻の事はよく分りませんか」

「えゝと――」

　遠藤は暫く考えていたが、

「そう〳〵、丁度四時半頃でした。やっている所へ電気がついたのでよく覚えています」

「成程、すると一月十三日の午後四時半頃――、間違いはありませんね」

「ありません」

「ところが遠藤さん」と、刑事は急に膝を乗出して、

「私の方で取調べたところによると、一月十三日の午後四時半頃には、水木瑠璃子はたしかに舞台に立っていた筈ですがね」

「え？」

遠藤医師は急に血の気がなくなった。

「ねえ、遠藤さん、舞台に立っていた筈の瑠璃子が此処で、同じ時刻に手術を受けていたというのも変な話ではありませんか」

遠藤はいよ〳〵顔色を失って、何か救いを求めるようにきょろ〳〵と辺を見廻している。

「遠藤さん、私の推察した所を言いましょうか。あなたに入歯をして貰ったのは、瑠璃子ではなくて、実は弟子の花代なんです。では何故あなたが間違ったのか――、どうして〳〵ちゃんとそういう風にあなたが仕組んだのです。花代に入歯をして置いて、それを瑠璃子だと記帳して置く。そうすれば、今度花代の生首が現れた時には、それを証拠に瑠璃子だと証明する事が出来ますからね」

「あなたは――、あなたは一体何を言っているのです」

遠藤はそう言って立上りかけたが、思わずよろよろとよろめいた。


「おい遠藤！」栗栖刑事は急に語気を変えた。「お前たちのからくりはすっかり分っているんだぞ。お前の情婦瑠璃子が借金で首も廻らなくなっている上に、おもちゃにした若僧からはつけねらわれる。其所で仕組んだのが今度の芝居だ。花代を殺してその首を和泉屋へ送り、井汲潤三に嫌疑をかける一方、瑠璃子を死んだものにして了おうという魂胆だろう。おい、死んだ筈の瑠璃子が此の家の中で済しているなどとは、それこそおしゃか様でも御存知ないところだ。だが、この栗栖刑事だけはお前なんかに欺されはしないぞ。神妙に白状してしまえ！」

栗栖刑事がそう言って立上った時である。

突然隣室から轟然たる銃声が起った。そして間のドアを開いて、よろ〳〵と倒れこんだ一人の女、それこそまぎれもなく水木瑠璃子の姿であった。

幽霊嬢（ミス・ゆうれい）

蒲田の撮影監督山野茂は、久し振りでのうのうとした気持ちで、朝の十一時頃池上の自宅で目を覚した。撮影の暇な時でも、滅多に九時より遅くまで寝ていた事のない彼であったが、この日だけは特別であった。

十二巻という大物、殊にそれが故障に故障を重ねた撮影であったゞけに、それがすむと彼はもうぐったりとして了って、身も心も疲れ切ったような気持ちだった。一体に彼は撮影運のよくない男で、殊にロケーションに於ける運の悪さと来たら、蒲田中でも定評になっていた。彼のロケーションには雨がつきものだという所からあめかんという渾名までついているくらいである。

それ程の彼であったが、今度の撮影程種んな故障に見舞われた事も亦珍らしかった。それは「鎖の環」という題名の、蒲田随一の人気俳優宇津木天馬を主役とした一種のクルック・プレイで、春のシーズンのトップを切るべき超特作品であった。ところがその撮影が初まると間もなく、道具方の不注意から、大道具が倒れかゝって主役の宇津木天馬が腕を折った。幸いそう大した事でもなかったが、それでも五日程その為に撮影を遅らせなければならなくなった。再び撮影を開始したかと思うと、今度は相手女優の真田鈴代が風邪を引いて三日程自宅に引籠らなければならなくなる。ロケーション地では、例によって雨に祟られて、三日の予定が一週間以上にも延びて了う。事務所の方からは、そうした已むを得ない事情も一向お構いなしで、四月二日の封切日迄に是非間に合うようにとじゃん〳〵言って来る。さすが物に動じない山野茂監督もすっかり気を腐らせて了った程である。

大抵の監督ならこゝらで投げて了って、後はいゝ加減な間に合せものにして了うところだが、山野茂はそれが出来ない性分だった。事務所から訳も知らずに急きたてゝ来るのは癪だったが、そうかと言って誤間化しものを作るのは良心が許さなかった。

「損な性分だなア」

年に十何本かを作って会社から表彰されたりする監督があるのを見て、時には彼も苦笑する事があったが、さて自分にはやろうと思ったとて出来ない仕事である事を思うと、そうその監督を羨ましがる気持ちにもなれなかった。

それでも漸くロケーションを切上げ、残った部分を三日程徹夜して撮上げ、さて編輯や何かで又一苦労した揚句、漸く試写の運びにまで漕ぎつけたのが昨日の事、封切日にやっと間に合うぐらいの日数しか後に残っていなかった。試写を見ると、それでも、あんなに続出した故障の中に、しかも封切日に追い立てられながら作ったものとしては、まあ上出来の部であった。

「大丈夫、これならきっと受けますぜ。この前の『空の勇士』もようござんしたけど、今度のはあれ以上ですぜ」

試写が済むと宣伝部の一人がそう言って肩を叩いて呉れた。「空の勇士」というのは、彼がこの前に作った写真で、剣戟物に圧倒されているかたちの現在としては、珍らしい程の成績を挙げたものである。所長も満足らしい顔をしていた。

「仕方がないや。アメリカみたいにうんと金と時間をくれりゃ、もっといゝものにしたんだがなア」

いつも試写を見た後に必ず洩らす感慨を、その時も洩らしながら宇津木天馬と一緒に狭い試写室を出た山野茂は、其処で急に話が出来て二人で銀座へ出たのであった。

それから後の事を彼はあまりよく覚えていない。カフェーから酒場へ、酒場からカフェーへと、久し振りの銀座を思うさま享楽しているうちに、仕事の済んだ気安さからか、二人ともひどく酔払って了って、終いにはポロ〳〵涙を流しながら議論をした事を、うすぼんやりと覚えている。

「はてな、あれは何の店だったかな」

八畳の部屋の真中にのべた寝床の上に、腹這いになって枕下の敷島を引寄せていると、其処へこれも矢張り同じ撮影所の女優だった細君が入って来た。

「お目が覚めて、どう？」

「うん」簡単な返事に言葉を濁しながら外面を向いて敷島に火をつけた。何時の事ながら、酔払って帰った朝はさすがに極りが悪かった。

「大変だったわ、昨夜は……」

「うん、すっかり酔払っちゃって」

「宇津木さんに気の毒で仕方がなかったわ」

「どうしたい、宇津木は？」

「どうもこうもないわ。貴方がまだ何んだ彼んだと駄々を捏ねていらっしゃるのを、やっとなだめて置いて、お帰りになったわ」

「そうか」

「こんなに酔払ってい丶のかしらなんて心配していらしたわ。明日又見に来ますと言ってお帰りになったから、お昼過ぎにでもいらっしゃるでしょう」

「それは気の毒したな」

「貴方、どう？　御飯は？」

「うん、今起きる」

洗面所で冷水摩擦をして、頭からざっと一杯水をかぶるとそれでも大分気持ちがはっきりした。そこで簡単な朝とも昼ともつかない飯を済せると、その後で新聞を取上げた。そして一通りそれに眼を通すと、今度は手紙へ眼を通すのが、家にいる時の彼の日課になっているのだった。

俳優とは違って、それ程多くはなかったけれど、それでもファンから来る手紙はかなり沢山ある。山野茂は活動屋としてはこくめいな方だったので、一応はそれ等に眼を通さなければ気が済まなかった。

日当りのい丶縁側に籐椅子をもって来て、それに腰を下ろすと、細君に命じて手紙を持って来させた。

「いゝ天気だね」

「えゝ、すっかり春よ。ほら、お隣の桜があんなに脹(ふく)らんで来たわ」

「皮肉だな」

「え、何が？」

「うゝん」彼はロケーション先(さ)きの散々な天候を思い出して苦笑しながら、細君の持って来た数通の手紙を手に取って膝(ひざ)の上へ置いた。

「貴方、その中に鈴木(すずき)としという差出人の手紙があるでしょう。それ、何んだかファンの手紙じゃなさそうね」

「どれ」山野茂はそう言いながら、手紙の中から一通探出(さがしだ)した。成程(なるほど)そう言えばそれだけは他のとは違っていた。ファンからの手紙と言えば、きまって色のついた、中には派手な模様さえついた、近頃女学生なんかの使うあの封筒にきまっているのに、これだけは地味な日本封筒で、表に書いてある字も紫色のインクの代りに、かなり達者な毛筆で書いてあるのだった。

「貴方、その方御存知？」

「いゝや、覚えがないね」

しかしそう言いながら、他のと違っているところに気を惹(ひ)かれて、彼は先(ま)ず第一にそれの封を切る気になった。

ところが、果してそれは普通のファンから来る手紙と全然その趣(おもむ)きを異(こと)にしていたのみならず、ひどく不思議な事が書いてあって、かなり長い手紙で、しかも読みなれないお家流(いえりゅう)の字に苦しみながらも、山野茂は一気にそれを読終(よみおわ)らなければいられない程だった。


拝啓。

陽気常ならぬ折柄(おりから)、そもじ様(さま)にはますます御健勝にわたらせられ候(そうろう)由、大慶至極(たいけいしごく)に存じ上げ候。

さて私(わたくし)こと、突然斯様(かよう)な手紙を差上(さしあ)げ、甚(はなは)だ失礼の事と存じ候(そうら)えども、そもじ様にお縋(すが)り申すより他によき思案とても無之(これなく)、失礼をも顧(かえりみ)ずかゝる手紙を差上げ候。何卒(なにとぞ)、何卒、お許(ゆ)るしの上一通りお聞き取りの程願上候。

数日以前の事に御座候。私こと姪のみち子というに被誘候て、久方振りにて青山の××館へ活動写真を見物に参り候節、「空の勇士」とやらん申し候活動写真を拝見仕候。もと〱私こと、活動写真とはいと縁遠き老女に候て、一向何事も弁え兼ね候女に候えども、件の活動写真を拝見仕り候てよりいたく感動仕候。と申し候は余の事には御座無く、あの中に出て来る「俊夫」とやら申し候少年に扮する役者の事に御座候。

突然斯様な事を御訊ね参らせ候えば、さぞや不審しき事に思召されんとは存知候えども、あの役者は果して男子に候や、それとも女子には無御座候や、その儀是非ともお訊ね申上度く、かくはお訊ね被参候。理由も申さず、突然斯様な事を訊ね参らせ候て、さぞ不躾なる奴とお蔑みも有之候わんが、故ありて私こと、今茲に詳しき事ども申上候には、些か憚り有之候事に御座候。とは言え、あまり何事も包隠し候ては、却っておん怪しみの程も被察候間、さわりなき程に事情をお話し申上可候。

もと私こと、さる大家に御奉公仕候乳母に候が、そのお邸の令嬢にてなにがしと申候娘御が、数ケ月以前より突然御行方知れ不申、両親は申すに不及、幼き頃よりお養い申上候私ことも、いたく心痛仕り居候。令嬢と申し候は、当年二十一歳にて、いと快活なるお産れに御座候が、昨年の暮、突然家出を被成候てより、一向お便りも無之、方々とお探ね申上候も遂に御行方相分らぬ始末に有之候。私こと御両親のお言葉までもなく、それ以来常日頃心を痛め、折もあらばお探ね被参候も一向その甲斐も無之、心の中に悲嘆の涙にかき暮れ居り候いし折から、件の「空の勇士」となん申候活動写真を拝見仕候て、久方振りにて令嬢のつゝがなきおん顔を拝み奉候よう思い候。と申すは余の儀に無之、あの活動写真の中に出て参り候「俊夫」とやらの顔容は申すに不及、姿、歩きぶりまで令嬢と寸分の違いも無之令嬢が男姿に被成候えば、さぞやかゝるらん姿にて候わんと被存知候程に御座候。

疑いはこればかりにては無御座、あの活動写真の終りの方にて、「俊夫」と申し候少年が、中尉を抱き起し候場面にて、姪の申すには大写しとやらに候が、突然二人の姿が大きく写り候節に、ふと見れば「俊夫」と申し候少年の左の腕に懐中時計に似たる痣(あざ)の有之候事に御座候。おん探ね被参候令嬢には、いとけなき頃より同じようなる痣の有之候事、私ことよく〳〵記憶仕居候間、いたく驚き申候。

よもやとは存知候えども、令嬢の男姿に相被成候て、活動役者に被成候には無之也(これなくや)と、私こと溺(おぼ)るゝ者藁(わら)の譬(たと)えに洩れずおん訊ね被参候次第に有之候。姪に訊ね候も番附を拝見仕候も、俊夫とやらに扮し候役者の名前不相分(あいわからず)、そもじ様のお作りなされ候活動写真にて候えば、そもじ様におん訊ね被参候えば、相(あい)分る事と姪の申候に就き、不躾をも顧ず、かくはおん訊ね申上候次第に御座候。

誠に誠に、勝手がましくは候えども、あの役者の名前住所など御存知に候えば、御手数乍(なが)ら御報(おし)らせ被下(くだされ)度く幾重(いくえ)にも、幾重にも御願申上候。

鈴木とし

山野茂様

「ほゝう」山野茂はその手紙を読終ると、思わず溜(ため)息(いき)に似たようなものを洩らした。

「どうしたの？」

先刻(さっき)からあまり良人(おっと)が熱心に読んでいるのを、些か気にしていた細君はそう聞いた。

「随分面白い手紙だよ。お前も読んで御覧」

細君も子供の洋服を編んでいた手を止めて、良人から投げられた手紙を叮嚀(ていねい)に巻きかえて読んでいたが、やがて読終えると、膝の上にそれを置いたまゝ、

「まあ！」と言って良人の顔を見上げた。女だけに彼女は一層感動している模様だった。

「不思議な手紙だろ」

「不思議だわ。まるで探偵小説ね」

「そう。探偵小説のようだね」

「それでどうなの。貴方はどうお思いなの」

　細君は多分に好奇心を動かしたらしく良人にそう訊ねた。

「うん、俺も今考えているんだが、どうも俺も前から可怪しいと思っていたんだよ」

「可怪しいって、この……、役者の事？」

「うん、そうだ」

「なんて人？　これ」

「分らないんだよ、それが」

「まあ」細君はあどけない眼を丸くして良人の顔を熱心に振仰いだ。

「だって、あたしもあの『空の勇士』を見たけれど、あの人ほら『俊夫』とかに扮した役者、随分うまい役者だったじゃない？　あの人の名前を御存知ないの？」

「それが分らないんだよ。お前も知ってるだろ。あれは募集でやって来た役者でね」

　蒲田の名シナリオ・ライターと言われている板村尾松が書下ろした「空の勇士」を、愈よ山野茂と宇津木天馬とのコンビネーションで製作すると極った時の事である。今の蒲田にいる俳優にはどうにもふり向けようのない役が一つあった。それが「俊夫」である。

「可怪しいね。夢二の絵じゃいつでもこんな少年が出て来るのに、実際となると居ないんだね」

「ガレス・フューズだの、バリー・ノオトンって、アメリカにゃいるがね。日本の少年はいやに早くからこまちゃくれて了うから駄目なんだね」

「いっそ女優にやらせたらどうだろう」

「だって、この役は矢張り髪を切って了うんだから、女優にゃ可哀そうだよ。それにぶく〳〵脂肪太りのしている女じゃ御免だね」

　シナリオ・ライターの板村尾松と監督の山野茂と、主役をやる事になっている宇津木天馬の三人が、散々そんな風に頭をひねった揚句に、結局どうにもしようがなくて、新聞で募集しようという事になった。それに撰ばれたのが、鈴木とし女のいう「俊夫」

に扮した役者であった。

　新聞広告によって集った少年志願者は百名以上もあった。その銓衡の衡に当ったのは板村尾松であったけれど、彼が撰んだ一人の少年を一目見るや、山野茂はすっかり気に入って了ったのであった。日本の少年という奴は中学へ入る頃からめき〳〵と大人びて了って、殊に美少年になる程少年らしさがなくなるものだが、彼に限って、透明なナイーヴさを多分に身辺に持っていた。それが先ず山野茂の興味を惹いたのであった。細面の夢を見るような眼をした、丁度夢二の絵に出て来る少年のように、房々と髪を額の上に垂らした少年であった。

「素敵じゃないか、日本のガレス・フューズだね」

　と山野茂が言うと、

「あれなら、僕は主人公にして書いてもいゝよ」

　板村尾松がそれに応えた程、彼は珍らしい一風変った美少年だった。名前は白木静夫と言って、本所の叔母の家にいるという話であった。

「まあ、あれがそうなの。あたしその話は聞いていたけれど、写真を見るとあまりうまいものだから、準幹部ぐらいかと思っていたわ。で、その人今どうしているの？」

「それが分らないんだよ。『空の勇士』の撮影が済むと、そのまゝ姿を見せなくなったんだ。板村君なんか残念がって本所の叔母という家へわざ〳〵探しに行ったりしたんだけれど、到頭分らず終いさ」

　山野茂はそう言いながら、細君から鈴木とし女の手紙を取戻すと、もう一度読直してみた。

「貴方、で、どうお思いになって？　そう言われればその人女のような所があって？」

「分らないね。宇津木に聞けばもっとよく知っているかも知れないよ」

　それから間もなく、矢張り彼等夫婦が不思議な少年（？）に就いて語り合っているところへ、待ちかねていた宇津木天馬が、

「やあ、どうしました」

　と彼一流の威勢のいゝ声を掛けて入って来た。日に焦けた何処を見ても役者らしくない健康そうな青

年で、ぴったりと身についた乗馬服を着ている。山野夫婦の顔を見ると縁の広い帽子に一寸手をやった。

「昨夜は失礼。実は今君を待っていたところだよ」

山野茂は彼の顔を見ると嬉しそうに籐椅子から腰を浮かせた。

「奥さん、昨夜は失礼。どうしました。お困りだったでしょう。兄貴があんなに酔払ったのは僕も初めてですよ」

宇津木天馬はそう言いながら右の手に巻きつけていた鞭を元気よく振ってみせた。

「宇津木さん、何処かへお出かけ？」

「え〻、兄貴を引張って馬にでも乗りに行こうかと思ったのです。駄目ですか、今日は？」

「駄目って事はないけれど、それより宇津木さん、大変な事があるのよ」

「大変な事って何んですか。いやだな。二人ともや、、ににやにやしているじゃありませんか。何か一杯かつごうってんじゃありませんか」

「そんな事はありませんわ。それはそうと宇津木さん、昨夜は御面倒さま。今一寸お茶を入れますから……」

「だから可怪いてんですよ。今更お礼でもないでしょう。朝っぱらから何んだか気味が悪いなあ」

宇津木天馬はそう言いながらも、別に気味悪がる風もなく細君の奨めた蒲団の上に腰を下ろして、

「何んですか、その面白い事というのは？」と訊ねた。

「これ……」山野茂は簡単にそう言って、それ迄膝の上に置いていた手紙を宇津木天馬に見せた。宇津木は一寸意味が嚥込めない形で、暫くぼんやりしていたが、やがて読んで行くに従って急に興味にかられて来た様子だった。

「ほゝう！」と彼も亦、さっき山野茂が洩らしたと同じような溜息を洩らしたが、急に生々とした眼を挙げて、

「これは面白い」と言った。「すると何んですね。あの白木静夫という少年、あれは何処かの大家の令嬢がこの世を忍ぶ仮の姿――とそういう事になりま

すね。これは面白い。これは面白い」
陽気な宇津木天馬はそう言って独り嬉しがってい
る。
「まあね。この手紙で見るとそういう風に受取れる
ね、それで君に訊ねようと思っていたんだが、彼、
何処か女らしい所があった？　君は僕より多く彼に
接近する機会があったのだから、何か思い当るよう
なところがあるだろうと思うのだが……」
「そうですね」
宇津木天馬は暫く考え込んでいたが、やがて何を
思ったのか、急に顔を赧らめると、
「そうですね。そう言われゝば何処か変なところが
……尤もそういう風に考えるからかも知れませんけ
れど、ありましたよ。ほら、終りの方で、負傷した
『俊夫』という少年を僕の役の中尉が抱上げるとこ
ろがあるでしょう。御存知の通り、彼処はどうもう
まく行かなくて、何度も何度も撮直しをやりました
ね。あれなんか変なんです。僕がこう、彼の体に手
を触れると、どういうものか、一瞬間相手が体を固
くして了うんです。あの時には相手が女であろうな
どとは夢にも考えた事はなかったんですが、その感
じがどうも変なんで、思わず僕の方でトチって了う
んですね。あれなんか、今から考えると少々……」
宇津木天馬の言うように、そう言う場合の記憶を
辿って行くと、成程と思われる点がその他にも幾ら
もあった。例えば負傷した「俊夫」の役が、味方へ
急をつげるために駈着ける場合でも、監督がどんな
に命令しても彼はある程度以上に肌を表わす事を肯
んじなかった。又役が上ると、大部屋の連中は連中
で、皆一つの風呂へ入って、扮装を落して帰る事に
なっているのに、彼だけはいつも役の姿そのまゝで
撮影所を出て行くのが常であった。皆はそれを撮影
所の空気に慣れ切らない少年の初心な羞恥とのみ解
釈していたのだが、今から思えば、そんな所にもも
っと考えてみなければならぬ点が沢山ありそうに思
われる。
「そうすると、この手紙の言う事は満更見当外れで
もない事になって来るね」

山野茂は然し、何故かもう一度しげ〳〵とその手紙を読返えしていたが、暫くするとふとそう感慨を洩らした。

「見当違いて、どうして〳〵、これは仲々面白い事件に違いありませんぜ。大家の令嬢が家出して、少年の姿になり、活動写真のエキストラに雇われる、なんてのは、どうしたって近代の探偵小説でさ。板村尾松に話してやれば喜んで、自分で探偵の任を引受けるというかも知れませんぜ」

「本当に……」

折から茶を入れて持って来た細君も、宇津木天馬に調子を合せた。

「板村さんにはお似合いの仕事よ。それが侯爵様か何んかの御令嬢だったら、面白いわね」

浪漫的な事の好きな三人は、だからその日は一日中その話に花を咲かせていた。

＊

然しその時は、そんなに熱心だった山野茂なり、宇津木天馬なりであったけれど、もともと気紛れな彼等だったし、それに又仕事の方が急しくなっても来たので、二人とも到頭、その事件に対して積極的に働きかけるというような機会は持たずに過した。

撮影所というような世界では、日に日に新らしい事件が産れ、日に日に古い事件は忘れられて行く。山野茂にしろ、宇津木天馬にしろ、所詮はそういう世界に活きている人間だったので、同じ事にいつまでも捉われている事の出来ない性分に仕立上げられていた。

尤も山野茂は、義務として鈴木とし女には丁寧な返事を書いて置いた。彼は白木静夫について何等包みかくす必要を認めなかったので、ありのまゝの事を、そしてそれに宇津木天馬と語合ったあの疑問の少々ばかりを、参考のために書加えて置いた。ところが不思議な事には、折角の彼の好意も報いられる事なしに、付箋が附いて戻って来たのである。宛名の番地に、鈴木としなどという女は住んでいなかったのである。

この事は一寸山野茂を不思議がらせた。しかしそうしている間にも、次ぎの製作が彼を追っかけて来る状態なので、そういつまでも不思議がったり、感心しているわけには行かなかった。彼等のうちで一番自分自身に時間を多く持ち得る脚色家の板村尾松だけは、しかし山野たちの話を聞くと、かなり積極的に活動してみたようであった。彼は以前から白木静夫という人物に充分の興味を持っていたし、前にお話したように、彼がふいと撮影所に姿を見せなくなった時などは、自分から本所の叔母というのを探しに行った程だったから、この不思議な物語を聞き、不思議な手紙を見せられて以来、大いに好奇心を動かしたのは当然の事であった。

　ところが、時々彼が山野茂の宅に齎す報告というのは、彼のかなり好奇的な活動にも拘らず、悉くそれが水泡に帰して行くに過ぎなかった。本所の叔母というのは依然として雲を摑むような探ね者であったし、鈴木とし女の方も一向手がかりがなかった。彼はその一方、最近数ケ月間の新聞を引繰返して、家出令嬢という記事を探して廻ったが、その中にも白木静夫に一致しそうなのは一つとして見当らなかった。

　撮影所の連中に聞いて廻っても、誰一人として、かなり長い期間に渡っての撮影であったにも拘らず、彼と口を利き合ったものはないらしかった。結局、撮影所に於て白木静夫を最も多く知っていたものは、山野茂と、宇津木天馬と、そして自分自身に他ならない事を発見したぐらいのものであった。当然一番熱心であった板村尾松も、あきらめるともなしにあきらめるより他に仕様がなかった。

*

　そうこうしているうちに三ケ月程過ぎた。俳優の宇津木天馬は今度は久し振りに山野監督の手を離れて、他の監督のもとで、折から東京の××新聞に連載中の新聞小説を一本撮る事になった。山野茂はその間次ぎの作品の準備という名目で暫く静養する事になっていた。

　ロケーションの都合で塩原に暫く逗留する事になった宇津木天馬からは、東京にいる山野茂のもとへ毎日のように手紙だの葉書だのが舞込んで来た。

ところがその六日目の朝の事である。

山野茂がいつものように九時頃に床を離れて、熱い紅茶を啜りながら、ふと卓上を見ると、かなり部厚な手紙が一本のっかっている。差出人の名を見る迄もなく、筆蹟からしてそれは宇津木天馬からである事は一目でそれと知れた。

「はてな?」

山野茂は首をかしげながら、紅茶を下に置くと周章て、その封を切った。元来宇津木天馬という男は、長い手紙の書けない男だった。それに毎日のように、葉書の便を寄越している彼に、そんな長い手紙を必要とするような変った事が起ろうとは思われなかった。山野茂はそれで、一寸不安な気持ちになりながら急がしく封を切ったのである。

前略
今朝は実に面白いものを見た。これは兄貴にもきっと興味がある事と思うから早速この手紙を書く次第。

昨夜書いた葉書の中に、同じ宿の美しい女客から思いがけなく見事な菓子を贈られた事を書いて置いたがあれである。

実は美しい女客とは女中から聞いたまでの事で、僕自身彼女を見たわけではなかった。女中の言うのに相手のお客様は決して名前を言って下さるなというので、それを言う事は憚るが、大へん美しい女であるとの口上。それ以上は何んと言っても話さない。こちらからお礼に参上するといってもそれも止してくれとの事。

尤もこういう事は今迄のロケーションにも全くなかった例でもないので、僕はそのまゝで済して置いた。多分物好きな奥様か令嬢かゞ、悪名高いこの僕が同じ宿にいる事を知って、一寸した好奇心から贈って呉れたものだとばかり思っていた。ところが今朝の事である。生憎今日は朝から深い霧雨で、仕方なく撮影の方は断念して一日宿でとぐろを巻く事になった。雨に降籠められたロケーシヨン地の宿の事は兄貴もよく御承知の筈。

僕は些か疲労したものだから、宿の欄干に凭れてぼんやりと表を見ていた。見ると一台の自動車が着いて客を待っている様子。こんな雨にも拘らず出発する客があるんだなと思いながら、何の気なしに見ていると、大勢の番頭や女中たちに送られて出て来た女があった。彼女は自動車に乗る前に、ほんの偶然であったろうが、ふと僕の方を見上げた。その途端二人の視線がカチリと合った。

兄貴、その時の僕の驚きがどんなであったか、とても察する事は出来まい。あの女なのだ。いや、あの男、白木静夫なのだ。彼女は僕の顔を見ると周章て自動車へ乗込み、中からシェードを降して了ったので、二度とその顔を見る事は出来なかったが、僕の眼に間違いのない限りその女が白木静夫である事は断言してもいゝ。

僕はあとで、宿の女中にそれとなく聞いてみた。すると彼女は麹町に住む山添伯爵の令嬢だとの事、そして僕に菓子を贈って呉れたのも矢張り彼女だったのだ。

兄貴、これで不思議は解決されたではないか。シンデレラの正体は伯爵の令嬢だったのだ。何んと世の中の不可思議にして面白い事よ。

詳しくはお眼にかゝって万々。


「ほゝう」山野茂は其手紙を読終ると急いで細君を呼んだ。

「ナーニ?」洗い物をしていたらしい細君が、白いエプロンで手を拭きながら出て来るのを見るといきなり、

「おい、これを読んでみろ!」とその手紙を渡した。

「まあ!」

「お前の想像がどうやら当っていたらしいね」

「侯爵様ではなく伯爵様だったのね。でも、どちらにしても面白いわ」

「板村尾松に話してやるといゝ、喜ぶぜ」

だが然し、彼等が、やって来たら驚かしてやろうと言っていた板村尾松は、それから三日目の夜、彼

の方から驚くべき報告を持ってやって来た。

「おい、見附けたぜ」

彼は部屋へ入って来るといきなりそう言った。

「何だい、おい」

外国の映画の本を読んでいた山野茂は、それをパツタリと伏せると、稍亢奮していいるらしい板村尾松の方を振返った。

「何んだって、白木静夫さ」

「あら」

白木静夫という名を聞くと細君も隣の部屋から出て来た。

「板村さん、何処で？」

「何処って、あいつ全くいかさまさ。ホラ、銀座裏に今度出来たチンナモミという酒場があるだろ？あすこに出ているんだよ」

「あら、そんな事……」

細君は良人の方をちらりと眺めた。「板村さん、それ間違いじゃない」

「間違いなもんか。例の左の手にある痣というのもたしかに見たよ」

「で、その人、何んと言って？」

「何、それが僕の顔を見ると奥へ逃げ込んで了って出て来ないのさ。だけど、確かだよ。白木静夫だった女に違いないさ」

「まあ、そんな筈はないわ」

「そんな筈がない？　じゃ奥さん、貴女何か彼女の事について御存知なんですか」

「えゝ、一寸、あたし貴方がいらしたら驚かして上げようと思って此の間から待っていたのよ。あなた、あれ何処にあって？」

「手紙かい？　僕の机の抽斗に入っているだろ」

細君は暫く良人の抽斗の中をごと〱と探していたが、やがてそれを見附けると誇らしげに板村尾松の前へ差出した。

「読んで御覧なさいな。これを……」

板村尾松は不思議そうにそれを受取ったが、読んで行くうちに眉を顰めた。しかし、間もなく読んで了うと、プッと吹出して了った。

「これこそ間違いですよ。奥さん。こんな馬鹿な事が……。これはあまり小説的過ぎるよ」

「だって宇津木さんだって、あなたと同じくらいにこの事件には好奇心を持っていらっしゃるのよ。あなたの方が間違いか、それとも宇津木さんの方が間違いか、これは今直ぐ極めるわけには行かないと思うわ。ねえ、あなた」

彼女はそう言って、良人の顔を振仰いだ。すると、その時迄、静かに本を読んでいた山野茂は、面白くもなさそうに、

「そうさ、どちらが間違いか分らないと同時に、どちらも正しいのかも知れないぜ」と言った。

「あら、それはどういう意味なの？」

「なにさ。宇津木天馬のみた女も、板村君の見た女も同じ人間かも知れないという事さ」

「え？　それはどういう意味だい？　じゃ、宇津木君が塩原でみた伯爵の令嬢が、東京へ帰って来て又酒場へ出ているというのかい？」

「そうさ」

「可怪しいね」

板村尾松は不審そうに、しかし意味有りげな相手の言葉を味わうように首をかしげた。

「何も可怪しくはないさ。ね、こういう事は考えられないかね。此処に、非常に退屈して、何か面白い冒険はないかと考えている女がある。それが男装をしてまんまとエキストラに雇われる事が出来た。そして撮影所の連中をまんまと欺きおおせた彼女が、これを種に何かも一つ面白い冒険はないかと考えているところへ、同じように退屈している男にばったりと行合せる。その男というのは彼女がたった一本作った映画の監督で、その時まで彼女が女である事を知らなかった。こいつは面白い。板村だの、宇津木天馬だのは君をまだ男だと思っているぜ。一つかついでやろうじゃないかというので」

「まあ！」先ず第一に細君が眼を瞠った。

「何だって？　じゃ、君かい？　このつまらない物語の作者は……」

山野茂は急に難しい顔をした。

「そうさ。この前、『鎖の環』の試写の帰途、宇津木と散々銀座を飲んで廻った時、チンナモミでふと彼女を発見したのさ。宇津木は酔払っていて少しも気がつかない。これはいゝ、というので、早速、鈴木とし女という怪しげな女の手紙を拵えて、その場で僕宛てに投函したのだ。しかし、面白くもないね。君たちが騒ぐのを見ても、この僕だけがトリックを知っていると思うと、丁度探偵小説の結末を一番に読んだようなものさ。寧ろ欺されている方が幸福だよ」

そう言って山野茂は生欠伸を嚙殺していたが、

「それはそうと今夜、彼女、根岸鈴子というのだがね、彼女が来る筈になっているんだ。今度の僕の映画で相当重要な役をやって貰おうと思っているんだが、どうだろ」

山野茂はそう言って立上ると窓を開いて外を眺めた。

寄せ木細工の家

一

これから私がお話しようとする此の奇妙な物語は、一体何処から何処までが真実で、何処から何処までが私の悪夢であるか、斯くいう私自身にもよく分らないのです。何しろこの物語に関係している三人が三人とも、不慮の死を遂げているので、彼等の口から事実の真相を聞くわけには参りません。勢い後になって発見された、彼等の最期の場面から推して、こういう事もあったろうかと揣摩憶測するより他に仕方がないのです。それ等の憶測のうち、最も正しいと思われる部分を綴って、私は茲に一篇の物語を組立てゝ見る気になったのですが、それにしてもこの事件の起ったのはもう半年も以前の事です。それを今頃になってどうして物語にして発表する気になったかと言えば他でもありません。最近になって意外な方面に於て、この物語の説明に対して一縷の光明を投げかけるような事件が起ったのです。というよりは、最近起ったこの事件のために、数ケ月以前の、あの奇妙な事件の説明がついたというわけです。

　さて、物語の都合上、最近に起った事件というのからお話しましょう。

　諸君も御承知の××撮影所――これはあの撮影所の中で起った事件なのです。

　監督の葉山順三郎と言えば、諸君も既に御存知の通り、××撮影所ばかりではなく、日本でも有数の監督として知られて居りますが、その葉山監督が、ある夜晩くまでかゝって、当時彼の作りかけていた

「都会の歌」という映画の完成に急いで居りました。一体この映画は秋のシーズンのトップを切るために作られていた映画で、九月一日から全国の常設館に於て一斉に封切される事になっていました。ところが種々な思わぬ故障の為に、その九月一日もあと一週間に迫っているというのに、撮影はまだ七分通りしか進行していない、事務所からはせつかれるし、営業部の方からは矢鱈に催促を食う、葉山監督はそれで躍鬼になっていました。

その晩撮影していたのは此の映画の主人公に当る、さる富豪の令嬢の寝室の場面で、グラス・スタヂオの中に組立てられた洋風のセットの中央には、一台の贅沢な寝台が置いてありました。その寝台の上に主人公の令嬢が横になっている。其処へ彼女に裏切られた昔の恋人が復讐のために忍び込んで来る。それを又主人公が彼女一流のコケティッシュな手管で散々翻弄するという筋で、この映画としては一番のやま場なのです。主人公には言うまでもなく此の撮影所第一の人気女優美波綾子が扮する事になっているのです。

葉山監督は彼一流の凝性から、この場面に使う寝台などもわざ〳〵横浜まで出向いて、ある古家具屋の店先から見つけて来たくらいでした。従って筋から言えば至って簡単な場面ですが、それが仲々思うように捗りません。幾度も幾度も光線の具合やカメラの位置が置換られ、何度かの撮り直しがあった後、愈々これが最後という撮影が始まったのです。

時間はもう二時を過ぎていましたろうか。深夜の撮影所というものは一種妖異な感じがするものです。スタヂオの中には、昼間作られた様々なセットが、そのまゝ彼方にも此方にも奇怪な形をして暗闇の中に取残されています。豪奢な別荘風のセットがあるかと思うと、その隣には貧民窟の裏町がある。そうかと思うと直ぐその背後には竹藪があり古井戸があり、安達ケ原の一つ家のような破れ家があります。それが皆深い暗闇の中に沈んでいて、今にも其の中から諸々の魑魅魍魎が飛出して来そうに思われるのです。昼間の喧騒が酷いだけ、一層無気味で物凄い感じがするのでした。

　そうした中にたった一ケ所、葉山監督が撮影を続けている一画だけが浮出したように明るい、それが丁度、深い海底の中へ灯をさし込んだような光景にも見えるのでした。撮影が進行して来ると、カメラを廻すクランクの音と折々怒鳴りつける監督の声が、天井へビン〱響くばかりで、セットを取巻いている他の連中と言えば、みな唖のように黙りこくっています。誰も彼もが激しい労働と、スタヂオの中の温気とにぐったりとして、半ば知覚を失った態です。

　こうした人々の心の間隙を掴んで、突然変な事件が持上がったのです。この事件を終始目撃していた一人の女優の話によると、それはまるで悪夢のような光景だったと言います。誰も彼もがそれに気がついていながら唯呆然として手をつかねて眺めているばかりでした。尤もそれは、詳しい筋を知らない彼女達にとっては、当然そういう風に場面が進行して行くものと思っていたせいもあるかも知れません。然し尠くとも総ての筋をよく嚥込んでいた筈の葉山監督なり、主役の美波綾子なりまでが、それに対して何等抵抗を試みなかったというのは、まことに不思議と言わねばなりません。抵抗どころか、二人ともまるで何者かに取憑かれたような恰好で、呆然と身を竦めているばかりだったという事です。

　その変な事件というのはこうです。

　監督の合図によって先ず美波綾子が寝台の上に横わりました。彼女は其処で種んな恋人たちから来た手紙を一つ一つ叮嚀に読んでは破り捨てるという簡単なお芝居をするだけなのですが、それでも凝性の監督は五六度撮り直しをしなければ承知出来ませんでした。そうしている時です。ふいに彼女が横になっている寝台の天蓋が少しずつ、少しずつ下りかけて来たのです。それはあまり静かな、あまり徐々な運動だったので、初の間は誰一人気のつく者はありませんでした。然し、さすがに五寸となり、七寸となるに及んでは誰の目にもつかずには置きません。先ず第一にカメラマンが気附きました。ついで監督の葉山順三郎の目にも映りました。当の本人美波綾子も一番最後に気がつきました。それでいて彼等は自分の目を信じる事が出来なかったのです。そんな筈がない、そんな馬鹿々々しい事が――彼等はそう思いながら構わず撮影を続けていました。それ程、それは遅々たる、そして静かな運動だったのです。然し、間違いもなく寝台の天蓋は、少しずつ、少しずつ、徐々に、正確なる速度を以って四隅の柱を滑り落ちているのです。何の物音も立てず、少しの軋りもなく、徐ろに美波綾子の体の上に押しかぶさって来るのでした。

後になって、そのセットを取巻いて、出を待っていた俳優が取調べられた時、彼はこんな事を陳述していました。

「実際それは悪夢のような光景でした。初めの間は私ども、わざとこういう仕掛けがしてあるのだ、これがこの映画の筋なのだ。そう思って感心して見ていたのです。然し、間もなくそうでない事が分りました。ところが不思議な事にはそうでないと分ってからというものは、私どもは一層身動きが出来なくなったのです。何んと言いましょうか、不動の金縛りにでもかゝったとでも言いましょうか。唯固唾を呑んで立竦んでいるより他に、どうする事も出来なかったのです」

そうです。此の陳述にある通り、誰も彼もがこれを目撃しながら、黙って立竦んでいるばかりでした。先刻から見ると天蓋はもう一尺以上も下がっている。美波綾子の体を嚥込んで了うのも間もなくの事だ、監督はこの得体の知れぬ光景に不思議な焦燥に駆られました。カメラマンは自暴自棄になってクランクを廻しています。寝台の上にいる当の本人美波綾子は、もうまるで芝居をする事も打忘れて、呆然と天井を見詰めているばかりでした。

突然激しい恐怖の色が彼女の顔に浮びました。何かしらわけの分らぬ啜泣きの声が彼女の咽喉をついて迸しりました。これ等の模様は総てその時のカメラの中におさめられたので、後になって再び見る事が出来たのですが、その時の彼女の恐怖の表情は、見る者をしてぞっとさせるようなものでした。

彼女は激しく身悶えをし、そして周章て寝台から外へ飛出そうとしたのです。然しその時には既に遅く、寝台と天蓋との間隙は、辛うじて彼女の片脚をはみ出させる程の広さしかありませんでした。何かしら激しく彼女は叫びました。その声によって初めて不動の金縛りを解かれた連中は、周章て寝台の周囲に駈集まりました。然し、これは一体どんな仕掛けがしてあるのでしょう、大の男が数人よってこの天蓋を持上げようとしたのですが、少しでも上に上る事か、反対に、徐々に、正確たる速度を以って、寝台の外にはみ出した美波綾子の片脚に食い込んで行くのでした。

まるで虫とり菫に摑まった哀れな蠅のように、彼女は激しく身悶えをしました。激しい苦痛の呻きと、救いを求める声が寝台の中から洩れて来ます。人々はすっかり度を失い、わけの分らぬ事を口走りながら、唯々その周囲を右往左往するばかりでした。監督もカメラマンも助手も役者も、各々にこの厚い樫の蓋を打破ろうと拳を固めて叩き、蹴るのでしたが、それはビクともする事ではありません。刻一刻とこの恐ろしい天蓋は、はみ出した脚に食い込んで行くのでした。そしてやがて、一種異様な、無気味な物音が何処からともなく聞えて来ました。それこそ美波綾子の脚の骨が砕ける音だったに違いないのです。

「あゝ、あゝ、あゝ、」

と呻きとも啜り泣きともつかぬ声が寝台の中から洩れて来ます。そして、バリ〳〵と樫の蓋を内側から掻きむしる爪の音が聞えました。然し、それと殆んど同時に、この恐ろしい虫とり菫は、美しい犠牲者を完全に嚥込んだまゝ、ピッタリとその口を閉じて了ったのでした。

それからの騒ぎは今更こゝに述べる迄もありますまい。種々な器具がこの厚い樫の天蓋を打破るために取寄せられました。幸か不幸か美波綾子は脚の骨を砕かれた刹那気絶したと見えて、寝台の中からは最早何んの物音も聞えませんでした。然し、あらゆる努力も、遂にこの無気味な樫の蓋を打破る事は出来なかったのです。凡そ半時間も、そうした冗な努力を続けていた事でしょうか。――すると何んという皮肉か、人々の暴力に対しては頑として抵抗していたこの寝台の天蓋が、ふいに、又もや徐々に、正確なる速度を以って上り始めたのです。人々は恐怖と驚愕の色を以ってこの寝台を見つめていました。それは丁度、獲物を完全に消化した虫とり菫が、再びその魔手を開くように、静かに、音もなく口を開いて行ったのです。

　そして人々は、その中に、気絶したまゝ窒息した美波綾子の果敢ない屍を発見しなければなりませんでした。

　それから後の事は管々しく述べますまい。唯これだけの事を言って置きましょう。この恐ろしい寝台について、葉山監督は種々とその出所を調査したところが、意外にもそれが数ケ月以前、あの不思議な死に態を遂げた洋画家香取道之助の家にあったものだという事が分りました。それが廻り廻って××撮影所へ売込まれ、そして茲に初めて恐ろしい秘密を曝かれる事になったのです。

　では、いよいよ数ケ月をさかのぼって、この物語の本題に入りましょうか。

二

　香取道之助がどんな奇妙な性癖の持主であったか、それを私は管々しく述べることを避けようと思います。何故ならば、この物語を進めてゆく間に、読者諸君にも自ら、彼の世の常ならぬ性質がお分りになる事と思うからです。

　彼の両親は彼がまだ五つか六つの時分に相継いで亡くなったという事です。然し幸いな事には、彼には生涯相当の贅沢をして行けるぐらいの財産と、両親にも優る程の忠実な一人の乳母が遺されていました。ですから香取道之助は何不自由なく、中学を出ると（この中学時代に彼が得た唯一人の友人がかく言う私だったのです）好きな絵を勉強したり、音楽に凝って見たり、然し、そのどれもが長くは続かないで、結局は何もしないで遊んで暮していました。そういう男の常として、彼も亦生活に対しては全く無気力で、内部では酷く我儘な癖に、外へ出るとまるで意気地がなく、従って友達というものを全く持つ事が出来ないのでした。始終書斎に閉籠っては、洞な空想の世界に自分自身を見出しては娯しんでいるという風で、しかもその空想というのが、世の常とは全くかけはなれた、妙に歪んだ荒唐無稽なものばかりでした。

それでも、流石に乳母の生きている間は、彼のこの奇妙な空想も、単に空想に止まっているのみで、至極平穏無事だったのですが、この乳母が亡くなって、誰一人彼を制肘する者がいなくなったとなると、勃然として彼の荒唐無稽な空想は実際にまで移されて来たのです。私が初めてこれを知ったのは昨年の秋の事だったと思います。

かなり長い間彼と交際を断っていた私は、ある日思いがけなくも彼からの手紙に接したのです。それによると彼は今小石川の久世山に新しい家を建てたから、是非一度遊びに来てくれというのでした。彼が久世山に新しい家を建築中である事は、私もほのかに聞知っていました。然しそれが何時竣工したのやら、何時彼が其処に移り住んだ事やら、私は少しも知らなかったのです。思うに私自身も、この呪われた男になるべく近寄らぬように警戒していたと見えます。然し、今こうして彼の手紙を見ると、急に又彼が不憫に思われて、他に友達とてはない男の事だから、どんなに淋しがっている事だろうと、私もつい出向いて行く気になったのです。

然し、あゝ、香取道之助のあの新しい家、それは何んという奇妙な建物だったでしょうか。それは丁度早稲田から牛込界隈を一目で見下ろす事の出来る高台の突端に、一軒だけぽつねんと離れて建っているのですが、遠くから見てもそれが仲々世の常ならぬ建物である事が頷けました。まるで真四角な木の箱を置いたような建物で、奇妙な事には窓というものが何処にも見当らないのです。

江戸川から小日向台町の方へ登って行くあの坂を登り切ったところに、かなり大きな石の門があって、其処に香取道之助という表札が見えました。私はそれを入ると、建物の方へ歩いて行ったのですが、ところが不思議は窓がないというだけに止まらず、第一何処にも玄関らしい入口がないのです。私は二三度この四角な建物の周囲を歩いて廻ったのですが、遂に入口らしいものを発見する事が出来ませんでした。四方とも壁一面が、丁度つゞれの錦のように、大小様々な木材を以って縦横無尽につらねてあって、その何処にも一分の隙も見出す事が出来ないのでした。私は途方に暮れながら、もう一度表の方へ廻りました。するとその時ふと眼についたのですが、表門から入って来て、普通ならば玄関に当るところに、大きな銅鑼が一つ懸っています。成程、これを叩けというのだな——私は相変らずの香取道之助らしい趣味に苦笑しながらその銅鑼を叩きました。と、その音が通じたものか、奥の方から床を踏むスリッパの音が聞えて来ましたが、間もなくそれが私の直ぐ目の前で止りました。疑いもなく内部から私のために入口を開いて呉れようとしているのに違いないのです。それにしても、この奇妙な、まるで箱のような建物の何処が開くのか、私は多大の好奇心を以って目の前の壁を見守っていました。すると丁度鳩時計の鎖を巻くような音がキリ〳〵と内部から聞えて来ましたが、やがて鴨居の辺に当る位置の板がする〳〵と水平に動いたかと思うと、次いでそれを支えていた柱がきり〳〵と上の方へ動きました。それに続いて二三の板が、或いは水平に、或いは垂直に動きましたが、やがて、其処にポッカリと洞穴のような入口が開いたのです。手っ取り早く言えば、これは子供たちがよく弄んでいる箱根細工、あれを開くような仕掛けがこの建物に施してあると思われるのです。私は暫く呆れ返えって、この気紛れな仕掛けを眺めていました。すると其の時、扉の中から「いらっしゃいまし」という声が聞えました。その声に驚いて見ると、そこに二十二三の美しい女が立っているのです。

「阪部さんでいらっしゃいましょう」

　女は私が名前を言わない前に、さも人懐しそうな調子で会釈しました。

「あゝ、僕、阪部です。香取君はいますか」

「はい、先程からお待ちしています。さあ、どうぞお入り下さいまし」

そう言われて私は腰を跼めるようにして中へ入りました。ところが内部へ入って見ると、外部から想像したとは打って変って、其処には普通の玄関があり、その奥には長い廊下が見えました。それに窓というものが一つもないにも拘らず、内部は不思議な程明るいのです。ただ変っているのは、部屋と部屋とを隔てゝいる壁ですが、これが例によって、悉く箱根細工式の寄木細工で拵えてあるのでした。そして此処にも扉というものが何処にも見出す事が出来ないのです。

女はとある部屋の前へ立止まると、軽く壁の上を叩きました。

「誰？」

中から聞えて来たのはまぎれもなく香取道之助の声です。

「阪部さんがいらっしゃいました」

すると又しても先程のような不思議な仕掛けを以って、私たちの眼前にポッカリと洞穴のような扉が開いたのです。

「どうぞ」

案内をして来た女は艶やかな眼で、意味ありげに私の顔を見上げると、そのまゝばたばたと廊下を向うの方へ去って行きます。その後を見送って置いて私は香取道之助の部屋というのへ入って行ったのです。

それはまあ何んという奇妙な部屋だったでしょうか。広さにして丁度畳二十畳敷きくらいの部屋なのですが、天井と言わず床と言わず、四方の壁に到るまで、その総てが、悉く寄木細工で出来ているのです。其処には窓というものが一つもなく、おまけに私が入って了うと、又してもキリ〳〵と時計の鎖を巻くような音を立てゝ、背後の扉がピッタリと締って了ったのです。そして私たちは最早完全に、一つの箱の中に閉じ籠められたのです。

「よく来たね」

香取道之助は呆気にとられている私の顔を見ながら、むっつりとそう言いました。

「どうも大変な家だね」

「ウム」

私はがらんとした部屋の中を見廻わしました。見ると部屋の一隅には、この部屋にしてもまだ大きすぎる位の寝台が一つ据えてあります。それは中世期の宮殿などでよく用いられた、あの馬鹿々々しい程の立派な寝台で、複雑な彫刻をした樫の天蓋からは、重い緋色のカーテンがすっぽりと掛っていました。

「どうだね、この寝台は？」

香取道之助は私の呆れ返えった顔を見ながら、何故かにやりと笑いながらそう言うのです。然し、その時私は、この寝台よりも、もう一つ奇妙なものをこの部屋の中に見附けていたのです。というのは、寝台を置いてある壁とは反対の側の壁に、何んと形容していゝか、大小無数の、様々な面が一杯に懸けつらねてあるのでした。香取道之助が何時から面などに興味を持ち出したのか私にもよく分りませんが、其処には世界中のありとあらゆる面が集めてあるのです。お能の様々な面を初めとして、張子のおかめ、ひょっとこ、般若、そうかと思うとピエロだの、朝鮮の道祖神に似た物凄い面もあります。それが様々な隈取りの中に様々な表情をして、この奇妙な部屋の中を覗いているのです。場所が場所だけに一種異様な寒さを私は感じました。一寸目を反らした瞬間など、無数の首が部屋の中を覗込んでいるような錯覚に襲われます。面だけが離れて壁に懸っているのではなく、その背後には各々完全な体が続いているのではないかとも思われるのでした。私は何んとはなしに一種の鬼気を感じ、それと同時に、名状し難い焦燥に捉われたものです。

「君は相変らず変な事ばかり娯しんでいるんだね」

やがて私たちが向い合って腰を下ろした時、私は相手の顔をまじまじと見守りながらそう口を切りました。

「変な事？　この面の事かい？」

「面といい、この家といい、それにこの寝台にしても余程妙なものじゃないか」

「そう、君にはそう思われるかね」

そう言いながら香取道之助は凝っと私の眼の中を覗き込んでいましたが、何を思ったものかつと立上がりました。

「成程、君には妙に見えるかも知れないね。然しこの建物はとも角、お面と寝台とはそう出鱈目な僕の趣味じゃないのだよ。出鱈目の影に隠れて、僕はある目的のためにこれを集めたのだ」

彼はそう言いながら、部屋の中を歩廻っていましたが、突然つと立止まると、ハッとした様子で凝っと利耳を立てゝいました。

「目的？　ほう、じゃこれ等の変てこなものに何か意味があるというのかね」

「あるとも」

彼は再び歩き始めましたが、

「君はさっきの女を見たかい？」

と突然別の事を訊ねました。

「うん、見たよ。今君に聞こうと思っていたのだが、ありゃあ君のマダムかね。仲々美人じゃないか」

「うん、俺の女房だ。俺は今彼奴を殺す事を計画しているのだよ」

私は何故か、ふいに胸を鋭いもので刔られたような気がしました。香取道之助は立止まって、凝っと刺すように私の顔を眺めました。が、やがて頰の筋肉をピク〲と痙攣させると、突然咽喉の奥の方で低い笑い声を挙げました。

「何も心配する事はないよ。僕は別に気が違っているのじゃないのだから」

私はそれに一言も答えずに、相変らず彼の落着のない様子を見守っていました。気が違っていないという彼の言葉をそのまゝ信用する事が出来るであろうか。いや、〲、それは自分は今気が違いかけているという別の言い方ではなかろうか。

「今僕は何んと言ったっけな、女房を殺すつもりだと言ったな。君はそれを信じない、いや、或いは僕を気違いだと思っている、然し、僕が気違いでもなければ、出鱈目を言っているのでもない証拠を君に見せてやろうか。何故僕が女房を殺す気になったか、何故殺さなければならないか、その証拠をね」

香取道之助は洞(うつろ)な声音(こわね)でそう言うと、ふいに先程彼が腰を下ろしていた椅子を取上(とりあ)げました。私はそれを見て危うく声を立てようとしたところです。今にも彼がその椅子を振上げて襲いかゝって来るのではなかろうか、私は激しい恐怖に駆られたのです。この箱のような一室で、気違いと二人で差向いでいる事の危険さに、私は心臓の冷くなるような恐怖を感じました。

然し、幸いそうした乱暴をするでもなく、彼は椅子を、例の面の一杯懸けつらねてある壁の側(そば)まで持って行くと、その上に上って無数の面の中からピエロの面を一つ取外(とりはず)しました。見るとその面の背後の壁には、楕円形(だえんけい)の小さい孔(あな)が開いているのです。

「君、この孔が何を意味するか知っているかね。僕はね、向う側の部屋から、この孔に顔を出して毎晩毎晩この部屋の中を覗き込んでいるのだ。分るかね、此処にかゝっている無数の面は、つまりその僕の顔を隠すためのカモフラーヂみたいなものなんだ。彼奴は日頃見慣れた面の中から、唯一つ、本物の俺の顔が覗いているとは知らないで、夜毎(よごと)種(いろ)んな、ヽ、ヽ、ヽ、ヽ、ヽ、ヽ、ヽ、ヽ、ヽ、ヽ、ヽ、ヽ、ヽ、ヽ、ヽ、ヽ、ヽのだよ。俺はもう三月(つき)に亘(わた)ってあの女のヽ、ヽ、ヽ、ヽ、を、余すところなくこの孔から見ていた。見てやった。亭主の鼻の下で、あの女は思う限りの、ヽ、ヽ、ヽ、ヽ、ヽ見せてくれたのだ。ね、ね、分ったかね。だから俺はあの女を殺さなければいられないのだ」

そう言って香取道之助は、今や疑いもなく気違いの笑いを以って高らかに笑ったのでした。

三

香取道之助の妻が、彼が言ったように果してそうした不貞な女であったかどうか、私にはどうも疑わしいように思われます。それは彼一流の妄想(もうそう)が、何時(いつ)の間にやらそうした小説の筋を頭の中ではっきり作り上げていたのではありますまいか。第一、あの面の中から首だけ出して、妻の寝室を覗いているという事からして、言おうようなき浅間しい、そして気違いじみた所業ではありますまいか。

　然し妄想患者の常として、一旦そう信じ込んだが最後、最早それは一つの明瞭なる事実となって了うのです。それは如何なる事実よりも却って彼には強く、そして動かし難いものなのです。

　彼は遂に哀れな妻を殺害する事に決心したのです。そして予め用意していたあの恐ろしい死の寝台に、その夜初めて妻を殺害すべきからくりを仕掛けて了いました。

「俺は一寸外出して来るよ。今夜はたぶん帰らないかも知れない」

　香取道之助はそう言い残して、久世山の寄木細工の家を出て行きました。然し、決して本当に出て行ったのではなく、何時も妻を欺いてあの浅間しい覗きの所業をする時と同じように家の附近に隠れていたのです。そして程よい折を見計って、裏口の、誰も知らない入口からこっそりと妻の寝室の隣へ忍び込みました。後になって分った事ですが、この奇妙な建物は、一見何処にも入口がないかの如く見えて、事実は到るところが出入口になっていたのです。成程、そう言えば泥棒に対してこれ位安全な建物はないと言っても差支えないでしょう。この様々な木材のうち、どれを最初に動かすべきか、それを知らないでは、どんな人間にもこの家へ入る事は出来ないのです。それと反対に、その鍵を知っている人間なら、家の周囲の到る所が出入口ともなるわけでした。

　さて妻の寝室の隣へ忍び込んだ香取道之助は、例の面の背後へ廻ると、そっと椅子を引きよせてその上に這上りました。そしてあのピエロの面の背後に開いている小さい孔から手を差出すと、そっと面を取外し、そしてその面の代りに自分の顔を突出しました。それは小さい孔で、辛うじて首だけが入るぐらいなのです。彼は椅子の上に爪立って、凝っと妻の寝台を見下ろしていました。部屋の中は真暗で、向うの方にある寝台が唯朧ろ気に見えるばかりです。

　そうして、どの位待っていたでしょうか。やがて扉を開いて女が一人部屋の中へ入って来ました。彼女は寝台の枕下にある電灯の灯をつけ、それから部屋の中を暫く片附けていましたが、ふと枕下にある洋酒の瓶を見附けると、急に気がついたようにそれをコップに注いで一口にぐっと呷りました。寝につく前に一杯の葡萄酒を呷る事が彼の妻の毎晩の習慣になっているのでした。それを知っている香取道之助は、ですから、今彼女がそれを飲干したところを見ると、思わず咽喉の奥の方でかすかな、低い声を挙げました。今や彼女は完全に、彼の仕かけたあの恐ろしい虫とり菫の餌食になろうとしているのです。葡萄酒の中には強い麻酔薬が仕掛けてある。そしてあの寝台は人間一人の重量がかゝれば、何分かの後に自然と恐るべき作用をするように仕掛けられているのです。

果して葡萄酒を飲干した彼女は、二三歩よろ〳〵とよろめきました。そして驚いたような様子できょろ〳〵と部屋の中を見廻していましたが、やがて耐え難くなったものでしょうが、バッタリと寝台の中へ転ぶようにして打伏したのです。

これを見ている香取道之助の形相は、最早悪魔の他の何者でもありませんでした。彼は咽喉を鳴らし、椅子を蹴って歓喜に身を打慄わせていました。総てが計画通りです。今あの恐ろしい寝台の天蓋は、徐々に、正確なる速度を以って下りつゝあるのではありませんか。そして妻は何事も知らずに打伏している。この恐ろしい虫とり菫は、噉込んだ餌食が完全に窒息して了う迄、決して口を開こうとはしないのです。そして、適当な時間の経過の後、再び徐々に元へ返って行く。何処にも証拠というものは残らない。

やがて厚い樫の天蓋はすっぽりと寝台を包んで了いました。そして間もなく、中から激しく寝返りを打つ音と、バリ〳〵と天蓋の内部を掻きむしる音とが聞えて来ました。これを聞くと香取道之助は耐えがたい喜びのために、大声を挙げて笑いました。

「やったぞ、やったぞ、やっつけたぞ！」

彼はそう叫びながらバタ〳〵と両手で壁を叩き、足を踏鳴らしました。そうする事が、今に自分を恐ろしい死地へ陥入れる事など、少しも彼は気がついていないのでした。

総てが呆気ない程簡単に片附きました。断末魔の呻きとも思われる、啜泣くような声が一息長く続いたかと思うと、あとはもう死の静けさでした。そして万事の使命を果した天蓋は、再び音もなく、四隅の柱を伝って規則正しく上って行くのです。

「やったぞ、やったぞ、やっつけたぞ！」

香取道之助は其処に現われた妻の乱れた屍を見ると、思わず歯を嚙みならし、激しく両手を振りながら叫びました。

然し、その時の事です。突然其処に、世にも奇妙な現象が起りました。というのは他でもありません。先刻の妻が入って来た入口から、又しても彼の妻が入って来たではありませんか。あゝ、これは何んという事でしょう。夢ではなかろうか、気が狂ったのではなかろうか、然し、それは間違いもなく彼の妻なのです。では、あの寝台の上に横になっているのは——其の時彼の妻は何か口の中でぶつ〳〵言いながら室内の電気を点けました。それで初めて分りました。寝台の上にいるのは妻ではなく、女中でした！

言いようのない驚愕と憤怒と失望との叫びが、ごっちゃになって彼の口をついて出ました。彼は足を踏鳴らし、椅子を蹴って、あらゆる呪咀の言葉を妻に向って投げかけました。若しも其処に壁がなかったら、彼は必ず妻に向って摑みかゝり、改めて彼女を絞り殺したに違いないのです。然し、運命は何んと云う皮肉でしょう。彼が地団太を踏んで口惜しがったはずみに、彼の体を支えていた椅子は後へ跳ねとばされて了いました。そしてあの小さい孔から首だけ出していた香取道之助は、妻を絞り殺す代りに、妻に向って激しい呪咀を口穢く投げつけながら、この孔のために絞り殺されて了ったのでした。

この奇妙な物語はこれで終るのです。

然し最後に一言附加えさせて戴きましょう。あの××撮影所で非業な死を遂げた美波綾子、彼女こそ香取道之助のかつての妻だったのです。これを思えば因縁の恐ろしさに身慄いを禁ずる事が出来ません。彼女は良人があの無気味な最後を遂げた当時、警察で厳しい取調べを受けた時、飽迄も知らないと言張った通り、この恐ろしい寝台の秘密については、少しも知るところがなかったものと見えます。

「私が部屋へ入って行きますと、私の寝台に女中が寝ているのです。それを起そうとしますと、突然、部屋の向うの方から良人の声が聞えて来ました。最初のうちそれが何処から聞えて来るのか、私には少しも見当が附きませんでした。そしてやっと気が附いた時にはもう遅かったのです。良人はあの面の中から首だけ出して――」

　然し読者諸君よ。その時彼女は良人を救おうとして壁の背後へ廻りはしなかったでしょうか。そして、いざとなって、急に気が変ったのではありますまいか。利口な彼女は、良人のその場の様子から、彼の秘密の一端を覚ったに違いありません。女らしい憤怒と復讐――それに良人の足の下へ椅子を持って行かなくても、誰に分るという気遣いはないのです。どうして彼女が断末魔の苦しみに煩いている良人の足を引張らなかったと言えましょう。

舜吉の綱渡り

A

女は到頭舜吉のもとから離れて行った。

「さようなら。あたしも矢っ張り、キっと美しい靴をはいて、お芝居へ行ったり、遊園地へ行ったり、金ピカの馬車に乗って公園を散歩したりしたくなったの。幸い今度来た行政官が、あたしにそんな事をさせて呉れるってから、あたしあの人のところへ行くつもりよ。じゃ、さようなら。今日から途で会ってもあかの他人よ」

彼女はそう言うと、シングルカットの頭を振りながら、さっさと貧しい舜吉のアパアトを立去った。

そんな事になるのは前から分っていた事だけれど、さてはっきりと女からそう宣言されて見ると、舜吉は急に世の中が真っ暗になって行くのを感じた。女の踵の高い靴の音が、廊下の端に消えて行った時、舜吉は取返えしのつかぬ空虚さを胸の中に感じた。

彼は長い事同じ場所に立ちつくしていたが、やがて、何んという事なしに窓を開いて、溜息を洩らした。

五月の輝かしく、生暖い風が、いっそものなやましく舜吉の魂を擽った。彼は暫く窒息しそうな胸を開いて、むさぼるようにその空気を吸い込んでいたが、やがて、深い絶望の呻きをあげると、どっかりと椅子の中に崩折れた。すると胸悪くも、脚の壊れかゝった椅子は、邪慳な悲鳴を挙げたかと思うと、無慈悲にも舜吉の体をまりのように床の上へ投げ出して了ったのだ。

舜吉はすっかり気を悪くして、床から起上ると、洋袴の埃を払いながら、チェッ！　と口の中で舌打ちをした。すると、その拍子に今女の置いて行った指輪が卓子の上できらりと光るのを見た。

成程、こんな硝子玉の指輪なんかより本当のダイヤモンドの入った指輪の方がどんなによいか分らない。自分だってそう思う。従って女が自分にこの贋ダイヤの指輪を返して、本物のダイヤモンドの指輪をくれる男の方へ走るのは無理もない事だ。然し、愛情というものはこんなものだろうか。愛情の真偽も矢張彼等の与える指輪のダイヤモンドの真偽と正比例するものだろうか。馬鹿な！　そんな馬鹿な話があって耐るもんか！　若しそうだったとすれば、この町では、誰もあの豚のような行政官以上の愛情を持つわけには行かなくなるではないか。

舜吉はその指輪を手に取上げると、暫く忌々しげに眺めていたが、何んと思ったか、それをポケットに突込んだ。そして帽子を手に取ると急いで部屋を出て行った。外は輝かしい五月の空で、空気が天鵞絨のように濡れて光っていた。アスファルトが白く輝いて、突然暗いアパアトの一室から出て来たものにとっては、頭がくら〳〵するくらいだった。

無論道の上下を見廻わしたけれど、女の姿は最早何処にも見当らなかった。そこで舜吉は長い髪の毛を左の手で撫で上げると、帽子を叮嚀に被って、両手をポケットに突込むと、さてそろ〳〵と歩き出した。

街は恋人同志が手を携えて歩くのに最もふさわしい時候だった。昨日迄は舜吉も彼等の仲間だったのだ。いや、彼等の中でも、一番幸福な一対だったかも知れない。然し、今日はもう、彼等と肩を並べて歩く資格さえないように思われる。幸福な男女たちは、行きずりにみんな舜吉を振返った。そして、

——おや、君の可愛いお連れはどうしたの？

と訊ねたげなまなざしを投げて行った。

舜吉は段々憂鬱になって行った。彼は無鉄砲に街へ飛出して来た事を後悔さえした。彼のような意気地のない男は、この輝かしい恋人たちの街を歩く権利もないのだ。そうだ、主人の家を追われた野良犬

が、何処かの縁の下で小さくなって、楽しげに遊び戯れている仲間の様子を、物欲しそうに眺めていると同じように、あの貧しいアパアトにうずくまっているべき筈だった。

舜吉は黙々として人のいない砂浜の方へ歩いて行った。

其処は幸福な男女たちが多く出かける、もう一つの砂浜と、遠く砂丘によって隔てられていた。従って昼日中こんな砂浜へ出かけて来る者は誰一人いない。眼をあげると、向うの砂浜には、種々な奇妙な形をした建物が、まるで玩具の箱を打ちまけたように散らばっている。そして、その一番高い柱には、赤だの青だのゝ旗がひら〱と風に美しくひらめいていた。

舜吉もよく女とその砂浜の方へ出かけた事がある。だから彼は、その大きな柱の下に、大きく、

Sea-side Pleasure Ground

と書いてある事を知っていた。

舜吉は立ったまゝで靴で砂浜に穴を掘った。そしてその中に硝子玉の指輪を投げ込むと、叮嚀に土をかぶせた。彼は其処へ、

(わが恋の墓場)

とでも書いて立てゝ置こうかと思ったが、そんな事をしなくても、夕方になれば満汐が何も彼も解決してくれるだろうと思ったので廃した。

指輪を埋めて了うと彼は少しばかり心が軽くなったのを感じた。するとそのはずみに汐風の加減か、あの「海岸遊園地」の陽気などよめきが聞えて来た。彼はふとその方へ誘惑を感じた。どうせ独りぼっちで、こんな淋しい砂浜にいたって始まらない事だ。あの遊園地は、幸福な男女たちを楽しましてくれると同じように、独りぼっちの淋しい若者をも慰めてくれるかも知れないのだ。

其処で舜吉はどん〱と砂丘を下りると、もう一つの方の砂浜の方へ歩いて行った。近づくに従って、陽気なサキソフォーンだの、トロンボーンの音が間近かに聞えて来た。すると舜吉は急に血が湧き立って来るのを感じた。そしていつ迄も悲しんでいなく

てもいゝような幸福が、その遊園地の中に待ち構えているような気がして来た。間もなく遊園地の色んな遊戯場が、彼の眼前に迫って来た。そして金ピカの制服を身につけた男が、大きな声で客を呼んでいる入口の側までやって来た。

が、その時である。彼の一番見たくないもの、一番見てはならないものが、その入口の前に待っていたのである。

今しもその入口の前に、金の縁とりをした黒塗りの二頭馬車が着いた。そして人々の歓呼の声に迎えられながら、肥っちょで赭ら顔の行政官が馬車から降り立った。無論彼一人ではなかった。昨日まで舜吉の恋人だった女が、輝かしく頬を染めながら、その行政官に手を取られて降りて来た。

舜吉は思わず息を嚥み込みながらその女に眼を見張った。それは決して、嫉妬や腹立たしさからではなかった。女があまり綺麗だったからである。彼女は最早昨日迄の彼女ではなかった。緑色の着物の襟に、白いボアを巻きつけてその上に、桃色の帽子を一寸斜めに被っているところは、どうしても、舜吉などと手を携えて歩くのにふさわしくない程美しかった。おまけに、女が手袋を脱いだ時、舜吉はその綺麗な指に、大きなダイヤモンドがきらりと光るのを見た。

「成程」

と舜吉はうなずいた。

「ダイヤモンドの真偽が男の愛情の真偽と正比例しない事は確かだ。然し、女というものは、矢張り本物のダイヤモンドを指にはめている方が美しくもあるし、それが本当の事でもある」

然し、その時舜吉の背後の方で誰かゞ声を掛けた。

「お前さん何を感心しているの。到頭お前さんの恋人もあの肥っちょの行政官にとられて了ったじゃないか。お前さん口惜しくはないのかい？　あの行政官の奴、これで他人の恋人を横取りにしたのは三十度目だよ」

舜吉は急に腹立たしくなった。で、そんな事を言ったのが誰だか、見定めもせずに、その遊園地の入口から離れた。

「成程」

舜吉は歩きながら重苦しく呟いた。

「今誰かゞ言ったように、これは口惜しがらなければいけない事かも知れない。然し、何故いけないのだろう。自分だって、女が硝子玉の指輪をはめているより、本物のダイヤの指輪をはめている方が美しいと思っているのだ。だから、あの行政官が本物のダイヤで女を釣ったと言って少しも悪い事ではないではないか。あの男はこうして一人ずつ女を美しくしている。何も悪い事ではない。そうだ、悪い事というのは、自分があの行政官より立派なダイヤの指輪を持ち合さなかったという事だ。つまり自分の貧乏に対して口惜しがらなければいけないのだ」

舜吉はふと足を止めた。妙にけばけばとした色彩が彼の眼に映ったからである。気がつくと彼は、街の公会堂の前に立っていた。けばけばしい色彩というのは、その公会堂の壁に貼った大きなポスタアだった。舜吉はゆっくりと煙草を取出すと、それに火をつけてそのポスタアを読み始めた。

世界的大ヒポドローム
一、ジェロニモ氏の決死的空中離れ業
二、花形美人数十名の花の如き大舞踏
三、馬匹数十頭。象七頭。獅子八頭
四、…………
五、…………
明日より当公会堂に於て公演

舜吉は煙草を一本喫って了う迄、ゆっくりとこのポスタアの隅から隅まで眺めていた。其処には一人の曲芸師が綱渡りをしているところが書いてあった。そしてその下に横文字で、世界的冒険家ジェロニモ氏と大きく書いてあった。

B

その翌日、ヒポドロームは予告通り正午から開かれた。そしてそれはすっかり街中の人気をさらって了った。誰も彼も公会堂へと足を急がせた。おかげで街中が空っぽになったばかりでなく、今迄人気を集めていた海岸遊園地はすっかりその方に客をとられて了った。誰ももう、あの古くさい遊園地など見向きもしなかった。そしてみんな美しく着飾っては公会堂の方へ急いだ。中でも、ジェロニモ氏の決死的空中離れ業は、人々の賞讃の的となった。彼が数十丈の高さに張った綱の上に立った時、若い女たちは胸を轟かせてその勇姿に見とれていた。ジェロニモ氏は、その綱の上で、様々な危険な離れ業を見せた。成程、それはポスタアの文句通り、決死的な冒険に違いなかった。如何に地上に網が張られているとはいえ、誰しも、今迄そんな思い切った曲芸を演じる者はなかったゞろうと思われた。

　舜吉も毎日のようにこのヒポドロームを見に出かけた。彼は貧しくて高価な賃銀は払えなかったので、いつも人々の一番うしろから見ていなければならなかった。それにそして、彼を裏切ったあの恋人は、行政官と共に、いつでも一番正面のところに陣取っていた。従って彼女の一挙手一投足は、曲芸と同じように、はっきりと舜吉の眼を捉える事が出来た。

　舜吉は彼女が、いかにこのジェロニモ氏の曲芸に心を奪われているかを知る事が出来た。ジェロニモ氏が綱の上に立った時、彼女も息をつめてそれを見ていた。ジェロニモ氏が綱の上で危険な離れ業を演ずる時、彼女の魂が綱と同じように張り切っている事を舜吉は見た。そして、見事に曲芸を演じ終った時、一番最初に拍手を送るのはいつも彼女で、そして一番最後まで拍手の手を止めないのも彼女だった。その為に、傍に坐っている行政官が、いつも顔をしかめている事まで、舜吉は見てとる事が出来た。

　舜吉は初めて、ダイヤモンド以外にも、女の魂を捉えるもののある事を知った。曲芸だ。綱渡りだ。そして決死的冒険だ。

　二三日舜吉はアパアトに閉じ籠ってその事を考えていた。彼はともすれば、ジェロニモ氏の曲芸に恍惚としている女の顔を思い出した。すると舜吉は、何んとなく幸福に胸がふくれ上って来るのを感じた。

　或る日、何を思ったのか彼は、もう此の頃では誰も足を向けなくなった遊園地へ出かけた。そして其処の事務所の前に立って支配人に面会を求めた。支配人は蒼い顔をして、溜息と共に舜吉を迎えた。彼はもうヒポドロームの方へすっかり客を取られて了ったので、今では破産に瀕しているのだった。自殺するか、この街を逃出すかしなければ、法がつかないような破目になっていた。舜吉は部屋へ入って行った時、其処のテーブルの上に、今迄磨かれていたらしいピストルの置いてあるのを見た。これは舜吉にとっては思う壺であった。

「あなたは自殺しようとしていらっしゃるのですね」

　舜吉は支配人の顔を見た。支配人は悲しげに肩をゆすったまゝ黙っていた。

「あなたは何故、この遊園地を昔のように繁昌させようとなさらないのです」

「どうしてそんな事が出来るというのだ」

　支配人は拳を固めた。

「向うにはあんな偉い奴がいる。それに引きかえて、俺の方は意気地なしばかり揃っているのだ」

「あなたの仰有るのは、あのジェロニモ氏の事ですね」

「そう、あのジェロニモ！　あいつは鬼神じゃ！　悪魔だ。あいつの為に俺はすっかり破産した。明日はそのピストルの弾丸をこめかみに打ち込むか、裸にされてこの町を追い出されるかしなけりゃならんだろう」

「何故あなたはそれに対抗しようとなさらないのです。ジェロニモ氏なんて、何んでもないではありませんか。それ以上の男を引張って来ればいゝじゃありませんか」

　舜吉は落着いた声音でそう言った。そしてポケットから煙草を取出すと、それに火をつけて、紫色の煙をはき出した。

「お前さんは俺をからかっとるんじゃな。ジェロニモ！　あいつは素敵な奴じゃ。あいつの魂は鉄の弾丸で出来とるに違いない」

「ジェロニモ氏なんて何んでもありません。あれ以上の事の出来る人間が一人いますよ」

　支配人はびっくりしたような眼で舜吉の顔を眺めた。舜吉は相手に納得させるように、

「ね、考えて御覧なさい。ジェロニモ氏が綱の上で、如何に危険な曲芸が出来たとしてもそれは何んでもない事です。何故と言って、地上に網を張っているじゃありませんか。あいつはだから、曲芸を縮尻って落ちたとしても命を失う心配はないのです。本当の決死的曲芸というものはあんなものじゃありません。地上に網を張らない綱渡り、それこそ真の決死的曲芸というものです」

　支配人は憤ったように部屋の中を歩き出した。彼はこの青年の言う事がよく分らなかったらしい。いや、分っても信じられなかったのかも知れない。

「然し、然し」と彼は吃りながら言った。「そんな事の出来る奴が何処にいるのだ」

　舜吉は黙ってポケットから紙片を取り出した。それは昨日 Wide World から切り抜いた一頁だった。

「此処にいます。よく御覧なさい」

　支配人はそれを手に取ると、其処に出ている写真とその下についている説明文を一目で読んで終った。

　――ナイヤガラ瀑布上の決死的綱渡り。

「それがかく言う私です」舜吉は胸を張って昂然と言った。

C

　その晩街の辻々に貼られたポスタア程此少ない町の人々の心を掻き乱したものはなかった。最早誰もジェロニモ氏なんか口にしなかった。

　――本当にそうだわ。網を張った綱渡りなんか何んでもない事だわ。落ちても生命に別条ないばかりか怪我だってしっこないんだもの。

　――そうだよ。僕もそう思っていたのだ。だから、みんながジェロニモになんか夢中になっているのは馬鹿々々しいと言って居たんだ。

　――ジェロニモだって？　あんな臆病な曲芸師に誰が夢中になるもんですか。それより、明日、遊園地で見せるという、網なしの綱渡りを是非見に行か

なけりゃ。

　ヒポドロームの方はこの噂に真蒼になって狼狽した。彼の方でもジェロニモ氏を説き伏せて、綱なしの綱渡りを演らせようとしたが、そんな無鉄砲な事をジェロニモ氏が肯く筈がなかった。曲芸師だって生命の惜しい事に変りはない。其処でヒポドロームの支配人は莫大な金を提供して遊園地側へ和解を申込んで来た。然し、最早、遊園地の支配人は、相手の泥語に耳をかす必要はなかった。何故ならば、遊園地の前売切符は羽が生えたように売れて行った。その切符に今では何倍というプレミヤがついている有様だったから。

　舜吉は身支度をとゝのえて、定められた時間に遊園地へ出かけた。彼が綱渡りを演じようという建物は、あの公会堂よりも何倍も大きかった。そしてその大鉄傘の下には、この町の人を全部容れるに足るぐらい広かった。事実、後から起ったあの事件のために分った事だが、その日、その大鉄傘の下には、この町中の人が、一人残らずやって来ていたのである。敵方のヒポドロームの団員さえも、この素晴らしい、綱なしの綱渡りを見物に来ずには居られなかったらしい。

　舜吉は華々しい拍手とどよめきに迎えられてこの大鉄傘の中央に現われた。彼は赤と青と金と銀の衣裳を身につけ、その美しさだけでも女の観客の魂を捉える事が出来た。彼は稍々興奮した足どりで、空から垂れている綱梯子を登り始めた。無論それは、決して鮮かな足どりではなかったが、興奮している観客は、誰もそんな事に気のつく者はなかった。やがて、彼は綱梯子の頂上まで辿りついた。見れば其処には一本の綱が横に張ってある。舜吉はその綱を渡らなければならないのだ。

　舜吉は我れながら自分の落着いているのに驚いた。彼はゆっくりとお辞儀をしながら下を見た。素晴らしい拍手が起った。舜吉はその中に自分の恋人も混っている事をよく知っていた。そして彼女が今どんなに興奮に身悶えしながら、この自分を見守っているか、それを知る事も出来た。彼はすっかり幸福だった。彼女の賞讃と憬れ（あこが）の前に自分の屍（しかばね）を横たえる事が出来るのだ。

　舜吉はそれ迄握っていた綱梯子を離して、愈々（いよいよ）綱を渡ろうと一歩足を前に出した。が、その時である。突然彼はこの大きな建物がくるくると旋回するのを感じた。観客席がぐっと彼の眼前に盛り上った。そして素晴らしいどよめきと共に、観客が総立ちになるのを見た。赤だの青だのの色が縺れ（もつ）合って左右に揺れ、そして崩れた。落ちているのだな。自分が落ちているので観客はあんなに騒いでいるのだ。

　然し不思議な事が起った。間もなく観客のどよめきは静まったけれど、自分が死んでいるような気はしなかった。成程、辺（あたり）はひっそりとしている。然し、この静けさは死ではないような気がする。ふと手がしびれるので気が附くと彼はまだ綱梯子を握っていた。上を見ると、いつの間にやら天井がなくなって、きら〳〵と昼の太陽が眩（まぶ）しく照っていた。いや天井ばかりではない。周囲の壁もすっかりなくなって、あるのは舜吉の握っている綱梯子を縛りつけた鉄の柱ばかりだった。素晴らしい大（おお）地震が起って、この町の人々を残らず殺して了ったのである事を覚る（さと）迄に舜吉はそれから三十分もかゝった。彼は静かに梯子を降りると、其処に死んでいる恋人の骸（なきがら）を踏んで外へ出た。

D

　舜吉は無論自殺なんかしなかった。何故なれば、彼はこの町にたった一人残された王様だったから。彼は死んだ恋人よりも、何倍も美しい女を、他の町からいくらでも買う事が出来るのである。

三本の毛髪

一

　音羽の九丁目で電車を降りた山崎と伊藤の二人は、青年らしい冗口を叩き合いながら、ゆっくりとした歩調で、女子大学の前へ出る坂を登って行った。邦楽座でヴァンダインの「グリーン家の殺人事件」を見て、その帰途を銀座で茶を飲んでいたものだから、彼等は漸く赤電車に間に合ったのだった。

　時刻はもう一時に近かったろうか。女子大学の前へ出る、あの緩やかな坂の前後には、人通りも途絶えて、屋敷町らしくひっそりと静まり返っていた。三月も終りに近い、妙に生暖い夜で、暈を被った月が、紫色の水蒸気の奥にぼんやりと光を放っている。両側の屋敷の中から流れて来る甘ったるい草木の匂いが、疲れた二人の肉体を快く擽った。もう春が、直ぐその辺まで来ているのだろう。それらしい風が彼等の外套の襟を柔く撫でて行く。

　山崎と伊藤の二人は、女子大学の近くの下宿で、偶然の機会から親しくなった仲だった。山崎は慶應の医科に、伊藤は商大へ通っている。二人ともまだ学生だった。

　彼等はコツ〳〵と靴の踵を鳴らしながら、肩を摺り合わせるようにして、ほの暗い坂を登って行った。何んだか妙に物憂い、それでいて、何かしら期待されるような二人の気持ちだった。彼等は銀座でも電車の中でも、たった今見て来たばかりの「グリーン家の殺人事件」を問題にしていたから、多分、その感動がまだ冷え切らないのだろう。何かしらそうした血腥い殺人事件を期待するような気持ちになっていた。

「それはそうと、君が知っている神前さんというのは直ぐこの近所だったね」

暫く黙々として歩いていた二人のうちの、伊藤がふと思い出したようにそう口を切った。

「あゝ、そうだよ。これから一丁ばかり行ったところにある横町の奥だ。そう言えば僕も随分神前さんには御無沙汰をしている。君に言われて思い出したが、明日あたり挨拶かたがた御機嫌うかゞいに行って見ようかな」

山崎は何故か感慨めいた口調で言った。

「神前さんというのは××大学の教授なんだろう。君はどうしてあの人と懇意なんだい」

彼等はまだその程度の浅い交際に過ぎなかった。山崎も伊藤も、まだお互いに相手の人となりを詳しく知らないのだ。伊藤はだから、この機会に一寸日頃の疑点を聞いてみようと思ったのである。

「なアに、中学時代暫く厄介になった事があるのでね。然し、あの人も不幸な人だ。牛込の方に本邸があるのに、今ではあゝして一人で住んでいるのだよ」

山崎の言葉の中には、何かしら深い哀傷の響きが籠っていた。然し、伊藤は一向それと気附く様子はなく、

「そうだってね、そう云う話を誰かから聞いたよ。一体、何故奥さんと別居なんかしているんだい」

「自分では研究の為だと言っているが、其処には種々と深い事情があるんだろう。何しろあの人は神前家の養子なんだからね。あゝ、見給え、あれが神前さんの家だよ」

山崎はふと足を止めて、暗い横町の奥を顎で指した。××大学教授神前健一氏の邸宅は、丁度その袋路次の一番奥にあった。神前氏はまだ勉強しているのだろうか。洋館の二階には煌々と電気がついていた。

「何しろ、あの人の奥さんと来たら、とてつもなく酷いヒステリーでね、それに……」

山崎はそれに続いて何か言おうとした。が、彼は

その言葉を終まで言う事が出来なかった。何故ならば、其処に、実に意外な事件が持上ったのである。煌々とした電灯の灯が洩れている二階の窓硝子に、その時二人の人間の姿が映ったのである。それも唯の様子ではないのだ。何か激しく争っている様子である。

「おや！　どうしたのだろう！」

二人が思わず一斉に叫んだ時である。彼等の方へ向いている窓が、中からガチャンと打破られた。そして、其処から顔だけ出した一人の男が、彼等の姿を見附けたのだろう。

「助けてエ！」

と必死の声を振絞って叫んだ。

「あっ！　神前さんだ。どうしたのだろう？」

山崎は一瞬間立ち悸んだが、直ぐその次の瞬間には、ドタ〲と路次の奥へ向って駈け出した。無論伊藤もその後に続いた。窓の側では猶も必死になって二つの影が縺れ合っていたが、又しても、

「助けてエ！　人殺しイ！」

と救いを求める神前氏の声が聞えた。と思うと、グイと引戻されるようにその影は奥の方へ消えた。

丁度その時分山崎と伊藤の二人は、神前家の表門をくゞって、玄関の側まで駈け着けていた。表門も玄関も扉が開いたまゝになっていたが、玄関の中は真暗だった。それでもこの邸の間取りをよく心得ている山崎は、玄関から直ぐ正面についている階段を大急ぎで登って行こうとした。その時である。階段の一番上の辺で、

「ギャーッー」

というような悲鳴が聞えたかと思うと、ドタ〲と一人の人間が石ころのように転げ落ちて来たのである。この不意な出来事にさすがの山崎も思わず立悸んだ。彼は危く真正面から突当ろうとした。その肉塊を避けると、階段の手摺に手をかけて、凝っと下に横わっている、それに眼を据えた。ヒーッというような無気味な呻きがその黒い塊から洩れた。そして、激しく手脚を痙攣させたかと思うと、そのまゝ、玄関の敷物の上に、ぐったりと伸びて了った。

「おい、電気を点けろ！　玄関の直ぐ左側にスイッチがある筈だ、それを、捻ってみてくれ」

その時初めて気がついたように山崎が怒鳴った。山崎よりも一歩遅れて入って来た伊藤は、その時丁度玄関の入口に立っていた。彼もこの無気味な出来事に、ガク〳〵と膝頭を慄わせていたが、そう言われて、初めて気が附いたようにスイッチに手を触れた。

パッと辺が明るくなった。二人は同じように足下に眼を据えた、と同時にごくりと生唾を飲込んで真蒼な顔を見合せた。

彼等の足下には一人の男があおむけになって倒れていた。見ると、その胸には一本の短刀が美事に刺さって、其処から流出る真赤な血が、白いパジャマを無惨に染めていた。短く苅り込んだ髪の毛が額にねっとりと粘着して、その下にくわっと見開かれた白い眼が、ぞっとするような、断末魔の恐怖を物語っている。

「神前教授だ！」

山崎は低い皺嗄れた声で呟いた。そして思わず二人は顔を見合せた、と同時に、冷水を浴せられたような恐怖を二人は背筋に感じた。犯人は？――それが二人の頭に、稲妻のようにひらめいて来たからである。

犯人はまだ二階にいる筈である。この階段より他に、逃途とてない、この邸の事だから、犯人はまだ二階にひそんでいなければならない筈だ。二人は緊張し切った眼と眼とを見交わせながら、凝っとそのまゝの姿勢で利耳を立てた。然し、辺は森と静まり返えって、何んの物音も聞えない。梟が何処か近くの方でホー〳〵と鳴くばかりで、二階には人の気配もしない。

多分犯人も、同じように息を飲込んで階下の様子に利耳を立てているのだろう。そう考える事は耐らないくらいの恐怖だった。彼等は床の上に腹這いになって、階下の様子を窺っている真黒な曲者の姿を目に浮べた。今にも白刃をひらめかして、階段を飛降りて来るかも知れないと思った。

二分——、三分——、然し、二階は相変らず森と
している。
「おい」
その時、山崎が消え入りそうな声で囁いた。その
声にぎょっとしたように伊藤は顔を挙げた。
「君済まないが、一走り交番まで行って来てくれ給
え。後は僕が番をしている」
「大丈夫かい？　君一人になって犯人が降りて来た
らどうするのだ」
伊藤は物凄い死体の顔と、山崎とを等分に見なが
ら慄える舌の根を嚙みしめて言った。
「大丈夫。こちらにもそれだけの覚悟があるから大
丈夫だ。その代り出来るだけ早く行って来てくれ給
え」
「よし」
本当を言うと、伊藤もそのまゝではもう辛抱がし
切れなくなっていた。山崎がいなかったら、彼は既
に逃げ出していたかも知れないのだ。
然し、幸いな事には伊藤は交番まで駈け付けるに
は及ばなかった。彼が丁度路次の入口を出た時、女
子大学の方から警官が一人やって来た。と、それと
同時に、反対側の方から四名の学生がガヤ〳〵と騒
ぎながらやって来た。伊藤は手短かに巡査を摑えて
事情を話した。すると、それを聞いていた四名の学
生もそれとばかりに一緒になって伊藤の後から駈け
着けて来た。
人数が殖えたので、伊藤は急に元気になった。神
前家の玄関へ帰ってみると、山崎は跪いて死体を検
めていたが、彼等の足音を聞くとつと起上った。
「どうした。誰も降りて来なかったか」
「来ない。二階には人の気配すらしないのだ」
山崎はきっと唇を嚙んで、吐出すように言った。
「よし！」
それを聞くと警官は佩剣の鞘を握って、きっと身
構えをした。学生達の中でも、腕っ節の強そうな二
人がその後に続いた。無論伊藤もその中に混ってい
た。唯不思議な事には、山崎はどうしたものかその
一行に加わろうとはしないで、後に残った二人の学

生と一緒に、死体の側に立ってぼんやり考え込んでいた。

　警官、伊藤、二人の学生は、要心深く身構えをしながら、一歩々々階段を登って行った。二階にはまだ灯が点いていると見えて、明るい光線が廊下から斜に階段の方まで射している。犯人は然し、何をしているのだろう。警官達の跫音を聞いても身動きをする気配すらなかった。

　先登に立った警官は到頭階段の頂上まで達した。彼は援助を求めるように三人の青年を振返って顎で合図をすると、いきなり部屋の中へ躍り込んだ。

「おい、隠れていても駄目だぞ。早く此処へ出て来い！」

　三人の青年たちも、その声と同時に部屋の中へ躍り込んだ。然し、その結果は何んという意外な事であったろう。

　その二階というのは十畳敷きぐらいの書斎が一間あるきりだった。そして先刻伊藤たちが見たように、中央のシャンデリヤには煌々と灯が点いている。然し、その部屋の何処にも人影は見えなかった。成程、一目見てそれと分る部屋内の惨状が、たった今其処に激しい争闘のあった事を物語っている。椅子も卓子も引っくり返えり掛布は引きむしられ、インキが散乱してその辺の絨氈を赤に紫にべと〳〵と染めている。多分神前教授が死にもの狂いで投げつけたのだろう。白い紙片が部屋一杯に散らかって無惨に蹂躙られていた。

　然し、然し、犯人の姿は？――。

　其処にはそれ等の光景が、白ちゃけた電灯の光の中に静まり返っているだけで、犯人の姿は何処にも見えないではないか。

　そのうちにふと警官は気附いて窓の側によると、一つ一つ締りを検べてみた。然し、どの窓も異常なく、全部内部から錠が下りている。

　伊藤たちが表から見たあの窓の硝子が毀されていたけれど、それとても、首だけが辛うじて出るくらいで、これにも内部から錠が下りているのだった。

　その他の出入口と言えば階段に通ずる扉しかない

のだが、その階段の下には山崎か伊藤が絶えず張番をしていた筈である。この咄嗟の間に、犯人は一体何処から逃出す事が出来たのだろうか。

読者諸君の便宜のために、此処に神前邸の見取図を簡単に書いて置こう。

左図に示す（イ）は神前氏が刺された場所、（ロ）はその時山崎の立っていた場所、（ハ）は同じく伊藤の立っていた場所、（ニ）は山崎と伊藤が見た窓である。

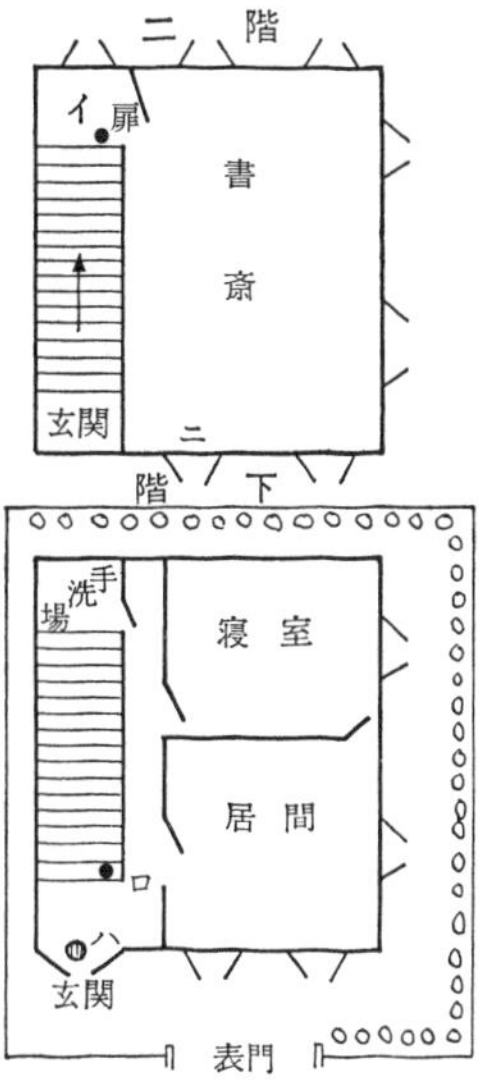

二

部屋の中を隈なく捜べ上げた一同は、まるで狐につまゝれたような顔をしてお互いに顔を見合せた。若し、先刻見た神前氏の死体というものがなかったら、如何に歴然たる格闘の跡があるとは言え誰も皆伊藤の言葉を信用しなかったかも知れない。

「変だな。何処から逃げやがったろう」

伊藤は妙に焦立たしい心持で吐出すように呟いた。彼は皆からジロ〳〵顔を見られているようで口惜しくて耐らなかった。彼は現に犯人の姿を見たのだ。いや、直接にではなかったけれど、神前氏と揉みあっている犯人の影を窓の外から見たのだ。あれからまだ十分とは経っていない。それだのに、犯人はまるで煙のように消えて了っている。

丁度その時のこ〳〵と階下から山崎が上って来た。不思議な事には、彼は此の場に犯人の姿が見えないのを、尠くも不思議がる様子を見せなかった。彼は黙って一同の背後に混れ込もうとした。然し、その

姿をいち速く見附けた警官は、

「君たちだったね。最初この事件を発見したのは？　君たちが階下の玄関まで駈け附けて来た刹那に、神前氏がこの階段の上で刺されたというのだね」

と山崎と伊藤の顔を見較べながら訊ねた。

「はい、そうです。何しろ僕たちは夢中になっていましたので、何が何やら訳が分りませんでしたが、僕たちが玄関へ一足踏み込んだ刹那、この階段の上でギャーッという断末魔の声が聞えました。だから、あの時神前氏は犯人に刺されたのだろうと思います」

そう答えたのは山崎だった。伊藤はどうしたのか、床の上に眼を落して、頻りに唇を嚙んでいた。成程警官が調べてみると、図に示した（イ）の周囲の壁に、べっとりと血潮の飛沫が残っていた。

「その時君たちは犯人の姿を見なかったかね」

「いゝえ、何しろこの階段は真暗でしたから――、僕たちが犯人の姿を見たのは、あの窓に映った影だけです」

そう答えたのも同じく山崎である。

以下警官と山崎との応答――

「すると、犯人は確かにこの二階にいたんだね」警官は如何にこの事件を報告すべきかと頭を痛めながら、「で、その断末魔の声がすると直ぐに、あの死体が転げ落ちて来たと言うのだね」

「そうです。丁度その時僕は、階段へ一歩足をかけていたのですが、その声に思わずひるんだところへあの死体が落ちて来たのです」

「君たちが玄関のスイッチを捻ったのはそれからどの位経ってからだね」

「さあ、多分三分とは経たなかったでしょう。ねえ、伊藤君」

山崎は同意を求めるように伊藤の方を振返った。然し、伊藤はその問いに対して唯よそよそしく頷いたゞけで、何かしら依然として考え込んでいる。

「その間に、犯人が君たちの前を摺り抜けて逃げたというような事はあるまいな」

「そんな事は絶対にありません。如何に暗闇とは言え、大して広くもない階段ですもの、誰かゞ鼻の先を通過ぎれば、気が附かぬという法はありません」

「えゝと、それじゃ伊藤君――伊藤君と言ったね、こちらは？　伊藤君が俺のところへ馳付けて来ている間にも、誰も上から降りて来はしなかったろうね」

　この質問が出ると、それ迄床に眼を伏せていた伊藤は、ちらりと眼を挙げて山崎の横顔を見た。山崎もその視線を感じたものか、瞬間さっと片頬を強張らせたが、然し、しっかりとした語調で、

「いゝえ、そんな事は絶対にありません。僕は誓って言います、決して誰も降りて来ませんでした」

　とはっきりと言い切った。警官はその言葉を聞くと、困惑し切ったように右の拇指で額を弾いていたが、

「どうも分らない。人間一人消えて了うなんてあり得ない事だ。何しろどの窓も内側から錠が下りているんだし……だが、そうだ、一つ死体を検めて見よう。何か又手懸りがあるかも知れない」

　警官が先に立って部屋を出て行くと、山崎を初め、それ迄黙って立っていた二人の学生達もそゝくさとその後に続いた。唯一人その時伊藤は一寸妙な動作をした。彼は一同が背を向けた瞬間、素早く床の上から小さい紙片を拾い上げた。それは赫々と燃えさかっているストーヴの側に落ちていたもので、伊藤は先刻から妙にその紙片が気になっていたのだ。

　彼はそれを拾い上げると殆んど同時に、紙片の面に書かれてある文句を読み取った。その紙片というのを、そのまゝ次ぎに掲げて置こう。

(編注)
恐ろしい
もう許して呉れ
でもまだお前は俺を(判読不能)
後悔してゐる。既に
良子よ、許るし

それは確かに誰かゞ引裂いて暖炉へ投げ込んだその残りに違いなかった。伊藤は一目でそれを読終ると、周章て懐中の中へ捩込んだ。そして急ぎ足で、皆の後から階段を降りて行った。

伊藤が降りて行くと、警官は丁度跪いて神前氏の死体を検めていたが、ふと顔を挙げて、一同の顔を見渡しながら低い囁くような声で言った。

「おい、この犯人は女だぜ。見給え、死体の指に三本の毛髪が引っているじゃないか」

そう言われて見れば、成程、握り締めている神前氏の右の指には、長い三本の髪の毛が縺れるようにして絡みついていた。それを見ると若い学生たちは思わず顔を見合せて、ごくりと生唾を飲込んだ。この恐ろしい事件の犯人が女――? あゝ、そんな事が考えられるだろうか。

然し、その時伊藤は別の考えから、異常な戦きを感じた。彼は先刻拾った紙片の中に書かれている良子という名を思出したのだ。女――そうだ。確かにこの事件の背後には女がいる。しかも彼女はかなり重大な役割を演じているのだ。伊藤は懐中の中で握り締めていた紙片が、掌の中で焼けつくような感じに打たれた。

三

神前教授の殺害事件は、異常なセンセーションを世間に捲起した。被害者たる教授の地位、名望、そこへ加えて、犯人が女であるらしい事、これだけでも既にこの事件は充分世間に騒がれる価値を持っていた。其処へ持って来て、あの世にも不思議な犯人の消失という問題が絡んでいるのだから、世間が多大なる興味を以ってこの事件を迎えたのも無理ではなかった。探偵小説流行の折柄とて、都会の新聞は筆を揃えてこの事件を、あの有名な「モルグ街の殺人事件」だの「黄色の部屋」の事件などと比較していた。然し、考えてみれば、この事件は、比較されたそれ等の事件より一層神秘的なところがある。現に二人の青年が、仮令硝子越しにとは言え犯人の影を見ているのだ。それから僅か数分の間に、どうして犯人は、あの現場から逃走し得たろうか。言う迄もなく警察では、抜かりなく足跡の探索を行った。然し、その結果は全然冗だった。何しろ数日間の日和続きで、地面はから〲に乾いていたから、足跡の残りようがないのだ。足跡ばかりではなく、犯人はその他に何一つ目星い遺留品を残していなかった。

唯一つ、あの三本の毛髪の他には……

この毛髪より推して、犯人は多分女であろうと、警察ではその方面に厳重な探索の手を伸していた。それには他に理由がないでもない。神前夫婦のあの不自然な別居生活――それが警察の眼のつけどころだった。

神前氏の夫人は浪子と言って、先代の神前勇二氏の一人娘だった。神前教授は若い時分一方ならぬ恩顧をこの先代の神前氏に蒙った事があるので、浪子夫人との結婚は、どちらかと言えば報恩的な意味が多分に含まれているので、夫婦間の愛情は日頃より至って冷淡だったという評判がある。いや、そればかりではなく、最近には魂まで打込んだ女が他にあるのだというような噂をする者さえあった。あの不自然な別居生活も結局その為であろうなどと、うがった臆測を伝えている新聞すらもあった。

神前教授は、その専門が東洋文化史であったゞけに、昔よりよく支那から印度、蒙古あたりまで旅行した事があった。殊に支那文化については一かどの見識を以って自ら許るしているとさえ言われている程で、如何なる家庭的事情があったとは言え、今死なすのは、確かに惜しい学者に違いなかった。

伊藤はこれ等の事実を、次から次へと新聞の報道で知るに及んで、確固たる一つの信念を自ら形造っていた。

元来彼は、人一倍好奇心の激しい方でもなければ、自ら素人探偵を気取る程の茶気も持合さない男である。然し、今度の事件は、自分がその発見者の一人であるだけに、何か深く印象づけられるものがあった。

あの煌々と電灯の点いた部屋の中で縺れ争ってい

た二つの影——あんなに真剣で、そして必死の争いが他にあるだろうか。窓を破って救いを求めた時の、あの神前氏の絶望的な叫び——伊藤は長い事、その声が耳について眠れなかった程である。しかもそれに続いて起った様々な驚くべき経験——実際それは、彼をして、一個の素人探偵たらしめたのも無理ではなかった。

　事件から二週間程経った日の事である。

　あれ以来滅多に顔を合さない山崎を、伊藤はその部屋に訪れた。山崎と伊藤とは、前にも言ったように、同じ下宿にいるという誼だけで、そう大して深い交際があるわけではなかった。伊藤は故郷からの尠からぬ送金で、学業にいそしむ事の出来る身分であるのに反して、山崎は中学時代を神前家の書生として送った位だから、未だに下宿の方でもあまり待遇のいゝ方ではなかった。それに二人の志している専門とて、全く方向が違っているので、顔を合せてもそう話の合う筈がなかった。唯偶然、あの異常な経験を倶にしたという事だけで、お互いに妙な関心を持ち始めたのである。殊に伊藤が山崎の部屋を訪れたのは、その他の理由もあった。

　伊藤が部屋の中へ入って行くと、山崎は丁度山と積まれた本の中で、つくねんと何事かを考えているところだった。山崎には妙な癖がある。彼は下宿にいても、殆んど誰とも口を利かなかった。彼はいつもぼんやりと考え込んでいるか、それとも何か熱心に読耽っているか、必ずそのどちらかであった。実際彼の読書力には驚くべきものがある。その読漁る範囲はおよそ広範多岐に亙っていた。あらゆる部門の学問を、彼は選り好みなく読漁り、しかもそのどれにも等分に興味が持てるらしかった。

「やア、いらっしゃい。さアどうぞ」

　伊藤の顔を見ると、山崎は意外にお世辞よく、腰を上げて狭い部屋の中で座蒲団を奨めたりした。伊藤は落着かない気持ちで、暫く取りとめのない話をしていたが、やがて思い切ったように口をひらいた。

「実は今日来たのは、あの神前氏の事件についてなんですがね」

そう言ってから伊藤はちらりと相手の眼の色をうかゞった。然し、山崎は別に驚いた色もなく、却ってにこ〳〵しながら、

「多分そうだろうと思っていました。いや、実はもう少し早くお出でになるかと思って、心待ちにしていたのですよ」

そう言って彼は一寸、しかし悪げのない笑い方で笑った。

「それじゃ、君は……」

伊藤は相手に先を越されてどぎまぎしながら何か言おうとするのを、山崎は補うように、

「そうですとも、君があの事件について種々研究していらっしゃる事は、僕もよく知っていましたよ。僕だって、これで相当自分ながら考えているんですが、一つ、君の意見から先きに聞かせて戴こうじゃありませんか。その後で、僕の意見も言わせて戴くとして」

相手のあまり落着いている様子に、伊藤は稍自信を失った態であった。彼の今言おうとするところは、山崎にとっては確かに不利な仮説の一つであるべき筈だ。それに気附かぬ山崎ではない。それだのに、どうして、こうも空とぼけていられるのだろう？

「いや、僕なんかどうせ駄目ですが」と伊藤は持前の弱気に、早くも尻ごみをしながら、

「それでも、あの世間で騒いでいる犯人の消失――それだけは僕にも説明がつきます」

「ほゝう。その説明がつけば大したものです。一つ、それだけでも聞かせて戴こうじゃありませんか」

山崎のその人を喰ったような態度に、さすがの伊藤もむっとした。彼は思わず語気を強めて、

「いや、僕の意見というのは決して難しいのじゃありません。僕は唯、あり得べからざる事実を全然脳裡から省いて、あり得べき場合のみの中から、最も正当であろうと思われる一つの事実を突止めたゞけなんです」

伊藤はそう言って山崎の顔を見た。山崎は黙然として謹聴している様子であった。

「とに角」と伊藤は言葉をついだ。「犯人はたしか

にあの二階にいた。それは君と僕とが目撃したのだから争われない事実です。従って犯人は何処からかあの二階の部屋を出なければならなかった筈です。人間が空気のように消散して了うわけがありませんからね。では、何処から出たか？　それには二種類の出口がある。一つは窓、一つは階段――ところが窓の方は、全部内部から錠が下りていたのだから、これは問題にはなりません。すると残るのは階段一つです。ところで、犯人がこの階段から逃亡したとすると三つの場合がある。先ず第一は、我々が玄関のスイッチを捻らない前、つまり暗闇を利用して我々の眼前から逃亡した場合、第二は電灯をつけてから我々二人の眼の前を通って逃走した場合、そして第三は、僕が警官を呼びに行った後の、君一人が居残っていた場合」

　伊藤は突然其処で言葉を切ると、凝っと山崎の眼の中を覗き込んだ。然し、山崎は依然として顔色一つ動かさない。伊藤は些か拍子抜けをした感じに襲われたが、言い出した言葉を途中で切るわけにはゆかなかった。

「ところで」と彼は再び言葉をついだ。「第一、第二の場合が、全然不可能な事は今更僕が言う迄もありません。すると残るのは唯一つ、第三の場合があるだけです。つまり、犯人は君の眼の前を通って逃げたのだ！」

　伊藤は今度こそ、相手が参ったゞろうという風に、山崎の顔を見た。然し山崎は黙って伊藤の顔を見返えしていたが、軈てからかうような口調で、

「しかし、それもまた不可能ですよ。僕は盲目ではありませんからね」

「無論！」伊藤はふいにどしんと畳を叩いた。

「君は知っていました。知っていて通した。つまり君が犯人を逃がしたのです！」

　ふいに二人の間に沈黙が落ちた。山崎と伊藤は凝っとお互いの眼の中を覗き込んでいた。切迫した空気が部屋一杯に拡がった。この場合どちらか一人、先きに眼を反らしたものが敗けだという感じだった。

　やがて、次第に、山崎の方が先ずその緊張を破っ

て行った。彼は凝っと伊藤の眼の中を覗き込んでいた視線を、ふと他に反らすと、その緊張した面持ちを、次第に微笑で柔らげて行った。

「成程」と彼は感歎したように呟いた。「君の意見は中々立派だ。僕もおぼろ気ながら、君のそうした考えには気がついていました。然し、伊藤君、それではあまり根拠が薄弱すぎる。僕が故意に犯人を逃がしたとすれば、それにはそれ相当の動機を挙げる事が必要ですね」

「無論。僕だって理由なしにこんな事の言える人間じゃない。君が犯人を逃がした理由、いや逃がさねばならなかった理由、それはこれです」

伊藤は怒鳴るようにそう言うと、懐中から一枚の紙片を取出して、それを山崎の前につき出した。言う迄もなくそれは、あの事件の当夜、伊藤がストーヴの側から拾い上げて来たあれだった。

「ほゝう」

山崎は不審そうにその紙片を取上げて読んでいたが、

「これは一体どうしたのですか」と訊ねた。

「あの晩、神前氏の邸の二階で拾ったのです。それを見ても分る通り、神前氏は平生から誰かを怖れていた。それも唯の怖れではない。生命の恐怖なんです。ある人物が自分の生命を奪いに来る事を怖れて、哀訴歎願しているんです。犯人は多分、あの夜その手紙を神前氏につきつけ、それをずた〳〵に引裂いて相手を面罵した揚句この兇行に及んだのです。しかも神前氏の怖れていた人物、それは誰あろう。其の紙片の端に残っているその女性なんです」

山崎は相手のこの意見を聞いているうちに急に緊張して来た。彼は最早、相手をはぐらかすような余裕は全くなくなった。まるで伊藤の言葉も耳に入らぬように、熱心にその紙片を検めていた。伊藤は今更のように勝利の快感を味わいながら、

「どうです。それでもまだ君が降参しないのでしたら、もっと言いましょうか。その紙片の端に残っている名前は残念ながら完全なものじゃない。其処にある良子というのは、その紙片に書かれた全部じゃ

ないのです。それは浪子とあるべき筈だったのだ、つまり、犯人は神前氏の夫人なのです。これでも、まだ君が犯人を逃亡させた理由にはならないというのですか！」

山崎は暫く呆然としていた。彼は凝っと首を項垂れたまゝ、相手の一句々々を聞いていた。その顔には歴然と深い困惑の色が見てとられた。

「そんな筈がない。そんな筈がない」

彼はあらぬ方に瞳を据えて、まるで、何者かに魂を抜き取られたように幾度かそう口の中で繰返えしていたが、ふと、伊藤の視線に気が附くと、だしぬけに黙って頭を下げた。

「伊藤君、僕を許るして呉れ給え。僕は今迄君の意見を内心茶化していました。本当の事をいうと、この青二才何を言うと思っていたのです。然し、今は違う。僕は君の前に頭を下げます。成程こんな証拠があっちゃ君がそういう意見を立てるのは当然だ。然し、伊藤君、これは何かの間違いです。実に恐るべき間違いですよ」

山崎の様子は全く先刻とは打って変っていた。彼は妙に昂奮してその眼には涙さえ湛えている様子だった。伊藤は何かしらその中に力強い真実の響きさえ汲取る事が出来た。

「然し、この間違いは立派に事実として通りそうだ。君がこの紙片と共に、今述べた意見を持って出れば、誰も最早それを疑う者はなかろう。それが僕には恐ろしい。如何にもあの場合、犯人が夫人だったら、君が言うように一も二もなく僕は夫人を逃亡させたろう。夫人と僕との仲がそうなのです。然し、伊藤君、信じてくれ給え。僕は決して誰も逃がさなかった。これは神に誓って言います。僕は絶対に何人をも僕の前を通さなかったのです」

伊藤は無言のまゝ、相手の顔を見詰めていた。尠くとも相手を一度降参させた事が彼の自尊心を煽り立てていた。だから、今相手が述べようとする弁明も、一度は聞いてやろうというような余裕が出来ていた。

「この紙片は実際僕には脅威です。いや、それ以上恐怖でもあります。僕はこの紙片について暫く研究してみたいと思います。然し、こういうと君は僕の逃げ口上だろうと思うだろう。現に君は、如何に僕が何人をも逃がさなかったと力説しても信じて呉れないでしょう。少くとも、あの犯人の他の逃亡方法が説明されない限りには——よろしい。じゃ僕は今君にそれを説明しましょう」

山崎はそう言いながら、その紙片を叮嚀に畳んで、傍の机の上に置いた。伊藤は急に緊張した面持ちになって、ぐっと唾を飲んだ。

「君は先刻、犯人の逃亡出来た途は階段より他にないと言いましたね。それには僕も賛成です。それに続いて君は三つの場合を挙げた。それにも大体僕は賛成しますが、唯一つ、君はもう一つの場合を忘れている。しかもそれがいちばん肝心なのです」

山崎は、相手が謹聴しているのを見ると、満足らしく頷いて、

「君が先刻挙げた三つの場合——暗闇の中に我々二人がいた場合、玄関のスイッチを捻ってから君が警官を呼びに立去る迄の場合、それから、君が警官を呼んで来る迄の場合、——と君はこの三つの場合を挙げた。然し、僕はもう一つの場合をこゝに附加えたいのです。つまり、僕たちがあの玄関へ駈着けるより前の場合——」

「そ、そんな事は断然あり得ない!」伊藤は思わず大声で叫んだ。「我々は現に、神前氏の最後の声を聞いたではありませんか、我々が玄関へ駈け着けた瞬間に、神前氏は階段の上で刺されたのです。だからそれより以前に犯人が逃亡している場合なんてあり得ない事だ」

「そうです。それは確かにそうです。然し、それでは君に訊ねる事があります。神前氏は前から刺されていましたか、それとも背後からでしたか」

「それは言う迄もない。前からです。心臓にぐさりと短刀の刺さっていたのを見たではありませんか」

「そう、そうです。然し、君はその事を深く考えて見ようとはしませんでしたか。神前氏は犯人に追蒐けられて階段の上まで逃げて来た。其処を犯人に刺

されたとすれば、短刀は背中に刺さっていなければならない筈ではありませんか」

伊藤は思わずハッとした。彼は相手に言われた通り、今迄一度もその事に就いて考えた事はなかった。成程、そう言われて見ると、確かに其処に矛盾がある。然し……？　伊藤が首を傾げるのを見て、山崎は初めてにっこり笑った。

「ね、確かにその点が不自然でしょう。で、僕はそれをこう解釈したのです。あの場合神前氏は犯人の毒手から逃げようとしていたのではなく、反対に犯人の後を追蒐けていたのです。つまり犯人は、僕たちが駈着けるのを知って急に逃げ出した。それを神前氏が追蒐けて階段の上まで来たのです。其処を前から犯人に……」

「然し、それにしても結局同じ事じゃありませんか。犯人はそれからどうして逃亡したのです？」

「まア、待って下さい。では、率直に言って了いましょう。神前氏に追蒐けられた犯人は、一足跳びに階段の下まで駈降りた。と、殆んど同時に神前氏は階段の上へ、我々は玄関へ駈着けたのです。その時犯人は急に背後を振返って、持っていた短刀を神前氏目がけて投げつけたのです。ですから、僕たちが神前氏の最後の叫びを聞いた時、犯人は僕と君との中間ぐらいの、極く間近かな暗闇の中に立っていたのですよ」

山崎の推理には実際驚くべきものがあった。唯一つの仮説を土台とすれば、成程犯人の逃亡経路はそれより他にないように思われた。その仮説とは、山崎が絶対に犯人の逃亡を援けなかったという事である。

伊藤は果して、山崎の言をどの程度まで信用していゝか迷った。どちらかと言えば、自分の意見の方が自然でも常識的でもあると思われた。然し、山崎が飽迄も、犯人の逃亡を援けた覚えがないと言い張る以上、どうしようもなかった。山崎も亦山崎で、伊藤の意見の中に含まれている真実性を認めないわけには行かなかった。彼自らも言ったように、あの紙片と同時に、今の伊藤の意見が陳述されたら、どちらかと言えば自分の意見の方が影を薄くするだろうと思われるのだった。

　そうなっては大変だった。彼は神前氏にも随分恩顧を蒙(こうむ)っているが、浪子夫人にはそれ以上の義理があった。今この忌(いま)わしい事件の中へ、そうでなくても世間から疑惑の眼を以(も)って迎えられている夫人の名を、絶対に出したくなかった。彼は夫人の無関係である事を心の底から信じている。然し世間はそうでない。彼等は皆一様に夫人に対して漠然とした疑惑を抱いている。其処へ伊藤の証拠並びに証言が持出されたら、浪子夫人の有罪は確定的なものになるであろう。

「ねえ、君」暫くしてから山崎は口を切った。「お願いですから、僕に暫くこの紙片を貸してくれませんか。僕はこいつをよく研究して見たいと思います。決して君を誤魔化(ごまか)すのではありません。僕はこの事件の真実を突止(つきと)めたいのです。それに仮令(たとえ)一刻たりとも、夫人をこの事件の中へ引摺り込みたくないのです」

　山崎の面(おもて)には赤誠(せきせい)が現れていた。それは決して誤魔化しやその場逃れではなくて、力強い真実の響きを持っていた。

「よろしい。ではそれを暫く君に預けて置きましょう。その代り約束して下さい。一週間以内に、君自身この事件の始末をつけなければなりませんよ。でなかったら、僕はその証拠を警察へ届けて出るつもりです」

「一週間ですか」山崎は眼を閉じて暫く考え込んでいたが、やがてはっきりと、「よろしい。ではお約束しましょう。一週間――一週間ですね」

　山崎はそう言って伊藤の顔を正面から見詰めた。

四

　その日から伊藤は又暫く山崎と顔を合さなかった。たまに廊下で顔を合わせても、唯黙礼をして行過(ゆきす)ぎるだけで、どちらからもあの事件の事は一切口に出さなかった。然しそれでも伊藤は、山崎が必死になってこの事件の解決に努力している事を知っていた。

彼は部屋にいると、いつも放心状態でぼんやりと考え込んでいたが、そうかと思うと、急に思い出したようにそそくさと外出したりした。そうした六日間が経った。

伊藤はその日思い立って神田へ古本を探しに出た。彼は二三時間を費して丹念に次から次へと古本屋を漁って廻ったが、結局目差したものを得られなくて、ぼんやりと疲れた体を小川町の方へ運んでいた。と、その時、ぽんと背後から肩を叩いた者があった。振返ると其処には山崎が立っていた。

「やあ、どちらへ」

伊藤は思わずこちらから先に声を掛けた。

「なアに、其処の東亜文化協会へ一寸用事があってやって来たのですが、それより君は今夜お暇ですか」

「あゝ、別に何もないが……」

「そうですか、じゃ何処かで御飯をつき合って下さい。久し振りですからね」二人は其処で肩を並べて神保町の米久へ入った。伊藤は絶対に飲めないくちだったが、山崎は相当いけると見えて、一人で盃を空にしていた。伊藤は黙って盛んに牛肉をつゝいていた。

「伊藤君、君は寄席は嫌いですか」暫くすると、山崎はふと思い出したように真赤になった顔を挙げてそう言った。

「寄席ですか。嫌いでもありませんね。僕は寧ろ活動写真より寄席の方が好きです」

「そうですか。じゃ、今夜は一つ寄席へでも行こうじゃありませんか。どうせ今から帰っても早過ぎますからね」

時間を見ると七時一寸過ぎていた。

そんな事から二人は牛屋を出ると、ぶらぶらと風に吹かれながら神保町の交叉点へ出た。そして其処で相談をまとめると、電車に乗って神楽坂の演芸場へ出掛けた。

伊藤は山崎のこうした態度が不可解でならなかった。山崎は一向無関心な態度を粧っていたが、その底に一種妙な昂奮を強いて押し包んでいる事を伊藤は見て取った。然し、彼はわざと黙していた。寄席は八分の入りだった。金語楼が看板主になっていて、山崎たちが入って行った時はその弟子の何んとか言うのが昔ながらの噺を一くさりやって直ぐ下りた。

それから種んな芸人が出たり降りたりした。伊藤はそのどれにもそう大して興味も持てなかったが、そうかと言って別に退屈でもなかった。

やがて中入が済むと、その次は支那人の曲芸だった。寄席の曲芸と言えば大てい支那人だが、今日のは少し変っていた。いつもの軽業とは違って白刃投げの早業だった。

支那人は巧みに数本の白刃を綾取って見せていたが、それが済むと、やがて可愛い少女が舞台へ現れた。そしてその少女が舞台の一隅の戸板の前に両手を拡げて立つと、支那人の芸人が、他の一隅からその体の周囲に白刃を投込んで行くのであった。実際それは巧な手練だった。一本の剣が危く少女の体とすれ〳〵に植込んで行かれるに従って、観客の中から拍手が湧起った。

「伊藤君！」突然山崎が低い声で囁いた。

「あの辮髪の支那人を見給え」

「え？」伊藤は山崎の言葉の意味がよく分らなかったので、思わずそう反問した。

「ほら、剣を投げているあの辮髪の支那人さ。あいつの名前を……」伊藤はふと番附に目を落した。と、忽ちゾーッと背筋の寒くなるような感動に打たれた。

其処に書かれていた文字、

剣技名手　泰良子

伊藤は思わずブル〳〵と慄えながら、もう一度、あの巧みな舞台の剣投げに眼をやった。

*

この話はこれで終りである。

言う迄もなく支那芸人泰良子はその翌日山崎の告発によって捕縛された。彼は案外素直に犯罪を白状した。何故彼が神前氏を殺害したか、それを彼は敵討ちだと昂然として述立てた。彼の妹がかつて神前氏のために弄ばれた揚句、自殺したその復讐だと彼は言った。然し、この間の事実をあまり詳細に述べる事は神前教授の名誉を傷つける事になるから止(よ)して置こう。

最後に神前教授の握っていた三本の毛髪は、言う迄もなく泰良子の辮髪の一部分だったのである。

芙蓉屋敷の秘密

第一章　巷のアラブ

白鳥芙蓉の殺人事件は、嫌疑者の数の多かったゞけでも、近来珍らしい事件だった。今こうして指折り数えて見ても、事件の解決される迄には、七人の嫌疑者が警察へ挙げられている。しかも、この七人の嫌疑者の誰もが、各々被害者白鳥芙蓉と強い利害関係を持っていて、犯人と目されてもどうにも弁明の余地のないような立場に置かれていたのだから面白い。それにもう一つ興味の深い事は、それ等七人の嫌疑者の殺害動機というのが、皆それ〴〵違っていた事である。嫉妬、痴情、物盗り、怨恨、復讐、友情、子供への愛という風に、凡そ殺人事件の動機として考えられるあらゆる感情が、この事件の推移の上に於て、俎上に載せられ検討された。

今私がこの事件の完全なる記録を遺して置こうと思い立ったのは、一つは実にこの深い興味に駆られたからでもある。然し、もう一つの理由としては、この事件の解決者が、かく言う私自身の親友、都築欣哉であった事だ。終まで彼は殆んどこの事件の表面には出なかったし、従って新聞でも何等彼の働きについて言及するところはなかった。然し、警察のよき助言者としての彼がいなかったら、この事件はもっと〳〵紛糾していたかも知れない。こう言うと当時一緒に働いた警察の諸君に失礼かも知れないが、若し彼がいなかったら、或いは永遠に犯人を取逃がしていたかも知れないくらいである。実際群がる嫌疑者を掻分て、その中から一人の真犯人を適確に指した彼の手腕は実に美事なものであった。警察の諸君が唯徒にがや〱と立騒いで、却って事件を益々複雑ならしめている間に、彼は終始黙々として傍観していたが、その間に彼の鋭い頭脳の中では、ちゃんと立派に分析並びに綜合が行われていたのである。

　然し私は、友人都築欣哉の頭脳を三嘆する前に、茲にも見逃せない一つの機会というものを認めなければならないかも知れない。実際彼は誰にも与えられなかったある一つの機会というものを、幸運にも恵まれたのである。それはほんの偶然であった。然し彼は適確にその偶然を掴んで離さなかったのだ。実際彼とこの事件との間は不思議な因果関係で結ばれていた。もっとはっきり言えば、この事件の起った当初より、彼はこの事件に関係していたとも言える。私は今、その事から書起して行こうと思うのである。

　あれは五月廿一日の夜の事であった。こう言えば物覚えのいゝ読者諸君は、直ちにそれが白鳥芙蓉殺しのあった夜と同じ夜である事を首肯されるであろう。そうだ、その夜の事である。私たち、――私と都築欣哉――と同期に大学を出た別の友人が、政府の任務で洋行する事になって、その夜、その男のために我々は送別の宴を築地の銀水という料理屋で開いたのである。話はその送別会の帰途から始まる。

「君、真直家へ帰る？」

　都築と肩を並べて銀水の玄関を出た時、私はふと彼を振返ってそう言った。

「いゝや、どうでもいゝが」と彼はそう言いながら腕時計を見て、「まだ十時になったばかりだね。銀座でも散歩しようか」と言った。

「いゝね」

　私も直ぐそれに同意した。そして二人はぶら〱と尾張町の交叉点へ向って足を向けたのである。その時、尾張町の角へ出る迄に、私たちが交わした会話というのを茲に簡単に書留めて置こう。

「君は此の頃妙な仕事に関係しているというじゃないか」

と私がふと思い出してそう口を切った。

「何？　あの事かい？」と彼は蒼白い顔に苦笑を洩らして、「何処から聞いたんだね。そんな事を」

「専ら評判だよ。然し意外だね。君が探偵になろうなどとは思わなかったよ」

「探偵になどなって居やしないよ。唯時々、求められゝば忠言を与えてやるだけの事さ」

探偵という言葉が気に入らなかったらしい。彼は顔を顰めてそう打消した。

「まあ、どちらでもいゝが、それにしても意外だよ。一体どんな機会からそんな事になったんだね」

「なアに、別に大した動機がある訳じゃない。実は僕の従兄弟の友人に地方裁判所の検事がいてね、ほら、この前隅田川に女の首無し死体が浮上った事件があったろう。あの時、犯人捜索のめどがつかなくって弱ったという話を従兄弟のところへ来て、その検事の先生が話したのだ。丁度その時僕も居合せて、二三ちょっとした意見を述べ忠言を提供したんだよ。ところがそれが悉く的中したとかで、直ぐ犯人が捕まったんだ。それ以来ひどくその検事先生の信用を博して、時々変った事件が起ると引張り出されるよ。何もみな、暇人の暇つぶしさね」

「成程、それにしても意外だね。君にそんな才能があるとは思わなかったよ」

茲で一寸都築欣哉の身分を明かにして置く必要がある。都築司と言えば誰でも知っているだろう。今は亡くなっているが生前はO大学の総長で子爵だった。確か一度は文部大臣の椅子についた事もあったと記憶している。都築欣哉はその子爵家の次男坊である。彼の長兄は子爵の称号をついで、現に今政府で相当な地位にいる筈だ。都築欣哉はそういう家庭に産れて、大学にいる時分から妙に人と違ったところがあった。そして学校を出ると、そういう家柄だから、求めれば幾らでも仕事の口はありそうなのに、彼は一向そういう方に振向うともしないで、麻布の六本木に建てゝ貰った別邸で、一人ぼんやりと暮している模様だった。細君もまだ貰わない筈である。

彼のそうした生活を、私たちは全く、貴族のお坊ちゃんらしい我が儘と無気力がさせるわざだとばかり信じていたのだが、驚いた事には、その間に彼は、如何にも彼らしい情熱を以って、探偵という仕事に興味を持って行ったものらしい。意外だと言えば如何にも意外だが、然し学生時代から彼の優れた叡智を知っている私には、成程と頷けぬ事もないのである。

「そうかね。じゃあの隅田川の首無し事件は君が解決したのかねえ。然し、その後はどうだね。たまには矢張り失敗する事もあるだろうね」

「たまにはじゃないよ。屢々するね。何しろ駈出しの探偵にゃ、世間というものは少し複雑すぎるようだ」

都築はその美しい片頬に微笑を含んで言った。

「然し、一度君の探偵振りというのを拝見したいものだ。今度何かの事件に関係する事があったら早速僕に報らせてくれ給え。どうせ僕も急がしいという体じゃないから、助手ぐらいはつとめるよ。ほら、何んとか言ったね。シャーロック・ホームズの助手の……」

「ワトソン君かね。駄目々々」と都築は微笑いながら、「君たち小説家は直ぐロマンチックな考え方をするからいけないよ。探偵という仕事は現実の中から最も現実的な部分を拾い上げるのが役目だからね。おや、いつの間にやら僕もすっかり一廉の名探偵気取りになったね」

そう言って彼は一寸声を立てゝ朗らかに笑った。

丁度その時、私たちはいつの間にやら尾張町の交叉点へ辿りついている事に気が附いた。

銀座には四季がないとある詩人が言ったそうである。私はそれに附して、銀座では天候のけじめを認識する事が難しいという言葉を吐かせて貰いたい。現にその夜は、宵のうちから妙にうすら寒い薄曇りで、私たちは二人ともレーン・コートの襟を立てゝいたのであるが、銀座へ出るとパッとした華やかさに、天候の憂いなどは何処の国かへ吹飛ばされている感じだった。角の電気時計を見ると十時十分。

でも、さすがに銀座の雑沓も引潮に向う時刻であった。

「何処かへ行って酒でも飲まないか」

「いゝね、一つ君を酔払わせて、名探偵手柄話でも拝聴するかね」

「馬鹿な！」都築はたしなめるように、「そう探偵々々って言うものじゃないよ。人に顔を見られるような気がして極りが悪いよ。それより君の知ってる酒場か何かないかね」

「ない事もないが、まあ、君にお委せしよう。何処か一つ変ったところへ案内してくれ給え」

私は実際、小説書きという職業にも似合わず、元来が億劫がる性質で、滅多に外出をしないものだから、従って銀座に馴染みの店などあるわけがなかった。其処へ行くと、都築の方が多分に都会人らしい敏捷さを持合わせているのだった。

「よし、じゃ僕について来給え」

都築はそう言って大股に交叉点を横切ると、やがて細い裏路に面した一軒の酒場へ私を連れ込んだ。入る時表の硝子扉を見ると「芙蓉酒場」という字が、銀色に摺込んであった。店の中は四坪か五坪ぐらいの広さで、椅子だの卓子だのが、かなり雑然と置き並べられていた。要するにそれは、普通銀座裏に見かけられる、最近流行の酒場の一つに過ぎないように見えた。

私たちが入って行った時、奥の方の卓子に五六人の青年が陣取っていて、何か頻りに高声で喋舌っていたが、私たちの姿を見ると、闖入者でも迎えるように、一斉に軽い敵意を含んだ眼でじろりと振返った。当然、一寸彼等の間にも沈黙が落ち込んだ。都築は然し練れた態度で、そうした青年たちにもお構いなしに、彼等と一番離れた卓子につくとやって来た女給にウイスキーを二つ註文した。

「君、この店だよ。ほら、この間新聞に出ていた、白鳥芙蓉という女が経営しているっていう酒場は」

誂えたウイスキーが来て、稍くつろいだ気持ちになった時、都築はふとそんな事を言った。

「あゝ、そうか」と私は辺を見廻しながら、

「じゃまだ極く新らしいんだね」

「うん、でももう三月にはなるだろう。時に君は白鳥芙蓉って女を知っているかね」

「名前だけなら知っている。前に何処かの劇団に関係していた事のある女だろう」

「そう、然し、それ以外にこの名前について思い出す事はないかね」

「さあね」

私は考えてみたが、別に思い出すところはなかった。かなり前に潰れたある新劇団の主脳女優だった事だけは微かに記憶に残っていたけれど。

「そうか、思い出さなきゃいゝよ。僕は一寸不思議に思っている事があるんだが、いや、何んでもない事なんだ、多分暗合だろう」

都築はそう言って、ウイスキーの盃をぐっと一息にあけた。然し、後になって考えると、この時都築が何んの気もなく吐いた言葉が、大いに重大な意味を持っていた事が分ったのである。こうして都築が、この事件の女主人公に対して、最初よりある一種の疑問を持っていた事が、後になって彼の働きを並々ならず有利に導いた。つまり人間、殊にも探偵という種類の人間は、だから、何んでも知っていなければならぬという事になるのかも知れない。

その時分私たちのために話の腰を折られた向うの卓子では、再び話の継穂を見つけたらしい。

「で何かい。マダムの方はどうなんだい」

縁広帽子を眉深に被った、揉上げの長い青年がそう口を切っていた。

「さあ、マダムの方はどうだか知れたものじゃない。何しろ此処のマダムと来たら、とても敵わないからね」

派手な色のラッパ洋袴を、紺地のレーン・コートの下から覗かせている青年が、そう言う風に答えた。

「すると何かい、服部清二の奴すっかりあつかわれているわけだね。可哀そうに」

「いや、可哀そうというのは」と又別の男が口を出した。「服部清二より静いちゃんの方だぜ。あれで服部清二にゃぞっこんと来てるんだからね」

「そう〳〵静いちゃんといや、すっかり此の頃姿を見せないね。親父さんの監督が厳重なのかな」

「なあに、服部をとられたのでくさってるのさ。でも不思議なもんだな。遠山先生といやお前、O大学でも人格者で通ってるんだぜ。それにあんな娘が居るんだからね」

「何言ってやんだい。お互い様じゃねえか、そんな事」

其処でどっと笑声が湧起った。

聞くともなしに私たちの耳に入るそれ等の会話から すれば、何か此処の女主人白鳥芙蓉を繞る恋愛沙汰らしかった。銀座に屯するこういう巷のアラブにとっては、恋愛は日常の茶飯事と同様らしい。彼等は実に巧みに恋をし、実に巧みに恋の遊戯を楽しむ事が出来る。其処に私たちは世紀の距りというものを感じないではいられないのである。

「それはそうと、山さんはどうしたろうな。今夜はどうも変な晩だぜ。マダムは見えないし、服部清二はモチ来ないし、山さんまで見えないいんじゃねえ」

「天候のせいだろうぜ。俺等もそろ〳〵引上げようじゃないか」

だがそう言い終らぬうちに、山さんという青年が其処に現れた。六尺は確かに越えていると思われる、堂々とした体格の青年で、ぴっちりと身に合った紺地の合服を着て、左の手にはカーキ色のベバリー製のレーン・コートを無雑作に抱えていた。彼は一同の姿を見ると、血色のいゝ丸顔に、にんまりと愛嬌のある微笑を浮べて、ずか〳〵と大股にその方へ近附いて行こうとした。だが、彼がまだ一同の卓子へ行きつかぬうちに、ふと彼の脚を止めさせるような出来事が其処に起ったのである。丁度彼が入って来た時から鳴出した電話の呼鈴で、今しも受話器を取上げて聞いていたバアテンダーが、

「えゝ、山さん、山部さんですか。あゝ、居らっしゃいます。丁度今いらっしゃった所です」

と言っているのが聞えたからである。

「俺に電話かい」

山部はそう言ってレーン・コートを無雑作に空い

た卓子の上に投げ出した。

「そうです。遠山さんです。静江さんでしょう。そうらしい声でした」

山部は其処で直ぐ受話器を受取ったが、二語三語何か言っているうちに、突然電話器を握ったまゝ棒立ちになった。そして、あまりの驚きの為であろう。不用意にも、

「え、え、え、こ、こ、殺したって！」

という叫びを、まるで高い所から突落されるような声音で洩らしたが、直ぐ気がついたらしく、

「馬鹿な、馬鹿な、駄目々々、待ってい給え。僕、直ぐ行く。直ぐ行くから待ってい給え」

彼は尚も二語三語何か訳の分らない事を言っていたが、やがてがちゃりと音を立てゝ受話器を掛けた。それから暫く放心したようにぼんやりと突立っていたが、突然、投出してあったレーン・コートを鷲掴みにすると、

「僕は失敬する。急用が出来たから今晩はこれで失敬するよ」

と、呆気にとられている彼の仲間にそう言捨てると、そのまゝ疾風のように外へ飛出して行った。

これ等の出来事は実に二三分の間の出来事であった。それに、彼が不用意に洩らした、あの、

「殺したって！」

という言葉も、向うの方に陣取っていた彼の仲間の連中には聞えなかったらしい。丁度バアテンダーは奥へ引込んだ後だったし、多分それを耳にしたのは都築と私の二人限りだったろう。然し、この容易ならぬ言葉は、充分私たちの心を動かせた。

都築は黙って時計を出して眺めたが、

「十時二十五分」

と低い声で呟いた。そして私たちは長い事探るようにお互いの顔を凝っと見合せたのだった。

第二章　その夜の出来事

一　路上の宝石

私はこれから、出来るだけ、その夜、五月廿一日の夜の出来事を、順序よく述べなければならない。それには何よりも、塚越巡査の経験から記述して行くのが最も穏当であるように思う。無論これ等の事実は、後になって新聞記事、警察の訊問書などから材料を得て書綴ったもので、以下暫くは私の全く関係しない、別の世界で起った出来事だと思って戴きたい。

一口に目白台、詳く言えば高田豊川町と言われている附近は、人も知っている通り、夜が更けると森の中のような淋しさである。豊坂一つを隔てゝ、僅か二三町の間で、画然として市内の乱雑から切離されているその附近は、数えて見ても、女子大学、独逸教会、石本氏邸という風に、大きな建物が建並んでいる上に、夜になるとそれ等の建物には全く人の気も感じられないのだ。

今その女子大学前の駐在所を出た塚越巡査は、それが癖の、心持ち首を前後に振りながら、こつ〳〵と豊坂を下りて行った。夜の十時過ぎ、右側にぽつ〳〵と建並んだ家も、みんな表を閉しているし、左側は彼の脊丈の三倍もありそうな崖である。崖の上には古い大木が、暗い空に向って魔物のような枝を差し伸べていた。坂の前後には全く人影もない。

稍々反身になってその坂を下って行くと、丁度真正面の見当に早稲田の空が見える。その辺だけがぼうっと火事のように仄紅く見えて、それを背景に真黒な洋館の避雷針が一本、針を植えたようにそゝり立っていた。坂はその洋館に突当って一度左へ曲るが、直ぐ又その洋館に沿って右へ下る事になっている。塚越巡査は今、この第一の坂を下りきって正面の洋館の塀の下まで来たが、其処でふと足を止めた。幸い辺に人気がないので、好きな煙草を一本燻らそうと思ったからである。やがてマッチを擦る音と共に、めら〳〵と淡い焔が燃え上ったが、それが吹消されると、後にはぽっつりと小さく、蛍火程の点が闇の中に残された。巡査はそうして肺臓一杯に煙草の煙を吸込みながら、まじ〳〵と頭の上にある洋館を振り仰いだ。どの窓も真暗で、曇った空の色を映したガラス扉だけが鉛色に光って、人の気は全くない。森と静まり返って空屋敷のような感じを巡査に抱かせた。然し、この屋敷の主人の職業をよく知っている塚越巡査は、その事を別に怪しみもしなかった。

「芙蓉屋敷」——附近ではこの屋敷の事をそう呼んでいる。もと此の洋館は長い間住む人がなくて、荒れるに委されていたのを、一昨年の春頃急に大工が入って、すっかり見違えるように立派になった。そして其処へ新らしい此の家の主人、白鳥芙蓉が移って来たのである。彼女は女らしいロマンチックな考えからか、移って来ると直ぐに庭一杯に芙蓉の木を植えた。それが毎年その花の盛りの頃になると枝一杯に白い花をつける。それが庭からこぼれそうに、塀の外から眺められた。人々はだから、この屋敷の事を芙蓉屋敷と称ぶようになったのである。

女主人の白鳥芙蓉は三十を二つ三つ越しているかと思われる年輩で、肉附きの豊かな、眦りの冴えた、一口に言って妖艶な女だった。彼女は若い美しい女中と二人きりでこの洋館に住っていたが、彼女が家にいるとよく種んな男が出入をした。しかしその中のどれがこんな立派な洋館に彼女を住わせたり、銀座裏に酒場を開かせたりする程の金持ちの旦那であるか、誰もよく知らなかった。然し彼女に旦那があるとすれば、——それは勿論あるのに違いないのだが——それは余程の金持ちでなければならぬ筈であった。と同時に、余程寛大な旦那である事も想像された。つまりそれ程彼女は贅沢な生活をしていたし、と共に淫蕩らしくも見えるのだった。

塚越巡査は今ふとそんな事を考えながら、敷島を一本吸い終ると、それをぽいと路上に投捨てゝ靴の先で蹂みにじった。そして一息大きく空気を吸い込むと、又ぶらり〳〵と坂を左へ曲って歩き出した。前にも言ったように、この坂は此処で一旦左へ曲ったかと思うと直ぐ又右へ曲る事になっている。芙蓉屋敷はつまりこの角に建っているのだった。今塚越巡査が、この第二の曲り角まで来た時である。彼はぎょっとして、思わず暗闇に立止った。

「誰だ!」

と塚越巡査は薄闇の中を透すように眺めながら厳しい声で呶鳴りつけた。芙蓉屋敷のからたちの垣根の側に、灯の消えた屋台車が一台寄せかけてあって、その蔭に人が一人、もく〱と黒く蠢いているのだった。

「え!」

その男はふいに声を掛けられて、吃驚したようにぴょこんと起上ったが、巡査の姿を見るとどぎまぎしながら言訳をするように早口に言った。

「今あんどんの灯が消えたので、マッチを擦っているところなんで」

成程その男は左手にマッチの箱を持っていた。

「今頃何処へ行くのだ」

「へえ、目白へ帰るところなんで、早稲田で店を出していたんですが、すっかりあぶれちまいまして……」

そう言いながら彼はマッチを擦ってあんどんに灯を入れた。

「あゝ、支那蕎麦屋か」塚越巡査は初めて気がついて腕時計を見た。「まだ十時四十分じゃないか。そんな不勉強じゃいかんな」

と気軽に言った。

「へへへ、御冗談でしょう。この頃の不景気じゃ頑張っていりゃいるだけ炭火の損をしまさ。じゃ旦那、御免なさい」

男は屋台を曳いてごと〱と坂を上っていった。直ぐにその姿は曲角から見えなくなった。塚越巡査はその後姿を見送って置いて、自分もこつ〱と早稲田の方へ坂を下りて行った。

それから二十分程後の事である。一通り巡廻を終えた塚越巡査は、先刻の道を今度は逆にこつ〱と坂を登って来た。この坂を登り切れば駐在所である。其処へ帰れば彼は後暫く休息する事が出来るのである。空模様は愈々悪く今にもポツポツとやって来そうであった。降られては耐らないと思いながら、足早に、例の芙蓉屋敷の側まで来た時である。彼はふと、暗い路上に何かキラ〳〵と光るものを認めて思わず足を止めた。それは先刻支那蕎麦屋が車を止めて蹲っていた、丁度その地点だった。

「おや、何んだろうな」

彼は一寸靴の先で蹴ってみたが、直ぐに身を踞めてそれを拾上げると、左の掌に載せてみた。と思わず彼は、ごくりと息を内へ吸い込んだのである。キラ〳〵と光るもの――それは小豆粒大の石だった。無論彼が宝石の知識など持合わせているわけはない。然し、今自分の掌にあるものが決して世の常のガラス玉や、ゴム細工の贋物でない事だけは、如何に宝石の知識に乏しい彼にも了解された。透して見ると赤に黄に紫に、まるで眩い五色の虹のように美しい色をして光った。

「ダイヤモンド?」

そう気が附くと、彼は周章てそれを洋服のポケットに押し込んで、思わず辺を見廻した。幸い誰も見ている者はいない。それでも彼は誰かに追蒐けられるような足どりで急いで其処の曲角を曲った。そういう不思議な彼の態度を無闇に責めてはいけない。その時彼は自分がどんな事をしようとしているのか、何を考えているのか、それすらも意識しなかったのである。唯高価な宝石を拾ったという事が、一時彼を泥棒のように臆病にしたゞけの話なのである。

途々彼は、一体どれ位の価値のするものだろうかと先ず考えた。無論彼の頭には、はっきりとした見当など附こう筈はなかったが、それでもひょっとすると、自分の一月の俸給を七つも八つも集めたぐらいの金額でなければ買えないものかも知れないと思った。そう考えると彼は、急にポケットの中でその宝石が焼けつくような気がした。

それにしても、どうしてあんな所に、こんなものが落ちていたのだろう。……其処まで考えた時である。彼は突然、

「あゝ、そうか!」

と思わず声を出してそう叫んで、棒立ちに其処へ立止った。急に心臓がぎょくんと一揺り大きく揺れて、額にねっとりと汗が滲んで来た。彼はきっと唇を合せたまゝ、暗闇の中に向って凝っと瞳を据えた。ふと、さっきの支那蕎麦屋の事を思い出したのである。丁度同じ地点だ。あの男も彼処で宝石を探していたのではなかろうか。そう言えばあの男がマッチを擦った時、その辺に幾本も幾本もマッチの擦りかすの落ちていた事を、彼ははっきりと思い出した。あんどんに灯を入れるのに、あんなにマッチを冗にする筈がない。この風もないのに――。然し、これは一体どうした事だろう。では、彼処にはそんなに沢山の宝石がばら撒かれていたというのか。あの男があんなにマッチを費して漁る程――。

然し、その考えが纏らぬうちに、彼の脚はいつしか駐在所の前まで来ていた。

「どうしたんだい。何んだか妙に顔色が悪いぜ」

彼の同僚の新井巡査は、入って来た塚越巡査の顔を見ると、いきなりそう声をかけた。

「いや、何んでもない」

塚越巡査は強いて平静を粧いながら、そう無愛想に答えたきり、がっくりと椅子に腰を下ろすと、そのまゝ黙り込んで了ったのである。

それが廿一日の夜の十一時少し前の出来事であった。

二　新井巡査の経験

其の晩塚越巡査に較べると、彼の同僚の新井巡査は全く不運だったと言わねばならぬ。彼は塚越巡査のように宝石を拾わなかったばかりか、兇暴な兇漢の襲撃にさえ出遭ったのだから。というのは次ぎのような顛末からである。

新井巡査が、自分の巡回時間が廻って来て、駐在所を出たのは、塚越巡査が帰って来てから二時間ばかり後の事で、もう一時に近かった。彼も先刻塚越巡査が辿ったと略々同じ道順を辿るべく、駐在所を出るとこつ〳〵と豊坂を下りて行った。宵からの悪天候は到頭本物になって、その少し以前から小さい雨がこぼれて来ていた。新井巡査はそこで、雨合羽にすっぽりと身をくるんで、靴も長靴をはいていた。

豊坂を下る者には、誰の眼にも先ず例の芙蓉屋敷が眼に附く。だからその時、新井巡査は特別に注意を払ったわけではないが、その洋館のどの窓からも灯の色の洩れていなかった事に気が附いていた。然し時間が時間であるから彼は別に気にもかけなかった。実際十二時過ぎに、女ばかりの住居から明るい灯の色が洩れていたら、その方が却って怪しいくらいである。

其の時若し、新井巡査が道の中央を普通に歩いていたら、次ぎに述べるような事は起らなかったかも知れない。ところがその時彼は、左側の高い崖に寄り沿うようにしてぶらりぶらりと歩いていた。だからその崖の真黒な影の為に、彼の姿は完全に隠されていたわけである。おまけに彼は足音を消すに最も都合のいゝゴムの長靴をはいていた。その曲者が彼に気附かなかったのも無理ではないのである。

その曲者というのはこうである。

新井巡査は崖に沿って坂を八分目通り迄下って来た。前にも言った通り、その坂の正面には芙蓉屋敷が突出していて、其処で全体の坂に二つの曲角を作っているわけであるが、新井巡査は無論何事も起らなければ、その坂を左へ曲る筈であったところが、突然其処へ、坂の突当りの右の方から人影が一つ躍出して来たのである。丁度其処は、道から二三間引込んで、芙蓉屋敷へ入る為にのみ出来ている一間半程の幅の道がついていた。そしてその奥に鉄の門がある事を新井巡査はよく知っていた。

従って今其処に躍出した人物を、当然芙蓉屋敷から出て来たものと思うのは無理はなかった。ところが先刻から芙蓉屋敷は真暗である。しかも時刻が時刻である。それだけでもその人物は充分誰何されていゝ価値があった。ところが更に怪しむべき事には、思わず崖の蔭から乗出した新井巡査の姿を見ると、その人物はぎょっとしたように二三歩後退りしたが、直ぐ又足を早めてすた〳〵と行き過ぎようとしたのである。

「おい〳〵」

新井巡査も足早にその後を追蒐けると、くるりと相手の前へ廻って声を掛けた。雨合羽の下で彼はしっかりと佩剣の鞘を握りしめていた。

「何んですか」

呼び止められた男は、案外素直に立止った。

「何処へ行くのだ。今頃――」

「早稲田へ帰るのです」

相手はぶっきら棒に答えた。声の様子から推して二十六七の青年らしく思われた。生憎の薄闇でははっきりは分らなかったが、脊の高い、がっしりとした体質で、長いベバリー・レーン・コートを裾長に着込んでいた。どうしたのか帽子も着ていないで長い頭髪が雨に濡れていた。

「早稲田は何処だ」

「鶴巻町です」

男は相変らずぶっきら棒に答えた。

「姓名は？」

「吉――吉本辰夫」

「うむ、ところで君は今この邸から出て来たね」

「違います」相手はその言葉を待受けていたかのように、即座にきっぱりと答えた。「今一寸其処で小便をしていたのです。済みません」

「嘘をつけ！」

突然新井巡査は呶鳴りつけた。

「嘘じゃありません。本当です」

「馬鹿！　その左のポケットに入れているのは何んだ！」

新井巡査は先刻から気がついていた男の左のポケットに矢庭に手を突込んだ。然し直ぐにあっと叫んでその手を引込めて了った。

「何をするのです！」

男はつと一歩身を引いた。

「貴様！　兇器を持っているな！」

然し、その時男の方では既に身構えが出来ていた。それに新井巡査には思いがけない兇器に思わず悸んだ、それだけの隙があった。其処へ突然男の拳がいやという程巡査の顎へ飛んで来た。新井巡査は百千の火花が一時に眼から飛散ったような気がした。然し彼も仲々勇敢だった。遮二無二男に喰いつくと、相手をぐんぐんとからたちの垣根の方へ押し寄せて行った。然し相手も余程自信のある男と見えて、そうして新井巡査を喰い下がらせて置きながら、頃を見計って又もや左の拳でいやという程顎を突上げた。と同時に右の手で取上げた、何かしら石のような固いもので、がんといきなり新井巡査の頭を殴りつけた。

それでこの争闘は終った。

新井巡査は思わず相手に獅嚙みついていた手を離すと、ふら〱と二三歩よろめいた。それからくた〱と膝から腰を折って行ったが、やがてどしんと数十丈の断崖から突落されたような気がしたかと思うとそのまゝ地上へ倒れた。そしてそれきり気が遠くなって了った。

一体どれぐらい長く彼は人事不省に陥っていたのか、後から調べたところによると、それは僅々七分ぐらいの事であったらしい。然し、それだけあれば曲者が逃亡するには充分だったろう。だがそれにしても、どうして彼があの酷い打撃にも拘らず、そんなに早く意識を恢復する事が出来たのか、それは次ぎのような理由からである。

曲者が逃亡してから暫くすると、早稲田の方から一人の紳士が急ぎ脚でこの坂を登って来た。その男は傘も持たずに、レーン・コートの襟を立てゝ顎を深くその中に埋めるようにしていたが、その帽子からも肩からもポタポタと雨の滴がしきりなしに垂れていた。大分長い事雨の中を歩いて来たと見える。

彼は芙蓉屋敷の曲角を急ぎ脚で曲ったが、その拍子にいやという程新井巡査の体に躓いた。

「おや!」

と彼は仰天した風で二三歩跳びのいたが、軈て恐る恐る其処に倒れている人物の上に身を跼めた。

「もし〱、どうかしたのですか、もし」

紳士は稍々遠くの方からそう声をかけていたが、新井巡査の方では、紳士にいやという程横腹を蹴られた拍子に、はっきりと意識を取返えしていた。然し、まだ口を利ける程にも元気がなかったので、もぞ〳〵と苦しそうに両脚を動かせた。それで紳士は相手が生きている事を覚ったのだろう、稍々安心した風で側へ寄って来た。

「もしもし、どうかしたのですか。気分でも悪いのですか」

「うむ、いや、有難う」

新井巡査は今蹴られた横腹を抑えながら漸く濡れた土の上に起き直る事が出来た。それで、紳士は、初めて相手が巡査である事に気がついて二度吃驚した。

「ど、どうしたのです。何かあったのですか」

と其処で彼は不安そうに声を顫わせて訊ねた。

「うむ、いや、それより君はその辺でカーキ色のレーン・コートを着た男に会わなかったかね」

新井巡査は段々日頃の元気が出て来ると先ず第一にその事を訊ねかけた。

「いゝえ、早稲田の方から上って来たんですが誰にも会わなかったようですね」

「そうか、畜生！　酷い眼に遭わせやがった」

新井巡査は忌々しそうに呟きながらよろよろと立上った。するとその時、又しても紳士が驚きの声を挙げた。

「あゝ、血が、血が垂れてます！」

その声に気がつくと、成程新井巡査の右の掌からたら〳〵と二筋ばかりの血潮が垂れているのだった。先刻曲者のポケットに手を突込んだ時、中に潜ませていた兇器にやられたのだ。新井巡査は相手に教えられて初めて気が附くと、急に痛みを感じ出して顔を顰めた。紳士もこの場の様子から唯事でない事を覚ったらしい。急がしくポケットを探るとマッチを取出して、シュッ！　とそれを擦った。

「掌をやられたのですね。他に怪我はありませんか」

「有難う、頭をがんとやられて……」

新井巡査はポケットから手巾を取出して、右の手を巻きながら、じろりと相手の男を見た。その紳士というのは三十五六で、色が抜けるように白く、立派な髭を鼻下に生やしていた。

「あゝ、僕ですか、僕はこういうものです」

紳士は警官の視線に気がつくと、直ぐにポケットから名刺入れを取出して、自分の名刺を相手に渡した。それには農林省嘱託技師軽部謙吉と印刷してあった。

「牛込の友人のところで碁を打っていて、今目白へ帰るところです。然しどうかしたのですか、泥棒ですか」

「うん、この屋敷から怪しい奴が跳出して来たので、引捕えようとしたところを逆にやられたのです」

新井巡査は官吏という相手の身分に気を許してありのまゝを述べた。

「この屋敷って白鳥芙蓉の家ですね」

「そうです。君は知っているのですか」

「よく此処を通ります、然し……」

軽部紳士が続いて何か言おうとした時である。ふいにおやと言って新井巡査がそれを制した。そして急に声を落して、

「君が先刻来蒐った時から、あの窓には灯がついていましたか」

「え、どの窓です？　いゝえ、そう〳〵、この屋敷にはどの窓にも灯がついていませんでしたよ。誰か私たちが話をしている間に灯をつけたのですね」

成程そう言えば彼等の丁度頭の上に当る二階の窓から、明るい灯の色が洩れていた。それはつい先刻まで真暗だった部屋だ。

「おかしいね、今頃誰か起出したのかな」

然し、新井巡査のその言葉の終らぬうちに、再びその灯はふーと消えて了った。そしてその後は細い雨の中に、死のような静けさと暗さとだけが、取残されたのだった。

三　惨劇

「誰か起きていますね」

軽部紳士がそう言ったのは、それから余程経ってからの事であった。それ迄二人は黙って、何か次ぎの事が起りはしないかと、言い合わせたように、凝

っとこの真黒な建物に瞳を凝らしていたのだった。細い雨がひっきりなしに二人の上に落ちかゝって来た。その中を早稲田の大隈会館の鐘がかあんと慄えながら響いて来た。一時だ。それに続いて左の崖の上で、ほう〳〵と梟の鳴く声が聞えた。それを聞くと二人は、思わずぢり〳〵と身を慄わせた。

一分――二分――

然し何事も起らない。屋敷の中は森と静まり返って、人がいるのかいないのか、それすらも分らない程である。雨は愈々激しく降って来る。もうこれ以上辛抱している事は出来なかった。軽部紳士はカチ〳〵歯を鳴らせながら、

「一度、起して見たらどうです」

と巡査の方を振返った。

「うむ、そうして見よう」

新井巡査はこの紳士に、頼もしげな一瞥をくれると、すた〳〵と道から引込んだ鉄の門の方へ歩いて行った。軽部紳士もその後から続いた。

「おや、門があいている」

新井巡査は不安げに呟いた。

「何かあったのですよ。きっと」

そういう軽部紳士の声も怪しく縺れて咽喉の奥の方で引懸っていた。

門から玄関までの間には三間ばかりの石畳が続いていて、成程、見ればその小径の両側には芙蓉の花が今を盛りと咲き誇っていた。その白い花が雨に叩かれて、門灯の灯に仄白く息吐いているように見えた。玄関まで来ると其処の扉も細目に開いたまゝになっていた。新井巡査はその扉をそっと押しながら二三度内側へ向って声を掛けた。返事はない。唯玄関の暗闇が、思いがけない侵入者を迎えて立ちまどっているような気配が感じられるのみである。二人は顔を見合せると、ぐっと生唾を呑込み、それからそっと玄関の中へ踏込んだ。

後から考えれば此の時二人はもう少し注意深く振舞うべきであったかも知れない。然し凡人の浅間しさは、これから先どんな恐ろしい場面に直面するか、夢想だに出来なかったのだから致方もない。彼等に

しても二階にあんな惨劇が行われていると知ったら最初からもう少し注意深く振舞ったろう。とに角、その時の二人の不注意のお蔭で、足跡という重要な証拠の一つが、完全に無駄にされて了ったのだった。

「マッチを擦りましょうか」玄関へ入ると軽部紳士が低声でそう囁いた。

「そうして下さい。何しろこう真暗じゃどうにも仕様がない」

　軽部紳士がマッチを擦ると、漸くおぼろげながらも辺の様子を見る事が出来た。二人の立っているところは、一坪半程の三和土になっていて、その奥にリノリウムの床がちらりと見えた。多分それが廊下だろう。その奥の方は真暗で何も見えない。廊下へ上ると軽部紳士は第二のマッチに火をつけた。廊下は幅一間程あってずっと奥の方まで続いている様子である。その左の方のとっつきには、多分それが応接間か何かだろう、特別に大きな扉がぴったりと締っている。その扉と向い合ったところ、つまり廊下の右側には二階へ上る階段があった。思うに、先刻彼等が怪しい灯を見た部屋というのはこの応接室の真上に当っているらしい。其処でマッチが消えたので、軽部紳士は周章て三本目に火をつけた。

「兎に角二階へ上って見ましょう。どうも少し様子が変な様ですね」

　二人が階段へ足をかけた時である。ふと見ると、階段の下に立てゝある帽子掛けのスタンドの枝に、黒い中折帽子が一つ懸っていた。軽部紳士はそれを手にとると中の汗革を見た。

「ボルサリノです。男の帽子ですね」

　彼はそう言いながら帽子をもとのスタンドに掛けた。そして二人は跫音を殺すようにして二階へ上って行った。二階の廊下も真暗で、殆んど手探りでなければ一歩も進めない有様である。然し、幸いな事には、目指す部屋と覚しい其処の扉だけが細目に開いて、その隙間から微かながらも外の明るみが鉛色に流れていた。

「その部屋でしたね」

「そうらしい」新井巡査はその扉の前まで来ると、

「おい、誰もいないのか」ともう一度声をかけた。

然し依然として返事はない。それにしても先刻灯を消した人物は一体何処へ行ったのだろう。——何かしら、不安な予感が二人の胸を煽り立てた。やがて新井巡査は思いきったように、その扉の扣手に手をかけると、静かにそれを外へ開いた。たった一つ鎧扉を締め忘れた先刻の窓から鈍い外光が流れ込んで、部屋の中の調度を真黒に浮き立たせている。その他は何も見えない。二人は到頭その部屋の中へ辷り込んだ。

「何処かにスウィッチはありませんか。何しろこう暗くちゃ歩くにも歩かれない」

軽部紳士はそう言われて扉の周囲を手探りに探ってみた。スウィッチのありかは中々分らなかったが、それでもやっとの事で見附け出すと、カチと音を立てゝそれを捻った。と、ぱっと薔薇色の光が部屋一杯に溢れて、二人は初めて甦ったような気がした。然し、それもほんの束の間の事で、一渡り部屋の中を見廻わしていた二人は、ふいに頭をがんと殴られたような驚愕に打たれた。

部屋の中には赤い、派手な模様の絨緞が一杯に敷きつめてあったが、その絨緞の上に、一人の女が咲きこぼれた花弁のように打倒れていた。しかもそのふくよかな胸のあたりからは、無残にも鮮血があふれ出て、絨緞の上には黒い血の溜りが出来ている。女は体をくの字なりにして、派手な着物の前もあらわに、白い肌を現して凝っと身動きもしなかった。一目見てそれがこの家の女主人白鳥芙蓉である事が分った。

「こ、こりゃ大変だ。こんな事をしちゃ居られん。早速警察の方へ報らせなきゃ」

新井巡査は一時の驚愕が覚めると、漸く持前の職業意識が働きかけて来た。彼は何か理由の分らぬ事を口走りながらあたふたと部屋を出て行こうとした。然し、これは一体どうしたというのだろう。たった今二人が入って来た扉はぴったりと締って、外から鍵がかゝっているではないか。

「ナ、ナ、何んですって、扉が開かない？　外から鍵がかゝっているんですって？」

　軽部紳士もそれを聞くと真蒼になった。犯人はまだこの屋敷の中にいたのだ。そしてまんまと二人をこの部屋の中に閉じ込めて了ったのだ。そう言えば、先刻電灯を消したのが犯人だったかも知れない。いや、きっとそうに違いないのだ。彼は電灯を消して逃げて行こうとしたところへ、二人の邪魔者が入って来たので、やむなく何処かの暗闇の隅の方に隠れていたものだろう。そして二人がこの部屋へ入るのを見て、早速背後から忍び寄って、扉に錠を下ろして了ったのに違いない。それは別に難しい仕事でも何んでもなかった。二人はすっかりこの部屋の中の惨状に気をとられていたのだから。

「一寸、待って下さい。僕に工夫がありますから」

　何を思ったのか、軽部紳士は絨緞の上に膝をついて、鍵孔から外を覗いていたが、

「大丈夫です。鍵は鍵孔に嵌ったまゝになっています。僕が一つ外へ廻って開けましょう」

「外へ廻るってどうするのです。この扉が開かない限り我々は絶対に出られんじゃありませんか」

「いや、窓というものがあります。少し冒険だけれど、僕が一つ窓から這出してもう一度玄関から廻って来ましょう」

「そんな事大丈夫ですか」

「大丈夫ですとも。大丈夫でなくても、それより他に仕方がないじゃありませんか。とに角やって見ましょう。あなたは暫く此処に待っていて下さい」

　軽部紳士は中々敏捷な男だった。彼は素速く窓を開けると、雑作なく庭へ飛下りた。そして玄関の方へ廻ると、その時ふと思い出してマッチを擦ってみた。と、果して、さっき確かに懸っていた、あの帽子掛けの帽子がなくなっていた。

四　詩人白鳥芙蓉

　報告によって間もなく所轄警察署、警視庁並びに東京地方裁判所から、それ〴〵係官が馳着て来た。然しそれ等の顔が全部揃ったのは、事件の発見後数時間を経た後の事で、もう夜も白々明けに近い頃で

あった。夜中降通した雨もその頃になって漸く霽上(はれあが)ろうとする気配を示していた。白い雨の中に、静かに息づいていた夜明けの芙蓉の花は、この時ならぬ警察官の来訪に、慌(あわただ)しくそのまどかな夢を破られていた。

さて係官の人々によって調上(しらべあ)げられた現場附近の様子というのは、凡(およ)そ次ぎの如(ごと)き事実の数々であった。

大体この芙蓉屋敷には、階下(した)に三間、二階に三間と都合六つの部屋があった。階下は先ず玄関を入ったとっつきに洋風の応接間があり、その奥に八畳の、これは純日本式の座敷があった。その座敷と鍵の手になったところに四畳半程のこれも日本式の部屋があったが、これは台所兼女中部屋として使用していたものらしい。二階は全部洋風の部屋になっていて、その一つは十二畳ばかりの立派な部屋であった。これは客間に使っていたらしくピアノだの卓子(テーブル)だのソファだの、この家でも一番目ぼしい調度が其処に揃っていた。その客間と向い合せに二つの部屋がつながって並んでいた。その一つは寝室、もう一つはこの家の女主人白鳥芙蓉の居間兼化粧部屋といった風の部屋で、彼女が殺されていたのは実にこの部屋の中であった。

この化粧部屋は八畳敷きくらいの部屋で、その隣の寝室とは直接扉(ドア)を以(も)ってつながって居り、扉(ドア)のところには緋色の重いカーテンが掛っていた。後で分った事であるが、この境の扉(ドア)はめったに締めた事がなくて、その代りいつもカーテンがその扉(ドア)の役目をなしていたという事である。刑事連中が調べたところによると、この屋敷全体を通じて何処にも無理にこじ開けたり外から押入(おしい)ったりした気配は全くなく、玄関の他はどの窓も皆ぴったりと内部から栓がかゝっていた。唯一つの例外は階下の八畳の座敷の雨戸が一枚だけ開いたまゝになっていて、誰か其処から庭へ下りたらしい気配があるという事であった。

さて肝腎(かんじん)の白鳥芙蓉の死体であるが、彼女は粗い派手な模様のお召の上に、薄紫色に、撫子(なでしこ)の模様を薄く染出(そめだ)した単衣(ひとえ)羽織を着ていた。然し、その着方全体がひどく乱雑で明らかに誰かゞ彼女の死後その着物に触ったものらしい事を示していた。死因は無論心臓の一突きで、その傷口から推して、兇器は日本風の短刀よりも、どちらかと言えば先きの鋭い西洋風の短刀らしかった。兇行は多分夜の十一時から十二時迄の間だろうという話だった。

「それにしても恐ろしく取散らかしたものだね。何んの為にこんなに部屋の中を掻廻したものだろう」

　捜査課長の江口新三郎氏は、現場である化粧部屋をつく〴〵見廻しながら、顔を顰めてそう呟いた。実際彼がそう言ったのも無理ではない。化粧部屋の中は、すっかり泥棒に見舞われた後と同様に、見るも無残に引っ掻き廻されていた。化粧台の抽斗という抽斗は全部抜き出されたまゝ、放り出してあり、書物机の抽斗もそれと同様な憂目にあっていた。中には鍵のかゝっているのを無理矢理にこじ開けたらしい跡もあった。その他手文庫、洋服箪笥など凡そ何か物の入っていそうなところは全部何者かの狂暴な手によって荒された跡があった。そしてそれ等の中味が堆高く床の上に投出してある。

「おや」ふいに江口捜査課長はそう声を挙げながら床の上に跪くと、絨緞の上から高価なダイヤモンドを一粒つまみ上げた。「こりゃ頸飾の一部分らしいが、どうしたのだろう。一粒だけ此処へ落ちているのは……」

　だが、彼がそう言い終らぬうちに居合わせた人々が、各々自分の眼のとゞくところから、一粒乃至三粒ぐらいずつ同じようなダイヤモンドを拾い上げた。

「ほゝう、頸飾が切れて飛んだんだね。皆で八粒ある。然し、この他はどうしたのだろう」

　其処で皆で床の上に這いつくばって探してみたが、ダイヤモンドは唯それだけしか発見されなかった。

「この犯人は余程風変りなところがある。こんなに部屋の中を引っ掻廻して置きながら、見たところ何も奪われていないようだし、このダイヤモンドの頸飾を奪うのが目的なら、殺して了ってから静かに持って行かれた筈だからね」

「いや、然し殺す前にこの頸飾を奪い合っていたのかも知れませんよ。何にしてもこの頸飾の他の部分を持っている者が犯人でしょうね。これは余程高価なものに違いない」波川鑑識課長がそう言った。

「成程、それにしてもこの事件には余程妙なところがある」彼は顔をしかめながら、其処で思い出したように、「兎に角この事件の発見者を一応此処へ呼んで貰おう。何かの理由が分る事があるかも知れないから」

其処で新井巡査と農林省の技師軽部謙吉とが呼出された。二人とも昨夜からの不眠のために、蒼白い頬をして眼を血走らせていたが、恐ろしい昂奮のために、却って冴々とした顔附きをしていた。二人は聞かれるまゝに交る〴〵この事件を発見するに至った顛末を述べ立てた。

「すると、君はこの屋敷の前で犯人らしい男を誰何したというのだね。その男がどの方角に逃げたか覚えていないかね」

「それがその――、其奴にこっ酷くやられてそのまゝ気が遠くなったものですから――、然し、此処にいらっしゃる軽部さんが途中誰にも遭わなかったと言いますから多分坂の上の方へ逃げたのではないかと思います。それとも……」

「それとも?」捜査課長は念を押した。

「いや、これは想像ですが、それとももう一度この屋敷の中へとって返えしたものではないかとも思われます。私たちをこの部屋の中に閉じ込めたのが、その男じゃないかとも思われるのです」

「成程、ではその男は君が人事不省に陥っているのを見て、又この屋敷の中へ取って返えしたというのだね。然しどうして君はそんな風に考えるのだね。それには何か理由があるのかね」

「それはこうです」その時迄黙って側に立っていた軽部紳士が、ふと口を出した。「その男は一旦この屋敷を出たが、忘れ物をした事に気がついて又取って返えしたのではなかろうかと思うのです」

「ほゝう。忘れ物? それは何んだね」

「帽子です」其処で軽部紳士は玄関にあった帽子の一件を話した。その話を黙って聞いていた江口捜査

課長は、その時突然、

「その帽子というのはこれじゃないかね」

　と言いながら、傍の床の上から一つの帽子を取上げて見せた。

「え、え、え」軽部紳士はその帽子を見ると跳上る程驚いたが、「一寸見せて下さい」と言って、わなゝく手附きで中の汗革を調べてみた。

「ボルサリノですね。はい確かにこの帽子に違いありません。然しこれは一体何処にありましたか」

「階下の八畳の座敷から刑事が見附け出したのだ。じゃつまり犯人は、玄関で帽子を被ったがあの八畳の部屋から逃げ出す時、又しても置き忘れて行ったという事になるね」

「さあ、そうとしか思われません。確かに同じ帽子ですから」

「よろしい。この帽子が誰のものであるかは直ぐ分る事だ。S・Hと頭文字が打抜いてあるからは、ひ、ふ、へ、ほと、さ、し、す、せ、その頭文字のついた男を探出せばいゝのだ。その他に何か君たちの気附いた点はないかね」

　二人は黙って考えていたがそれ以上何も言う事はないと言った。それで二人は又別の部屋へ下って休息する事を許された。

「どうもこの事件には妙な事ばかりだ。宝石、この帽子――と、第一犯人がそれ程の思いをして取返えしに来たこの大切な証拠品を、又しても置忘れて行くというのは実に愚劣極る話じゃないか」捜査課長は吐き出すように言った。

「とに角もう少し詳しく部屋の中を調べて見よう」

　そして化粧部屋の中の捜索は更に続けられて行った。すると次から次へと種んな事実が発見されて、それが悉く係官たちを手甲摺らせるのであった。さっき言った書物机の上には、三つのコップとウイスキーの瓶とベルモットの瓶が一本宛置いてあった。そして三つのコップのどれにも少し宛黄色い液体が残っていたが、その一つはウイスキーで、他の二つはどちらもベルモットだった。ところが同じような事が階下の八畳の座敷にも残っているのである。其処にも出しっぱなしになってあったちゃぶ台の上に、矢張りコップが二つとウイスキーの瓶が一本置いてあった。ところがこの方はコップの底に残っていた液体を検べてみるとどちらもウイスキーばかりであった。だからこういう事になるのである。同時にか、或いは別々の時にか、階下の八畳の部屋では二人の人間がウイスキーを酌み交わして居り、二階の化粧部屋では三人の人間が、一人はウイスキーを二人はベルモットを飲んでいた事になるのである。

　その他にもう一つ不思議な事が同じように二階と階下とにあった。それは階下の八畳の部屋を調べると、灰皿の中から二三本のゲルベゾルテの吸殻が出て来たが、二階の灰皿の中には一本もゲルベゾルテはなくて、みんなバットとコスモスの吸殻ばかりであった。コスモスはどうやら白鳥芙蓉の吸っていたものらしい。ではバットは？　それが犯人の吸っていたものだろうか、尚も部屋の中をよく検べてみると、隣りの寝室の床に一本、無理に揉み消したバットの吸殻が落ちていた。と同時に、白鳥芙蓉の死体の側には、殆んど灰になりかけたゲルベゾルテの吸殻が一本落ちているのだった。これ等の事実が、まるで互いに呼応して警察官をからかっているようであった。バットとゲルベゾルテ――。

「どうも分らん。何んだかこの事件は非常に複雑しているようだぜ」

　江口捜査課長はある想念を頭の中に築き上げようとしても、どうしてもそれが纏らないので自棄を起したようにとん〳〵と床を蹴った。その時である。先刻から乱雑に床の上に投げ出された品物を根気よく掻分けていた検事の篠山比左雄氏が、ふと古びた一冊の書籍を拾い上げた。彼はその薄っぺらな頁を指で繰っていたが、ふいにほゝうという叫び声を挙げた。

「どうかしたのかね」その声を聞いて捜査課長がのこ〳〵と側へやって来た。

「御覧なさい。妙なものがありますよ」篠山検事は不思議そうな顔をしながら持っていた書籍を相手に渡した。

「やどり木」と捜査課長は表題を読みながら、「詩集だね。おや、白鳥芙蓉著――じゃ、この女は詩人なのかね。わが生命なる美智子に捧ぐ、ふん、成程、この女が友達か誰かに捧げたものなんだね」

捜査課長は猶もパラ〳〵と頁を繰っていたが、その最後まで来た時、突然、「や、や、や」と思わず叫び声を挙げた。

「どうかしましたか」

と篠山検事が吃驚して覗き込もうとすると、

「見給え、君、この発行日を――明治四十二年八月廿一日発行と印刷してあるじゃないか。明治四十二年と言えば」と捜査課長は急がしく指折り数えながら、「今からざっと二十二年前だぜ。一体此処に死んでいる女は幾つだい。三十五歳としても二十二年前と言えば十三か十四のまだほんの小娘じゃないか。そんな小娘に詩集が発行出来ると思っているのかね」

「でも、でも」検事は理由の分らぬ混乱におち入った。「でも、其処には白鳥芙蓉著とあるじゃありませんか」

「それはそうだ。然し、この白鳥芙蓉と、此処に死んでいる白鳥芙蓉とは確かに別人に違いない。二十年前にも白鳥芙蓉という人間が別にいたのだ」

捜査課長はきっぱりとそう言った。それで部屋の中には急に重苦しい沈黙が落込んで来た。皆、一種得体の知れぬ蜘蛛の網に引っかゝったように、思い〳〵に瞳を凝らしていた。もう夜はすっかり明けはなれて、白い朝の光が冷々と部屋の中に流れ込んで来ている。その涼しい空気の中で、一同は熱っぽい眼を見交わしていた。

その時、扉が静かに外から開いた。そしてこの冷徹な雰囲気の中に、パッと明るい花弁がこぼれかゝったように、眼覚むるばかりに化粧したうら若い一人の女が姿を現わした。

「わたし、この家の女中のすみでございますが、何か変った事がございましたそうで」

彼女は人々の顔を見廻わしながら、落着いた、静かな、寧ろ白々とした声音でそう言った。

第三章　事件の輪廓

一　時間の喰違い

私が白鳥芙蓉の殺害事件をはじめて知ったのは、その翌朝五月廿二日の朝のことであった。

いつもの通り十時過ぎに眼をさました私は、寝床のうえに寝そべったまゝ、敷島の一本に火をつけて、ゆっくりそれをくゆらしながら、女中が枕下において行ってくれた新聞を手に取上げた。そうして寝床のなかで、一面の出版広告からたん念に見てゆくのが、私の毎朝のくせであった。ところが、そうして社会面まで来たときである、私は思わずおやと叫んで寝床のうえに起直った。

――謎の女白鳥芙蓉殺害事件、犯人は何者か、淫蕩極る彼女の半生――

そんな風な表題が、たゞわけなく読者の好奇心を煽るようにでこ〳〵と並べたてられている。私は思わず、動悸のたかまる思いで、眼早くその記事に眼を通した。読んでみると、しかし、表題の大袈裟なわりに、その報道している内容は貧弱であった。多分、午前二時の締切に間に合わなかったのだろう。そこには単に、前女優白鳥芙蓉が昨夜何者にとも知れず殺害されたという事実が報道されているだけで、そのほかの詳しいことは何も分っていなかった。

しかし、私にとってはそれだけで充分だった。第一章に述べて置いた、銀座芙蓉酒場に於ける昨夜の経験が、私のあたまの中へいち速く駈込んで来た。

「そうだ。やっぱりそうだったのだ」

一瞬間私は、とらえどころのない気持ちで、ぼんやりと新聞のうえに眼を落していたが、急に気がついて、銜えていた煙草の吸殻をぽんと灰皿の中に投込むと、勢いよく寝床から跳出したのだった。

電話をかけると、幸い宅に居合わせたと見えて、都築欣哉はすぐ向うへ出て来た。

「都築君？　こちらは那珂、那珂省造だ。どうした君、今朝の新聞を読んだかね」

「あゝ、那珂君？――あゝ、あの事か」

都築は電話口でちょっと考えている風だったが、

「どうだね、君、丁度幸いだが、今日君はひまじゃない？」

「えゝ、あゝ、別に急ぎの仕事ってないが、何か用かね」

「うん、僕は今、その事件で出かけようとしていたところだ。何なら君も一緒に行かないかね」

「行くってどこへ？」

「現場へさ」

「ほゝう、白鳥芙蓉の屋敷へかい？」

私はちょっと驚いて聞きかえした。

「そうだよ。係り検事が丁度昨夜君に話したあの先生でね、現場を見たいなら今のうちにやって来いといって、さっき電話がかゝって来たところなのさ。どうだ、君も一緒に行かないかね」

「ほゝう。それは——行きたいね、しかし、構わないかしら、僕がいっても？」

「大丈夫だとも、構うもんか。それじゃね、僕はこれから支度して自動車で出かけるが、途中君のところへ寄ることにしよう。どうせ道順だから構やしないよ。その代り、あまり手間をとらせないように用意して待っていてくれ給え」

都築の家は前にも言ったように麻布六本木だし、私の家は牛込矢来町だから、高田豊川町へ行くには、成程そう大した道寄りにはならないわけであった。

そこで電話をきると私は、居間へかえって大急ぎで牛乳とパンで朝飯をすまし、都築の自動車がやって来るのを待っていた。

それにしてもこれはまあ何んという早い廻合せであろう。昨夜私は都築に向って、一度君の探偵振りというのを拝見したいと、冗談のように物語った。それから十二時間も経たぬうちに、早くも、私のその物好きな希望は満されようとしているのだ。しかも、その事件というのが、何んだか私たちにも関係がありそうに思える——。私は因縁の不可思議ということについて、ちょっと考えずにはいられなかった。

二十分程して都築の自動車はやって来た。玄関に立って待っていた私は、すぐにそれへ乗込むと、大急ぎで早稲田の方へ向って走らせた。昨夜の雨はすっかり霽れて、町は清々した初夏の朝らしく朗らかさを示していた。

「驚いたね、どうも」自動車に乗込むと私はいきなり大きな声でそう話しかけた。「何んだかしら、あの時ちょっとした予感みたいなものがあったが、まさかこんな大事件だとは気が附かなかったよ」

そう言ったのは、むろん、昨夜芙蓉酒場で耳にした、あの電話の一件のことを思いだしたゝめであった。

「うむ」都築はしかし、何故か浮かぬ顔で、他のことを考えているらしかった。

「しかし、君はどうしてこんなに早くこの事件を知ったのだね。僕はたった今新聞で読んだところなんだが」

「僕だって何も知りゃしない」都築は気難しそうに口を開いた。「君と同じさ。新聞を読んで驚いているところへ、篠山検事――、ほら昨夜君に話したあの人さ、あの人から電話がかゝったので、とに角出かけようとしているだけの事さ」

「じゃ、先生、いま現場にいるんだね」

「居るだろう。もう少し経てばうるさい連中がみな引上げるから、その時分にやって来いと言って来たのさ。死骸だけでも見ておいた方がいゝだろうというのさ」

「ふむ、じゃ、死骸はまだあるんだね」

私は少し憂鬱になって思わず黙り込んでしまった。私はまだ自殺にしろ、他殺にしろ、変死体というものを、産れてから一度も見たことがない。殊に血みどろな女の死体を想像すると、思わず私は後悔に似たしりごみを感じないではいられなかった。

「しかし」としばらくして私はまた切出した。「今度の事件の場合では、君は大分とくをしているわけだね。警察ではまだ、あの電話のことまで知りはしないだろうからね」

「それだよ、僕がいま考えているのは」都築はゆっくりと私の方を振返って言った。「昨夜僕たちがあすこで聞いた言葉というのは、たしかに『殺したって？』と相手に問いかけた言葉だったね」

「そうだよ。そして相手というのは遠山静江という女なんだ。バアテンダーがそう言ったじゃないか」

「うむ、そしてその時僕はたしかに時計を出してみて、十時二十五分と君に注意して置いたね」

「うん、しかし、それがどうかしたかね」

「うむ、それがおかしいんだ。僕も今朝新聞を読んだ時、すぐにあのことを思い出したんだよ。新聞には殺害の時間が書いてなかったからね。ところが、さっき篠山検事から電話がかゝった時、念のために時間を聞いてみたんだ。ところが、白鳥芙蓉の殺されたのは、十一時から十二時までの間だというんだ。だから、昨夜僕たちが聞いたあの電話は、白鳥芙蓉のことじゃなかったんだね」

一瞬間私は呆然とした。私がこの事件にかくも興味を持ったのは、昨夜の出来事とのあの因縁があるからに過ぎないのである。ところが、白鳥芙蓉の殺されたのが十一時以後だとすれば、あの電話は全く意味がなくなってしまう。

「ふむ、すると昨夜の僕たちが耳にした電話と、これとは、全く無関係なのかね」

「さあ、それがまだよく分らない」都築は考えぶかく呟いた。「暗合にしちゃ、あまりうまくゆき過ぎているからね」

「そうだ、それに遠山静江という少女は、たしかに白鳥芙蓉を殺害すべき動機を持っていたらしいからね。それに――」と私はちょっと考えて、「あれは確かに間違いじゃなかったね。たしかに、『殺したって？』と相手に反問したんだったね」

「そうだ。確かにそうだったよ。だから一層困るんだ。いっそ僕は、昨夜のあゝした事実を知らなかった方がいゝと思うんだよ。何んだかこの事件では、はなから迷わされそうなんだ」

それきり都築は黙り込んでしまった。私自身もあたまの中でいろ〳〵と、十時二十五分にかゝって来たあの電話と、十一時以後に起った白鳥芙蓉殺し事件とを、結びつけてみようとあせってみた。山部という男のあのあわてかたから見て、まさか犬や猫が殺されたのだとは思われない。とすれば、遠山静江の報告して来たのは、白鳥芙蓉ではなしに、もっと他の殺人事件だったのだろうか――

そんなことを、慣れぬ頭でとつおいつ考えている時分に、自動車は早くも、豊坂の芙蓉屋敷の表へ着いていた。

二　羽織の不思議

見ると芙蓉屋敷の表は一杯の人だかりだった。その中に正服の巡査がいかめしく見張りをしていた。からたちの垣根を通して、真白な芙蓉の花が、こぼれるように咲いているのが見える。緑色の洋館には、正午前の陽が鮮かに照りはえて、どうしてもこれが、恐ろしい殺人事件のあった家とは思えなかった。

私たちが入って行くと、玄関に立って刑事らしい男と何か話をしていた中年の紳士が、つか〳〵とこちらにやって来た。

「やあ、これはようこそ」

紳士は精力的な面に、人懐こい愛嬌を湛えて手を出した、それが篠山検事だった。

「丁度いゝところでした。今現場の撮影が終ったところです。もう少し遅れると何も彼も持って行かれるところでしたよ」

「そうですか、それはいゝ具合でした。では、早速現場を見せていたゞきましょうか。でも、その前に、事件が発見された顚末をうかゞえる暇があるといゝんですけれど」

「なに、それくらいの時間ならありましょう」

篠山検事はポケットから金時計を出して眺めながら、「じゃ、そこへお掛け下さい。お話いたしましょう」

と、玄関わきにある二つの椅子を私たちに指さした。

こゝで検事が物語ったところは、総て前章に述べておいた通りである。彼は歯切れのいゝ調子で、さすが職掌柄、要領よく昨夜の出来事を述べて行った。都築は黙って聞いていたが、時々それ等の要点だけを手帳に控えて行った。殊に塚越巡査が路上で宝石を拾った件と、新井巡査がこの屋敷の前で兇漢に襲撃された一件は、深く彼の心をうごかしたらしかった。（この点前章参照して下さい）

「すると、塚越巡査はこの屋敷の前で十一時少し前にダイヤモンドを拾ったというのですね。そのダイヤと、現場に落ちていたダイヤとは全く同型のものなんですね」

　検事の物語が一通り終ると、はじめて都築は口を切った。

「そうです。同じ頸飾から千切れてとんだものとしか思えません」

「それで、塚越巡査の誰何したという支那蕎麦屋はどうしました？」

「目下捜索させています。なに、すぐ見附かるでしょう」

「それで若し、その支那蕎麦屋が、やはり同じダイヤモンドを持っていたとすれば、この屋敷の表には十時四十分以前からダイヤモンドが落ちていたという事になりますね。つまり現場で頸飾が千切れてとんだのは、殺人の行われるより、少くとも二十分前になるという勘定になりますね」

「そうなんです。それで我々、すっかり見込みが外れて大弱りなんです。何しろ塚越巡査が漸くいまになってそのことを届けて来たもんですからね」

　都築は黙って考えこんだ。しかし、私には彼の考えていることがよく分った。彼は十時四十分という時刻と、十時二十五分のあの電話のことを考えているのだ。私もやはり同じことを考えてみた。しかし、結局二つを結ぶ鍵を発見することは困難だった。何しろ白鳥芙蓉の殺されたのはそれから余程後のことだというのだから。

「それでは、もう一つ、新井巡査を襲撃した曲者というのをもう少し詳しくうかゞいましょうか」

　暫くしてから、都築はまたそう口を切った。

「あゝ、それなら当人から話させましょう。新井巡査はたしかまだいた筈ですから」

　しかし、新井巡査もその男の人相を詳しく述べることは出来なかった。たゞ、声音から推して、二十五六と思われる青年で、脊の高い、がっしりとした体格をしていて、カーキ色の長いレーン・コートを着ていたと、たゞそれだけしか記憶していなかった。しかし、その人相を聞いたとき、私は何よりも先ず第一に山部というあの青年を思い出さずにいられなかった。昨夜芙蓉酒場で見かけたとき、彼もたしかカーキ色のレーン・コートを抱えていた。そして帽子も被っていなかったようにおぼえている。帽子を被らないのは、近頃の青年の流行なのだ。

「で、今のところその男が犯人だという見込みなんですか」

「先ずそうなっています」検事が横の方から口を出して言った。「何しろ兇器をポケットに隠していたといいますからね」

「成程、それでその男は、新井巡査が人事不省に陥っている間に、もう一度屋敷へとってかえした。そこへ、新井巡査ともう一人——えゝと、軽部さんですか、その人とが入って行ったので、二人を閉じこめておいて逃げ出したというのですね」

「そうです。多分、それに間違いなかろうと思うんですがね」

都築はそこで、又しても何か長いこと考え込んでいたが、やがて顔をあげると、

「いや、有難うございました。では、現場を見せていたゞきましょうか」

と言った。

現場は昨夜発見された時とそのまゝで、殆んど何にも手をつけていないという話であった。都築はその部屋へ入る前に廊下と扉との位置だの、扉と階段の工合だのを一々検べていたが、最後に漸くその部屋の中へはいって行った。現場の模様は総て前章に於て述べておいた通りだが、私はそのときはじめて白鳥芙蓉という女を見た。柄の大きな、中年の女によく見るように肉がしまって、見るからに豊かな伸々とした肢体を持っていた。顔はもう紫色に黝んでいたが、それでもまだ生前の美しさを思わせるに充分だった。長く引いた眉、一本々々紅で染めた

睫毛、丹花に彩った唇――、しかし、濃い死の隈どりの中では、それはいっそ妖異な感じでもあった。年は三十五六にも見えるが、或いはそれよりもゝっと行っているのかも知れない。死という強い現実の前には、さすがにお得意の彼女の化粧も、嘘を言うことが難しそうにも見える。

都築は黙って彼女の死体の側に跪くと、暫くその体を撫で廻わしていた。彼は殆んどどんな感情をも表に現わさなかったので、何か発見したのやら、しなかったのやら、私たちには少しも分らなかった。篠山検事は都築のそうした態度に慣れているとみえて、かなり熱心に相手の様子をみていたが私にはむしろ滑稽な気もちがしたくらいであった。

暫くすると都築は膝を払って立上った。

「何か見附かりましたか」

篠山検事は素速く相手の表情をよみながら、にこ〱してそう訊ねた。

「えゝ、少々――」

「ほゝう、すると、我々はまた何か見落しをしたらしいですね。一体、どんなことですか」

都築はそれに答えようとはしないで、私の方を振りむくと、

「君、昨夜雨が降り出したのは何時頃だったね」と訊ねた。

「え？」私はあまり意外な問いにちょっと面喰いながら、「えゝと、昨夜君とわかれて家へ帰ったのが十一時二十分頃で、それから間もなく降りだしたとおぼえているから、多分十一時半頃だろうと思うよ」

「そうだ。確かに僕もそう覚えている」そう言ってから都築はくるりと検事の方を振向いた。「昨夜白鳥芙蓉が殺された時には、この羽織を着てはいませんでしたよ。恐らくどんな羽織も着ていなかったでしょう。誰か十一時半過ぎにこゝへやって来て、この羽織を着せて行ったものがありますよ」

「え！ 何んだって？」

検事も私もその言葉に飛上らんばかりに驚いた。

成程見れば白鳥芙蓉の死体は、派手なお召の上に、薄紫に撫子の模様を染出した単衣羽織を着ている。

然し、誰が、何んのためにそんな事をしたのだろう。それよりも、どうして都築にそんなことが分ったろう。

「一体、そ、それはどういうわけですか？」

　検事はつか〳〵と死体の側へ寄ってもう一度覗き込んだが、すぐ都築の方を振返ってそう訊ねかけた。都築はしかし、それに答えようとはしなかった。却って彼は、私たちを押えつけるような手つきをしたが、いきなり、つか〳〵と閉っている扉の側へ近寄ると、ぐいとそれを押開いた。

「あ、あなたは女中のおすみさんですね。丁度いゝところでした。今あなたを呼びにやろうと思っていたところです。どうぞこちらへお入り下さい」

　一瞬間、廊下に立っていた女は、当惑したようにどぎまぎとしていたが、

「あの――わたくし、今お呼びになったように思いまして――」

「えゝ、呼びましたよ。しかしあなたじゃありませんでした。あなたに来ていたゞこうと思って他のものを呼んだのですが、却って好都合です。どうぞお入りください」

　女は仕方なくおず〳〵と入って来た。彼女は二十五六の、濃化粧をした美人で、どう見ても女中とはみえぬ。服装にしても女中には似合わしからぬけば〳〵したものだった。思うに彼女は、女中というよりは女主人の話相手としてこの屋敷の中に住っていたものだろう。意外な出来事のために気も顚倒しているのだろう。美しい眼の縁には黒いくまが出来ている。

「多分、朝から散々同じような事を訊ねられてお疲れでしょうが、もう一度またお訊ねしたいのです。気を悪くしないでくださいよ」

「えゝ、いくらでも――」

　彼女はお世辞のいゝ都築の様子に、弱々しい微笑をうかべながら、低い声でそう答えた。

「おすみさん、おすみさんと仰有いましたね。姓は――」

「千草といいます。千草すみ――」

「千草すみ、いゝ名前ですな。それであなたはいつ頃からこの屋敷にいらっしゃるのですか」

「先生がこちらへいらしてからずっと――わたくし、先生が劇団にいらっしゃる頃からお世話になっていたものですから」

「はあ、するとあなたは芙蓉座にいらしたんですね。道理で普通の女中さんとは違うと思っていました」

都築はそこで何を思ったのか、ぴょこんと軽く頭を下げた。女は眼下に微笑をうかべたまゝ黙っていた。

「そうするとあなたと白鳥さんの御関係は随分長いものですな。何年になりますか」

「はあ、足かけ三年になります。劇団のつぶれる少し前からでございますから」

「一体、白鳥さんは芙蓉座を組織なさる迄は何をしていらしたのですか」

「存知ません。誰も御存知の方はないようでございますわ。先生もそれについて何も仰有いませんでしたし、外国にでもいらっしゃったのではございませんかしら、誰かゞそんなことを申して居りましたが」

「そう〳〵、そんなことも聞きましたな。とに角白鳥芙蓉ほどの女性の前身が分らないのは不思議だとね」

都築はそこで何か考えていたが、「でも、あなたは三年も一緒にいられたのだから、大体最近のことは御存知でしょう。白鳥さんのパトロンというのは誰なんですか」

「さあ」おすみはそこで困ったように首をかしげて、「それが一向存知ませんので、先生はそういう事は一切他人に仰有らない方でしたし……」

「でも、あることはあるのでしょう。これだけの生活をしていらっしゃったのに、失礼ながら誰かの手から金でも出なけりゃ……」

「えゝ、それはおありだったんでしょうけれど、あたしどもには一向分りませんでした。何しろ先生はあゝいう賢い方ですし、あたしはぼんやりの方ですから」

「どういたしまして」都築はそこでもう一度頭を軽

く下げると、「それでは昨夜のことをお訊ねしましょう。昨夜あなたはこゝにいらっしゃらなかったのですね。どうしていらっしゃらなかったのですか」

「追い出されたのでございますわ。多分邪魔になるからでございましょう。今夜はお客様があるからなるべく遅く帰って来てくれという先生の御命令で七時頃にこゝを出たのでございます」

「それから何処へおいでになりました。あ、こんなことをお訊ねしちゃ失礼だったかしら」

「いゝえ、ちょっとも」女は眼下に冴々とした微笑をうかべながら、「あたし仕方がありませんから邦楽座へ参りましたの。それがはねてから少し銀座をぶらつきましたが、雨が降りそうになって参りましたので帰ろうかと思ったのですけれど、何んだかまだ早いような気がしまして、赤坂の姉の家へ寄ったのですわ。するとそのうちに雨になって参りますし、それに電車をなくしてしまいましたので到頭泊ることにしたのでございますわ。今から思うと、あたし何んだか大へん悪いことをしたような気がしまして」

女はそう言って、袂を探ると白い手巾をとり出した。

「いや、そんなことはありません。何も運命ですからな」都築は相手をはげますように、「ところで、その昨夜来るといった白鳥さんのお客さまをあなたは誰か御存知じゃありませんか」

「えゝ、一向――、でも服部さんじゃございませんかしら、あの方の帽子が今朝残っていましたから」

「服部？　服部清二という青年ですね。成程、そうかも知れませんね。その青年と白鳥さんとは大分仲がよかったらしいですな」

「えゝ、もう、かなり」女は再び眼下に微笑をうかべた。「この頃殊によくいらっしゃいましたわ」

「そうですか、いや、いろ〳〵とどうも有難うございました。あ、それからもう一つ、この部屋の灰皿なんか毎日掃除するんでしょうね」

「えゝ、毎日」

「すると、こゝにあるこの吸殻など、昨夜あなたがお出かけになった後で出来たものだと考えてもよろしいわけですな」

「えゝ、こゝのも、それから階下の八畳のお部屋のも――」

「成程、すると昨夜は大分客があったわけですな。――えゝと、もう他にお訊ねする事はないかな。――あゝ、そう〳〵、この部屋にあったもので、何かなくなっているものをあなた御存知じゃありませんか」

「えゝ、そのことはさっきも申上げましたが、そこの壁にかゝっていました短剣がなくなっているのでございますわ。ペルシャのものだとか仰有って、先生が自慢にしていらしたものですの」

「何処ですか、それは」

「そこの――、ほら、先生の今倒れていらっしゃる真上あたりですわ」

女はそこでちょっと身慄いをした。さっきから見まい見まいとしていた死体が、その時思わず眼に入ったからであろう。

「いや、どうも有難うございました。では、お引とり下さい。お疲れになったでしょう」

「えゝ、でも御用がございましたらいつでも」

おすみはそう愛嬌を残して部屋の外へ出て行った。

検事は多分、それ等の問答が、今朝自分たちのやったものの繰返しに過ぎなかったせいであろう。その間中退屈そうにしていたが、彼女の姿が見えなくなると、急に体を前に乗出した。

「さっきあなたは、この羽織のことを仰有ったがあれはどういうわけですか」

「いや、何んでもありませんよ」都築は無雑作に死体の側へよると、羽織の裾をつまみ上げた。「御覧なさい。この裾に五つ六つ泥のはねが上っているでしょう。ところが着物には一つもはねがないのです。それに肩のところを触ってごらんなさい。羽織の方は少ししめり気を帯びています。だから昨夜雨が降り出してからこの羽織を着てこゝへやって来た者――むろん女でしょう――があるのです。それが、どういうわけかそれは知りませんが、自分の着ていた羽織をぬいでこの死体に着せて行ったのです。そう気がついてから、着物と羽織の血のつき方を検べてごらんなさい。極く僅(わず)かですが、羽織の方には少し不自然なところに血がついています。しかし、それも検べなければ分らないくらいですから、この羽織を着せかけたのは、兇行後いくばくも経っていないことが分りますよ」

検事はそう言われてもう一度死体の側へ寄ってみたが、

「成程、驚きました。しかし、それならこの羽織は誰のものでしょう。おすみに聞いてみようじゃありませんか。白鳥芙蓉のものでなけりゃあの女は何故黙っているのでしょう」

「いや、それを聞くのはおよしなさい。多分それは白鳥芙蓉の羽織に違いありませんよ。それより、おすみという女の姉の居所はわかっているでしょうね」

「分っています。しかし、あなたはまさかあの女を――」

「まだ、何んとも言われません。一応は誰も疑ってみなけりゃ――、じゃ、これから一つ階下(した)の方を見せて貰(もら)いましょう。あゝ、それよりダイヤモンドはどうしました」

「ダイヤは警察の捜査本部の方へ引上げました。何なら後でお寄りになるといゝでしょう」

「そうですか。こゝは大塚署でしたね。それは好都合です。あすこの署長なら知っていますから、じゃ、そういうことにしましょう」

三　白鳥芙蓉と名乗る女

都築欣哉が自分の満足のゆくように芙蓉屋敷の中を検べ終ったのは、かれこれ一時間近(まぢか)かった。その間に、警察からやって来て、白鳥芙蓉の死体その他証拠物件を一切引上げて行った。私は彼の捜査中、ずっと彼の側についていたが、その間、彼が何を発見し、何を考えていたか、少しも推察することが出来なかった。

一時少し過ぎ、それでも漸く彼の捜査は終って、私たちは連れ立って芙蓉屋敷を出た。

「どうした？　何か分ったかね」

私は持っていたステッキを軽く振りながら、都築の顔を見た。

「うん二つ三つ――」

都築は考え深かそうに答えた。

「ふん、どんなことだね。僕は始終君の側に附添っていて、君の探偵振りを眺めていたが、一向何も分らなかったね」

「それは、君がこういう仕事に慣れないからだよ」

都築は白い歯を見せながら、「何処へ眼をつけていいか、その要領が分らないからさ、なに、大したことはないよ」

「いやに謙遜するね。しかし、君の発見を一つ僕に聞かせてくれないかね」

「聞かせてもいゝ、先ず第一にあの羽織の一件さ」

「うん、あれは成程不思議だね。どういうわけで死骸に羽織なんか着せて行ったろう」

「いや、事実は我々の考えているよりうんと単純かも知れないぜ。僕にもまだよく分らないがね。――それから、第二には、玄関の帽子掛けにかけてあった帽子が、どうして奥の八畳から発見されたかということ」

「それは君、さっき篠山検事も言ってたじゃないか、警官たちを現場へ閉じこめて逃げた男が、玄関でその帽子を被ったが、八畳の部屋から逃げ出す時――、僕の思うのに、彼奴はそこで靴をはいていたんだろうと思うのさ。でなきゃ、玄関は開いていたんだから、真直にそこから逃げ出す筈だからね。靴を八畳の方の庭に脱いでいたので、それをはきに行った時に帽子をまた忘れたのさ」

「靴をはく為に八畳の方へ廻ったという君の説には賛成だ。君がそこ迄気がつくとは思わなかったよ。しかし、君は靴をはく時、一々帽子をぬいで側へ置くかね」

「さあね」

私はどう答えていゝか分らなかった。

「まあいゝ、いずれ分るだろう。――それから第三には、白鳥芙蓉の死体を是非とも解剖して貰わなければならないこと」

「え？　じゃ君はあの女の死因にはもっと他の疑い

があるというのか」

「死因には疑いはない、しかし――」と言いかけて彼はふと立止った。そこで私も思わず立止ったが、

「おや、早稲田へ出てしまったじゃないか。君は大塚署へ行くんじゃなかったのか」

「いや、実はその前に君に頼みたいことがあるのだ。新宿のカフェー・リラという店へ行ってね、昨夜、薄紫に撫子の模様を染出した羽織を着た女が来なかったか、いや行ってるには違いないのだが、そうしたら、その女の様子なり、その時の動静なりを検べて来て貰いたいんだが」

「え?」私は思わず棒立ちになった。「君はさっきの羽織のことを言っているんだね。しかし、どうしてその女が――」

「まあ、いゝ、その説明は後でする、とに角行ってくれるかね」

「行くよ、それぐらいのことはお易い御用だ」

「有難う、じゃ僕もちょっと他へ廻って、それから大塚署へ行くことにする。四時にあすこで会おう」


私は都築とわかれると、すぐにタキシを呼びとめて、新宿へ走らせた。みち〳〵私はいろんなことを考えてみた。私も都築とその第一歩を同じくしている筈である。従って彼に分って私に分らないという筈はないのだ。しかし考えをまとめようとすればする程、いろんなことがごっちゃになって、結局どこへ焦点をおいていゝか分らなくなってしまう。第一昨夜の電話のことが、私の念頭にこびりついて離れない。あの一件はこの事件とは全く別箇の問題で、むしろ忘れてしまった方がよさそうだのに、それが忘れようとすればする程一層しつこくまつわりついて来るのだった。結局何んの考えもまとまらぬうちに、私は新宿へついてしまった。


　カフェー・リラというのは武蔵野館のならびに最近出来たかなり大きな店だった。場所柄、お昼だというのに、もうかなり客がたて込んでいた。幸い私はまだ昼飯を喰っていなかったので、ついでにこゝで食事をして行こうと、ゆっくりと御輿をすえた。

「ねえ、君」

と大分しばらくしてから私は、ぼんやりと私の卓子の向うに坐っている女給に言葉をかけた。

「君は昨夜この店へ、薄紫に撫子の模様を染出した羽織を着た女が来たのを覚えてない？」

「どんな女？　若い女？」

「う、うん、若い女だ」

「さあね、一人かしら」

「うん、多分男と一緒だろうと思うのだがね」

　まさかこんな店へ、若い女が唯一人来る筈はあるまいと思ったので、咄嗟にそうでたらめを言った。

「そうね。そういう客ならきっと二階よ。二階には特別室があるんだから」

「そう、じゃ、昨夜の二階の係りの人をちょっと呼んでくれないかね」

「まあ、いやに御熱心ね、誰？　その人？　奥さん？　恋人さん？　いゝわよ、憤らなくっても、いま呼んであげるわ。清さアん、ちょっと！」

　お清さんはそう呼ばれて奥の方からけゞんそうな顔をして出て来た。

「何か御用？」

「この方があなたにお話があるんですって？　何んだかおのろけの筋らしいわ。うんとおごって貰いなさいよ」

　前の女が奥の方へ引込むと、その後へお清さんは腰をおろした。

「何んなの、話って？」

「うん、ちょっと君に聞きたいことがあるんだ」

　私はそう言ってから、さっきと同じようなことを訊ねた。女はすると忽ちにや／＼笑いながら、

「まあ、いやね、やきもち？」

「馬鹿、そうじゃないんだ。ちょっと聞きたいんだからさ。じゃ、来たんだね、この店へ」

「えゝ、いらしたわ。だけどあたし、やきもちだったらあの方に気の毒だから言わないわ」

「馬鹿だなあ、そんなことじゃないんだ。ね、いゝ子だから話しておくれ」

　私はそう言いながら素速く幾枚かの銀貨を相手に握らせた。

「そうね、あたし喋舌（しゃべ）ってもいゝかしら、何んだかあの方の迷惑になりそうだわ」女は尚（なお）もそんな風に私をじらせていたが、「じゃ、思い切っ言ってしまうわ。その方ならいらしてよ、たしかに」

「ふうん、何時頃だね」

「さあ、たしか八時半頃だったと思うわ。二階の特別室（スペシャル・ルーム）へお入りになって、長いこと待っていらっしゃったのよ。何故あたしがその方を覚えているかというと、あまり長いこと後から来るというお連れの方が見えないので、二三度もお聞きしに行ったのよ」

「ふむ、するとその女は来るとすぐ、後から連れが来ると言ったんだね」

「えゝ、白鳥芙蓉と言って訪ねて来る男があるから、来たらすぐこちらへ通してくれと仰有って」

「えゝ！」

私は思わず卓子（テーブル）の端をつかんだ。

「何んだって？　白鳥芙蓉ってその女が名乗ったのかね」

「えゝ、そう仰有ったわよ。あたし妙な名前だからよく覚えているの。女優さんでしょう、あの女（ひと）？」

「う、まあ、そうだが」

私は思わずポケットから手巾（ハンケチ）を取出して額（ひたい）を拭（ぬぐ）った。この女はまだ今朝の新聞を読んでいないらしい。でなければ、白鳥芙蓉の名前をこんなに何気なく口に出せる筈はなかった。しかし、それは結局私にとって幸いだった。彼女もあの事件を知っていたら、もう少し警戒したに違いないからである。

「で、結局、その男というのは来たのかね」

「えゝ、いらしたわ。随分待たせて――、かれこれ十時近くになっていらしたわ」

「どんな男だったね、それは――」

「あら、それがお聞きになりたいの」

と女はいたずらゝしい眼を輝かせて、

「でも、いゝわ、安心なさいよ。あなたよりずっとお年寄りだったし、あなた程好（い）い男でもなかったわ」

「いや、これはどうも有難う」

「本当よ。四十五六の、痩（や）せた、かさ〳〵したような方よ。でも服装だの、態度だのは仲々立派な紳士だったわ。あなたもそうだけれど」

「一々、僕を引合いに出すのは御免蒙りたいね。で、どうした、彼等二人は？」

「彼等二人ですって？　まあ憎らしいのね」お清さんはそこでちょっと私を打つ真似をして、「どうもしやしないわ。でもちょっと変なとこがあったわよ。その紳士が白鳥芙蓉って女が来ている筈だからと言うもんだから、あたし、この部屋へ案内したのよ。すると女の方はすぐに立って出て来たのに、男の方は何んだか、呆気にとられたように、しばらくぼんやりしていたわ。あたし人違いをしたかしらと思ったけれど、そうでもなかったと見えて、やがてその方も中へ入って行ったの」

「ふむ、それからどうしたね」

「さあ、そこまではあたしだって知りゃしないわ。でもね、一度何か御用はないかしらと思ってうかゞいに行ったのよ。するとその時卓子の上に何か写真みたいなものが置いてあったわ。ひどく旧い写真で、よくは分らなかったけれど、若い男の方と、まだ産れたばかりの赤ん坊を抱いた奥さんらしい方と三人で映っている写真だったわ」

　それ以上の事は何を聞いても分らなかった。唯、彼等はそうして一時間あまり何かひそ〳〵話をしていたが、やがて十一時頃になって自動車を呼んで別々に帰って行ったという話であった。

「一体、その女というのはどんな女だったね。若い女かい。美人なのかい？」

　私は最後迄とっておいた質問を、その時初めて切り出した。すると、お清さんは、案の定、まあとばかりに眼を瞠った。

「あら、あなた、それを御存知ないの。御冗談でしょう」

「ところが知らないのだ。実はね、その男の細君というのから頼まれてね、聞きに来たんだが、一体どんな女だったね」

「まあ、どうだか、怪しいわね」

　そう言いながらも、彼女の話すところによると、その女というのは二十四五の、細面のなか〳〵美人だという話であった。その顔附きなどを詳しく聞いているうちに、私はふとさっき会ったおすみの姿を思い出した。しかし、おすみとすれば、彼女は何故白鳥芙蓉などと、女主人の名を名乗って、男と怪しい密会をとげたのだろう。それよりも第一、この不思議な羽織の一件だ。都築はどうしてその女が昨夜このカフェーへやって来た事を知っていたのだろう。私には何も彼もが不思議な事だらけである。まるで怪しい魔術師の妖術にでもかゝっているような気がするのであった。

　しかし、それ以上の事は、もうこの女から聞き出せそうになかった。そこで、ふと思いついて、彼らが呼んだ自動車屋というのを聞くと、思い切ってこのカフェーを出た。自動車屋は幸いにも、カフェー・リラのすぐ近所にあった。訪ねてみると、昨夜カフェー・リラから女客を送って行ったという運転手は折よくギャレッヂに居合せた。

「あゝ、あのお客ですか、あのお客なら早稲田の終点まで送って行きましたよ。そうですね、向うへ着いたのが丁度雨がボツ〳〵と降り出して来た時分でしたが、お客様は自動車を降りると、目白の方へ行く道を小走りに走って行きましたよ」

　男の方の客はよく分らなかった。というのは、彼は銀座尾張町の交叉点まで送らせたというのだから、彼は又、そこから流しの自動車を拾って、どこかへ帰って行ったに違いない。それにしても女客の行き先きが分ったのは何よりであった。彼女は早稲田の終点から目白の方へ走って行ったというのだ。しかも、時間も丁度符合している。私は今更のように都築の慧眼に敬服しないではいられなかった。それにしても、その女が若しおすみだったとしたら、一体彼女はこの惨劇のうちに、如何なる一役を演じているのであろうか。

　若しや――、と私はふと、一番恐ろしい事を、彼女の上に考えないではいられなかった。

　時計をみると、丁度三時過ぎである。四時には大塚署で都築に会わなければならない。そこで私はそこのギャレッヂから車を雇って、すぐに駈け着ける事にした。自動車は新宿から大木戸を抜けて、市ケ谷見附けの前へ出、そこを左へ登って、矢来、山吹町を通り過ぎて江戸川へ出た。そして、そこの橋を渡ろうとした時である。

　私は思わず、

「ストップ！」

　と鋭く運転手に声をかけた。

「え、こゝでいゝんですか」

「うん、いゝんだ。いゝんだ。急に用事を思い出したんだから」

　私は怪訝そうな顔をしている運転手に、銀貨を握らせると周章てふためいて自動車を降りた。江戸川橋を渡ろうとした時である。私はふと、自動車の前を行く一人の青年を見附けたのである。それはたしかに、昨夜芙蓉酒場でみたあの山部という青年に違いないのだ。彼は今日も、ぴったりと身に合った洋服の上に、カーキ色の長いレーン・コートを着ている。相変らず無帽だった。

　一体、この男は何処へ行くのだろう？　私にとっては、この男もまた有力な嫌疑者の一人なのだ。だから今、偶然彼の姿を見かけた私は、どうしてもそのまゝ見逃すことは出来なかった。

　山部は山吹町の方から、音羽の通りの方へ江戸川橋を渡ると、そこで彼はしばらく何か思案をしているらしかった。彼は橋の袂に立って、しばらくぼんやりと辺を見廻していたが、やがて何を見附けたのか、急につか〳〵と大股で、小石川水道町の方へ道を曲った。と、そこには、五六間も行かぬうちに自働電話があった。彼はその自働電話の側に立って、またしても、何か案じ患っているような顔附きできょろ〳〵とあたりを見廻していたが、丁度その自働電話から二三間向うに、今しもおでんの屋台を組んでいる爺さんを見附けると彼はつか〳〵とその方へ寄って行った。

「爺さん、爺さん」彼は熱心に屋台を組んでいる爺さんの背後からそう声をかけた。

「何んだね」

車の上に蹲んで何か一生懸命に探していた爺さんは、むっくりと顔を上げると、怪訝そうな顔をして問いかえした。その間に私はつと傍の電柱の側に寄った。電柱の面には、幸いにもその時出たばかりの号外が貼ってあった。だから、私が彼等の会話をぬすみ聞きするにはまことに好都合であった。

「爺さんは毎晩、こゝへ屋台を出しているのかね」

山部は先ずそんなことを訊ねた。

「ふむ、大ていの晩はこゝへ店を出しているよ」

爺さんはうさん臭そうにじろ〳〵山部の姿を見ながら、そっけない声でそう答えた。山部の方は、しかし、一向そんなことは頓着なしに、

「じゃ、昨夜もこゝに店を出していたろうね」

「ふむ、出していたよ」

「それなら、ちょっと訊ねたいことがあるのだがね」山部はそこでふと言葉を切ると、何故か不安そうにあたりを見廻した。彼の眼はふと私の姿をとらえた。しばらく彼は不安そうに凝っと私の方を見ていたが、私は一向構わない様子でポケットから敷島を取出すと、ゆっくりとそれに火をつけた。

山部はしばらくその様子を眺めていたが、やがて思い切ったように、くるりと爺さんの方へ向き直ると、

「昨夜ね、そうだ十時から十時半頃までの間なんだがね、こゝの自働電話から電話をかけていた娘があるのを覚えていないかね。十七八の、断髪で洋服を着ているちょっと、可愛い娘だ。爺さん、それを覚えていないかね」と訊ねた。

私は思わず、心臓がどきりと大きく動くのを感じた。遠山静江――、そうだ、山部が訊ねているのはたしかに彼女のことに違いない。十時から十時半迄の間と言えば、丁度芙蓉酒場へ電話がかゝって来たと同じ時刻だ。すると、遠山静江はこの江戸川の自働電話から電話をかけて来たのか。

「ふむ、しかし、その娘さんがどうしたんだね。何かお前さんとその娘さんと関係でもあるのかね」

そう訊ねた爺さんの口振りから察すると、彼は明かに彼女のことを覚えているに違いなかった。山部

もそれと気附くと急に力を得たように、

「じゃ、爺さんは、その娘を覚えているんだね。実はね、その娘はこゝからある人のところへ電話をかけたまゝ、それきり、行方が分らなくなってしまったんだ。爺さん、何か知っているなら僕に話してくれませんか」

彼はもう、私のいることなど忘れ果てたように、言葉に力を入れてそう言うと、爺さんの方へ詰め寄った。

私はそれに対して相手が何んと答えるか、思わず電柱の蔭できゝ耳を立てた。


事件の輪廓はこれで大分はっきりして来たのである。今迄既に登場している人物、或いは名前だけしか出ていない人物、その中に犯人はいる筈である。第一回からもう一度読直してください。そうすれば慧眼なる読者諸君は、犯人は推定する事が出来るであろうと思う。　作者

第四章　訊問

一　二人の証人

都築欣哉の命令で、新宿のカフェー・リラへ行った帰途、自動車の中から山部という青年の姿を見つけた私は、周章て江戸川で自動車を乗捨てた。そして、そっと彼の後を尾行して、おでん屋の爺さんと彼との会話を途中まで盗聴きした――と此処まで私は前章で述べて置いた筈である。

其処までは私として大成功だった。然し、その後がいけなかった。おでん屋の爺さんがそろ〱と私に不安を感じだしたのである。彼は山部から切出された一番重要な質問に答える前に、凝っと私の顔を真正面から睨み据えた。

爺さんは私がその場を立去る迄は、梃でも口を開くまいという気配を示しながら、露骨な視線でじろ〱と反抗的に私の姿を眺め廻すのである。

こういう事に至って不慣れな私は、相手に覚られ

たと思うと、もうそれ以上図々(ずうずう)しく頑張っていることは出来なかった。

　私は耳の附根まで真紅(まっか)に染めながら、それでもなるべくさり気ない様子を示しながら、そろ〳〵と電柱の側(そば)を離れるとわざと彼等の前を通抜(とおりぬ)けて行った。爺さんはまだ露骨な視線で私の一挙一動を追っている。爺さんのその態度に初めて気附いたものか、山部という青年も、あり〳〵と敵意を含んだ眼差(まなざ)しで私の横顔を覗(のぞ)き込んでいた。

　私はそうした二人の視線に追い立てられるように、背中をむず〳〵させながら、彼等の側(わき)を通過(とおりす)ぎると、大急ぎで第一の横町を江戸川の方へ廻った。

　然し、さてこれからどうしたものだろう。何(な)んといっても、一番肝腎(かんじん)なあの話の続きを聞くことが出来なかったのは残念である。爺さんの様子では、明(あきら)かに遠山静江の行方を知っているらしいのだ。私がもっとこうした事件について経験家だったら、こんなへまな真似(まね)はしずに、この与えられた機会をしっかり摑(つか)むことが出来たろう。然し、何んと言っても私はまだ素人(しろうと)である。そう容易に秘密の一端を摑むことが出来ると思っていたのが抑(そもそ)も間違っていたのだろう。

　私は江戸川べりまで出ると、さてどうしようかと辺(あたり)を見廻(みま)わした。大塚署はつい眼と鼻の先(さき)である。自動車に乗って行けば、丁度いゝ時刻になるだろう。然し、私はどうしても、今の二人のことが気になって仕方がなかった。其処で江戸川べりに沿って、もう一度江戸川橋まで来ると、橋を渡って反対側の袂(たもと)からそっと先刻(さっき)の横町を覗(のぞ)いてみた。然し内心予期した通り、其処には組立てかけたおでん屋の屋台があるばかりで、二人の姿は何処(どこ)にも見えなかった。思うに、私が立去った後で、大急ぎで相談を纏(まと)めた二人は、二度と邪魔の入らぬうちに、何処かへ立去ったのだろう。

　行先は――？

　言う迄もなく遠山静江の隠れている場所に違いない。私はもう一度引返(ひきか)えして、その附近で様子を訊(たず)ねて見ようかと思った。しかし、考えて見れば、そういうことは、いつだって出来ることだし、又、私のような素人がやるよりも、その道の経験家に委せた方が成功しそうに思われたので、取敢ず都築との約束を守るつもりで私は通りかゝった雇自動車を呼び止めた。

私が大塚署に入って行くと、都築欣哉は既に来ていた。彼は私の顔を見ると、にこ〳〵と笑いながら、

「どうだったね」といきなり訊ねかけたが、直ぐ思い直したように、

「よし〳〵、委細はあとで聞くことにしよう。それより今、服部清二が刑事に連れられてやって来ているのだよ」と言った。

「服部清二――？　あの白鳥芙蓉となんだったという青年かい？」

「フム、そうだ。何しろ、あの帽子という立派な証拠を残して行ったものだから、警察では第一の嫌疑者に挙げているのだ」

そう言いながら、彼はふと思い出したように、傍に立っていた中年の紳士を振返えると、

「あゝ、君に紹介して置こう。こちらが軽部謙吉氏――、新井巡査と共にこの事件を第一に発見された方だ。こちらは僕の友人で、那珂省造という小説家です」

と言って紹介した。

軽部謙吉氏は都築と既に心易くなっていたものと見えて、私にも人懐つこい微笑を浮べながら慇懃に頭を下げた。色の白い、鼻下に美しい髭を生やした好男子で、がっしりとした体格をしている。心持ち顎の張っているのが、如何にも意志の強い人物らしく見せていた。見たところ三十六七にしか見えぬが、一体が好男子であるから、事実はもう二つ三つ上かも知れない。

「お名前はかね〴〵雑誌などで拝見しています。今度は又面白い材料がお出来になったでしょう」

軽部謙吉は口許に和やかな微笑を浮べながらお世辞を言った。

「どういたしまして、一向畑違いで……」

私たちがそんな話をしているところへ、さっき別

れたばかりの篠山検事が入って来た。

「あゝ、此方にいたのですか。そろ〱服部清二の訊問を始めようと思うのですが、お立会いになりますか」

「そうですね。そうして戴ければ有難いのですが」

「では、直ぐ始めましょう。えゝ？　那珂さん？　いゝでしょう。軽部さんは暫く待っていて下さい。何、直ぐです。なるべく手間を取らせないようにしますから」

　其処で私たちは、軽部謙吉氏だけを残して別室へ入って行った。其処ではもう速記の用意も出来ていて、いつ訊問が始まってもいゝように出来ていた。部屋の中には署長を初め、後で知ったのだが、江口捜査課長、その他その筋の重立った人々が厳めしい顔をして控えている。訊問は主として篠山検事がやるらしい。

　やがて検事が合図をすると、扉が開いて、真蒼な顔をした青年が、刑事に手を引かれるようにして、おず〱と中へ入って来た。彼は部屋の中の空気に、早くも気を呑まれたように、細く体を慄わせていたが、やがて刑事に前へ突出されて恐る〱検事の前へ立った。

　見たところ二十四五の、如何にもお坊ちゃん〱した意志の弱そうな青年である。不眠のためか、眼が落凹んで、頰がげっそりとこけている。朝からまだ頭髪にも手を入れなかったものと見えて、油気のない髪の毛がばさ〱と額にもつれかゝっていた。

「服部清二というのは君のことだね」

　篠山検事は相手の様子をゆっくりと眺めておいてから、さて突然そう切出した。

「ハ、ハイ、ボ、僕服部清二です」

　服部はおず〱と眼を伏せたまゝ、消え入りそうな声でそう答えた。検事はその眼の中を凝っと覗き込みながら、

「君は何故、今日此処へ呼出されたか、その理由を知っているだろうな」

「ハ、ハイ、それがその……」

　服部は床の上に眼を落したまゝ、口の中で何か訳

の分らぬことを呟いている。

「はっきり言い給え、本当のことを言わぬと君は後々まで迷惑するよ。では僕の方から訊ねるが、君は昨夜八時頃から、一時頃まで、何処にいたんだね」

服部はそれに対して、はっきりと答えようとはしなかった。彼は別に強情に訊問に反抗しているのではなくて、あまりのことに気が顚倒していて、どういう風に答えたらいゝのか、それがよく分らぬらしい。検事は、しかし相手の煮え切らぬ様子に剛を煮やしたものか、

「よろしい。君が飽迄剛情を張るなら、君に会わせる人がある」

とそう言うと、傍にいた刑事を振返って何事かを囁いていた。刑事は頷いて直ぐ部屋を出て行ったが、間もなく、酒屋の若い衆のような男を連れて入って来た。

「君は此処にいる青年を知っているだろうな」と篠山検事。

「へ、ヘイ、よく存知て居ります。時々白鳥さんのお屋敷でお見掛けいたしましたので」

「で、一番最後に、この人を見たのはいつだったね」

「ヘイ、昨晩でございます。昨晩の八時頃、御用を承って居りましたウイスキーを持って参りますと、この方が白鳥さんの宅の奥座敷にいらっしゃいましたので……」

「それからどうしたね」

「どうも致しやしません。台所の方から入って行きましたが、女中さんは留守だとか言いながら、この方が自分で立って来てウイスキーの瓶をお受取りになりましたので……。それきりでございます」

「よろしい。下ってよろしい」

篠山検事はそこで刑事を呼ぶと、もう一度何ごとかを囁いていた。すると、直ぐ刑事は、酒屋の若い衆を連れて出てそれと入違いに、四十がらみの人の好さそうなお主婦さんを連れて入って来た。その女の顔を見ると、服部清二も思わず顔色を変えて、二三歩後へよろめいた。

「お前さんが、服部君の下宿している宿のお主婦さ

んだね」

「さようでございます」お主婦さんは割りに悪びれない態度で答えた。

「昨夜、服部君の帰ったのは何時頃のことだったね」

「ハイ、一時過ぎ——、二時近くでございましたでしょうか」

「その時、服部君はどういう様子だったね」

「ハイ、何んだかひどく取乱した恰好で……雨の降る中を帽子も被らず、びしょ濡れでございまして……」

「何？　帽子を被っていなかったって？　それは確かかね？　お主婦さん？」

何んと思ったのか、その時横から突然、都築がそう口を出した。

「ハイ、確かでございますとも、……わたくしその時、『まア雨の降るのに帽子も被らないで、どうしたんです』とそう服部さんに訊ねたくらいでございますもの」

「フム、それで服部君は何んと答えたね」

と篠山検事。

「いゝえ、別に何んとも仰有いませんでした。何んだかひどく酔っていらっしゃる様子で、側へよるとプンと酒臭い匂いがいたしましたので、わたくし二階までお連れすると、そのまゝ階下へ降りて寝ましたのでございます。何しろ遅うございましたので」

「酒臭い匂いがした？　服部君はその時、ひどく酒臭い匂いがしたというのだね」

都築は又しても横からそう口を出した。

「ハイ、それはもう……、真正面に顔を向けられないくらいでございました」

「時に、お主婦さんの家は何処だっけな」

「麹町の三番町でございます。三番町の四十七番で……」

「そう、有難う」

都築の質問が終ると、下宿のお主婦さんは又別室へ下って行った。彼女の姿が見えなくなると篠山検事は改めて服部の方を振返った。

「どうだね。酒屋の小僧の証言によると、八時頃君は、白鳥芙蓉の家にいたというじゃないか。それから二時頃下宿へ帰って来る迄、君は何処にいたんだね」

「ハイ、では、申上げます」

服部は証人の取調べが行われている間に、幾分心の余裕を取戻したのだろう。突然はっきりとした口調でそう答えた。

二　抱水クロラール

「私はその間中、ずっと白鳥芙蓉の家の中にいました」

服部は蒼白い面に一種決心の色を浮べると、きっぱりとそう言い切った。それを聞くと、辺に居合わせた連中は一種の緊張した面持ちをして、探るような眼で凝っと相手の顔を覗き込んだ。八時から二時頃下宿へ帰る迄、ずっと白鳥芙蓉の家にいた――？　それは取りも直さず彼が犯人であることを物語っているのではなかろうか。とすれば、彼は早くも観念して、自分の犯行を告白しようとしているのだろうか。

「フム、八時からずっと白鳥芙蓉の家にいた？　すると、君はあの犯罪の行われたのを知っているわけだね」

「ところが知らないのです。私は眠っていましたから」

「何？　眠っていた？」

「そうです。こんな事を申上げて本当になさるかどうか、それは貴方がたの御勝手ですが事実私は眠っていたのです。だから、いつ、誰に白鳥芙蓉が殺されたのか私は少しも知りません」

「フム、君の話はどうも奇妙でよく我々には呑込めない。もう少し詳しく話してくれ給え」

「では、最初から申上げましょう」

服部清二は暫く考えを纏めるように宙に眼をやっていたが、やがてぼつ〳〵と語り始めた。

「昨夜、八時頃、私は白鳥芙蓉の宅を訪問しました。別に約束があったわけではありませんが、時々突然訪問した例もありますので、昨夜もふいに行ったのです。私の顔を見ると白鳥芙蓉は何んだか困ったような顔をしていましたが、それでも帰れとは言いかねたのでしょう。まアお上りなさいと申しました。で、私は相手の様子を大して気にも止めず座敷へ上り込んだのです」

「その時、君は何処から上りました。玄関からですか」

と都築は早口でそう遮った。

「いゝえ、座敷の縁側からです。最初玄関から声をかけたが返事がなかったので、庭から座敷の方へ廻ったのです。で、上り込んで暫く話をしているところへ、台所へ酒屋からウイスキーの瓶を届けて来たので、二人で暫くそれを飲んでいました。すると、どうしたものか急に眠くなってそのまゝ寝てしまったのです」

「ほゝう、それはおかしいね。君はそんなに酒に弱いのかね」

「いゝえ、決してそうじゃありません。しかし、昨夜はどうしたものか四、五杯も飲んでいるうちに、どうにも耐らなくなってしまったものです。今から考えるとどうも酒のせいだけではないように思われて仕方がありません」

「フム、すると何か麻酔剤でも飲まされたと思うのかね。白鳥芙蓉に何かそんな様子でも見えていたのかね」

「これは僕の考えだけですから、確かにそうとは申上げられません。でも、昨夜の白鳥芙蓉はいつもとは違っていました。何だか気になる事がある様子で、話をしていても落着きがなく、何遍も何遍も席を立ったりしていました。そうしているうちに私は眠くなって……、今でも確かに覚えているのは最後に飲んだウイスキーが、何んだか舌を差すように苦くて周章てもう一杯ついで飲みました。すると間もなく眠くなって……」

「フム、それで……」

「それから、どのくらい眠ったのか、眼が覚めた時、私は何んだか嘘のような気がしました。何しろ辺は真暗だし、家の中は森としているし……。でも、漸く白鳥芙蓉の家の中だと気がつくと私は周章て跳び起きました。見るとやっぱりさっきの座敷の中です。マッチを擦って腕時計を見ると、もうかれこれ一時、それにしても私を放って置いて白鳥芙蓉は何処へ行ったのだろうと、かねて様子を知っている屋敷の中のことですから、手探りで二階の化粧部屋へ入って行ったのです。そして其処で初めて電気をつけて見ますと、あの有様で……」

　服部はさすがにそれを思い出すと、厭な気持ちになるらしく、心持ち眉を顰めた。

「フム、それでどうしたね」

「これは大変だと思いました。それから愚図々々していると係り合いになるぞと考えました。で、周章て電気を消しておいて部屋から跳び出したのです。と、恰度そのとき、玄関の方で人声がします。見附けられたら大変だと思ったので、私は廊下の隅に凝っと踞っていました。すると、間もなく二人の人が上って来て、例の化粧部屋へ入って行きましたので、咄嗟の考えで私は扉に錠を下ろすと、そのまゝ外へ跳び出したのです」

「君はその部屋の鍵を持っていたのかね」

「いゝえ、部屋へ入る前に、鍵孔に鍵が嵌まったまゝになっていたことを思い出したからです。でもその時は、そんな風に考えたわけではありません。まるで無我夢中でした。唯恐ろしいのと、早く逃げ出したいのとで……」

「君は今、二人の人を一室に籠込めて置いて、そのまゝ跳び出したと言ったが、玄関にかけておいた帽子を被って行ったのじゃないのかね」

「ハイ、そのように覚えています。しかし、結局又何処かへ置いて来たのでしょう。今朝になってみると帽子がありませんでしたから。でも、靴は間違いなく自分のを穿いていましたから、座敷から抜出たのでしょう。何しろ余程気が顚倒していたと見えて、それから以後のことは少しも覚えていないのです。今朝になって、それでもよく下宿へ帰れたものだと思ったくらいで、どうして帰ったのやら、少しも覚えて居りません。ただ、何処かの暗闇を一心に走っている自分の姿が眼に浮ぶくらいのものです」
そう言ってから、彼はほっとしたように蒼白い額に手をやって溜息を吐いた。彼の語る様子には、別に嘘を吐いていると思われる節はなかった。然し、八時から一時頃まで眠っていたというのが、あまりお誂え向きで、どうも信じ難いように思われる。検事もその事を考えたのだろう。

「君の話は中々筋道が立っていて面白いが、どうも種々おかしな所があるね。例えば、僅かの酒で君が酔払って眠るなんて……」

その時である。都築は手帳を裂いて何かさら〳〵と書いていたが、それに何か小さな瓶のようなものをくるむと、それをそっと検事の手に渡した。検事はそれを開いて読み、そしてその瓶を眺めると、びっくりしたように、

「何んだって？　君は一体何処でこれを発見したのだね」

と訊ねた。

「あの座敷の縁側の下で」

都築はさり気ない顔附きでそう答えた。検事は暫く当惑したように、その二つを見つめていたが、やがてそれを次から次へとその筋の人たちの間を廻した。みんなそれを見ると一寸驚いたように都築の顔を振返った。最後にそれを私も見た。

抱水クロラール——かなり強烈なる酔眠剤にして、舌を刺す如き苦味あり、この瓶にまだ臭気の失せぬところを見れば、使用後いくばくも経過せざるものと覚ゆ。

そしてその小さな瓶のレッテルには、

「抱水クロラール」

と印刷してあった。

第五章　父と娘

一　詩人白鳥芙蓉の本名

それから後の事はあまり管々しく述べる事を止そう。一通り訊問が済むと、篠山検事は例の帽子を取出して服部清二に見せた。服部はそれを手に取上げると、少しも悪びれるところなく、確かに自分の帽子に違いないと明言した。こうして一応服部の訊問が済むと、その後で軽部謙吉氏の証言がもう一度行われた。然し、それ等のことは、前に述べた通りで、少しも違ったところはないから、此処ではわざと省くことにする。

私にとっては確かに面白い経験であった。今迄新聞の上でのみ知っている世界を、直接自分から覗いてみると、其処には又全く変った面目があるのだった。其処で私は、篠山検事に厚く礼を述べると、都築欣哉と肩を並べて警察署を出た。

時刻は恰度六時少し前であった。小日向台町の兵器廠の丘には、そろ〳〵と黄昏の色が降りかけている。ほの明るく灯のついた鳩山邸が屹然と眼の前に聳えて見えた。私は何処かでゆっくりと飯を食いながら、今日の冒険を都築に話そうと思った。其処で冗口を叩きながら、ぶら〳〵と歩いていると、後から急ぎ足に近附いて来る足音が聞えた。振返って見ると軽部謙吉氏である。彼は例の人懐っこい微笑を浮べながら、私たちに追いつくと、

「今お帰りですか、どうも御苦労さま」

と愛想のいゝ挨拶をした。

「やア、貴方こそ、飛んだ事件に引っ懸って災難ですな」

「本当ですよ。お蔭で今日は一日棒に振ってしまいました」軽部謙吉氏は私たちと肩を並べて歩きながら、「どうも分らんもんですなア、人間という奴は……」

と、何んとなく感慨めいた口調で言った。

そうして私たちは歩きながら、種々と今度の事件に関して思い思いの意見を吐いていたが、そのうち

に都築欣哉はふと思いだしたように、

「それはそうと、貴方にお訊ねして見たいと思っていたのですが、あの帽子のことですね」

「はア、あの帽子について何か疑問がおありですか」

「いや、疑問という程でもないのですがね。貴方が最初玄関で御覧になった帽子と、今警察にある奴とは確かに同じものですか」

「どうしてゞすか」軽部謙吉氏は不審そうに、

「私は初めてあの帽子が玄関に掛っているのを見た時、中を調べてみたのですよ。S・H——確かにあの頭文字に違いありませんでした。尤も同じボルサリノで、同じ頭文字のある帽子が二つあるなら格別ですがね」

「そうですか、じゃ矢っ張りそうでしょう。それに服部清二は下宿へ帰った時帽子を被っていなかったという話ですから、それに間違いありますまい。それにしても、一旦玄関で被った帽子を、又座敷の方へ忘れるなんて、あの男も随分どうかしていますね」

　都築欣哉は何か別のことを考えているらしく、爪を噛みながらそんな事を言った。

「そりゃ、あんな際ですから……、然し、服部という青年は座敷で帽子を脱いだのを覚えていないのですか」

「覚えていないけれど、多分そうしたのだろうというのです。何しろ、下宿に帰った時にはひどく酔っ払っていたそうで、どうして帰ったか、それすらよく覚えていないというのですから」

「成程ねえ」

　軽部謙吉氏は格別興味もなさそうにそう答えたが、それについで誰も口を開く者がなかったので、偶然其処に沈黙が落ち込んで来た。そうして三人三様の思いを抱きながら、暫く無言で歩いていたが、突然何を思ったのか都築がふと口を開いた。

「貴方は農林省へ勤めていらっしゃるのでしたね。なら、坂本を御存知でしょうね。坂本義臣です」と全く別の事を言い出した。

「えゝ、存知て居りますとも……、私の方の大将ですから、貴方も御存知ですか」

「えゝ、兄貴の碁敵でしてね、たしか美しい令嬢があった筈だが……」

「寿々子さんですか、実は……」軽部謙吉氏は其処で一寸躊躇していたが、「近々私はあの令嬢と結婚することになっているのでして……」

「おや、それは〳〵」都築は全く意外だというような顔をして足を止めたが、「それはお目出度う」

「いえ、あの、なに……」

軽部氏は正直に顔を赧らめて、どぎまぎしていたが、

「じゃ私は此処で失敬します。一寸友人のとこへ寄ることになっていますから」

そう言い残すと、碌々挨拶もせずにあたふたと折からやって来た電車に飛乗った。

「面白い男だな。あれでやっぱり極りが悪かったんだな」

私はその後姿を面白く見送りながらそう言ったが、都築は何か他のことを考えているらしく、それに返事もしなかった。

「軽部氏は間違っている」

暫く彼は無言で歩いていたが、ふいに何を思い出したものか、そんな事を言った。

「何？　何の事だね」

「あの帽子のことさ。軽部氏が玄関で見た帽子と、今警察にある帽子とは全く別物に違いないんだ」

「君はさっきから厭に帽子に拘泥しているね。若し二つの帽子が別物だとすればどういう事になるんだね」

「大変なことになるのさ。何故軽部氏があんなに同じものだと言い張るのか分らない」

「そりゃ、暗がりだから先生見違ったのかも知れないぜ、S・H――、と、S・Hに似た他の頭文字は何んだろうな。然し君はどうして、二つの帽子が別物だと極めているのだね」

「ウン、何んでもないさ。今警察にある帽子は階下の座敷の床の間にあったんだぜ。服部清二が靴を穿く時に脱いで置いたとしたら、縁側になけりゃならん筈だからね。それに服部は庭を廻って座敷から上

ったというじゃないか。まさか帽子だけをわざ〳〵玄関まで掛けに行く筈がないからね」

「フム、すると、君はその帽子こそ犯人の被って来たものかも知れないというのだね。然しそれはどうなったろう」

「服部が被って出たのさ。そして下宿へ帰る途中何処かで失くしたのさ。その帽子が出て来れば、きっと犯人の名が分るに違いないよ」

其処で都築はふと気がついたように、足を止めて辺を見廻わしたが、

「おや、とんだ所まで歩いてしまったね。どうだ、支那料理でも食いに行こうか」

「よかろう。支那料理は何処だね」

「虎の門の晩翠軒にしよう。彼処なら話をするのに都合がいゝから」

其処で私たちは自動車を飛ばして虎の門へ向った。私たちは二人ともあまり酒は飲めない方だったが、その代り食う事に於ては人後に落ちない。暫くは口も利かずにむさぼり食ったが、漸く食事が済むと、

「あゝ、食った、食った。これで漸く気が落着いたよ」と、都築は張出窓にもたれ掛って、「さあ、これからそろ〳〵君の冒険談を聞こうかな」と笑った。

そこで私はカフェー・リラの一件を最大洩らさず都築に向って物語った。そして最後に、

「それで、その女だがね、どうも僕には女中のおすみのように思われてならないんだ」

と附加えた。都築は黙って聞いていたが、

「そうだろう。僕もあの羽織を後から着せたのはおすみだろうと思っていたよ」

「え？　どうして？」

「別に不思議はないさ。あの羽織が白鳥芙蓉のものでなかったら、おすみは気がつく筈だからね。で、あれが白鳥芙蓉の羽織とすれば、それを着て外出する事の出来るのは、あの家の者の他にない筈だからね」

「しかし、何故おすみは、主人の羽織なんか着て出たんだろうな」

「白鳥芙蓉の名を騙って男と会うためさ。多分彼女

は内緒でその羽織を持出したのに違いないよ。それだから、家へ帰って主人が殺されているのを見ると、周章てそれを主人の死骸に着せておいたのだろう。——然し、何故白鳥芙蓉の名を騙ったのか、又相手の男というのは何者か、それは僕にもまだ分らない」

「僕はおすみが犯人じゃないかと思うな。時刻も恰度あっているし、何かの理由で主人を殺して、その後で羽織を着せたのじゃないかな」

「そうかも知れない。今は誰をも疑わねばならぬ時だからね」

「それはそうと、然し、君はどうしてあのカフェー・リラに目を附けたんだね」

私はふと、さっきからの疑問を口に出してそう聞いた。

「あゝ、その事か。打明ければ何んでもないよ。手品の種明しさ」

そう言いながら、彼はまだ新らしい伝票をポケットから探し出した。それはカフェー・リラの伝票で日附は昨日のものになっていた。

「あの羽織の袂の中にあったんだよ。羽織と着物の間に挟っていたもんだから、警察でも見落したのさ」

成程話を聞いてみると手品の種明しに違いなかった。それでも私は感心しながら、

「時にもう一つ、話があるんだがねえ」

と、例の山部の一件を切出した。

「フム、成程、そいつは残念なことをしたな。すると、遠山静江はあれからずっと家へ帰らないんだな」

「そうらしいんだ。そしてその行方をおでん屋の爺さんが知っているらしいんだが、どうも怪しまれちゃったものだからな」

「まあ、いゝや、どうせそのお爺さんは毎晩同じ場所へ店を出すんだろうから、急がなくてもいゝわけだ」

そう言いながら、彼はふと思い出したように腕時計を眺めたが、

「もう八時過ぎだな。僕ア一寸電話をかけて来る」

とそう言って立上った。私はその後でとつおいつ種々な事を考えていたが、ふと、例のダイヤモンド

のことを思い出した。都築はそれを見せて貰いに大塚署へ行った筈だが、どうしたのだろう。私の行く前に既にその用事は済んだのだろうかと、そんな事を考えているところへ都築が帰って来た。

「何処へ電話を掛けたのだね」

「沖井秘密探偵事務所さ」

「へえ、何か秘密探偵に用事があるのかね」

「ウン、白鳥芙蓉の身許を調べて貰おうと思ってね。こんな場合秘密探偵は便利だよ。事件が起きてから調べるのじゃなくて、一寸知名な人物なら、予め身許が調査してあって、直ぐ撰り出せるように整理してあるんだからね。この点警察なんかより、行きとどいているわけだ。僕は今日家を出かけに白鳥芙蓉の事を頼んでおいたのだが、今漸く調べ上って、家の方へ届けようとしたところだそうだ。それで此方へ持って来て貰うように頼んだよ」

「ほゝう、そんな便利なものがあるのかね。では我々もうかつに行動出来ないわけだね」

「そうさ、君なんかもいゝ気になっていると、いつの間にか尻尾を押えられているぜ」

都築はそう言って笑ったが、その時私はふと例のダイヤモンドの事を切出した。

「ウン、見せて貰ったよ。相当高価なものらしい。然し、僕の注意を惹いたのは、その価格より、どうしてあの頸飾が引千切られたかというその点だ。考えて見給え。それは事件よりは少くとも二十分、或いはもっともっと前に千切れて飛んだものかも知れないんだからね」

「僕も、その解釈に苦しんでいるんだ。頸飾が千切れて、窓の外へ飛ぶ程の何事かゞあった。そしてそれから二十分も経ってから殺人が行われている。しかも、その間に誰もダイヤを拾いに出る者がなかったというのだからね」

そんな事を話しているところへ、沖井探偵事務所から使いが来た。都築は女中から手渡された部厚な封筒を手にした時、さすがに昂奮の色を隠す事は出来なかった。彼は稍々血走っていると思われる眼差しで凝っとその封筒を見詰めていたが、

「君、賭をしようか」と上ずった声音でそう言った。

「昨夜、君と芙蓉酒場へ行った時、僕は何気なく、白鳥芙蓉という名について、あの女の事でなしに、もっと他に何か思い当る事はないかと君に訊ねたね。あの時僕は二十年前の詩人白鳥芙蓉の事を考えていたのさ。ほら、あの女の家から発見された詩集『やどり木』の著者さ——、で、僕は必ずこの事件には、あの二十年前の詩人白鳥芙蓉が関係していると思うのだが、そして実は両方の白鳥芙蓉について調査を頼んだのだが、果してこの二人に何か関係があるかないか——」

「僕には分らない。僕は二十年前の詩人白鳥芙蓉なるものをよく知らないんだからね」

私は弁解するように云った。

「よろしい、開いて見よう」

彼は決心したように、勢いよくピリ〱と封を切った。あゝ、その中味程、我々を驚かした事は、この事件を通じて他になかった。詩人白鳥芙蓉——、それは何んという意外な人物であったろうか。

私は此処に、沖井秘密探偵事務所からの報告を簡単に書写して置こう。

御訊ネノ前女優白鳥芙蓉ノ略歴。

一、本名、木沢美智子。

一、明治二十五年茨城県助川町ノ商家ニ産ル。（従ッテ本年三十九歳ノ筈ナリ）

一、明治四十年頃上京、当時既ニ両親ナク親戚ノ家ニ寄寓ス。

一、明治四十四年ヨリ大正二年ニカケテ詩人白鳥芙蓉ト同棲ス。

一、大正三年、詩人白鳥芙蓉ト離別ス。他ニ男ガ出来テ駆落チセリトノ説アリ。

一、爾来、大正十二年頃迄消息不明。

一、大正十三年突如、白鳥芙蓉ト名乗リテ女優トナリ新劇団、芙蓉座ヲ組織ス、男ニ関シテ幾多ノ風説ヲ産ム。

一、昭和三年頃、劇団ヲ解散シ暫ク消息ヲ消ス。

一、昭和五年、突如銀座ニ芙蓉酒場ヲ開店ス。

詩人白鳥芙蓉ノ件。

本名、遠山梧郎。

××大学現教授。

住居、小石川区白山御殿町三ノ六四。

以　上

以　上

「えゝ、えゝ、えゝ、えゝ」

私たちは此の最後の項を読んだ時、思わず一斉に叫び声を挙げた。

「何んだって、じゃ、あの遠山静江の父親というのが、昔の白鳥芙蓉だったんだね」

そして二人は長いこと、黙って探り合うように顔を見合せていたのだった。

二　陋巷にて

その翌日、私は何んとなく重い頭を抱えて床を離れた。夜中、私は物狂わしい夢を見続けたような気がする。あの謹厳で有名な遠山教授――屢々新聞などで、名論説を吐いている知名の学者――、私はその人の背後に隠されている汚点を覗かされて、何んとなく気違いじみた妄想に捉えられねばならなかった。

かつての愛人だった女――、その女と自分の娘が一人の男を奪い合っている。しかも、そのために恐ろしい殺人事件さえも捲起しているのだ。一体遠山教授はその事を知っているのだろうか。

私は物憂い憂鬱に押えつけられながら、進まぬ気持ちで新聞を手に取上げた。と、忽ちはっとした。其処には服部清二を中心に、白鳥芙蓉と遠山静江の三人の写真が麗々しく掲げてあった。そして、服部を中に於ての、二人の女の恋愛葛藤を如何にも新聞記者らしい筆附きで達者に書いてあった。私は何んとなく大人げない気持ちはしながらも、その記事によって初めて、遠山静江という少女の日常生活を知る事が出来た。新聞には露骨に不良少女という言葉が使ってある。

厳格な家庭より産れた不良少女――そんな風の文

字が使ってあった。そしてその記事によると、彼女の行方は未だに分らぬらしい。遠山家を訪問した新聞記者の報道によると、遠山教授は病気と称して誰にも逢わないらしく、教授の代りに書生代りの山部時彦という青年が出て一切の応接に当っているが、彼も口を緘して多くを語らぬ——云々。

この記事によると、山部（時彦という名はこの時初めて私も知ったのである）という青年は遠山家の書生であるらしい。成程、それによって初めて彼が真剣に遠山静江の安否を気使っている事も分った。

新聞にはその他、支那蕎麦屋、藤田大五郎が捕えられたことも報道してあった。そして彼の家を捜索した結果、数多のダイヤモンドが発見された事が附加えてあった。然し、それについて、彼は、唯路上に拾ったのに過ぎなく、それ以上の事は何事も知らぬと頑張っている、という話であった。

その日、一日中私はこの新聞記事に悩まされながら、何事をするでもなくうつら〳〵と過していた。すると、夕方になって都築から電話がかゝって来た。用件は、矢来下迄大至急に来いという事であった。それ以上の事は何んとも言わなかった。

私は一体何事が起きたのだろうと思案しながら、それでも直ぐに着物を着かえると、つい眼と鼻の間の矢来下へ馳けつけた。

見ると都築はステッキを握って、ぼんやりと飾窓を覗き込んでいる。私が近附いて行くと、直ぐ其処を離れてブラブラ歩き出した。

「何かあるのかね」私は相手が何も言わないので、耐りかねてこちらからこう切出した。

「ウム、遠山静江の居所が分ったんだ。で、これから行って様子を見ようと思うんだがね」

「ほゝう。何処に居たんだね」

「矢張、君の言ったおでん屋の爺さんの家なんだ」

彼は私の驚くのを押えながら、「あの晩、遠山静江は江戸川の自働電話から銀座の芙蓉酒場へ電話をかけたんだね。それは君が立聞きしてくれた通りだ。それで僕の思うのに、彼女は矢張り白鳥芙蓉の屋敷からの帰りじゃないかと思うんだ。そうすると、白山御殿町へ帰るのに、彼処で乗換えになる。その時ふと思いついて電話をかけたんだね、あの時、君も聞いていたろうが、山部時彦という青年は、『待ってい給え、直ぐ行くから待ってい給え』と言っていたね。それで遠山静江は待っているつもりで彼処に立っていたんだが、あまりの昂奮につい疲れ切って彼処へ倒れて了った。それをおでん屋の爺さんが見て、取敢ず自分の家へ連れて帰ったらしい。その後へ山部が駆け着けたという事になるらしいんだね」

「フフン、然し、君は誰に聞いたんだね。そんな事を……」

「爺さんの主婦さんからさ。爺さんは中々侠気のある男らしいが、婆さんというのが慾張りでね、金を摑ませると直ぐべらべら饒舌ったよ。おっと、此の横町だっけ」

　私たちは其処で山吹町の通りを左へ曲ると、狭いゴミ〱した一画へ入り込んだ。其処らには駄菓子屋だの、古本屋だのが軒を並べていて、狭い路には子供が溢れるように遊んでいた。私たちはその町の中の、荒物店の低い軒をくゞった。すると、直ぐに奥から、成程慾張りらしい婆さんが出て来たが、都築の顔を見ると愛想笑いをしながら、

「さあ、どうぞ。今恰度眠っているところですよ」

と言った。

「どうだね。加減は……」

「相変らず囈語ばかり申しまして、ほんとに気味が悪いんですよ。さあ、どうぞ」と狭い梯子段の方へ案内しながら、「誰か来ましたら咳をしますから、窮屈でも暫く押入へ入っていて下さいよ。でないと、爺さんに見附かると、どんなに叱られるかも知れませんので、ほんとに厄介者を担ぎ込まれて弱ります」

　私たちはギチ〱と気味悪く鳴る梯子段を注意しながら上って行った。と、其処は天井の低い、光線の通りの悪い、薄暗い部屋で、壁と言わず唐紙と言わずべた〱と種々んなポスターが一面に張りつけてあった。

「これだな、隠れろという押入は？」

都築にそう言われて、その方を見た私は忽ちうんざりした。汚い油染みた夜具が二三枚、ぷんと鼻へ来そうに積重ねてある。其処ら一杯、雨洩りの汚点だらけだ。こんな所へ押込まれちゃ耐らないと思っていると、その時隣の部屋から、

「だアれ、其処へ来たのは？」と若い女の声がした。それを聞くと私は思わずどきりとした。其処で二人は凝っと息を呑込んでいたが、それきり後の言葉はない。

「囈語だよ」

　そう言いながら、都築は間の唐紙に手をかけると、そっとそれを細目に開いた。其処から覗いてみると、向うは四畳半程の部屋で、其処に薄い不潔な夜具を敷いて、寝ている断髪の頭が見えた。天井からブラ下っている氷嚢には、もうすっかり氷が解けて、ブラ〳〵と軽そうに揺れている。

　相手の眠っているのに安心した都築が、もう少し唐紙を開けようとした時である。突然、階下から激しい咳払いが聞えて来た。それを聞くと、二人は周章てゝ足音を盗みながら押入の中へ隠れた。凝っと息を殺しているとやがてギチ〳〵と階段を上って来る音が聞えて、間もなく私たちの鼻の先を通って、一人の青年が隣りの部屋へ入って行った。山部だ！山部時彦だった。彼は隣室へ入ると、氷を取換えているらしく、暫くごそごそと動き廻る音がしていたが、やがてそれも済んだのか、ぴったりと物音が聞えなくなった。と、思うと間もなく、すうすうと鼻をすゝる音が聞えて来た。

　泣いているのだ。山部が泣いているのだ。そう気がつくと、私は急に眼頭が熱くなって来るような気がした。

「だアれ、其処にいるのは？」突然、さっきと同じ声が、しかし、今度は強い恐怖を帯びた調子で突然そう叫んだ。

「僕だよ。山部だよ。心配しなくてもいゝよ」

　低い、辺を憚るような声で山部がそう答えた。と、ふいにどたりと夜具を跳ね返す音がして、

「嘘吐き、嘘吐き、服部さんの嘘吐き——、あたし

の大事な大事な頸飾を、あんな女にやって了うなんて……、あゝ、あたし、口惜しい。あたしは口惜しい」

「違うよ。静イちゃん。服部じゃないよ。山部だよ分らないのかなア。さア、起きていちゃ体に触るから寝ておいで。ね、寝ておいで。僕がついているから心配なんかいらないよ」山部の声はすゝり泣きに混って、時々怪しく縺れた。

「いゝえ、いゝえ、嘘吐きだ、服部さんは嘘吐きだ。あたしを欺して頸飾を巻上げて、それをあんな女に呉れてやるんだもの。あゝ、あゝ、あたしどうしたらいゝか……」だが、突然、其処で彼女の声の調子はがらりと変った。「ホヽヽヽヽヽいゝ気味、いゝ気味だわ。白鳥芙蓉が死んじゃった。アレ、あんな恐ろしい顔をして……。でも、いゝ気味だわ。え？　何んですって？　いゝの、いゝの。言わせて頂戴。誰が聞いたって構うもんか。あたしが殺したのよ。えゝ、えゝ、あたしが殺したのよ。あたしが白鳥芙蓉を殺してやったんだわ」

「お止しったら、静イちゃん。お止しよ。他人に聞えたらどうするんだ。えゝ困るなア、そんなに昂奮しちゃ」

山部が無理矢理に夜具を着せかけているらしい。暫く、どたばたという物音が聞えていたが、それでも静江は、それで又眠りに落ちたらしい。山部は鼻をすゝりながら、溜息まじりに、静かに夜具の上を叩いているらしかった。

其の時、突然、都築欣哉が静かな声音で言った。

「さア、そろ〳〵我々の出る幕だよ」

そう言って、彼はがらりと押入の戸を開けた。と、隣りの部屋では、ぎくりとしたように身動きをする音が聞える。

第六章　嫌疑者の整理

一　短刀を抜く

部屋の中はどんよりとした飴色に濁っている。一歩その中に足を踏入れると、むっとするような、熱っぽい臭いが鼻を打った。

山部は私たち二人の顔を見ると、まるで追いつめられた猛獣のような眼附きをした。都築はしかし、その方には眼もくれず、にじり寄るようにして、遠山静江の枕下まで行くと、そっとその顔に手をやって見た。

「大分ひどい熱だね」

遠山静江は熱に浮かされて、真紅な頬をしていた。さっきの興奮のために、神経を疲らせたものか昏々として深い眠りに落ちていたが、時々苦しそうに薄い夜具の中で身悶えする。その度に、汗臭い枕覆いの上にさら〳〵と短い髪の毛が揺れた。

「可哀そうに、大分苦しんだと見える」

都築はポケットの中から、白い手巾を取出すと丁寧に手を拭いながら、初めて山部の方を振返った。山部は反抗にみちた眼差しで凝っと都築の瞳を睨み返えしていたが、別に逃げようともしなかった。却って、きっと結んだ唇の尻には、冷笑するような皮肉な蔭が太々しく浮んでいた。

「山部君ですね」

都築は膝を向き変えると、穏かな声音でそう訊ねかけた。山部はそれに対して、一寸肩をゆすぶったゞけで返事をしようともしなかった。都築はそれにも構わず、ポケットからウエストミンスターを抓み出すと、それに火をつけて、静かに紫色の煙を吐き出しながら、

「御免下さい。変な入って来ようをしたものだから憤慨しているんでしょう。然し、別に悪気があってやったわけじゃありませんよ。むしろ、あなたがたのとんでもない間違いを一刻も早く訂正してあげたいと思ったものですからね」

「あなたがたは一体誰です。誰の許しを得てこの部

屋に入って来たのです」

山部は初めて、ぶっきら棒に口を切ったが、そう言いながら私の方を向いて、「あなたは確か、昨日江戸川まで私をつけて来た人ですね。じゃ、矢張あなたがたは警察の廻し者だったんですね」

と、毒附くような物の言い方をした。そう言われると、私は耳の附根まで真紅にならずにはいられなかった。山部はそれを見ると一層小気味よさそうに、

「それで一体どうしようというのですか。私を警察へ引っ張って行くと言うのですか。よろしい。私は逃げも隠れもしませんよ。いつでもお供しますから」

「まあ、君のようにそう早まっちゃ困るよ。僕は何も警察へ引張って行くとは言やしない。それに、君は警察へ出なければならないような事は何もしていないじゃないか。尤も」と都築は穏かな眼もとに微笑を浮べながら、「兇器を隠したり、お巡りさんを殴ったりしたのは悪かったけれどね」

と言って静かににんまりと笑った。それには、山部も一寸ひるんだように見えた。彼は黙って恐怖にみちた眼で都築の眼の中を覗込んでいたが、やがてつとその眼を反らすと、肩をそびやかした。

「私が白鳥芙蓉を殺したのです。これだけ言えば充分でしょう。さあ、私を警察へ連れて行って下さい」

「つまらない犠牲的精神なんて放擲し給え。君は誤解しているんだよ。僕は唯、君の口から直接、あの夜の行動について聞きたいと思ってやって来たゞけなんだよ」

「だから言ってるじゃありませんか。僕が白鳥芙蓉を殺したのです。そして見廻りの警官を殴って逃げ出したのです。それだけ言えば充分じゃありませんか」

「成程、君は此処にいる少女をかばっているんだね。然し、そんなつまらない事は止し給え。無駄なことだから」

「何？　無駄だって？」

山部の眼の中には、その時初めて狂暴な光が現れた。彼は、その次ぎの言葉によっては、都築につか

みかゝりかねない様子を示した。

「そうさ。無駄だよ。第一、遠山静江嬢自身に何んの罪もないのだから」

「何んだって、静江さんに何んの罪もないんだって？」

　山部はがっくりと体を落すと、ぜい〳〵と肩で息をしながら、それでも凝っと都築の面から眼を離そうとはしなかった。都築は相変らず悠々と煙草の煙を吐いている。

「そうさ。君は今朝の新聞を読まなかったのかね。読んだのなら、白鳥芙蓉が殺されたのは十一時過ぎだということが分る筈じゃないか。ところで、静江さんから君のところへ電話がかゝったのはたしか十時二十五分ごろだった」

「然し、然し、静江さん自身が――」

　山部はそう言いかけてふと気がついたように口を噤んだ。と思うと、急に白々とした顔に冷笑を浮べて、

「あなたは私にかまをかけているのですね。一体、私のところへ静江さんから電話がかゝったことをどうして知っているのです」

「そんなことはどうでもよろしい。それに、君の口から言わなくても、僕たちはさっき、静江さん自身の口から、白鳥芙蓉を殺したという言葉を聞いたよ」

「押入の中でゝすか」

　山部は露骨に反抗を示しながら嘲笑うように言った。

「そう押入の中で」と都築は相手の態度を意にも介さないものゝ如く、「然し、人間の観念にはいろ〳〵と間違いの多いものだよ。仮令、静江さんが如何に自分が白鳥芙蓉を殺したと思っていても、そりゃ間違いだ。兎に角彼女は絶対に犯人じゃないよ」

　都築はそう言いながら、穏やかな眼を眠っている静江の方に向けて、

「僕は何故彼女がそんなに間違った告白をするに至ったかも知っている。しかし、その前に、君の口から、あの夜の出来事を詳しく聞きたいのだ。ね、僕を信じて呉れるだろう。さあ、話し給え」

都築はそう言って言葉を切ると、促すような眼附きで山部の顔を見た。山部はしばらく、都築と遠山静江の寝顔を等分に見ていたが、やがてその眼を自分の膝の上に落した。そして低い声で、恐ろしそうに訊ねた。

「静江さんが犯人でないというのは本当でしょうね」

「本当だとも、だから君は何も恐れることはないのだ。さあ、話し給え」

「そうですか、では話しましょう」山部は静かに考える風で、窓の障子へ眼をやっていたが、「そうです、あの晩十時半一寸前でした」とぼつ〳〵話し始めた。

「銀座の芙蓉酒場という酒場に私はいたのです。するとそこへ静江さんから電話がかゝって来ました。聞いてみると、今白鳥芙蓉を殺して来たところだというのです。何んだかあまり突然なので直ぐには信じかねましたが、彼女の日頃の性格といい、それに最近の状態から考えて、まんざら冗談とも思えない。それに電話の声が妙に気狂いじみて真剣なので、私はひやりとしました。聞いてみると、今江戸川の自働電話にいるというのです。とに角私は真偽を確めなければならぬと思ったので、暫くそこに待っているようにといいつけて、直ぐ自動車でかけつけたのです。ところが江戸川まで来てみると、静江さんの姿は見えない。若しや白山御殿町の自宅へ帰ったのじゃないかと思って、直ぐに帰って見たのですが、まだ帰っていないという話です。そのうちに帰って来るだろうと思って、一時間ばかり待っていましたが、仲々帰っては来ません。そうしているうちにも私の不安は段々昂まって来ます。到頭耐えかねた私は家を飛び出して、豊坂の白鳥芙蓉の家へ行ったのです。時刻は丁度十二時半頃でしたろうか。白鳥芙蓉の家は真暗で、人の気配もありません。それが一層私の不安を募らせたのでした。とに角中へ入って様子を見よう、若し見とがめられたところで、顔見知りの仲だし、それに白鳥芙蓉が生きているようなら、こんな有難いことはない、——そう思って私はまだ開いていた玄関から入って行ったのです。ところが私のそうした願いはすっかり裏切られてしまいました。二階の化粧部屋の中で白鳥芙蓉は紅に染って死んでいるではありませんか。半ば予期していたことではありますが、私はそれを見ると鉄槌で頭をぶん殴られたような気がしました。暫く私は呆然としていましたが、気が落着いて来るに従って、第一に頭に浮んだのは、静江さんを救けねばならぬということです。で、私は何か彼女の残して行った証拠らしいものはないかと思って部屋の中を見廻わしました。すると、先ず第一に眼についたのが、静江さんの大黒帽です。それ迄は私も、何かの間違いであってくれゝばいゝと思っていたのですが、それを見るとどうしても疑わないわけには参りません。静江さんはたしかに此処へやって来たのだ。そして彼女の言葉通り白鳥芙蓉を殺したのだ――そう考えた私は矢庭にその大黒帽を取上げるとポケットの中へ捩込みました。そして、その他に何も遺留品のないことを見定めておいて、その部屋から抜出そうとしたのですが、その時ふと眼についたのが兇器です。すると直ぐ頭に浮んだのは指紋のことで、この兇器の柄には、必ず静江さんの指紋が残っているに違いない、よし静江さんの指紋とは分らなくても、女の指紋であることは直ぐ分るだろう――そう思ったものですから、私はそれを引抜くとそのまゝあの芙蓉屋敷を飛出したのです。すると、表でバッタリと警官に出会ったので――」

「有難う」都築はそこで相手の言葉を遮ると、「その後は知っています。ところで、その兇器はどうしました」

「その晩、帰り途に江戸川の大滝から投げ込んで了いました」

「そうですか、それは残念なことをしましたな」都築は何か考える風で、頻りに頭を撫でつけていたが、ふと思い出したように、「しかし、君はそれ等のことを静江さんに話をしましたか」

「いゝえ、そんな暇はありません。その晩は到頭静江さんは帰って来なかったし、昨日の午後、此の家のお爺さんに連れられて、初めて此処へやって来た時には、静江さんは既にこの通りで――、却ってそんな話をしない方がいゝだろうと思ったから、わざと控えていたのです」

「そうでしょう。しかし、白鳥芙蓉は短刀で殺されたのだと聞いたら、静江さんはきっとびっくりするに違いありませんよ」

「ええ？　それはどういう意味です」

山部も私も思わず膝を前へ乗出した。都築の言った言葉の綾が、妙に私たちの気になったからである。

二　英国流決闘

「そうとも、若し静江さんが、白鳥芙蓉は毒殺されたのではなく、短刀で殺されたと知ったら、こんなに煩悶するのではなかったに違いないよ」

「ナ、何んですって？」

突然おびえたような声が傍から涌起った。私はその声に、思わずぎくりとして腰を浮かしかけた。それは今迄眠っているとばかり思っていた遠山静江だった。彼女は枕から少し頭を擡げて、不思議そうな、訊ねるような眼附きで都築の顔を見ていた。その顔にはすっかり血の気が退いて、蒼白く冴々としていた。彼女は夢からさめかけた者のように、不審そうに部屋の中を見廻わしていたが、ふと山部の顔を見ると、ほっと安心したように、

「あたし、どうしたのでしょう、夢でも見ていたのでしょうか」

と寒そうに身慄いをしながら、体をすぼめて低い声でそう呟いた。

「あっ、静江さん。気がついたんだね」

山部が周章て、彼女の身の周囲に夜具を着せかけてやるのを都築は黙って見ていたが、

「丁度いゝ、静江さんの気がついたのは幸いだ。山部君、この人の口から何もかも聞くがいゝ、そうすれば、君たちがつまらない心配から、この事件を紛糾させていたのだということに気がつくよ」

彼はそう言って、にこやかに微笑みながら紫色の煙を吹かした。静江は眼を瞑って軽く頭を振っていたが、ふと気がついたように、

「そう〳〵、さっき誰かゞ、白鳥芙蓉は短刀で殺さ

れたのだと言っていたわね。あれは本当のことなの？」

山部は静江の顔を見ながら、黙ってうなずいてみせた。彼にもどうやら、この事件の喰違いが漠然と分って来たものらしい。私は黙って二人の様子を見ていた。

「どうしたのでしょう？　あたし」静江は俯向いて凝っと畳の上に眼を据えていたが、「夢でも見ていたのかしら」

と不思議そうに呟いた。

「夢じゃありませんよ、静江さん、あなたはあの晩の出来事をもう一度思い出して話してみなけりゃいけませんよ。そうすれば、何も彼も分ることだから」

都築は傍からいたわるように言った。すると静江は急に思い出したように、さっと恐怖の色を眼の中に浮べて、

「あゝ、やっぱりそうなんだわ、ねえ、短刀で殺されていたというのは嘘なんでしょう。毒を嚥んで、――それで死んでいたんでしょう。そうだわ、そうだわ、やっぱりあたしが殺したんだわ」

とそう言ったかと思うとさめぐ〳〵と泣き伏した。それを聞くと、山部の顔には急に困惑の色が浮んで来た。彼は何か、説明を求めるように都築の顔を見ていたが、やがて静江の体を抱き起すと、そっとその耳もとに囁いた。

「どうしたのさ。静いちゃん。君は何も彼も話さなきゃいけないよ。白鳥芙蓉は本当に短刀で突殺されていたんだよ」

静江はそれを聞くと、むっくりと頭を擡げた。

「山さん、それは本当なの。白鳥芙蓉が短刀で突殺されたというのは、本当なの」

「本当とも、誰が嘘なんか言うもんか。然し静いちゃんはそのことを知らなかったのかい」

静江は激しい心の動きを鎮めるように、凝っと胸を抱いて、虚空に瞳を据えていたが、

「知らなかったわ。だって、あの女は確かにあたしの眼の前で毒を嚥んで死んで行ったんですもの」

「ところが、その時はまだ本当に死んでいなかった

のですよ」都築は穏やかな眼差しで相手の興奮を柔らげるように、

「だから間もなく息を吹きかえしたのです。そこを誰かに突殺されたのですよ」

　それは私たち三人にとって、ともに初耳だった。殊に静江は意外そうに眼を見張りながら、

「まあ、死んでいなかったのですって、でも、でも――」

「本当ですとも、僕は嘘なんか言いませんよ。然し、静江さん。あなたはどうしてあの女に毒なんか嚥ませたのです。それを僕に話してくれませんか」

　都築は静かに訊ねた。それを聞くと静江は一寸肩をすぼめて身慄いをしたが、低い声で、

「えゝ、お話しますわ。でも、あの女が短刀で突殺されたというのは、何んという意外なことでしょう」

とほっと溜息をついて、やがて彼女は静かに話し始めた。

「あたし、あの晩はよっぽどどうかしていたのですわ。でも、腹が立って耐らなかったのですもの――あたしがあの女の家へ行ったのは、そう、九時半――。十時一寸前のことでしたわ。玄関に立って案内を乞うと、白鳥芙蓉自身が二階から降りて来ましたの。あの女はあたしの顔を見ると、不審そうに立っていましたが、あたしはその時、ふと、玄関の帽子かけに見覚えのある服部さんのらしい帽子が懸っているのを見つけたので、あたしは思わずかっとして、何か言っている白鳥芙蓉を突きのけて、いきなりつか〱と二階の化粧部屋へ上って行ったのです。するとその途端、誰かゞさっと、隣室へ隠れたらしく、カーテンが揺れました。あたしはそれを見ると、無性に口惜しくなって、そのカーテンの側へ寄っていきなりそれをめくってやろうとしたんですが、するとその時いきなり、後から白鳥芙蓉が来てあたしを抱き止めたのです。

『一体あなたは何をするのです、失敬な』

　と白鳥芙蓉はカーテンの前に立ちはだかったまゝ眼をいからしてあたしを睨みつけています。

『何をするって、服部さんを連れに来たのですよ。

さあ、さっさと服部さんを此処へ出して頂戴』

『いゝえ、そんな人は此処にはいませんよ』

　白鳥芙蓉がそう言っている時、あたしはふと、化粧台の上にあるダイヤの頸飾を見附けました。それはたしかに、あたしが服部さんに預けておいたものなんです。それを見ると、あたしはまたかっとして、いきなりそいつを取上げると、ずた〳〵に引裂いて、窓の外へ投出してやりました。

『まあ、何をするのです、この人は——一体あなたは誰です！』

　白鳥芙蓉は呆気にとられながらも、あたしを抱き止めるようにして激しい声音でそう訊ねました。

『まあ、あたしを誰だとお訊ねになるの、ホホホホ、あたしは遠山静江よ、あたしの名は多分服部さんからお聞きの筈だと思うわ』

　あたしがそう言いますと、白鳥芙蓉はさっと顔色を変えて、二三歩よろ〳〵と後へよろめきました。そして凝っと穴の開く程あたしの顔を見詰めていましたが、ふいに顔を覆ったかと思うと、何かしらわけの分らない叫び声を挙げました。見ると、その指の間からポタリ〳〵と涙が落ちています。あたしはこんな女にでも、やはり羞恥だの、後悔だのという考えがあるのだろうかと思いながら、あまり激しい相手の変化に暫く呆然としていたのですが、するとその時、そわ〳〵とカーテンの向うで人の身動きをする気配がしたのです。それを見ると、あたしは又してもむら〳〵と怒りがこみ上げて来て、

『服部さん、男らしくさっさと出ていらっしゃいな。あなたが出ていらっしゃらなければ、あたしにも覚悟があってよ』

　あたしはそう言って暫く待っていたのですが、カーテンの向うでは凝っと息を殺している様子です。あたしはつく〴〵男の意気地なさに愛想がつきて来ました。

『ホホホホホ、意気地なし、あなたなんか出て来なくてもよござんす。あたしは勝手にこの白鳥さんと極りをつけるんですから、あなたはそこで見物していらっしゃい』

あたしはそう言いながら、かねて用意して来た亜砒酸の粉末を、そこにあったグラス一つに打撒けて、その上へ波々とベルモットを注いだのです。そしてもう一つのグラスの中へも、同じようにベルモットを注ぐと、何度も二つのグラスの位置を置きかえて、さてあたしは白鳥芙蓉に向って言ったのでした。

『さあ、どちらでもいゝから、このグラスのうちの一つをお飲みなさい。今御覧になったように、このうちの一つには毒薬が入っていますのよ。だけどあなたもあたしも、それがどちらのグラスだか分らない、さあ、どちらでもあなたの思う方を取って頂戴』

『まあ、あなたは』

白鳥芙蓉は真蒼な顔をして、喘ぎ喘ぎそう言いました。然しあたしは相手の言葉をいち速く遮ると、

『あなたは怖いのですか。ホホホホホ、どうせ他人の恋人を横取りするぐらいのあなたじゃありませんか。これぐらいの覚悟はある筈ですわ。さあ飲んで頂戴、丁度隣の部屋に服部さんがいるのは幸いですわ。あの人の前であなたかあたしか、どちらかゞ死んでみせようじゃありませんか』

あたしはそう言いながら、白鳥芙蓉に詰め寄りました。しかし、相手はたゞぶる〱慄えているだけで、一向手を出そうとはいたしません。あたしはそれを見ると焦れったくなって来たので、矢庭にそのグラスのうちの一つを取上げると、ぐいと一息に飲み干しました。白鳥芙蓉はそれをみると、驚いてあたしの腕に縋りついて来ましたが、既に遅かったことに気附くと、

『あゝ、何も彼も天罰だわ』

そう言って、彼女は両手を握りしめたまゝ、凝っとあたしの顔を見詰めていましたが、やがて静かに、残ったグラスに手をやると、それをグビ〱と一息に飲み干したのでした。

暫くそうして、あたしたちは黙ってお互いの顔を見詰めていました。すると、そのうちに白鳥芙蓉の様子がだん〱変って来たのです。最初彼女は、苦しげに肩で息をし始めましたが、やがて間もなく、よろ〱と傍の椅子に崩折れました。見るとその顔

色は紫色に変り、眼は異様に釣上って、額には一杯玉の汗が滲み出しています。それを見るとあたしは急に自分のしたことが恐ろしくなって参りました。

『白鳥さん、しっかりして頂戴！　苦しいんですの、苦しいんですの？』

『いゝえ、いゝえ、寄らないで頂戴、寄らないで頂戴！』

　白鳥芙蓉は椅子の中で身悶えをしながらも、側へ寄ろうとするあたしの手を払いのけるのです。

『許るして頂戴、許るして頂戴！　あゝ、あゝ、どうしたらいいんだろう。白鳥さん、しっかりして下さい』

　その時突然、白鳥芙蓉は『静江さん』と力のない声で呼びました。そして、『お願いですから、あたしの額に接吻して頂戴な――それから、それから、あなたは早く此処を出て行って頂戴――、誰にも見られないうちに、誰にも見られないうちに――』

　そう言う白鳥芙蓉の声はだん〱かすれて、低くなって行きました。そしてやがて力なくがっくりと床の上に摺り落ちたのでした――」

　静江は其処でほっと息をつくと、恐ろしさに肩をすぼめて、並いる人々の顔を順々に見廻わして行った。それから、力のない悲しげな声でその後へ附け足したのである。

「あたし、あまりの恐ろしさに、思わず部屋を飛出そうとしましたの。でも、その時、ふと白鳥芙蓉が死ぬ前の頼みを思い出したので、もう一度引返えすと、そっとその冷い額に接吻して、それからあの屋敷を出たのでした」

　そう言って静江は黙って眼を閉じた。

第七章　切迫

一　脅喝者

「どうだ、大分事件が整理されたじゃないか」

汚い荒物店を出ると、都築はほっとしたように、大きく息を吸い込みながら、私の顔を見てそう言った。

「そうだね。不要な嫌疑者がこれで二人除去されたわけだね。しかし、真犯人にはまだ一歩も近着いていないじゃないか」

山吹町の通りには、もう灯が入って、夜店のアセチレン・ガスが蒼白い光をまたゝかせている。都築は口に啣えた煙草の火を光らせながら、ゆっくりした歩調で歩いていた。

「そう思うかね。僕は、しかし、その反対だな。不要な嫌疑者を除去するということが、つまり真犯人に近附く第一歩でもあるよ」

「君のいう真犯人とは、あの女中のおすみのことかね」

「さあ、どうだか」と都築は軽くステッキを振りながら、

「何にしても、この事件には妙にいろんな不要な人間が絡んでいるので、一見頗る複雑に見えるのだよ。例えば今の二人だ。あゝいう若者たちが、不要な小細工を弄しているために、事件がこんがらがってしまったのだ。ところで、あの二人と来たら、この事件の真相とは、殆んどなんの関係もないんだからね」

「それはそうと――」と私はそこでふと思い出して訊ねた。

「君はどうして知っていたんだね。ほら、遠山静江と毒薬の一件さ」

「なに、あれはなんでもないさ」都築は吐出すように、「現場にあったグラスを仔細に検査すれば誰にでも疑いの起ることだよ。僕はそれでこう思った。毒薬と短刀と、こゝに二つの兇器がある。しかし、白鳥芙蓉の殺されたのは毒薬じゃない。ないが、その毒薬も充分人を殺害し得る性質のものである。そ

れで僕はふと毒薬と遠山静江とを結びつけてみたのだ。彼女は白鳥芙蓉を殺害したものと信じ切っている。しかも、現場には結果に於て不充分だったが、充分人を殺し得る薬の痕跡が残っている。だから、遠山静江はこの方に関係があるんじゃないかとね。しかし、僕もまさか、あんな風に毒薬が使用されたとは思わなかったよ。君、よく覚えておき給え。あゝいうのを英国流の決闘というのだよ」

　都築はそう言って、ふと口を噤んだ。彼は何かしら暗澹たる面持ちを見せて、じっと街の灯に眼を据えていた。何を考えているのか無論僕には分らない。が、その時私はふと思い出したことがあった。

「時に君は、さっきあの家を出る時、山部を呼んで何か話をしていたが、一体何を言っていたのだね」

「あゝ、あれか」都築は急に夢から覚めたように、「なあに、あれはあの人たちの不安を除いてやったお礼に、一寸した働きを頼んだのさ。山部は喜んで引受けてくれたよ」

　都築はそう言ったが、その働きというのが、どういう種類のものであるかは語らなかった。

　私たちは、それから、簡単な晩飯を附近のレストランで済すと、直ぐに自動車を呼んで検事局へ向った。

　都築が予め電話をかけておいたものと見えて、検事局の一室では、篠山検事がかなり厖大な調書を前に、首をひねりながら私たちを待っていた。

「どうでしたね」都築は検事の顔を見ると、いきなり親しげにそう声をかけた。

「あゝ、君か、丁度今帰したところですよ」

　篠山検事は難しそうな顔を緊張させて言った。

「フウ、そして相手の男というのは分りましたか」

「分りましたよ。最初は仲々口を割らなかったが、君から聞いたカフェー・リラの女給を呼寄せておいて突附けたものだから到頭泥を吐いて了ったよ」

　二人の口吻では、どうやら女中のおすみを訊問した結果を話し合っているらしかった。思うに、都築は、私の試みた冒険の結果を篠山検事に報告して、もう一度おすみのあの夜の行動を検べさせたものらしい。

「それで、相手の男というのは――？　あの女がカフェー・リラで秘かに会った男というのは一体誰だったんですね」

「それがね」と検事は顔をしかめながら、「実に意外な人物なんです。今有力な嫌疑者として目されている遠山静江の父親、遠山梧郎だというんだ」

「フウン」都築は暫く黙然として考え込んでいたが、「で、あの女は何故白鳥芙蓉などと、名前を騙ってその遠山梧郎を呼び出したというんですね」

「それが、つまり一種の脅喝ですね。あの女も言を左右にしてはっきりとは言わないが、要するにこうなんです。遠山梧郎はずっと昔、二十年も前に、白鳥芙蓉と名乗って詩を書いていた時分がある。その当時今の白鳥芙蓉、当時は本名の木沢美智子だったが、その女と暫く同棲していたことがある。女は間もなく他に男を拵えて逃げ出したが、遠山梧郎はその後、ひどく当時のことを世間に知られるのを嫌っているらしいのです。無理もない話ですね。今では道学者で通っている人だし、それに相手の女が女だからね。ところが女の方では、その後淫蕩の限りを尽しながら、結局金に困ると昔の関係をたねに遠山梧郎から絞っていたらしい。白鳥芙蓉などと、男の昔のペンネームを芸名にしたのも、つまり嫌がらせというか、まあ一種の脅喝ですね。ところがその秘密をあの女中おすみが知って彼女も白鳥芙蓉には内密で、些かなりとも遠山梧郎から金を絞ろうとしたものなんです。白鳥芙蓉の名前を騙ったのも、そうすればきっと相手の男が来ることを知っていたからでしょう。何んでもあの晩、女中のおすみは、その昔遠山梧郎と木沢美智子と、そして二人の間に出来た女の子と三人で撮っている写真を、かなりの大金で、遠山梧郎に売りつけたらしいんですよ」

「え？　何んですって？　じゃ二人の間には女の子があったんですか？」

私はふとあることを思い浮べて、思わず早口にそう訊ねた。すると、都築はそれを叱りつけるように、尖った声で私を押えつけた。

「そうさ、それがあの遠山静江さ。しかし」と彼は声を落して、暗澹とした顔附きで言った。「こんなことはなるべく、誰の耳にも入れたくないな」

「ところが、そういうわけには行かないのです。実は明日にも遠山梧郎を召喚しなければならぬかも知れぬのですよ」

「え？　それはどうして？」

「これは女中のおすみの言葉なんですが、彼女は遠山梧郎が犯人じゃないかというのです。というのは、白鳥芙蓉はその写真の他に、まだ〳〵昔の関係を証明する有力な書類を沢山持っていた。女中はその書類の隠し場所を知っていて、それをあの晩、遠山梧郎に話したのだそうです。そうして帰って見るとあの惨劇で、しかも例の書類の隠し場所を検べると、それが無くなっている。しかもその場所を知っているのは、白鳥芙蓉と自分とを除いては、遠山梧郎よりほかにないというのです。彼女の言うのには、カフェー・リラを出た遠山梧郎は、自分の先廻りをして、あの惨劇を演じたのじゃなかろうかというのです」

「なるほど、それも一理ある考えですね。然し、僕はその必要のないことを祈りたいですね」

都築の言葉がまだ終らぬうちに、検事の前の卓上電話の呼鈴が激しく鳴りだした。篠山検事は受話器をとって聞いていたが、直ぐ都築の方へ振返った。

「君へですよ」

都築は予期していたように、受話器を横から奪いとるようにして耳へ当てたが、やがてそれをかけるや否や、興奮した面持ちで叫んだ。

「二人とも直ぐ帽子を被り給え。君たちに犯人の名を教えて挙げよう――」

二　犯人の帽子

検事局を出た私たち三人は、直ぐ検事の呼んだ自動車に跳乗った。篠山検事も私も、都築のこの唐突な行動の意味がよく呑込めなくて呆然とした。都築は都築で、日頃になく興奮した態度で、頻りに何か口の中で呟いている。彼は自動車に乗ると、直ぐに早稲田へと言ったが、その早稲田に何が私たちを待っているのか、それさえも私には見当がつきかねた。

「犯人の名を教えるといって、一体今の電話は誰からなんですか」

暫く黙って都築の様子を見ていた篠山検事は、耐(たま)りかねたようにそう訊ねかけた。

「暫く待って呉(く)れ給え。僕は自分の眼で見とゞけたことでないと言いたくないんだ。しかし、今の報告が間違ってないことだけは僕が保証する。何故(なぜ)と言って、その報告は僕の想像とピッタリ合っているんですから」

都築はそれ以上のことは何んと言っても語らなかった。私はこの時ほど、自動車の速力の鈍さを感じたことがない。自分たちの行く手に如何(いか)なる奇怪なる事実が待ち受けているのだろうか。そこには、或(ある)いは兇悪なる犯人の魔手が私たちを待受けているのではなかろうか——。

しかし、事実は至って簡単だった。

早稲田の終点で自動車を降りると、私たちはそこからごみごみした横町へと入った。時々都築は立ち止って、道行く人を捉えて、何か聞いていた。

そうして五分程も聞いて廻った揚句に、到頭(とうとう)都築が見附け出したのは、意外にも、一軒の小さなおでん屋だった。都築はその前に立って、もう一度看板を見直してから、私たちに眼配せをして、ずいとその暖簾(のれん)をくゞった。

「いらっしゃい!」

という声と共に、いきなり私の眼に映ったのは、これまた意外な人物であった。さっき別れたばかりの山部時彦が、私たちの姿を見ると、待ちかねたように奥の仕切りから顔を出したのである。都築はそれを見ると、私たちに顎(あご)で合図をしながら、ずんずんと奥へ通った。幸いまだ時間が早いので、おでん屋の土間には一人の客もいなかった。だから、この奇妙な三人の客に対して、誰一人疑いを抱く者はなかった。

山部時彦は私たちが入って行くと、直ぐに薄暗い帽子掛けにかゝっている黒い帽子を指さした。都築はそれを見ると、無言で手に取上げて、中の汗革を検べていたが、やがて、満足らしい微笑を洩らすと検事の方を振返った。

「これが、犯人の帽子です。御覧なさい。中の革に打ち抜きで、犯人の頭文字が出ていますから」

　検事は半信半疑でそれを手にとった。中の打ち抜きの頭文字――それはK・Kであった。

「これが犯人の帽子ですって？　どうしてそれがこんなおでん屋などにあるのです」

「それは、私よりこゝの主人に話して貰いましょう」

　おでん屋の主人は、既に容易ならぬ事件に自分が関係していることを覚ったのだろう。真蒼な顔を緊張させて、傍に固唾をのんで控えていた。都築はその方へ振返った。

「君、君、この帽子がどうして此処にあるのか、正直に話してくれ給え」

「はい〳〵」と主人は両手を揉みながら、山部の方を顎で差して、「それは今も、この方に詳しく話したところですが、一昨日の夜遅くのことでございます。さあ、一時半頃のことでございましたでしょうか。店を仕舞いかけたところへ若い、二十五六の方が飛込んでお見えになりまして、ウイスキーを五六杯、たて続けに呷ってお帰りになりました。その方がお忘れになったもので、後で気が附いたのですが、その時にはもうお姿が見えませんので、いずれ取戻しにお出でになることと、お預りしておいたのでございます」

　その青年の人相を聞くと、たしかに服部清二である。一昨日の夜と言えば白鳥芙蓉が殺された夜のことであるし、一時半と言えば、彼が白鳥芙蓉の屋敷を跳出して、その足で此のおでん屋へ立寄ったとして、丁度時刻も符合している。

「有りがとう」都築は主人に礼を言うと、篠山検事の方へ振返った。「如何です。これでこの帽子が此処にある理由がお分りになったでしょう。と同時に、服部清二は白鳥芙蓉の屋敷の玄関にかゝっていた帽子を被った。そしてそれは決して、あの八畳の部屋に忘れたのではなかったということもお分りになったでしょう。つまり軽部謙吉氏が玄関で見た帽子と、後に八畳の部屋から出て来た帽子とは初めから別のものだったんです。服部清二は気が顚倒している際だし、それに似た帽子だから、間違ってそれを被って出た上に、御丁寧にもこのおでん屋へ置き忘れたりして、知らず識らずの間に犯人をかばっている結果になったのですよ」

「然し、然し、このK・Kというのは――」

だが、検事の言葉がまだ終らないうちに、表の方から一人の客が入って来た。私たちは主人を呼ぶその客の声を聞いた瞬間、思わずはっとして息を嚥込んだ。客は二三品の食べ物と銚子をあつらえた上に、こう言葉を附足した。

「時に君、一昨日の晩、そうだ、一時半頃だろう、僕の友人の青年が、何処かこの近所の飲み屋で帽子を忘れたというのだが、君んとこじゃなかったかね」

それを聞くと主人はギクとして顔色を変えたらしかった。

「へえ、そのことなら今――」

「え？　今？　今どうしたのだね」

客の声の調子が変った。急に不安が増して来たように、彼はヒョイと腰を浮かせたが、その途端彼は世にも恐ろしいものを見たのである。

都築欣哉と、篠山検事と、私と、そして都築の手にした黒い帽子を――

「軽部さん、これは意外なところでお目にかゝりましたな。あなたも矢張りこの帽子をお探しですか」

ふいに棒を呑んだように軽部謙吉氏は突立った。が、次ぎの瞬間には、燕のように身を翻して、店から跳出して行ったのである。それはさすがの篠山検事も手を出す暇がなかったくらいの素速さであった。それにどういうものか、都築のその時の位置が、検事の敏捷な行動を妨げたようにも思われたのであった。

軽部謙吉氏が自殺した今となって、私はこの事件の原因をなした、あの忌わしい事情を管々しく述べることは控えたいと思う。

唯簡単に次ぎの二つの事を知って戴ければ、諸君も満足されるだろう。

十数年以前、当時遠山梧郎氏と同棲していた木沢美智子と手をとって駈落ちした相手というのが、軽部謙吉氏であった事と、もう一つ、最近彼が自分の上役の令嬢と結婚しようとしていたということの二つのことを――。

それにしても、二十年に近い昔にあった、そんな些細な色情関係を、今頃迄気にするのは、おかしいという疑問を持たれる疑い深い読者には、致しかたない、もう一つの秘密を打ちあけよう。

それは軽部謙吉氏が死の直前に、都築に書いて送った告白書に同封されていた一通の書類で、その書類こそ今度の犯行の原因をなしたものであった。そしてその書類は、明確に次ぎの忌わしい事実を語っている。

白鳥芙蓉が産んだ娘遠山静江は、その実遠山梧郎の子供ではなくて、軽部謙吉氏の子供である事を――。


――あの夜私は、その書類を取戻すつもりで、ひそかに白鳥芙蓉、いな、木沢美智子と会談したのです。が、その話が終らないうちに邪魔が入りました。あゝ、あの時、隣室のカーテンの蔭に隠れて、二人の女の争っている様子を聞いていた私の心はどんなだったでしょうか。一人は昔の自分の情人であり、そしてもう一人はその情人との間に生れた現在、自分の娘なのです。しかも、その二人は今同じ青年を挟んで争っている。――私はこの忌わしさに、穴があれば入りたい気持ちでした。しかも、それでも尚、遂にあの場へ跳び出して、二人の無暴な決闘を思い止まらせようとしなかった私――。

――それを思うと私は慚愧に耐えません。しかも私は卑怯にも白鳥芙蓉を殺しさえしたのです。そうです。静江が立去った後、そっと化粧部屋へ出た私は、てっきり白鳥芙蓉は今の毒薬で死んだものと思い、悠々と部屋の中を捜索していました。書類を見附けるためです。ところが、突然息を吹き返えした白鳥芙蓉が矢庭に私にとびついて来たのです。多分毒薬の量が足りなかったものでしょう。白鳥芙蓉は本当に死んでいたのではなかったのです。私は夢中でした。恐怖と驚愕のために、自分の手に取上げたものが何んであったか、それすらも弁えず、女の胸を突刺して了ったのです。

——しかし、おかげで書類は手に入れました。若し、あの帽子さえ忘れて帰えらなかったら。——帽子を忘れたことに気がついたのは、家へ帰ってからでした——。

——帽子を忘れたことは私の最大の恐怖でした。あれには頭文字が打ち抜いてある。どんな危険を冒しても取り戻さねばならない。私はいったん家へ帰ったのですが、どうしてもそのことが気になってたまらなかったのです。そこで別の鳥打ち帽をひっかぶると意を決して、もう一度現場へ戻ったのです。そして新井巡査に突き当ったのです。

——それ以後のことは御存知の通りです。服部清二のために新井巡査と二人、あの化粧部屋へ閉じ込められた時、本当のことを言うと私はしめたと思ったのです。新井巡査の前では隠すわけには行かなかったあの帽子を、この機会に隠そうと思って、私は危険を冒して二階の窓から飛び降りたのです。しかし、これが神の御裁きというのでしょうか。その時は、一歩の違いで、服部清二が間違ってその帽子を被って行って了った後だったのです。

——この帽子のことは絶えず気になっていました。検事たちの前では嘘を言ったものゝ、もし、服部清二が被って行った帽子が出て来たらどうしよう——。ところが、意外にも、あの晩下宿へ帰った服部清二は帽子を被っていなかった。そして多分に酔払っていたという。そこで、白鳥芙蓉の屋敷を出た服部清二は、途中何処かの飲み屋へ寄って其処で帽子を忘れたのだ。——私はそう考えました。まさか。それをわざわざ私に教えて下すったあなたが、最初から私を疑っていて、わざと私を釣り出すために知らしてくれたのだとは夢にも知りませんでした。これが運の尽きとでもいうのでしょう。(後略)

事件が片附いてから大分後の事であった。

ある時私はふと都築にこんなことを訊ねた。

「君は、あのおでん屋を初めから知っていたのかい？」

「いゝや、唯、軽部謙吉が告白書で言っているのと同じ理由から、服部清二が下宿へ帰る迄に、何処かへ立寄って酒を飲んだことだけは推察していた。しかしそのおでん屋を探し出す事は雑作ないと思っていたよ。白鳥芙蓉の屋敷を飛出したとして、先ず道順から言って早稲田界隈が眼につく。その早稲田でも、一時過ぎ、二時近くまで店を開いている家はそう沢山はないからね。それで山部時彦にそう言って探させたのだが、危いところでしたよ。一足違いだったからね」

「しかし、君はあの時妙な素振りをしたじゃないか。君は軽部謙吉を捕えようとすれば捕えられた筈だぜ。それだのに、却って篠山検事の邪魔をしたようにさえ思われるよ」

都築はぎょっとしたように私の顔を見たが、やがて低い声で言った。

「軽部謙吉は坂本義臣氏の令嬢と婚約の間柄だったからね。僕は坂本氏も令嬢の寿々子さんも知っている。だからなるべくあの男に自殺して貰いたかったのだよ」

都築欣哉はそう言って凝っと私の眼の中を覗き込んだ。

「いゝよ、大丈夫だよ。僕は誰にもそんなことは喋舌りやしないから」

私はそういう意味の無言の言葉をこめて都築の眼を見返えしたのである。

腕環

一

小説家の青木愛三郎(あおきあいさぶろう)は、この間から欲しい欲しいと思っていた腕環(うでわ)を、漸(ようや)く手に入れることが出来たので、すっかり心が弾(はず)んでいた。彼は店を出ると、直(す)ぐその足で京子(きょうこ)の許(もと)を訪ねようかと思ったが、考えてみると今日は金曜日である。京子は一週間のうち、月、水、金の三日間は、ピアノの先生へ通うことにしていたので、六時過ぎでなければ訪ねて行っても会えないのだ。

青木は思い直して、銀座で飯でも食ってからにしようと思ってタキシを呼び止めた。

自動車の中で途々(みちみち)懐(ふところ)勘定(かんじょう)をしてみると、金はまだ大分(だいぶ)残っている、腕環は思ったよりずっと安値(やす)かった。青木はそれで、二重の喜びにひたりながら、腕環を見せた時の京子の様子を想像してみたりした。

尾張町(おわりちょう)の角でタキシを乗捨(のりす)てゝ、電気時計を見ると飯を食うにはまだ大分時間があった。青木はそれで、少し散歩して、気に入ったネクタイでもあったら買おうと思って歩き出したところを、ポンと背中を叩かれた。

「やあ」

「やあ」

「暫(しばら)くだったね」

「暫く、何(な)んだかいやに嬉(うれ)しそうじゃないか」

「ウン。鳥渡(ちょっと)ね。君の方は？――相変らず急(いそ)がしそうだね」

「まあね。――近頃鳥渡悄気(しょげ)てるところでね。何かおごらないか」

「ウン、おごってもいゝ。然し、君にして悄気ることありとは、近頃珍らしい話だね」

　そんなことを言いながら、どちらからともなく肩を並べて新橋の方へ歩き出していた。

　橋場――その男の名だが――はH新聞社の社会部記者で、相当敏腕家だという噂である。青木とは大学時代の同窓だが、見るからに敏捷らしい、頭も顔も体も、全体がくり〱とした感じのする男だ。青木はこの男の毒気のないところを昔から好いているので、恰度幸い、一緒に飯でも食おうと思った。

「それで、どうしたんだね、悄気てるというのは？失恋でもしたのかね」

「そんな色っぽい沙汰ならいゝんだがね、仕事の方で少し縮尻をやったもんだから、散々さ、いやンなっちゃうよ」

　橋場は真実悄気てるように肩をすぼめてみせて、

「ほら、君も知ってるだろう、古峯博士邸の強盗事件さ。あいつで少し拙いことやっちゃってね」

「ウン、あの事件か、あれなら僕も読んだが、別に君の方の記事だって拙くはなかったじゃないか」

「拙くはないんだ。拙くはないんだが、少し要らぬことを書過ぎたんでね、尻を持ち込まれて弱っているんだ」

　古峯博士邸の強盗事件というのは多分諸君も憶えているだろう。正当防衛に関する法令が改められてから、初めて適用された事件として大分世間の問題となった。事件の大体の外劃を書いてみるとこうだ。

　古峯博士は麹町三番町に宏大な邸宅を持っている。博士は人も知る栄養科学の権威で、氏の創成にかゝる美味素は今や全世界に販路をひらいている。博士の現在持っている莫大な財産も宏大な邸宅もすべてその利益から得たものであるという噂だが、そんなことはどうでもいゝ。博士には一人の男の子があるが、その子供は目下アメリカの理化学研究所で勉学にいそしんでいる。従って三番町の邸宅には博士夫妻と数人の召使しか住んでいなかった。夫人の奈美子というのはまだ三十になるやならずの素敵な美人で、良人とは三十以上も年齢が違っている。無論後妻で、アメリカにいる博士の長男とも継しい仲だった。

　さて、事件の当夜三番町附近を巡廻していた警官のB——は、深夜の十二時過ぎ、博士邸の奥庭から二発のピストルの音と、たゞならぬ女の悲鳴を聞きつけて、周章て表門の方へ駆けつけた。見ると表門の横にある耳門が開いているので、其処から入ろうとすると、バッタリと取乱した奈美子夫人に会った。

「泥棒——、泥棒——、良人が——、良人が——」

　夫人は警官の姿を見ると、まるで気狂いのように息も切れ切れにそれだけのことを口走ったが、そのまゝばったりと気を失って倒れてしまった。

　夫人は夜会服のまゝで、手にはまだ薄煙の立っているピストルを握って居り胸に飾った宝石などには引千切られた跡があった。B——警官はそれを見ると、いきなり呼笛を吹き鳴らす一方、声高に召使を叩き起した。そして怖々起きて来た召使に夫人の介抱を委せると、折から呼笛を聞いて駆けつけて来た二三の警官と共に、ピストルの音が聞えた奥庭の方へ進んで行った。すると、木立に囲まれた大きな古池の側にある四阿のほとりに、二人の男が血に染まって倒れていた。その一人はこの家の主人古峯博士であったが、その姿は凄惨を極めていた。後頭部と前額に深い打撲傷を受けて、そこから流出る血潮が、美しい白髪を真紅に染めている。余程格闘をしたものらしく、服も外套も泥だらけになっていて、無論、既に事切れていた。

　その博士の死骸と四五間離れたところに、労働者風の男の死骸が横わっていた。その男は、左の股と肺のあたりに、どちらも背部から受けたと覚しい弾丸傷を受けて死んでいたが、その懐中からは、現金百余円入った夫人の紙入と、その夜夫人が身につけていた三四の宝石類が出て来た。

　さて、それから間もなく生気に還った夫人の陳述によると、悲劇の顛末というのはこうであった。その夜夫人は、友人の誕生日の宴会に招かれて、帰って来たのは恰度十一時半頃であった。生憎小間使は姉が病気だというので、二三日暇をとって帰っていたし、良人の博士は研究所からまだ帰っていなかった。それで彼女は良人の帰りを待つつもりで、夜会服のまゝ本を取上げて読んでいたが、するとそこへぬうっと例の労働者風の男が入って来た。夫人はあまりの恐ろしさに声を立てる事も出来なかった。そして言われるまゝに、紙入と宝石類を取って与えた。賊はそれだけのものを手に入れると、直ぐ出て行ったが、夫人は賊が立去った後も暫く恐怖のために身動きをする事も出来なかった。彼女は凝っと賊の去り行く跫音に耳を澄していたが、暫くすると奥庭の方でどたんばたんという激しい格闘の音が聞えて来た。しかもそれに混って、良人の怒号する声が聞えるではないか。

　夫人はてっきり良人が帰って来て、賊の姿を見附けたのだと思った。すると彼女は湧然として勇気が出て来た。良人の身を気遣う心が、恐怖を押しのけてしまったのだ。彼女は素速く用簞笥の中からピストルを取出すと、それを握って奥庭へ出て行った。

しかし、彼女の駆けつけた時は一足遅かった。賊は最後の一撃を加えると、博士の倒れるのを見すまして逃走しようとした。それを見ると夫人はもう夢中だった。彼女は賊の背後から二発ばかりピストルの弾丸を浴せたことゝ、賊がそれによってばったり倒れたことを、覚えているきりで、その後はまるで夢のようにしか記憶していないというのであった。

——

　夫人のこの陳述には何等怪しむべきところはなかった。賊の懐中からは夫人の紙入並びに宝石類が出て来たことだし、博士の死体の側には賊が使ったと覚しい太い樫の棒が落ちていた。しかも、後に分ったことだが、この賊は、前田定吉といって前科七犯という兇悪な男であった。新聞は筆を揃えて不幸な博士の死を悼むと同時に勇敢な夫人の態度を賞讃した。これが恰度二週程前の出来事である。

「あの事件なら僕も読んだが、それで君の書いた記事の何処がいけなかったのだね」

「僕はね、この事件の強盗には共犯者があるという見込みで、その事を力説しておいたのだが、それが夫人の気に触れたらしい。再三再四夫人から抗議を申し込まれたので、すっかりくさっちゃったよ」

　橋場は丸い顔をほんのり紅くして言った。

「共犯者があるというのが、どうして夫人の気に触れるのだろう」

「そんな事は分らない。多分夫人は女らしい虚栄から、自分の陳述以外の事を附加えられるのを嫌うのだろう。しかし、まあ、いゝや。それよりお茶でも飲もうじゃないか」

　そこで二人は不二屋の二階へ上って行った。恰度夕方の散歩時間前の事なので、客はそう沢山いなかった。青木と橋場は隅の方の卓子を見附けて腰を下ろしたが、橋場は直ぐに自分の屈托なんか忘れた顔附で、

「僕の方の話はそれで済んだが、ところで君の方はどうだね。さっきからいやににや〳〵嬉しそうに笑っているのじゃないか。いゝ事なら少し分けろよ」

「ウム、分けられるものなら分けてやってもいゝが、こればかりはね」

　青木はわざと勿体ぶった様子で、そう言いながら、ゆっくりと懐中から青い包みを取出すと、それを卓子の上に置いた。橋場はそれを見ると、奪うようにして包を開いたが、一目中を見ると、

「ナーンだ、腕環じゃないか」

　と不思議そうにひねくり廻していたが、「はゝあ、そうか、京子さんへの贈物だね。チェッ、うまくやってやがら」

　彼は吐出すようにそう言って、ガチャンとそれを卓子の上に置いた。その時である。彼等の背後から「あっ」というような微かな声が聞えた。驚いて振返って見ると中年の美しい婦人が立っている。彼女は二人が振返ったとたん、さっと顔を紅らめたが、直ぐ気を取直したらしく、

「まあ、美しい腕環ですこと、失礼ですけれど、鳥渡拝見出来ません？」と言った。

「さあ、どうぞ」

　青木は内心どぎまぎしながら、それでも些か得意

でそう言うと、腕環を婦人の方へ押しやった。婦人は手にとって、つく〲とそれを眺めていたが、

「ほんとうに珍らしい腕環ですわね。イタリア製ですね。失礼でございますけれど、これ、何処でお購めになりまして？」

「はあ、麻布のＭ――町の銀光堂という中古品店です」

「あゝ、そう、彼処は中古ですけれど、時々珍しいものが出ますわね。どうも有難うございました」

婦人はそう言うと、腕環を卓子の上に置いて叮嚀に礼を言うと、そのまゝ階下へ下りて行った。橋場は何んと思ったか、その婦人の後姿が見えなくなる迄、凝っと見送っていたが、やがてぐいと青木の横腹を肱で小突いた。

「おい、君はあの女を知っているかい？」

「いゝや、どうして？」

「あれさ、噂をすれば影とやら、あれが古峯博士の夫人奈美子だよ」

そう言って橋場は何故か厳粛な顔をした。

二

その晩青木は、友人を慰める意味で一緒に飯を喰ったが、おかげで京子を訪ねる時間をふいにしてしまった。

「なあに、明日は土曜だから、その方が却っていゝのだよ」

別れ際に橋場が気の毒そうに言うのに対して元気よくそう言ったが、家へ帰ってみるともう十一時を過ぎていた。青木は何をする気もなく机に向って煙草の煙を吐出しながら、買って来た腕環をつくづく眺めていたが、その時彼はふと、変な事を発見した。

というのは、その腕環の裏側には、細い細工の花模様が彫りつけてあるのだが、よく〲見ているうちに、それが英語の花文字であることが分った。仲々うまく崩してあるので、初めのうちは読むのに骨が折れたが、ためつ透しつしているうちに、到頭彼はそれを判読することが出来た。と同時に、青木

はぎょっとしたように息をうちへ吸い込んだ。その花文字というのは、

Namiko Furumine

というのであった。

古峯奈美子――、古峯奈美子といえば、あの殺された老博士の夫人で、現に今日不二屋の二階で出会った女ではないか。では、この腕環はあの夫人の所有品だったのだろうか。無論そうに違いない。古峯という姓はそう沢山あるべき筈がない。しかし、それにしても――

　青木は何かしら、わけの分らぬ疑問に逢着したような気がした。彼の頭の中には、種んな疑惑が走馬灯のように通過ぎて行った。彼は小説家らしい空想から、その腕環について様々なことを考えてみたりした。そうしているうちに、彼は、ふとこれは唯事ではないぞという気持ちがして来た。明日になったら早速橋場に知らしてやろうと思った。

　その翌日、京子を訪問する事を延ばした青木は、丸の内のH新聞社に電話をかけた。

「君、鳥渡話があるんだが、社には何時頃までいるね」

「四時までなら確実にいるよ。しかし、話というのは何んだね」

「なあに、君の興味を持ちそうな事だ。楽しみにして待ってい給え」

　電話を切った青木は、それから二時間程して、H新聞社の応接室へ橋場を訪れた。

「昨日は失敬」

「いや」

　とそんな型通りの挨拶がすむと、青木は早速話を切出した。橋場は熱心にそれを聞いていたが、見る〱その顔は緊張して来た。

「鳥渡その腕環を見せてくれ給え」

　橋場はまるで奪い取るように腕環を手にすると、明るい窓の側で見ていたが、

「成程違いない。ナミコ・フルミネだ」

「そうだろう、それでおかしいのだ。これがあの夫人の物なら、何故昨日そう言わなかったのだろう」

「そうだ。それに昨日この腕環を見つけた時の夫人の様子は唯事じゃなかったぜ。あの夫人がまさかこれを売払うようなことはあるまいしね」

「どうだね。これから一つ銀光堂へ行って、誰から買ったか検べてみないかね」

「よし！」

橋場は決然としてそう言うと、大急ぎで部屋を出て行った。かと思うと、直ぐ帽子と上衣を持って走るようにやって来た。

自動車の中では二人とも一言も口をきかなかった。何かしら非常に大事件のようにも思われるし、そうかと思うと又大へんくだらないことのようにも思われるのだ。

やがて麻布の銀光堂の表まで来ると、橋場はまるで飛下りるようにして店へ入って行った。ところが其処で彼等が番頭からいきなりかけられた言葉というのが、これまた二人を驚かすに充分だった。

「あゝ、あの腕環について、何かおかしな事でもございましたのでしょうか」

青木の顔を見覚えていたと見えて、番頭がいきなりそう声をかけたのだ。

「え？」と二人は思わずそう訊返した。

「さっきも、若い紳士の方がお見えになりまして、あの腕環のことをお聞きになったのでございますが……」

番頭は不安そうに自分からそう口を切った。彼の言うところによると、一時間程前に、若い美しい紳士が来て、昨日青木に売った腕環の様子を詳しく述べた後、それを何処から手に入れたか聞かしてくれろというのだった。

「ほゝう、実は僕たちもそれを聞きに来たのだが……何、心配する事はないんだよ。鳥渡我々だけの要件でね」

番頭はそれでも不安そうに暫く押問答を続けていたが、やがて渋々大きな台帳を持って来た。橋場は手早く浅草区××町××番地山本虎市という名前を控えると、尚も詳しく、さっき来たという紳士の風采を聞いていたが、やがて、

「よし、君行こう」とその店を飛出した。

「行くって何処へ行くのだね」

自動車の中で青木が訊ねると、

「無論、山本虎市という男を探しに行くのさ。君、さっき来た紳士というのが誰だか分るかね」

「分らないね」

「沢井清彦さ、ほら、音楽家の……。そして古峯夫人の情人さ。こいつは少々面白くなって来たぞ」

橋場はすっかり昂奮していた。

しかし、山本虎市という男を探すのは仲々容易ではなかった。無論彼は家にはいなかった。近所で聞くと、怪訝そうな顔をして、

「さっきもそんな事を言って訊ねて来た人がありましたが……」

といいながら、それでも、親切に山本の立廻りそうなところを五つ六つ聞かせてくれた。

「どうだね。沢井が先廻りをしているんだよ、しかし、我々はあいつより先きに山本という男を摑まえなけりゃ――」

橋場は何かしら異常に昂奮していたが、しかし、この仕事は仲々容易ではなかった。

教えられたところを、順々に廻ってみたが、何処でも失望を重ねるばかりだった。

が、最後にそれは、もう十二時近くだったろう。雷門の近くの酒場で、到頭彼の消息を聞く事が出来た。

「山本さんですか。山本さんならさっき立派な紳士と一緒にお見えになりましたが、五分程前にこゝをお出になりました。そうですね、たしか吾妻橋を渡って向うの方へ行ったようですよ」

これを聞くと、二人はその酒場を大急ぎで飛出した。青木にも何かしら尋常でない気持ちがして来た。いつの間にやら彼も橋場と歩調を合わしていた。そうして二人が吾妻橋を渡って、隅田公園の方へ向った時である。突然一町程先の暗闇の中から悲鳴が聞えて来た。

それを聞くと二人はぎょっとして足を止めたが、次ぎの瞬間、橋場は脱兎の如く走り出していた。一

足遅れた青木が、これもあたふたと駆着けてみると、先きに行った橋場が、地上に跪いて、一人の男を抱起していた。見るとその男の横腹からは真紅な血がどく〳〵と吹出しているのだ。

「おゝ、息はまだある。医者だ、医者だ」

　橋場は昂奮に慄える声でそう叫んだ。

　その翌日のH新聞の朝刊こそ、近来稀に見るセンセーションを惹起したものだ。他の新聞が単に古峯夫人と音楽家沢井清彦の情死事件を伝えているだけだったのに比して、H新聞ではその背後に隠されている秘密をすっかりさらけ出して了ったのだ。丁度日曜日で、夕刊のない日だったから、H新聞はたっぷり一日、他の新聞より先きにこの特種を得たわけであった。

　古峯博士惨殺の秘密――憎むべき妖婦と白面鬼情死の真相――

　そういう表題の許に、先頃の強盗事件に遡って書起してあった。秘密というのはこうであった。

　古峯博士は強盗に殺されたのではなかった。犯人は実に夫人奈美子とその情人沢井清彦だったのだ。あの夜、二人連れの泥棒が博士の奥庭に忍び込んで、時の来るのを待っていた。その前で世にも奇怪な事件が行われたのである。

　夫人と清彦の密会――それを見つけた博士の激怒――続いて博士と清彦の格闘――そして遂に博士は清彦のステッキによって惨殺されたのである。これを見ていた泥棒の一人、前田定吉は突然その場へ出て行った。夫人と清彦は失神せんばかりに驚いたが、間もなく彼等の間に妥協が出来て前田の口を塞ぐために多額の金と宝石が与えられた。金を取って来ると言って、一旦部屋へ引返した夫人は、しかしその時ピストルを持って来たに違いない。前田定吉が金と宝石を受取って逃げようとするところを、いきなり背後から撃ち殺したのだ。――こうして万事お芝居は首尾よく行った。誰も夫人を疑う者はない。現在泥棒が眼の前に死んでいたのだから。

しかし、唯一つ、夫人の気附かなかった事は、泥棒が一人でなかったことだ。そこには、もう一人山本虎市という男が、叢の中で万事を見ていたのだ。彼は相棒が殺されるのを見ると慄え上った。そして夫人が清彦を逃がしておいて、警官を呼びに表の方へ廻った間に、素速く相棒の懐中から腕環の他、二三の宝石類を盗んで逃げ出したのである。

夫人はしかし、死骸の懐中に確かにある筈の宝石が二三紛失しているところから、間もなく相棒のあった事に気が附いたことだろう。それが彼女の恐怖の種だった。だからこそ、情人沢井清彦にその男を殺させようとしたのである。しかし、神ぞ知ろしめす、断末魔の山本虎市の口から、万事の秘密は洩れて了ったのだ。

そして事の破れたのを知った彼等は、法の手の届く前に毒を呷って情死を遂げたのである。

恐怖の映画

撮影所の駝背

河村プロダクションの人気俳優菅井良一は、薄暗い第二ステージの中でぎょっとして立止った。

ごた〳〵したセットや大道具の向うに、何かしら奇怪なものが立っているのだ。天井のガラスを洩れて来る仄白い月光に朧げな輪郭を浮き立たせて、凝っとこちらを見つめている。良一は暫く、射悖められたように、一所ろに立悖んだまゝ、もじ〳〵とそれを見据えていたが、やがて眼が慣れて来るに従って、漸く相手の正体が分って来た。

「何んだ。鉄の処女か」

良一はほっと安堵の吐息を洩らすと、苦笑を浮べながら再び歩を運んだ。

時間は丁度夜の十二時過ぎ。

別棟になっている向うの第一ステージでは、今しも夜間撮影が行われている最中で、昼をも欺くライトが煌々と照り渡っている。それに引較べて廃物も同様になっているこの第二ステージと来たら、まるで空蔵の中のように真暗だ。おまけに不用になったセットや大道具が、玩具箱を引繰返えしたように詰込まれていて、うっかり足も踏出せない。さっき良一が、ぎょっとして立止った怪物というのも、実はその大道具の一つなのである。鉄の処女——といえば御存知の方もあるだろう。中世紀ごろ、欧州で盛んに用いられた最も惨酷な死刑道具の一つである。全体の形は丁度妙齢の処女が釣鐘マントを着て立っているような恰好で、全部厚い鋼鉄で出来ている。

中は漸く人間一人立っていられるくらいの空洞になっていて、前の方には観音開きになる二枚の扉がついているのだが、この扉の裏といわず、空洞の内部といわず、一面に鋭い鋼鉄の針が植えつけられているのだ。死刑を宣告された囚人は、この空洞の中に立たされる。そして二枚の扉が締ると同時に、鋭い鋼鉄の針は囚人の肉を情け容赦もなく刺し通す仕懸けになっているのである。

そういう血みどろな歴史を知っているだけに、良一がぎょっとして二の足を踏んだのも無理ではなかった。むろんこの撮影所にある鉄の処女は、物好きな所長の河村省吉が、何かの撮影の折に使うつもりで、横浜の古道具屋から見附けて来た模型に過ぎないので、内部にそんな恐ろしい仕懸けがあるわけではなかった。それにも拘らず端麗な容貌に、冷たい無言の笑いを秘めている鋼鉄の顔を見ると、何んとはなしにぞっとするような恐怖を覚えずにはいられないのであった。

良一は顔を外向けると足早やにその恐ろしい人形の前を通り過ぎた。そしてステージの一番奥まった場所まで来ると、漸く足を止めてきょろ〳〵とあたりを見廻した。

其処はかつて、貴夫人の化粧室か何かに使ったセットの名残りらしく、贅沢な部屋の作りの隅に、大きな緋色の寝椅子が据えつけてあった。良一はわざとそれを避けて他の椅子に腰を下ろすと、ポケットから煙草を取出して、かちっとライタアを鳴らした。

その時彼は、ふと暗闇の中に、怪しい人影の蠢くのを見つけて、ぎょっとして椅子から腰を浮かせた。

「誰だ、其処にいるのは誰だ」

良一は灯のついたライタアを持ったまゝ、ごたごたしたセットの向うに眼を据えた。その途端「畜生！」と低い声が叫んだかと思うと、むっくり子供のような影が暗闇の中に浮上った。

「何んだ。木庭じゃないか。俺はまた化物かと思ったぜ」

良一は相手の正体が分ると、ほっとして吐き出すようにそうつぶやきながら、よく脅かされる晩だと思った。

良一が化物だといったのも無理ではない。彼の方へ近附いて来た男というのは、ひどい駝背の上に、腰の骨が歪んでいると見えて、歩く度にひょこりひょこりと体が左右に揺れるのだ。おまけに子供ぐらいの脊丈しかないのに、顔だけは立派な大人になっていて、厚い唇の周囲には、始終痴鈍らしい薄笑いが泛んでいる。どう見ても化物としか見えない姿だった。

「お前、今ごろこんなところで何をしているのだ」

「あん畜生、仕様のねえ野郎でさ。ひでえこと手の甲を掻きむしりやがった」

「どうしたんだ。喧嘩でもしたのかい?」

「うんにゃ、猫でさ。此処へ小道具を取りに来ると、またいつもの黒猫の野郎が悪戯をしてやがったので、叩き殺してやろうと思ったんですが、何しろすばしこい野郎で、ほら、こんなひでえことをして逃げやがった」

成程、見れば右の手の甲に痛ましい蚯蚓腫れが出来て、赤い血さえ滲んでいる。

「なんだ、猫か」

「猫、猫と仰有るがあいつは唯の猫じゃありませんぜ。化猫でさ。気味の悪いちゃありゃしねえ」

然しそういう彼の方が余程気味悪い。

この男は、前からこんな惨めな不具者ではなかった。最初はカメラマンの助手としてこの撮影所へ入って来たのだが、撮影所などによくある災難で、ある時ふいに倒れて来た大道具の下敷きになって、命だけは辛うじて取りとめたものゝ、脊髄をひどく打ったらしくそれ以来今のような哀れな姿になった上に、頭の調子も普通ではなくなった。そういう彼が、今でもこうして撮影所にいられるのは、全く所長の河村省吉の温情主義の結果に他ならないのであった。

「それで何かい、小道具は見附かったのかい」

「えゝ、今やっと見附けましたよ。明日の朝の撮影に使うんで、今晩中にちゃんと揃えとかなきゃまたお目玉でさ」

そういいながら、木庭は始めて気がついたように、怪訝な顔をしてじろ〳〵と良一の姿を見ていたが、ふいに狡猾そうな笑いが顔一杯に拡がった。

「菅井さん、俺よりもあなたこそこんな所で何をしているんですね」

良一はぎょっとした。彼は無言のまゝ無気味な相手の眼の中を見詰めていた。

「へへへへ、隠さなくともよござんすよ。分ってまさ。お楽しみな事で。ねえ、そうでしょう、菅井さん」

「いゝから君は早く向うへ行き給え。僕は少しこゝで考えごとがあるんだ」

「いゝじゃありませんか、俺は誰にも喋舌りゃしませんよ。こゝで女優さんと媾曳きをしようてんでしょう。ねえ、菅井さん。罪ですぜ、あんまり浮気をすると……」

「うるさい！」

本当をいうと良一はさっきから焦々していたところだった。そこへもって来て、厭らしい調子で図星を指されたものだから、彼は思わずかっとなった。

「馬鹿、余計な事言うな」

良一がそう叫ぶと同時に、哀れな駝背はまるで鞠のようにころ〳〵と床の上に転げていた。

「馬鹿野郎、余計な事を喋舌るからこんなことになるんだ。早く向うへ行け。誰にもこんな事を喋舌るんじゃないぞ」

木庭は痛そうに顔をしかめながら、無細工な恰好でやっと床の上に起き直った。見ると顳顬が破れて薄く血が滲んでいる。木庭はそれを押えながら凝っと刺すように良一の顔を見ていたが、やがてきりきりと奥歯を噛み鳴らす音が聞えた。そしてそのまゝ物もいわないで、くるりと脊を向けると、ひょこりひょこりと無恰好な歩き方で暗闇の中に姿を消して行った。

危険な媾曳

良一は凝とその後姿を見送っていたが、何んとはなしに不安な胸騒ぎを感じて来た。あの痴鈍な怪物が口走った言葉は、弾丸のように彼の胸を貫いた。

あの男のいった通り、彼は此処で一人の女と媾曳をしようとしているのだった。しかも相手というのは、所長の河村省吉の愛妻であると同時に、この河村プロダクションの首脳女優である蘭子だった。

　元来この河村プロダクションというのは、所長の河村省吉が、金のあるにまかせて道楽半分に起した撮影所で、俳優などもみんな素人ばかりだった。良一も無論その中の一人だったが、いつの間にやら彼だけは、持って生れた美貌と天分とで、他の大会社の人気俳優とも肩を並べられるようになっていた。そうなって来ると彼には大きな野心が起きて来た。いつまでも彼は、この惨めな個人プロダクションの一俳優でいたくなくなって来た。現に一週間ほど前にも、さる大会社から入社の交渉を秘密裡に進めて来ているのである。無論良一はその条件に対して不服はなかった。しかしそうなると彼にはこのプロダクションから身を退く前に、是非清算して置かなければならぬ事が一つあった。彼はそれを、これから果そうと思っているのだった。

「どうしたの、菅井さん、何をそんなにぼんやりしているのよ」

　ふいに後から脊中を叩かれて、良一ははっと気がついた。

「おや蘭子さん、あなたいつの間に来ていたのです」

「さっきから来てたのよ。でもあの木庭の奴がいるもんだから隠れてたの」

　蘭子は撮影の合間を見て抜けて来たと見えて、派手なスペイン風な踊子の衣裳の上に、薄いスカーフを捲きつけていた。蘭子はそのスカーフを取除けながら、自分から寝椅子の上に腰を下ろすと、全身に異様な媚びを湛えて良一の次ぎの行動を期待していた。良一はそれを見るとある忌わしい連想のために思わず顔をしかめた。彼は一刻も早くこの不愉快な会見を切上げたいと思ったので、思い切って口を開いた。

「蘭子さん、僕、今夜は真面目な用事であなたをお呼びしたのですけれど……」

「分ってるわ。戴いた手紙でそのことなら分ってるわ。で、一体どんな用事なの」

「今日限り僕はあなたと別れたいのです」

良一は思い切ってずばりといってのけた。それを聞くと同時に、蘭子の体は寝椅子の上でぎゅっと固くなった。血の気がさっと両の頬から散って、憤怒と恥辱のために五体が細く慄えた。

「別れると仰有るの、一体どういう理由で？」

「僕、河村さんに済まないと思います。こんなことを続けているといずれは分ることですし……」

「河村に済まないと仰有るの？　唯それだけの理由なの？」

「無論です。僕は何も……」

「菅井さん、あなたそれを本気でいっていらっしゃるの。いゝえ、今更そんなことをいえた義理だと思っていらして？　河村に悪いなんて、じゃ誰が一体河村に悪いような破目にしたんです？」

　突然蘭子の眼からは口惜涙がほうり落ちた。彼女には何も彼も分っていた。男の冷酷な心も、自分がこの男の野心を満足させるために玩具にされていたことも。……この男は自分を踏台にしていたのだ。そして新らしい出世の途を摑んだ今となっては、自分という踏台は不用なばかりか、寧ろ邪魔にさえなるのだ。――

　突然激しい感情が彼女の胸にこみ上げて来た。

「いゝえ、いゝえ、菅井さん、後生だからあたしを捨てないで頂戴、あたしあなたに捨てられたら、死ぬより他に途はないわ。後生だからあたしを捨てないで……」

　だがその言葉の途中で、二人とも思わずはっと息を呑込んだ。荒々しくステージの扉が開く音がして、それに続いて惶しい靴音が聞えた。

「蘭子、――蘭子。――」

　ごた〱したセットの向うに、河村省吉の呼ぶ声が聞えた。

「河村よ」

「しっ！」

　良一は蘭子の手をしっかり握りしめた。その手は石のように冷たかった。蘭子は激しい恐怖のために、怨みも口惜しさも打忘れて身を慄わせた。

「蘭子、――蘭子――」

河村の声と足音はだん〳〵近附いて来る。

「隠して――何処かへ隠して頂戴、見附かったらあたし殺されて了うわ」

良一は蘭子の手を取って二三歩夢中になって歩いた。彼自身も激しい恐怖のためにどうしていゝか分らないのであった。その時ふと例の鉄の処女が彼の眼についた。彼は矢庭にその扉を開くと、素速く蘭子をその中へ押し込んで扉を締めた。

「声を立てるんじゃありませんよ。あの人が出て行くまで此処に隠れていらっしゃい」

彼は一口でそれだけの事を囁くと、一足とびに物影へ身を隠した。とその次ぎの瞬間に河村省吉の真蒼に緊張した顔が彼の鼻先へぬっと現われた。

「蘭子――蘭子――」

河村は立止って二三度辺へ呼ばわったが、幸い良一には気が附かない様子で、更に奥の方へ進んで行った。良一はほっとすると鼬のようにセットの間をくぐり抜けて表へ出た。

猫の脚跡

良一が何気ない顔つきで、第一ステージの方へ現われたのはそれから間もなくのことであった。ステージの中では、病室のセットを取巻いて役者たちが眠そうな眼をしていた。

「菅井さん、何処へ行ってたのです。所長さんに遇いませんでしたか」

「いゝや、所長がどうかしたのかい？」

「なにね、撮影の途中で蘭子さんの姿が見えなくなったので、所長さんが探しに行ったんですが、あなた蘭子さんを知りませんか」

「知るもんか、僕は眠くて仕様がないから散歩をしていたんだよ」

良一はわざと欠伸を嚙殺しながら、隅の方の椅子にぐったりと腰を下ろすと、内心それでもほっとした。俳優たちは睡さと疲労のために黙り込んで、誰一人口を利こうとするものはいない。真夜中の寒さがしん〳〵と身に沁み込んで、白粉のかさ〳〵になった頰は強張ったように痛かった。

　やがてそこへ所長の河村省吉が鞭を振りながら帰って来た。

「菅井君、君は何処へ行っていたのだ」

「僕は眠けざましに散歩していたのですが、蘭子さんはどうしました」

「いない。何処にも見えないようだ」

「所長さん、何んとかなりませんか、僕も寒くて仕様がないんです」

「仕方がない、じゃ蘭子の出るところを抜かして、その次ぎの場面を撮ることにしよう。みんな用意してくれ給え」

　それを聞くと一同は急に元気づいた。

　これから撮ろうとする場面は、瀕死の病床にある令嬢のもとへ、その恋人が駆けつけて来るというところであった。その令嬢には浜井美代子という女優が扮していた。恋人はいうまでもなく良一の役である。

　やがて用意がとゝのった。そして河村の合図とゝもにクランクの音がガタ〳〵と鳴り出した。その時である。

「畜生、今度は逃がさねえぞ」

　という荒々しい木庭の声が、セットの裏で聞えたかと思うと、突然大きな黒猫が部屋の中へ躍り込んで来た。黒猫は戸迷いしたようにまご〳〵とセットの中を逃げ廻っていたが、やがて美代子の寝ている寝台の上へ跳び上ったかと思うと、ひらりと窓の外へ跳び出した。それを追いかけてゆくのだろう、あの不具者の荒々しい声が聞えて来た。

　おかげで撮影は滅茶滅茶で、又初めから撮直さなければならなくなった。黒猫にすっかり脅かされた女優の美代子は、一度跳び起きた寝台の方へ行ったが、何を思ったのか突然「あれ！」と叫ぶと真蒼になって其処に立悸んだ。

「浜井君、どうしたのだ。早くしないと困るじゃないか」

「だって先生、あれを――あれを御覧なさい」

美代子が慄えながらやっと指さした方を見ると、一同は愕然とした。寝台にかけた真白なシーツの上に、梅の花を散らしたように血の跡が点々とついている。猫の脚跡だ。

「や、や、此処にも血の跡がついているぞ」

誰かゞ叫んだ。成ほど見れば、緑色の絨氈の上にも夥しい血の跡だ。それが遠くセットの外まで続いているのであった。

「おかしいな。今の猫は別に怪我をしているようにも見えなかったが」

誰かゞそんなことを呟いた時である。突然河村省吉が叫んだ。

「おい、今夜の撮影は打切りだ。誰か猫の脚跡について行って、血の出所を確かめて来てくれ給え」

そういいながら、彼は良一と眼を見交した。が、二人とも相手の眼の中に激しい不安と疑いを読み取ると、周章てゝその眼を外らしたのだった。

眼のない死体

良一は、今受取ったばかりの手紙を前に置いてぼんやりとあの晩のことを考えている。手紙というのは、河村省吉から来たもので、今夜残りの部分の撮影を済ましたいから、八時ごろまでに撮影所へ来てくれという意味が述べてあった。良一はその手紙の裏に匿されているらしい真の意味を読取ろうと苦心しながら、今更のように、あの惨劇の夜の恐ろしい光景を思い泛べた。

猫の脚跡をつけて行った捜索隊の一行が、第二ステージの奥まったセットの間に、蘭子の無慙な死体を発見したのは、あれから間もなくのことであった。

彼女はスペイン風な踊子の衣裳のまゝ埃っぽい床の上に打倒れていた。臥伏した彼女の顔の下からは、べにがら色の血がどく〱と吹出していた。最初にその死骸に手をかけて、体を引起した男は、その顔を覗き込むや否や、何を思ったのか突然わっと叫んだかと思うと蝗のように跳びのいた。

「どうした、どうした」

　後に続いた男がそう訊ねかけても、彼は碌に返事も出来ない有様で、歯の根をガタ〱鳴らせながら死骸の顔を指さしている。何んの気なく其処へ眼をやった男も、一眼それを見ると、思わずへな〱とその場へ崩折れて了った。

　何がそんなに彼等を驚かせたのか。――無理もない。蘭子の死骸には眼がないのだ。無慙にも両眼をくり抜かれて、真黒なその凹みから、滾々として血が流れ出しているのだった。撮影所の中の薄闇に、はっきりとそれを認めると、後に続いた人達も一斉にわっと叫んで浮足になった。

　それから後の煩わしい騒動を、良一は今まざ〱と思い泛べた。良一は何度となく警官の前に呼び出されて、厳重な訊問を受けなければならなかった。その間に彼は、蘭子の死因が絞殺であることを知った。すると彼はふと、あの晩第二ステージへ蘭子を探しに来た、河村省吉のあの物凄い形相を思い出した。嫉妬のあまり省吉が、絞殺したのかも知れない。――良一は十中の八九までそう心の中で極めていたが、さて警官に向って自分の疑いを述べるわけにも行かなかった。そうするには是非とも自分と蘭子とのあの夜の行動を述べなければならない。うっかりすると、その結果、却って自分の方が悪くなるかも知れないのだ。――

　良一はもう一人、あの不具者の木庭を疑っていた。死骸の両眼をくり抜くというような惨虐な所業は、あの半狂人の不具者をおいて他に考えられないことだった。良一は今でも、あの洞ろな眼をかっと見開いた、血みどろな顔を思い出すことが出来る。すると彼は、脊筋から冷水を浴びせられたようにぞっと悪感を覚えるのだった。

「ちぇッ！　忌々しい、こんなくだらないことを考えるのは止せ、俺の眼の前には今大きな幸運がぶら下っているのじゃないか」

　良一は不吉な考えを振り落すように、わざと声に出してそう呟くと、がばと昼寝の床の上に起き直った。

さる大会社との交渉は着々として進行している。この事件が一段落つけば、即日彼は入社する運びになっているのだ。彼は楽しいその予想に胸をふくらませながら、もう一度、河村省吉からの呼出状を開いてみた。すると彼の眉はまたしても曇るのであった。

あの事件からまだ二週間とは経っていない。そして誰もまだ事件の渦中から抜け切れないでいる今日、撮影を再び開始するというのは、一体どういう意味であろう。彼は不審というよりもむしろ不安な心地さえした。

虫が知らすのか、彼はその手紙を前に、暫らく思い惑っていたが、結局行かないということは、何かしらうしろ暗いところがあるように思われたので、到頭決心を定めて行くことにした。

其処にどんな恐ろしい罠が設けられてあるか、無論神ならぬ身の知るよしもなかったのだ。

鉄の処女

然し、撮影所の門をくゞって、指定の第一ステージへ一歩踏み込んだ刹那、彼は忽ちはっとするような不安に襲われたのである。

ステージの中には夜間撮影のためのライトもついていたし、セットも出来ており、カメラの位置もちゃんと極っていたが、そこにはたった二人の人間しかいないのだ。所長の河村省吉と駝背の木庭と。

二人は小さな卓子を囲んでウイスキーを呷っていたが、良一の姿を見ると直ぐ立上って迎えた。二人とも大分以前から飲んでいたと見えてかなり酔払っていた。

「やあ、よく来てくれたね。ふいに思い立ったので、今晩中に撮影を済まそうと思ってね、何しろ済まなかった。まあ一杯飲まないかね」

河村省吉はよろ〳〵する足を踏みしめながら良一の方へ盃を差出した。

「僕は結構です。然し、他の人はどうしたのですか。誰もいないじゃありませんか」

「なあに、誰もいなくてもいゝんだよ。俺が監督で君が俳優、それに木庭がカメラを廻すからこの三人で十分だよ」

木庭は相変らず腰を下ろしたまゝ、ウイスキーの盃を舐めていたが、その時ひょいと顔をあげると、良一の顔を見てにやりと意味ありげに笑った。その途端良一は、あの事件の当夜、第二ステージの奥で見たこの男の物凄い眼附きを思い出して、ぞっとするような恐怖を脊筋に感じた。これは唯事ではないぞ。何かしら恐るべき危険が自分の周囲に牙を磨いでいる。――そんな感じがはっきりと胸に迫って来るのだ。

「僕は失敬します。今日は朝から気分が悪くて仕様がないのです。冗談ならこの次ぎにして下さい」

「まあ、いゝじゃないか。冗談なもんか、真剣さ。まあいゝから酒を一杯飲み給え」

河村はよろ〳〵しながら立ったまゝ自分の盃にウイスキーをなみ〳〵と注いだ。ウイスキーは溢れて卓子から床の上にこぼれた。

「厭です。僕は帰らして戴きます」

「ま、まあ、そういわずに」

「厭だといったら厭なのです。失敬な!」

良一が執念深くまつわりついて来る河村の手を払いのけた拍子に、酔っ払っていた相手は、体の中心を失ってどしんと床の上に腰をぶっつけた。良一はそんなに手荒くするつもりはなかったので、思わずはっとした。一瞬間、三人は眼を見交わせたまゝ、重苦しく黙り込んでいた。と思うと、次ぎの瞬間、何を思ったのか河村が、天井を向いたまゝいきなり大きな声で笑い出した。それは一種気狂いめいた、陰々たる高笑いだった。

「木庭、その男を摑まえてあの中へ抛り込んで了え!」

河村省吉はまだ床の上に両手をついたまゝ、けろりとしてそんなことをいった。それを聞くと木庭はまるで栗鼠のように躍り上ったかと思うと、しっかりと良一の手を握りしめた。

「何をするのだ」

「何んでもいゝ。俺のする通りおとなしくしていろ」

それは平常の木庭の様子とはまるきり違っていた。まるで野獣のように歯をむき出してぜい〳〵と狂暴な息を鼻から洩らしながら、良一の手をとってずるずるとセットの中へ引摺り込むと、そこにかけてあったカーテンをいきなり片手でまくり上げた。

その途端良一はぎゃっというような悲鳴をあげた。カーテンの後には、あの鉄の処女が例によって冷たい、骨を刺すような笑いを湛えながら立っているではないか。それを見ると良一は、はっきりと今自分の身に迫っている危険を覚ゆることが出来た。

「おい、一体俺をどうしようというのだ。君たちは気でも違ったのか」

良一は木庭にとられた腕を振離そうともがきながら、絶望的な呻きを上げた。しかし相手はそれに答えようともしないで、素速く人形の扉を開くと、無理矢理に良一をその中へ押込んで、外からピンと懸金を下ろしてしまった。

「助けてくれ、おい、助けてくれ」

人形の中から死物狂いに鉄壁を叩く音がする。しかし河村も木庭も、そんなことに耳を藉そうともしなかった。

「旦那、それではそろ〳〵とりかゝるとしますかな」

「よし、それじゃお前はカメラを廻してくれ。俺はひと思いにやっつける前に、あいつにいって聞かせる事があるんだ」

河村はぐっと一息にウイスキーを呷ると、つかつかと鉄の処女の側へ寄って、その顔の部分へ手をかけた。すると顔のところだけがぱっと左右に開いて、その奥から良一の真蒼な顔が現われた。恐怖のために血管はふくれ上り、今にも眼玉が跳び出しそうな顔だ。

「河村さん、一体僕をどうしようというのです」

良一は縺れる舌を押えながら、ひしゃがれたような声を立てた。

「どうもしやしないさ。これから君の断末魔の光景を撮影しようというんだよ」

そういったかと思うと、河村はとってつけたような笑い声をたてた。その声はステージの高い天井にこだまして、物凄く四隅（あたり）に響きわたった。

「ボ、僕を殺すのですって？」

「君は僕の妻を奪っておまけに殺してしまった。俺は今その敵（かたき）を討ってやるのだ」

「嘘（うそ）だ。嘘だ。蘭子さんを殺したのはあなただ。あなたこそ蘭子さんを絞め殺したのだ」

良一は鉄人形の中で地団駄（じだんだ）を踏んで身をもがいた。

「成（なる）ほど、蘭子の咽喉（のど）に手をかけたのはこの俺かも知れない。しかしそうしなければならぬようにしたのは誰だ。貴様だ。みんな貴様の罪だぞ」

「違う、違う、そんな馬鹿なことが……」

「まあ聞け、貴様も役者冥利（みょうり）、俺も監督冥利だ。一世一代のこの大場面はみんな木庭が撮ってくれることになっているから、安心してゆっくり聞くがいゝ、木庭、撮影の方はいゝだろうな」

そういわれるまでもなく、木庭はさっきから無恰好な手附きでカタ〳〵とカメラのクランクを廻しているのだ。

「よし、それじゃぼつ〳〵話してやろうかな」河村は人形の側へ椅子を持って来ると、まるで死刑執行人のようにそれに腰を下ろした。「貴様はあの晩、俺の姿を見ると周章（あわ）てゝ蘭子をこの鉄の処女の中へ隠した。無論その時貴様に殺意はなかったし、この鉄の処女の秘密なども知らなかったろう。実をいうと俺だって、あの晩までこいつを唯の模型だとばかり思っていたのだからな。ところがどうして、どうして、こいつは昔の鉄の処女などよりもっともっと恐ろしい拷問（ごうもん）の機械なんだぞ」

良一には相手のいうことがよく分らなかったし、又聞こうともしなかった。唯もう恐怖で一杯なのだ。彼は死物狂いになって狭い人形の中で暴れ廻った。気狂いだ。みんな気が狂ってしまったのだ。――

「まあ、静かにしてろ、今にもっと〳〵苦しい思いをさせてやるからな」

河村はウイスキーの瓶（びん）を引寄せると、瓶ごとぐび

り〱と呻りながら、

「実際、こいつを考えた奴は悪魔の弟子に違いない、ほら、こうして釦（ボタン）を押すとね」

　そういいながら彼は鉄の処女の側面についている沢山のいぼの中の一つを押した。その途端中の良一はぎゃっという、今にも絶え入りそうな悲鳴を挙げた。

「その通り、こうして匿（かく）れている釦を押すと内部から鋼鉄の針が跳び出すような仕懸けになっているのだ。ほら、もう一つ押すぞ」

　省吉はまた別の釦を押した。ウームと苦しそうな声が良一の唇から洩れる。

「どうだね。痛いかね。苦しいかね。はゝゝゝ、ところで今の針はどの辺へ出たかな。脚かな、腹かな。それとも胸のあたりかな」

　良一は答えない。いや答えることが出来ないのだ。恐怖と苦痛と多量の出血のために、彼は最早（もはや）完全に意識を失いかけていた。河村はそれを見ると悪魔のような物凄い笑いを高らかに笑った。

「おい〱、しっかりしないか。俺の演説はこれからだぜ。さて！　と、この恐ろしい釦はだな、都合十二あるらしいんだ。一寸（すん）刻み五分（ぶ）試しというのはほんとうにこのことだぜ。脚から腹、腹から胸と、順々に抉（えぐ）って行って、さて最後に咽喉を掻ききろうというんだからな。ところで菅井、あの晩貴様が何んの気なしに触れたのはこの釦だぜ」

　そういいながら省吉は別の釦を押すと、左右に開かれた人形の顔面部の裏面から、突然鋭い針が二本跳出してきた。

「無論貴様は知らなかったさ。こんな恐ろしい仕懸けがあろうとは夢にも知らなかったさ。しかし貴様が何んの気なしにこの釦に触れたがために、蘭子はその二本の針で両眼を抉りとられたのだぞ」

　良一は聞いているのかいないのか、返事もしない。血の気を失った顔はがっくりと垂れて、時々苦しそうな呻き声が唇を洩れる。省吉は更に言葉をついだ。酔払いが喋舌っていなければいられぬように、彼はとめどもなく喋舌りつゞけた。

「貴様もあの叫びを聞いたに違いない。救いを求める蘭子の声をな。しかし貴様はそれを振り捨てゝ逃げて了ったのだ。いやその前から貴様には、蘭子など既に問題じゃなくなっていた。蘭子が死に際にどんなに貴様を呪ったか、おい、聞けよ。蘭子のような女にとっては、両眼のない醜い顔を持って生きているより、一思いに死んだ方がどんなにましだったか分らないのだ。だからこの俺が、彼女の願い通りに一思いに殺してやったのだ。苦痛のためにのたうち廻っているあの女を、ひと思いに絞殺してやったのだぞ」

さすがに河村省吉は、その当時のことを思い出したのか、声を慄わせ涙さえ浮べていた。床の上にのたうち廻り、良一の無情を呪いながら、ひと思いに殺してくれと哀願した、あの憐れな妻のことを思うと、さすがに鬼畜に等しくなった彼の胸にも、名状しがたい悲しみが湧いてくるのだった。しかし、彼はすぐその悲しみをほうり落すと、猛然として立直った。

「馬鹿！　馬鹿！　馬鹿！　俺はその時から固く復讎を誓っているのじゃないか、そうだ、蘭子を欺き、弄び、そして揚句の果には冷酷にも振り捨てゝ顧みなかった貴様を、同じこの鉄の処女の中で殺してやろうと、固く、固く、固く誓ったのだぞ。見ろ、見ろ、これが貴様に対する復讎だ。俺の私刑だぞ」

そう叫んだかと思うと、河村省吉は突然気が狂ったように良一の頭髪に手をかけた。そしていおうようなき惨虐の限りを尽しながら、歯を喰いしばり、地団駄を踏み、相手の罪の数々を鳴らした。しかし良一はそれに対して一切無言だ。白く見開かれた眼が、まるで嘲るように、この狂気した男を見下ろしている。血が、――鉄の処女の継ぎ目から溢れ出した血が、静かに、ボト〳〵と床の上に流れ、拡がって行った。――

その翌朝、河村プロダクションの第一ステージの中に、二つの死骸が発見されて大騒ぎになった。いうまでもなく菅井良一と河村省吉の死骸だ。

それにしても河村の静かな、穏やかな死体に対して、菅井良一の眼も当てられないほど惨酷な死骸には、見る人は思わず顔を外向けたということである。

ところで、ここに一つ不思議な事というのは、あの駝背の木庭がその後杳として姿を見せないことである。あの、世にも無慙な光景を前にして、平然とカメラを廻していた男。——彼は一体何処へ姿を眩したのだろう。

今頃は何処かの空の下で、時々あの恐ろしいフィルムを映して見ては、ひとり歯をむき出して笑っているのではなかろうか。それを思うと私は思わずぞっとするのである。

殺人暦

生ける死人の群

謎の死亡広告

仙石雷蔵(せんごくらいぞう)は夕飯を済ませると、家族の者と別れて唯(ただ)一人書斎へ帰って来たが、直(す)ぐ卓上の呼鈴(ベル)を激しく鳴(なら)した。

「御用でございますか」

と、若い書生が顔を出した。

「おゝ鈴木(すずき)か。俺(わし)の居(お)らぬ間に、誰か又書斎へ入ったね」

その声はやゝ慄(ふる)えを帯びている。

「いゝえ、そんな筈(はず)はありませんが……」

「いゝや。たしかに誰か入ったに相違ない」

「でも、御前(ごぜん)がお食事をしていられる間、私はずっと扉(ドア)の前で張番をしておりました。絶対に、そんな筈はないと思います」

「そうかね……では、この鍵はどうしたのだ？ さっき俺(わし)が、この部屋を出て行く時にはこんな物はなかったぞ」雷蔵はそう言いながら、卓子(テーブル)の上から古びた鍵をつまみあげた。

鈴木は困ったような顔をした。

「あ、その鍵ですか。それなら私が置き忘れたものです」

「なに、君の鍵だ？」

「そうです、お庭の倉庫の鍵です。さっき御前がお食事にいらしてから、卓子(テーブル)の上を片附けましたが、その時忘れましたのでしょう」

雷蔵はがっかりしたように鍵を抛り出すと、椅子に腰を落した。額にはべっとりと油汗が滲んでいる。

「なあ、鈴木君！」暫くして雷蔵は言葉をかけた。

「はあ」

「君は定めし俺の臆病を嗤っとるじゃろうな。実際俺は、自分で呆れるほど神経質になってしまった。しかし俺の身にもなってくれ。生きながら俺は、死人の数に入れられてしまったのじゃ。あ奴は一体、どんなことをし居るか分らん。今にも、俺の咽喉を締めに来んとも限らんのじゃ。それを思うと、俺は夜もおち〳〵眠れんくらいじゃ」

鈴木はもじ〳〵しながら立っていた。この場合どう云って慰めていゝか分らない。雷蔵は構わず言葉をついだ。彼は話している間だけでも、せめて不安が遠のくと見える。

「世間の奴等は、あれは単なる悪戯じゃと思うとる。しかし考えても見い！　あんな念入りな悪戯が、一時の酔興や何かで出来るもんかどうか……」

「でも、あの死亡広告を出されたのは御前だけではございません。他に四人もあったじゃございませんか」

「そうじゃ。ところが、それが一層いかんのじゃて……」

雷蔵は肉の厚い赭顔に深い皺を刻んだ。

雷蔵の不安というのは――今から十日ばかり前、都下第一の大新聞××の広告面に、突如彼の死亡広告が掲げられたのである。仙石家では誰も知らないことだった。

その広告を見た友人や親戚が、慌てゝ駈けつけて来たので初めて知ったくらいである。誰の悪戯だか分らない。

広告は為替と一緒に新聞社へ送って来たというのだから調べようにも手がつけられなかった。

ところが悪戯は、その日のみでは終らなかった。

生ける死人――何んという無気味な悪戯だろう。

その翌朝、又もや生ける死人の広告が、しかも同時に二つも出された。二人とも当代第一流の名士で、しかも雷蔵とは因縁浅からぬ人々だ。こうなると、警視庁でも捨てゝは置けない。やっきとなって、この悪戯者の犯人捜査に努めたが皆目手懸りもないのだった。

そうこうする内、まるで警視庁を愚弄するかのように、中二日置いて、又しても二人この悪戯の槍玉に挙った。都合五人――しかも、五人が五人とも知名の人々ばかりだ。

雷蔵の恐怖は殊に激しかった。最初自分の死亡広告を見た時はそれ程でもなかったが、次から次へと出る名前が、遠い昔の或る秘密に関聯していることを覚ると、彼は堪らない気がした。墓場の底に眠っているとばかり思っていた死人が、突如、眼前に立ち現れたような恐怖と狼狽を感じたのだった。

――電話の呼鈴が激しく鳴った。

雷蔵はぎょっとして身を退いた。彼はこの事件以来全く神経衰弱に陥っている。鳥渡した物音にも心臓の鼓動が激しくなる。頭の禿げた――精力絶倫を以って鳴るこの大事業家としては、全く傍の見る眼も可笑しい程である。

仕方なしに、側から鈴木が受話器を取上げた。

「神前さんからです」と、彼は言った。

神前伝右衛門は、同じく今度の死亡広告の槍玉に挙げられた一人で、日本一の大宝石商人、仙石雷蔵とは旧くから因縁のある男である。神前と聞くと、雷蔵もホッとしたように受話器を手にとった。

「はア仙石ですが……はア成程、そいつは結構ですな。はア、それで？　成程、いやよろしい。では、お待ちしていましょう。ナニ、こちらの方は大丈夫ですよ。充分に警戒させてあります。では後刻――」

受話器を置くと、雷蔵は書生の方を振返った。

「鈴木君！」

「は」

「今夜、お客様が五人お見えになることになった」

「は」

「その内の四人は、俺と同じように死亡広告を出された人達だ」

「は！」

「その人たちを、お前よく知っているだろうな」

「ハイ、よく存知上げて居ります」

「あと一人は警視庁の探偵で、結城三郎という男だ」

「はァ、あの結城探偵がお見えになるので厶いますか」

「君はその男を知っとるのか？」

「新聞で時々拝見しています。大へん敏腕な探偵だそうでして……」

「そうか、それは結構だ。程なく此処へお見えになる。だから、その人たち以外には絶対に、誰も此処へ通してはならんぞ！」

「承知いたしました」

雷蔵は、もう一度鈴木を呼び止めた。

「それから、この事は家族の者には知らせないように！」

「ハイ」

鈴木が退ると、雷蔵は用心深く後の扉をしめた。

犠牲者の密議

八時かっきりに、宝石王神前伝右衛門はやって来た。年輩は雷蔵とそう変らないが、鶴のように長身痩軀、頭も髭も雪のように白い。只瞳のみが異様に黒く光っている。

二人は無言のまゝ頷き合うと、がっかりしたように椅子に腰を下した。それから五分ばかり経つと、服部新一と紫安欣子が手を携えてやって来た。共に、あの奇怪な死亡広告の犠牲者である。

新一は、ついこの間亡くなった某政党の領袖、服部省吾の一人息子で、まだ三十になるやならずの青年紳士。白皙の面に聡明そうな瞳が輝いて、きっと結んだ唇には利かぬ気らしい激しい気性が窺われる。ビロードのセミドレスに黒い蝶型のネクタイを結んだところは、大政治家の令息というよりも、芸術家と云った方がふさわしい風貌である。

彼は二人の老人を見ると、如何にもいら〳〵したように碌にお辞儀もせず、隅の椅子に腰を下した。

紫安欣子はそれに反して、この二人の老人の姿を見るとやっと幾分安心したらしく、親しげに会釈を交わした。しかし場合が場合だけに、誰も無駄口を叩くものはない。

欣子は現在、都下第一流の大劇場帝都座の首脳女優として、その美貌と才能を謳われている女だ。せいぐ〳〵若作りにしてはいるが、ほんとうの年を知っている人の言葉によると、四十の坂はとうの昔に越えている筈だという。しかし、三十そこ〳〵にしか見えぬ。姥桜の残んの美しさが、きら〳〵とした肌に脂濃く浮いていた。

欣子らに一足遅れて、待たれていた最後の一人が入って来た。しかし、これはまあ何んと意外な人柄だろう。

年齢の頃は十八か九の、うら若い素晴らしい美人だ。こんな美しいしとやかな令嬢が、どうして、あの恐ろしい悪戯の犠牲になったかと、呆れるよりも無残に思われるほどである。

樺山冴子——元の警視総監、樺山勝五郎の姪だ。

「遅くなりまして——」

冴子は一同を見ると、低い声で呟くように云ったが、早や顔色も蒼ざめ、恐怖に耐えぬように傍の椅子に身を縮めた。

「やあ、これで揃いましたな」

五人の主客がそれ〴〵席につくと、神前伝右衛門は、わざと元気らしく言って時計を見た。

「八時十五分——それにしても、結城探偵は遅いな」

その時、仙石雷蔵は軽い咳をした。

「時に神前さん！　その結城探偵というのは、充分に信用の出来る男じゃろうな」

「うん、その心配なら御無用じゃ。警視庁切っての腕利きだからな。まああの男にことを分けて頼み込めば間違いはあるまいよ」

「ことを分けて頼むと仰有いますと？」

紫安欣子は不安そうに、手巾をまさぐりながら口を出した。

「あの、昔のことを、みんな打明けてお願いするのでございましょうか」

「いや、その必要はあるまいと思う」

「併しそれでは、探偵が引受けてくれるかなあ」

　雷蔵は不安そうに念を押した。伝右衛門はそれを遮るように、

「探偵は我々の安全を保護するのが役目だ。何も、我々の昔の秘密まで知る必要はない。とにかく此処にいる五人の者は、ある理由から共同の敵を持っている。何時なんどき、その奴の為めに生命を脅かされるかも知れんのだ。いや、現在すでに脅かされている。探偵がそれを保護するのに、兎や角と詳しい話を知る必要はないのじゃからな」

「まあ！」

　と、冴子は真蒼な顔をして、椅子の中で体を慄わせた。

「あたしたち、生命を脅かされているのでございますって？　あたしには少しも分りませんわ。一体何んのために、妾しはこんな恐ろしい目に逢うのでございましょう……ねえ皆さん、その理由を話して下さいませ」

「そうだ。冴子さんの仰有るのも無理はない」

　新一青年も、昂奮に慄えながら傍から口を出した。

「冴子さんばかりじゃない。僕にも分らないのだ。一体冴子さんや僕が、どんな悪いことをしたというのです」

「成程。君や、冴子さんに分らないのも無理はない。しかし、これは君のお父上や、冴子さんの伯父上に関係していることなんだ」

「それを話して下さい。僕は理由なしに、こんな脅迫を受けているには耐えられません。私の父や、冴子さんの伯父上がどんなことをしたというのです。そして一体、我々を脅迫しているのは何者です――あなた方はそれを御存知なんでしょう」

　雷蔵、伝右衛門、欣子の三人は困ったように顔を見合せた。新一や冴子の言葉は当然だ。彼等は何も知らない。

　たゞ亡くなった父や伯父の受けるべき十字架を、代って背負わされようとしているのだ。

　暫くして、伝右衛門が口を切った。

「いや、そのことは聞かぬ方がいゝでしょう。我々としても墓場へ行くまで、絶対に洩らしたくない秘密なのじゃからな」

伝右衛門は深い渋面を作りながら、いら〳〵したように立上った。

「それにしても結城探偵は、どうしたのじゃろう。ずいぶん遅いじゃないか」

その言葉の終らぬうちに、背後の方で声がした。

「いや、結城三郎は此処に参って居りますよ」

真紅の貼紙

一同が、あっと驚いて振返えると、いつの間にか入口の扉を背にして、中年の紳士が立っていた。鉤のように曲った鼻、鋭い眼差し、抜け上った額——紛う方なき結城三郎だ。

「おや結城君、君はいつ入って来たのだね」

神前伝右衛門が咎めるように言うのを、

「いつ、何処からでも入って来るのが私の役目です。若しお気に障ったら、も一度出直して扉を叩きましょうか」

結城三郎は落着き払って、部屋のなかを見廻わした。伝右衛門は苦笑した。

結城三郎は大きな姿見の前を通って、一同の間に席をしめた。伝右衛門は、入口の扉の締っているのを確しかめてから、鹿爪らしい咳払いをして探偵の方へ向き直った。

「結城君、君は此処に集っている顔触れを見て、今夜の用件というのは察しがついたろうと思うが……」

「例の死亡広告の件でしょう」

と、ずばりと言ってのける。

皆なはいやな顔をした。

「左様。あの広告のことじゃが……」伝右衛門は、何か咽喉の奥に引っかゝったような咳払いをしながら、

「君はあの事件に対して、どういう意見を持っているか知らんが、我々はあの死亡広告は単なる悪戯だとは思っていない。我々に対する死の脅迫だと信ず

べき或る理由を持っている。それで君に依頼するんだが、事件がこれ以上進まぬ内に、つまりこれ以上の悲劇をもたらさぬうちに、あの悪漢を逮捕して貰いたいのだ」

「成程――しかし、どういう理由であなた方は、あの広告をもって脅迫だとお思いになるのです？」

「それは今、話す訳にはいかん。とに角我々五人は、或る恐るべき悪党から死を以って脅迫されている。君はそ奴を逮捕して我々の生命の安全を保証してくれゝばいゝのだ」

探偵は黙って、床の上に眼を落した。気難かしそうな皺が眉根に深く刻まれる。彼は無言のまゝ、暫らく指の爪を噛んでいたが、

「では、これだけを打明けて下さるわけにはゆきますまいか？　あなた方を脅迫している人物が、一体何者であるか――多分、あなたはそれを御存知なのでしょうが……」

「併し、それを打明けては我々の秘密を洩すことになる。それに、俺にもよくは分らないのだ。成程、かって我々五人を眼の敵にして狙うていた男があった。しかし、そ奴は十五年も昔に亡くなった筈だ。現に俺は、そ奴の死骸を見たのだからな」

「その他に――例えば最近に於て、何か怨みを買ったような覚えはありませんか」

「ない、絶対にない。あればその男だけじゃ」

「――とすると、その男が生返って来たか。或いは、その男の子孫の者が、企てゝいる復讐としか見られんわけですなア」

「そうだ。それ以外に絶対に心当りがない」

伝右衛門は微かに身慄いした。

彼等が秘めている秘密というのはどんなことだろうか？

伝右衛門は今更思い出して身慄いを禁じ得ないところを見ると、余程恐ろしい秘密に違いないのだ。

「お気の毒でも、その秘密の断片なりと聞かせて戴きたいですがね」

と、結城三郎は云った。

「では、それを聞かないうちは、我々に味方をする

ことは出来んと言うのか」

伝右衛門は気色ばむ。

「いや、そうは言いません。しかし、それが分れば、自然犯人の逮捕も早かろうというものです」

「それは出来ん。そいつは絶対に不可能じゃ」

誰かと思えば仙石雷蔵である。彼は額から湯気を立てながら喚き立てた。

「あの秘密を洩らすくらいなら、俺はいっそ殺された方がましじゃ」

彼は喘ぐように言うと、がっくり椅子の中へ身をずらせた。人々はそこで、ふと黙りこんでしまった。

その時だ。突然、低い叫び声が冴子の唇から洩れた。

見ると、彼女は眼を大きく瞠ったまゝ、化石したように部屋の一方を凝視している。何事が起ったか――と、人々は我れ知らずその方を振返った。と、同時にさっと顔色を変えた。

見よ！　部屋の一隅に立っている大姿見の上に、血のような真紅の紙が貼りつけてあるではないか。

しかも、その貼紙の上には墨黒々と――

第一の犠牲者　紫安欣子

「あッ！」当の紫安欣子は、失神せんばかりに驚いた。

おゝ、悪魔の警告は発せられたのだ。しかしいつ誰が、この貼紙をしたか？

「先刻まで、確しかにこんな物はなかった筈だ」

「俺が入って来た時にもなかった」

雷蔵の唇は紫色になっている。

「あたしも知らない」

人々は今にも、恐ろしい吸血獣が咽喉をめがけて跳びかかって来そうな気がした。見渡せど部屋の中は確しかに六人、他には何者の姿も見えぬ。

結城三郎は立上がると、つか〱ッと姿見の側へ寄って、まだ糊目も乾かぬ貼紙をつく〴〵と打眺めた。そして、黙ってそれを剝ぎ取ろうとした。

「待て！」

突然叫んだのは新一だ。

「おい、君は何者だ。君はほんとうの結城三郎なのかッ」

おゝ、何んという恐ろしい疑問だ。では、この男は探偵ではないというのか。並居(なみい)る人々は爆弾を投げられたようにぎくりとした。そうだ。――この男が最後に姿見の前を通ったのだ。その他に、誰も近寄った者はいないのだ。

「違う、違う！」

神前伝右衛門が悲鳴に似た叫び声をあげた。

「この男は、俺(わし)の知っている結城三郎じゃない。似てはいるが違う。こいつは贋者(にせもの)だ！」

姿見の前に立った探偵は、困惑したような顔附きで一同を見渡した。が、次第にその顔はほぐれて行った。と、見る見る顔一杯に拡がって行く無気味な微笑――忽(たちま)ち面貌(かお)はがらりと変った。最早(もはや)、結城三郎の正直一途(いちず)の峻厳(しゅんげん)さは顔の何処にも見当らない。

「おや〳〵、やっと今気がつきましたかね」それが怪人物の最初の一言である。

「随分暇がとれましたねえ。しかし、無理はないや。俺自身でも感心するくらいうまく化けたからね」

「キ、君は一体何者だッ」

若い新一は、耐(たま)りかねたように叫んだ。

「さよう――なんとしておきましょうかね。しかし世間の奴らは、我輩を隼白鉄光と言ってますぜ」

一同は思わず飛び上った。

あゝ隼白鉄光！　神の如(ごと)く魔の如き、神出鬼没の鉄光(てっこう)！

触るゝと思えば忽ち立去(たちさ)り、どんな隙間からでも忍んで来る前代未聞(ぜんだいみもん)の怪盗鉄光である。

「ウーム、貴様だな。我々を愚弄したのは――」

新一は憤怒(ふんぬ)に燃えた。彼は今にも、この怪盗に摑(つか)みかゝらんず気配を示した。

「おっとどっこい。そう早合点(はやがてん)をしちゃア困るよ」

怪盗は落着き払っている。彼は驚く人々を尻目にかけながら、

「正直のところ、我輩、この事件には何んの関(かかわ)り合いもありゃアしない。たゞあの奇妙な死亡広告に、鳥渡(ちょっと)好奇心を煽(あお)られたゞけのことさ。そこで、物は

相談だが――」

　怪盗は椅子を引寄せると、どっかと馬乗りに跨った。

「一つこの事件に、片棒担つがせて貰いたいと思うのだが、どうだろうね？　自分から言うのもおかしいが、あのぼんくらの結城三郎なんかより我輩の方がよっぽど頼み甲斐があるというもんだぜ」

　大胆と云おうか、不敵と云おうか――彼は自ら素性を暴露して毫も恐れない。

　しかも自ら、この五人の護衛者になろうというのだ。

「駄目だ！　それより貴様、結城探偵をどうしたのだ」

　新一が怒鳴った。

「あゝ、あの名探偵かね。あ奴なら心配することアないよ。ちょいと眠らせておいたから、もうそろそろ眼がさめる時分だろうて。はッは……」

　その時である。突然玄関の方に当ってけたゝましい呼鈴の音。つゞいて扉を乱打する響き――と、怪盗は飛鳥のように椅子から飛びのいた。

「野郎、来やがったな」

　彼は急いで扉の方へ走ったが、ガチャリ――鍵を廻すと、すぐ窓の方へ引返えした。

「ところで皆さん――今夜はどうも、突然驚かせて申訳ありません。探偵の野郎がもう少しゆっくり来るんだと、もっと種々御相談申上げたいことがあったのですが、残念ながら見らるゝ通りの次第、今夜はこれで失礼します。さて、いずれ皆さんは、我輩の力を借りたいと思うことが早晩おありでしょうが、その時は、××新聞の三行広告に、『**は、て**』宛に御通信下されば幸甚です。不肖鉄光、いつ如何なる場合と雖も、直ちに推参するを厭わない積りですからな」

　鉄光は傍若無人に、それだけを饒舌り散らすと、御叮嚀に最敬礼をして、そのまゝ窓を越えて闇の庭に消えたのである。

　それと殆んど同時だった。入口の扉がめり〳〵ッと打破られ、その隙間から寸分違わぬ探偵結城三郎が、まだ覚め切らぬ寝呆面をヒョッコリと出した。

瀕死の胡蝶

その夜のことがあってから、警視庁は急に色めき立ってきた。今までは単なる悪戯と見做して、歯牙にもかけなかった死亡広告事件が、急に容易ならぬ現実味を帯びて来たからだ。

仙石雷蔵にしろ、神前伝右衛門にしろ、剛腹を以って実業界の一方に君臨している大人物だ。まさか彼等が、子供のように白昼夢に恐れ戦こうとは思われぬ。

彼等の恐怖には、必ずやそれだけの根拠がなければならない。残念ながら結城探偵は、その秘密を窺うことは出来なかったが、事件の重大性だけは充分に見てとった。しかもこの事件には、怪盗鉄光というお景物まで加わって来たのだ。

しかし、此処に最も哀れを止めたのは、女優紫安欣子である。眼に見えぬ復讐鬼は、彼女を第一の犠牲者として指名したのだ。

今はもう、彼女はそれを寸分疑うことが出来ない。あの五人の犠牲者のいる前で、巧みに貼られた恐ろしい死の警告状――それだけを考えても、悪魔の並々ならぬ手腕が分るではないか。

あの夜、本物の結城三郎がやって来てから、改めて貼紙についての詮議が行われた。

しかし誰一人、それを知っている者はいなかったのだ。いつ、どういう機会に貼られたか、誰一人気附いたものはない。まるで、眼に見えぬ手によって貼られたとしか思えないのである。

たゞ一人服部新一は、飽くまでも、鉄光の仕業だと主張した。しかし鉄光が、何んの必要あってそんなことをするだろう？　成程彼は怪盗である。

しかしこの事件とは、何等の関係もない筈だ。少くとも雷蔵や、伝右衛門、欣子が恐れている復讐鬼と鉄光の間に関係があろうとは想像出来ぬ。

とすればこの復讐鬼は、昔の妖術師のような神通力をもっているのだろうか。

欣子の懇請によって、彼女の身辺には、警視庁から厳重な護衛がつけられた。それでもまだ不安に思った欣子は、急に邸内に人を殖して、深夜も煌々たる灯火を絶やさない程の用心を払った。彼女はそれで、自宅に於てはやっと安心することが出来た。

たゞ困ったことは、彼女は目下帝都座の舞踊劇に主役として出演中である。題は「瀕死の胡蝶」というのだが、何んて悪い辻占だろうと、欣子は少からず気に病んでいた。

勿論帝都座の楽屋にも厳重な警戒網は張られていたが、彼女は不安でならなかった。と、果然、そこへ第二の警告状がやって来た。

ある日、彼女の宅へ服部新一が見舞いにやって来た。彼は元来青年の血気と、それに、彼自身「昔の秘密」をよく知らぬ為めに、余りこの復讐を恐れてはいなかった。むしろ欣子が、こんなに仰山に騒ぎ立てるのを滑稽に思っていたくらいである。

だから彼がやって来たのは、見舞いというよりも寧ろ、先夜も聞き洩らした「昔の秘密」を聞きに来たのだった。

「いけません……いゝえ、そればかりはいけませんわ」

話題がそれに触れると、欣子は顔色を変えて叫んだ。

「それだけはどうぞ堪忍して下さい。あゝ、恐ろしい。思い出してもぞっとします」そう言ったまゝ欣子は腕の中に顔を埋めて了った。

「そうですか。では止むを得ません。今日は何も聞きますまい。しかし欣子さん、そう恐れたことはありませんよ。相手も人間なら五分五分の勝負じゃありませんか。こちらには大勢人がいるのです。まあ気をしっかり持っていらっしゃい」新一はそう言い残して帰って行った。

ところが、彼を送り出した欣子が、元の居間に帰って見ると、いつ誰が持って来たのか、卓子の上に又もや真赤な紙片れ――

復讐は近附けり

例の警告状だ。欣子はそれを見ると、思わず床の上に気を失って倒れて了（しま）った。

悪魔は風のように何処からでも出入りする。いつしか人々は迷信的に恐れ始めた。欣子は最早絶望の極（きわみ）、抵抗する気力さえもなくなった程である。

しかし、そうした物々しい警告状の言葉にも似げなく、仲々復讐らしい復讐はやって来なかった。かくて十月二十五日、帝都座の興行は千秋楽の日となった。

銀色のピン

この興行が済めば、欣子は暫らく休養する約束が出来ていた。この恐ろしい不安が通過するまで、人の出入りの多い劇場などから、成るべく遠ざかっていた方がいゝと人も言い、自分もその積りになっていた。

いよ〳〵今日が千秋楽だ——そう思うと、欣子の心は異常に緊張した。何かしらこの一日を終れば安全なのだ。

そんな気がした。

その夜、欣子が楽屋入りをしたのは八時頃だった。彼女は最後（とり）の舞踊劇で踊ればいゝのだから、いつもこの時刻にやって来るのである。無論その晩も、彼女の身辺には厳重な護衛がつけられていた。そして、道具方と言わず俳優と言わず、悉（ことごと）く一応取調べを受けた後でなければ、誰も舞台裏へ通ることはできなかった。

八時半頃になって、欣子の部屋へ一人の女客がやって来た。他ならぬ冴子である。彼女は女らしい心配から、そして自分も同じ犠牲者であることの同情から、耐（たま）らなくなって今夜やって来たのだった。

「しっかりして頂戴（ちょうだい）ね。あたし、決して心配するようなことはないと思うわ」

冴子は瞳（ひとみ）を曇らせながら、それでも力をこめて言った。

「有難（ありがと）う。あたし、もう心配してやしないわ。それより冴子さん、あなたこそお若いんだから気を付けて頂戴ね」

「有難う」

二人は黙って手を握り合った。いつの間にやら涙が二人の眼に溢れていた。

「まあ、あたしお馬鹿さんね。泣いたりして……ほんとうに皆さんが、こんなに護って下さるんだから、心配なことなんかありゃしないわ」

欣子の言葉は、しかし冴子に聞かせるというよりも、自分自身に云い聞かせているように響いた。

其処へ、若い女弟子が出場を報らせて来た。

「では冴子さん、暫く待ってゝ頂戴ね」

言い捨てると、欣子はきらびやかな、金糸銀糸で縫取りした胡蝶の衣裳をひらめかして出て行った。

「瀕死の胡蝶だなんて、何んていやな題なんでしょうね」

冴子はその後姿を見送り乍ら、思わず独語した。

やがて、待たるゝ舞踊劇の幕は開かれた。観客席は一杯である。彼等はいつの間にやら、この恐ろしい悲劇の主人公のことを何処からか洩れ聞いて来たのだ。

そして同情のない好奇心から、毎日々々この帝都座へ押しかけて来るのだった。

春光を思わせる華やかな舞台は、やがて劇が進行するにつれ、次第にうらがれた照明に変って行った。夏がすぎて秋ともなれば、今まで嬉々として戯れていた胡蝶の最後の時が近づいて来るのだ。

照明は薄暗くなって行く。欣子は此処で、一度舞台の物影へ隠くれると、きらびやかな衣裳を脱いで、白絹一枚になることになっている。そして再び舞台へ出ると、たゞ一人瀕死の胡蝶の踊りを踊りぬくのだ。

劇が今や、そのクライマックスに近づいて来た時である。舞台裏を見廻っていた結城三郎は、ふと物影に蠢く怪物の影を認めた。

「誰だッ」

低いが、鋭い声音である。相手はしかし身動きもしない。

「誰だッ——其処にいるのは？」

結城三郎は用心深く身構えしながら、じり〳〵とその方へ近寄って行った。相変らず相手は身動きもしない。

「貴様は何者だッ」

「俺だよ」

相手は、ポケットに手を突込んだまゝ嘯いている。洋服姿の紳士だ。

「俺では分らん。名を名乗れ！」

「見忘れたか結城三郎――俺だよ。鉄光だよ」

「何ッ！」

結城三郎は思わず飛びのいた。

あゝ怪盗鉄光！ 彼は再び出現した。結城三郎にとっては宿年の怨み重る鉄光――長い間愚弄され、飜弄されて来た鉄光！ 探偵は咄嗟に、呼笛を口に当てようとした。

「待て結城三郎！ 貴様、あれが聞えぬのか」

鉄光は泰然としている。結城三郎はその気魄に圧された。思わず相手の言うまゝに耳を澄した。何も聞えぬ。たゞ悲しげに啜り泣くオーケストラの音――

「貴様、あれが聞えぬのか。貴様の耳は何処についているのだ」

鉄光は我れにもあらず、荒々しく叱咤した。

その時、バタ〳〵ッと冴子が駆けて来た。彼女は二人の姿を見ると、ぎょっとしたように暗闇に立止ったが、その一人が結城三郎だと覚ると、いきなり其胸に縋りついた。

「結城さん、あの音――あの音――あれは何んでしょう？ あゝ恐ろしい。あの音、あの音――あたし、あたし……」

彼女は極度の昂奮に身悶えしていたが、やがてばったり気を失って、其処へ打倒れてしまった。

耳を澄せば聞える――聞える。それは怨ずるが如く、歎くが如く綿々として尽きざる啜り泣きの声。

「結城三郎、よッく聞いて置け！ あれはな、紫安欣子の断末魔の声だぞ！」

言ったかと思うと、鉄光はひらり身を飜えして、脱兎の如く舞台裏の闇へ――

丁度その時刻だった。大道具の影で白絹一枚になった欣子は、よろ〳〵と舞台の方へよろけて出た。

と見る——その白絹の背一面を染めた唐紅の血潮の滴たり！　しかもその背には、あだかも昆虫の標本のように大きなピンが一本、ぐさりと突立っているではないか。

観客はその瞬間、ウワッ——と叫んで、潮の如くなだれて総立ちとなった。

水葬礼の夜

第二の犠牲者

その夜の帝都座の混乱は、いま改めて茲に述べるまでもあるまい。蟻の這い出る隙間もないほど、厳重な警戒網を巧みに潜った犯人は、物の見事に紫安欣子を刺殺してしまったのだ。

その夜、紫安欣子が踊っていたのは「瀕死の胡蝶」で、彼女はその舞踊劇中の胡蝶の役を受持っていた。犯人は多分そういうところから思いついたに違いない。兇器として用いられたのは、一個の大きな銀のピンであった。

紫安欣子はそのピンをもって、ほんとうの胡蝶ででもあるかのように、背中からぐさりと一突きに突き刺されているのだった。

——これは後になって分ったことだが、紫安欣子は舞踊の半ば、衣裳を脱ぎ更えるために大道具の松の木影へ隠れることになっていた。いつもなら其処に、彼女のお弟子が一人待っていて、何彼と世話するのだったが、生憎とその晩に限って病気と称して休んでいた。

　欣子は他の者に代らせるのが何んとなく不安だったので、断然誰の手も借りずに、自分一人で衣裳を脱ぎ更えることに決めていた。

　と、その大道具の木影というのが、三方ともごたごたした道具に取囲まれていて、観客席からは勿論のこと、舞台裏の何処からも見えないことになっているのだ。おまけに舞台は秋の黄昏を思わせるような薄暗い照明である。犯人にとって、こんな屈強な機会は又とないのであった。

　調べて見ると、背景に使われていた緑色のカーテンが、縦に三尺ほど切裂かれていた。しかもその場所というのが丁度あの松の木の真後に当っているのだ。思うに犯人は、舞台裏の薄暗がりに身を忍ばせていて、欣子がその木影へやって来た時、カーテンの裂け目から手を伸ばして唯一突きに突殺したものに違いない。

　それはさて措き、この惨劇が発見されると同時に、劇場は隅から隅まで捜索された。しかし千を超える観客の中から一人の犯人を発見することは困難この上もないことだった。それに、観客席と舞台裏の間には厳重な仕切が設けてあって、其処には絶えず番人が附ききっていた。

「いゝえ、誰も此処を通った人はありません。今日は特別に、誰一人此処を通してはならないと支配人から厳重に申渡されていましたので……」

　探偵の取調べを受けた時、番人は頑強に言い張った。

　その言葉に偽りがあろうとは思われぬ。

　犯人がこゝを通ったのでないとすれば、後は唯一つ楽屋の入口があるだけだ。しかし其処にも刑事が見張りをしていて、探偵結城三郎が与えた許可証を持ったものでなければ、誰一人出ることも入ることも出来ないことになっていたのだ。それらの手配に、まさか手抜かりがあったろうとは思われぬ。

　にも拘らず、犯人は確かにこの舞台裏へ入って来た。そして、あの大胆な殺人を敢行して再び風の如くその姿を晦ましてしまったのだ。

結城三郎が地団駄を踏んで、口惜しがったのも無理ではない。

「あなた！　犯人の手がかりがありまして？」

探偵が一通り舞台裏の捜索を終えて、紫安欣子の部屋へ戻って来ると、ぐったりと疲れ切ったように椅子に凭れかかっていた冴子が、蒼白い顔をあげて訊ねた。

「いゝや、まだです。いったい何処から入って来て、何処から出たかも分らないのです」

探偵は渋面を作って答えた。その顔には歴然と苦悩の色が見える。無理もない。事件が若し、このまゝ解決されないとすると、彼の責任問題が起るかも知れない。

「でも、こんな人出入りの多い劇場のことですもの。分らないのが当然だと思いますわ」

冴子が慰めるように言った。

「いゝえ、そんなことはありません。劇場の出入口という出入口は、全部部下の者に監視させてあるのです。その手配には絶対に手抜かりはありません」

「でも、あの人は――？　あの人はまさか、許可を得て入って来たのではありませんでしょう？」

「あの人――？　あゝ、あなたは隼白鉄光のことを言っていらっしゃるのですね。あなたはあ奴が犯人だとお思いになるのですか」

「いゝえ、あたしにはまだ分りませんわ。でもあの人だって、易々と忍び込んだくらいですもの。犯人にだって、若し他に犯人があるとすれば、雑作なく入れたろうと思いますわ」

「若し他に犯人がありますとすれば――？　ではやはり、あなたは隼白鉄光を疑っていらっしゃるのですね。しかしそれは違いますよ。あいつは犯人ではない。断じて犯人ではありませんよ。私は昔から、あ奴の遣口ならピンからキリまで知って居りますが、あ奴は決して殺人はやらない。それがあ奴の誇りなのです。だから、今度の場合に限ってその誇りを放棄したとは夢にも思われません。犯人は別にあります。そして、そ奴は鉄光などより数十倍も利口な奴で、そして鉄のように冷たい血を持った奴です」

探偵は調子に乗って喋舌りつゞけていたが、ふと冴子の視線に気がつくと、周章て口を噤んだ。

冴子は呆れたように探偵の顔を眺めている。

無理もない。探偵の身として、悪党の弁護をしているのであるから、誰でも妙に思わないではいられないだろう。それに気がつくと、結城三郎は顔を紅らめた。

「私がこんなことを言うと、変にお思いになるでしょう。しかし……しかし」

「いゝえ、あたし何とも思っては居りませんわ。でも、鉄光が犯人でないとすれば妾しは一層恐ろしい。あゝあゝ犯人はまだ何処か、其処いらに隠れているのではないでしょうか?」

冴子は突然、あの恐ろしい記憶を呼び起したように、肩をすくめて辺りを見廻わした。

樺山冴子——彼女もまた欣子と同じように、悪魔の呪いにかゝっている一人なのだ。そしていつの日にか、欣子と同じような運命に遭遇しないとも限らない。

「大丈夫ですよ。今夜のところ、劇場中は厳重に見張りをさせてありますから、もうこれ以上恐ろしいことが起る心配はありません。それより確かな者を、二三名つけて送らせますから、あなたはもう、お引取りになった方がいゝでしょう」

「はい、そう致しましょう。それにしても、欣子さんの死骸はどうなったのでしょう」

「死骸ならあちらに置いてあります。多分解剖に附されることになりましょう」

冴子は再び顔色を変えて、よろ〳〵と倒れそうになった。探偵は傍へかけ寄って、その体を抱き止めた。

「有難うございます。いえ、何んでもありませんわ。あまり昂奮したものですから、すっかり疲れ切ったのですわ」言いながら彼女がスカーフをとろうと俯向いた時である。探偵はその背中を見て、ぎょっと二三歩背後へよろめいた。

何んということだろう！　彼女の背中には、べったりと一枚の紙片が貼りつけてあるではないか。真紅な毒々しいあの紙片だ。しかもその紙片の上には歴然と、

第二の犠牲者　樺山冴子

冴子は一目その文字を読んだ刹那、

「あれ！」

と叫んで、再び探偵の腕の中に倒れ込んだ。

救援にすがる

帝都座の事件は果然、大きな社会問題となった。事件以後数日を経るも、警視庁は一人の嫌疑者を挙げることも出来ない。新聞が一せいに、警視庁攻撃の鋒先を揃えたのも無理ではない。

しかしそれらは、全く他人事である。新聞社も読者も、自分の身には関係のない奇抜な事件として、この紫安欣子殺しを噂することが出来た。しかし此処に、他人事と笑って済せない人間が四人あった。

言うまでもなく仙石雷蔵、神前伝右衛門、服部新一、樺山冴子の四人だ。彼らも早晩、紫安欣子と同じような目に逢うべき運命に置かれている。恐ろしい死の警告状の第一歩は、見事大衆の前で果された。同じ死の手が、いつ何時自分達の上に下りて来るかも知れないのだ。

分けても、冴子の恐怖は大きかった。彼女は第二の犠牲者として、あの忌わしい警告状を受取っている。しかも彼女は、この恐ろしい復讐の裏に隠されている秘密については、何等与り知るところはないのである。何んの為めに、自分はこんな恐ろしい脅迫を受けなければならないのだろうか。何んのために、自分は殺されなければならないのだろうか。彼女は冷酷な運命に対して恨んだ。歎いた。身悶えした。

仙石雷蔵や、神前伝右衛門の話によると、秘密というのは亡くなった伯父、元の警視総監樺山勝五郎に関係しているということだが、それ以上のことについては、依然として口を噤んで語って呉れようと

はせぬ。一体伯父はその昔どんな悪いことをしたのだろう。いや仮令伯父が、どんな悪いことをしたにせよ、その復讐まで自分が引受けねばならぬという法があるだろうか。

彼女はこの惨虐な運命に対して、心の底から呪咀すると同時に、最早何人も信用しまいと決心した。仙石雷蔵も神前伝右衛門も、服部新一も、みんな自分自身の恐怖に怯え切って、誰一人彼女の身を護ってくれようとする者はないのだ。彼女は最早、彼女自身で、護るより他に方法はないのだ。しかし冴子のような可憐な女性に、果して、この恐ろしい復讐鬼と戦う力があるだろうか。

ある日、冴子の許へ、あわたゞしく服部新一が訪ねて来た。彼は異常に昂奮し、その眼は血走ってさえいる。彼は応接室で冴子に会うと、いきなり嚙みつくように叫んだ。

「冴子さん、この広告を出したのはあなたですか」

見ると彼の手には、その日の新聞が鷲摑みに握られている。彼が指したのは、その新聞の三行広告であった。其処には次のような広告が出ている。

は、て――へ。今夜八時銀座三光堂にてあいたし。か、さ――より

冴子はピクリと眉を動かした。

「えゝ、妾しですわ。それがどうかしまして？」

彼女の声は水のように冷やかだ。

「……何んだってあなたはこんな真似をするのです。あなたは本当に、今夜三光堂へお出でになるつもりですか」

「無論ですわ。自分から面会を求めて置いて、行かないというわけには参りませんわ」

「あなたは一体、どういうつもりなのです。あの恐ろしい悪党に会って一体どうしようというお考えなのですか」

「あたしは自分の身を護らなければなりませんのよ。誰もあたしを護ってくれる者がない以上、あの男にでも縋るより他には途がないじゃありませんか」

「あの男に護って貰うですって？　あなたは気でも

狂ったのじゃありませんか。隼白鉄光というのは有名な悪党ですよ。それにあ奴こそ、恐ろしい犯人かも知れないじゃありませんか」

「いゝえ、あたしはそうは思いません。あの人は決して、人殺しをするような人ではありません。結城探偵もそう言っていましたわ。それにあの人は、悪党ながらとても侠気のある人だという噂ですわ。だからきっと、頼りない女を助けてくれるに違いないと思いますのよ」

　新一は呆れたように、冴子の顔を打眺めた。彼はどうしても、この無謀な企てを思い止まらせようと、散々に言葉を尽くして説いた。

　しかし冴子の決心は、鉄のように固かった。しまいには却って、彼女の方が憤り出したくらいである。

「一体あなたはどうして、あたしが鉄光と会うのをそんなに嫌うんですの。何かそうしてはならない理由が特別におありなの」

　その言葉の中には、鋭い針のような皮肉が含まれている。新一はそれ以上、言葉をつゞけることは出来なかった。

「止むを得ません。それではあなたのお決心にお任せしましょう。併し言って置きますが、決してあの男に心を許してはなりませんよ」

「それくらいのこと、あたしだって承知して居りますわ。しかし服部さん、このことは誰にも仰有って下さっちゃ困りますわ。この三行広告のことを知っているのは、私たち四人より他にありません。あたし仙石さんにも神前さんにも、成り行きを見て戴くようにお願いしてありますの。だからあなたも、決して他人に洩らして下すっちゃ困りますわ」

「よろしい。承知いたしました」

　服部新一は肩をすくめてそう言った。しかし彼は、果してその約束を守ったゞろうか。

鉄光捕縛か

　銀座の三光堂はその夜ひどく賑わっていた。丁度土曜日だったので、狭い茶室は、身動きもならぬほど客で一杯だった。

その隅の方の卓子で、先刻から人待ち顔に、茶を飲んでいる女性——それは冴子である。彼女は人に見られないように面を包んで、焦立たしそうに時々時計の針を眺めた。時間は八時になん〳〵としている。だのに、鉄光はまだ姿を見せない。

　彼はあの広告を見なかったのだろうか。それとも警察の眼を恐れてやって来ないのだろうか。

　やがて三光堂の大時計が八時を打った。

「やっぱり来ないのだわ」

　冴子は失望したように呟くと、椅子から立上ろうとした。その時だ。卓子の下で、いやというほど彼女の足を踏みつけたものがある。そこには先刻から、薄汚い老人が茶を啜っている。老人は冴子の足を踏みつけたまゝ、自分の足を退けようともしない。

　冴子は余りの無礼に、何か言おうとした。併しその時、彼女はフと妙なものを見たのである。老人は新聞を読むような恰好をして、卓子の上にその日の朝刊を一枚拡げている。いま冴子が見ると、老人はそこに載っているあの三行広告を頻りに指で弾いている。冴子は思わず、「あっ!」と叫んで、再び腰を下した。

「叱っ! 静かに!」

　老人は新聞で顔を隠すと低い声で囁いた。

「直ぐに此処を出なさい! 松屋の裏にエスペロという酒場があります。そこへ行って、『は、て』と言うと、特別室へ案内してくれます。しかし今夜のことは誰も知らないでしょうな」

「はい、誰も知っている者はありません」

　冴子は慄えるような声音で答えた。

「よろしい。では一足先へ行っていて下さい。私も直ぐ後から行きます」

　それだけ言うと、老人は椅子にふん反り返って、又もや新聞の中に顔を埋めた。

　冴子は言われた通り勘定を済せると、急いで三光堂を出て行った。彼女の頭の中には、いま妙な疑惑が渦を巻いていた。あの白髪のよぼ〳〵した老人が、果して隼白鉄光であろうか? いつか仙石邸で見かけた姿とは、まるきり違っているではないか。

姿ばかりではない。その声も態度も――

　しかし冴子は、直ぐにその疑惑を打ち消した。そうだ！　鉄光のような男にはどんな変装も不可能ではないのだ、世間ではあの男を百面相の盗賊だと言っているではないか。

　彼女は足を早めると、道を横切って松屋の裏へ行った。

　其処には果してエスペロという酒場があった。彼女は其処の扉を押すと、出迎えたボーイにたった一言、「は、て」と囁いた。ボーイは黙って、彼女を二階の特別室へ案内した。

　成程、此処ならどんな密談でも出来る。部屋には厚い樫の扉があって、それには内部から鍵が懸るような仕掛けになっていた。冴子は未だかつて、こんな場所へ出入をしたことがなかった。況して男と二人きりで、こんな部屋へ閉じ籠ろうとは夢にも考えないことだった。しかし、今はそんなことを躊躇している場合ではない。自分の身を護る為めにはどんな危険も恐れてはならないのだ。

　彼女は強いて心を落着けると、ボーイが持って来てくれた甘いポンチに口をつけた。

　その時、階段を上って来る静かな跫音が聞えて来た。あの男が来たのだ。老人に扮装した鉄光がやって来たに違いない。

　――冴子はきっと身を緊張させると、入口の方へ眼をやった。跫音はだん〳〵近づいて来た。そして入口の前で立止まると、静かに外から扉が開かれた。

　しかし其処に現われた顔――おゝその瞬間、冴子はあっと叫んで椅子から立上った。それは鉄光ではなくて、結城探偵ではないか。

「まあ、あなたは――」

　冴子はそう叫んだまゝ、二の句がつげなかった。探偵は冴子の姿を見ると、にや〳〵笑いながら側へよって来た。

「……樺山さん、あまり無謀なことをするものではありませんよ」

「またあなたは――あなたはどうして此処へ来たのです。そしてあの人は？　あの人は？」

「鉄光ですか。あの男なら、いま下で捕縛して、直ぐ警察へ送りましたよ」

「え？　何んですって？　捕縛したのですって？」

突然、冴子は言いようなき絶望を感じた。彼女は喘ぎ呟いた。

「どうして、どうしてあなたは今夜のことを御知りになったのですの？」

探偵は黙ってポケットから、一通の手紙を取出した。

「密告状ですよ」

「えゝ？」

冴子はその手紙を一目見ると、さっと顔色を変えた。おゝ、その密告状は彼女自身の筆跡で書かれているのだ。

「あゝ、誰かゞあたしを裏切ったのだ。あたしの筆跡を真似てこんな密告状を書くなんて、あんまりだわ。あんまりだわ」

「そう昂奮なすっちゃ困りますよ。誰がしたにしろ、これは悪いことじゃありませんよ。お蔭でとに角、鉄光なる悪党を捕縛することが出来たのですからね。さあ、こんな危険な真似はよして、今夜は真直ぐにお帰りなさい。いま下に自動車を呼んであります。それがあなたにとって一番安全な方法ですよ」結城三郎は慰めるように言った。

ついに袋の中の鼠

冴子はすっかり打挫がれたような気持ちだった。鉄光が捕縛された――何もかも自分の為めなのだ。これから先、誰が自分を護ってくれるだろう。彼女は疾走する自動車の中で深い絶望の吐息を洩した。

突然、自動車がガタンと大きく揺れた。冴子ははっとして眼を挙げると、窓の外をひょいと眺めた。途端に、彼女はもう一度ぎょっとした。

「運転手さん！　道が違いますわ。あたし小日向台町へ行くのよ」

声をかけたが、運転手は振り返えろうともしないで、依然としてハンドルを握っている。自動車は小石川とはまるで反対の渋谷の方へ向って疾走している。

「運転手さん――」

　彼女は声をかけようとしたが、ふいに大きな恐怖を感じた。若しや――若しや、あの恐ろしい悪魔の手先きに捕えられたのではなかろうか。

　その時、運転手はひょいと後を振返った。

「お嬢さん、心配なさることはありません。これからゆっくりお話の出来るところへ行こうというのです」

「え？　何んですって？」

「今夜の会見は、あなたの方から切出したのではありませんか。何も今更ら尻ごみすることはないでしょう」

「え？　ではあなたは？」

「鉄光ですよ」

　そう言って、運転手は大きな塵よけ眼鏡を外して見せた。

「まあ！」

　冴子は息をつぐことも出来なかった。彼女はぐっと体を乗出すと、息も絶え絶えに叫んだ。

「それじゃ――それじゃあなた無事だったのですか？」

「無事ですとも。鉄光はいつだって無事ですよ」鉄光はハンドルを握ったまゝカラ〱と打笑った。

「でも――でも、さっきの老人は？」

「あれですか。あれは何も知らない本当の老人ですよ。ちょっぴり金を掴ませて、あんなお芝居を頼んだのです。結城三郎の奴、今頃気がついて地団駄踏んで口惜しがっていることでしょうよ」

　自動車はそういう内にも闇の中を疾走して行く。何んという注意深い男だろう。彼は万事危険がないと見てとるまでは、決して姿を現わそうとはしないのだ。冴子は今更のように驚嘆の眼を見張って、男の後姿を眺めた。

　間もなく自動車は、冴子がかつて一度も見たことのない町へ停った。

「おっと、と、恐入りますが、自動車から降りる前に、この眼隠しをして呉れませんか。あなたを疑ぐるわけではありませんが、僕だって自分の身を護らなければなりませんからね」

冴子は言われる通り黒い布で眼隠しをした。

鉄光は自動車をギャレヂに蔵うと、彼女の手を取って先きに歩いた。

冴子は低い階段を登るのを意識した。数えて見ると階段は五つあった。やがて男がガチャ〳〵鍵を鳴らして、玄関の扉を開いている気配。

つゞいて長い廊下。それから何度となく階段を登ったり降りたりした。

「さあ、もう結構ですよ。どうぞその眼隠しをお取り下さい」

間もなく、男にそう言われて、冴子は怖々眼隠を取った。と、きょろ〳〵辺りを見廻わした。其処は大して広くはないが、贅を尽した感じのいゝ緑色の部屋である。

「何も心配することはありませんよ。お帰りには私が送って行ってあげます。さあ此処へかけて、ゆっくりお話を承ろうじゃありませんか」

そういう男の態度には、何等やましいところは見当らなかった。一体これが、世間に恐れられているあの怪盗であろうか。

見たところ、美髯を貯えた柔和な面持ち、瀟洒たる風采だ。冴子は何んとなくこの男に信頼を感じた。

「あたし、話って別にございませんのよ。たゞあなたにお眼にかゝって、今後の保護をお願いしたかったのでございますわ」

「有難う。信頼に与って光栄です。ところで、では先ず、今夜のことからお訊ねいたしますが、あなたは誰かにあの広告のことをお話しになりましたか」

「いゝえ。あたし誰にも申しませんわ」

「すると、あなたと私を除いては、あの広告の意味を知り得る者は仙石雷蔵と神前伝右衛門と、服部新一の三人きりありませんね」

「えゝ。――それがどうかしましたか」

「そうです。私は誰が密告したのかを知りたいのです。其奴こそあなた方の恐ろしい敵ですからね」

「まあ、では――」冴子は思わずよろめいた。

「あなたはいま言った人達の中に、恐ろしい犯人がいると仰有るのですか」

「そうかも知れません。あなたは密告状を御覧になりましたか」

「はい、見ました」

「では、それが誰の筆跡だったかお分りになったでしょう」

「はい、それが――」冴子は暫し躊躇ったが、思い切って言った。「あたしの筆跡と同じでございましたわ」

「何んですって？　あなたの筆跡ですって？」

鉄光は椅子から跳上った。彼は暫く部屋の中を歩き廻っていたが、突然くるりと冴子の方を振り返った。

「あなたはいま言った三人に、手紙を書いたことがありましょうね。だから、彼等のうちの誰かゞあなたの筆跡を真似ようとすれば、何んの雑作もないわけですね」

冴子はその恐ろしい質問に、思わず顔色を変えた。

「でも、でも――」

「まあお聞きなさい。私がこの事件に首を突込んでいることを知っているのは、結城三郎を除いてはあなた方四人よりないではありませんか。そして犯人は、私がこの事件に首を突込むことを欲しないのです。何故ならばこの鉄光が恐ろしいから――こういえば、犯人が密告状を出したことがお分りでしょう。私はそいつの仮面を引ん剝いてやりたいのです」鉄光は焦々したように、部屋の中を歩き廻った。

しかし、しかしそんなことがあってよいことだろうか。仙石雷蔵、神前伝右衛門、服部新一――皆、この恐ろしい脅迫に怯え戦いている人達許りではないか。彼等の中に、そんな奇妙な芝居をしている者があろうとは思われぬ。

冴子は、眼に見えぬ蜘蛛の巣を払いのけようとするかのように、よろ〳〵ッと椅子から立上った。その途端、彼女の膝からばたりと落ちた一枚の紙片――一目それを見た冴子は思わずきゃっと叫んだ。

「十一月五日――第二の犠牲者の血祭り」

恐ろしい殺人鬼だ。悪魔はちゃんと、犠牲者の最後の日を暦の中に書き込んでいるのだ。鉄光も、その紙片を読んだ刹那、さっと顔色を変えた。

「尾けられた！　畜生、まんまとこの隠れ家まで尾けて来やがった」

彼はあわてて扉の方へ行った。冴子は今にも倒れそうな恰好で、卓子の端で身を支えている。何時、誰がこの紙片を持って来たのだ。この部屋にはさっきから、あの男と自分の二人きりではないか。扉の側へ行った鉄光は、再びあわたゞしく部屋の中へ取って返えした。

「冴子さん、愚図々々しているわけには行きません。悪魔の奴、この隠れ家まで尾けて来やがった。さあお送りしますから、あなたは直ぐにお邸へお帰りなさい」

鉄光の取乱した様子を見ると、冴子は一層大きな恐怖を感じた。あゝ、矢張りこの男でも敵わないのだ。悪魔は幽霊のように何処へでも忍び込んで来ることが出来るのだ。

彼女は急いで身づくろいして、先に立って部屋を出た。

「廊下を突当ると階段があります。その階段の上に上げ蓋がありますから、それを開けて外で待っていて下さい。私は直ぐ後から参ります」

冴子は言われるまゝに階段を登った。電気が消してあるので辺りは真暗だ。上げ蓋を上げると冴子はひょいと外へ顔を出した。その途端、何かしら甘い匂いがすうっと彼女の鼻を掠めた。と、思うと、彼女は早や半ば意識を失って了った。

「おい、女の方はうまくやっつけたぜ。後は例の鉄光の奴だ」

「叱っ！　足音が聞えるじゃないか」

冴子はそんな声を朦朧と耳の側で聞いた。それにつゞいてずる〳〵と、地面の上を引摺られて行く感じ。

冴子より一歩遅れた鉄光は、同じように上げ蓋から顔を出した。彼は真暗がりの中を地面へ這い登ろうと、二三度階段の上で身を揺った。その途端、真黒なものがすっぽりと彼の眼の前にぶら下って来た。あっ！　と思う間もない。彼は早や眼に見えぬ手ですっぽりと頭から袋を被されていた。

「はゝゝゝ。これで、鉄光の奴は袋の中の鼠でさ。ところで女の奴はこれからどうします」

「女は一先ず邸の方へ送り帰えせ。鉄光の奴さえ片附けりゃ、後はこちらの思い通りだからな」

「それじゃ、こいつだけどんぶりこですかい？」

「まあ、そうさ。可哀そうに念仏でも唱えてやるがいゝ」

鉄光は袋の中でその言葉を聞いて、冴子だけは一先ず安全なことを知って安心した。そうだ！　恐ろしい悪魔は、自分だけ先に片附けておいて、後でゆる〳〵と仕事に取りかゝろうと言うのだろう。恐ろしい復讐だ。彼等は出来るだけ犠牲者に恐怖を与えて置いて、ゆる〳〵とその生命を奪おうとするのだ。

袋詰めの鉄光を積んだ自動車は、それから間もなく京浜国道を矢のように走っていた。

その夜、品川のお台場沖に船を出していた者があったら世にも奇怪な場面を見たことだろう。一艘の小船に三人の男が乗っていた。皆な、黒い布で顔を隠している。彼等は程よい深さのところまで来ると、ぴたりと舟を止めた。

「おい、此処いらでよかろう」主領らしいのが言うと、後の二人が袋を両方から抱えた。

「やい鉄光！　聞いておけ。これが最後だぞ。俺達ゃ貴様に、仕事の邪魔をされたくないのだ。やろうと思えば、俺達ゃどんなことでもやってのける。十一月五日が冴子の番だ。それから仙石雷蔵、神前伝右衛門、服部新一と皆んな順々にやっつけて行く。しかし、こんなことを言うのも無駄な話だなあ。貴様はこれがこの世の見納めだ」

彼が合図をすると同時に、飛沫をあげて袋は海底深く沈んで行った。ぶく、ぶく、ぶく――と、暫くはかない泡が水面に浮いていたが、間もなく消えて了った。

後はたゞ死のような静けさだ。

蛇屋敷の怪

恐怖の名

品川のお台場沖で、袋詰めのまゝ、水葬礼にされた怪盗隼白鉄光はその後どうなったか。それは暫く与るとして話は樺山冴子の身の上に移る——

鉄光の隠家から出ようとするところを、悪党の一味に捕えられた冴子は、その夜はしかし別に変ったこともなく、小石川小日向台町の邸宅に送り返えされた。

恐ろしい復讐鬼の執念だ。彼は犠牲者を決してただでは殺さない。死は復讐者にとって最後の切札であることを、彼はよく知っているのだ。その最後の切札を出す前に、彼は散々相手に恐怖を与えて置く。そして犠牲者が、その恐怖に耐えられなくなった頃を見計って悠々魔の手を伸ばすのである。恐るべき執念であると同時に、又恐るべき自信だ。彼は警官を物の数とも思わない。たゞ一人怪盗隼白鉄光のみが眼の上の瘤であったが、その鉄光も海底の藻屑と消えてしまった今では、天下に何一つ恐るべきものはない。彼はまるで猫が鼠を弄ぶように、残忍な爪を磨きながら、犠牲者に肉薄して行くことが出来るのだ。

樺山冴子は、あの夜のことがあって以来、病気と称して何人にも面会しなくなった。いや、あの無気味な恐怖の為に、今では真実の病気と言って間違いはないのだ。

十一月五日——復讐鬼の指定した日は日一日と近づいて来る。そして冴子は、この悪魔のような人物の遣り方を滞りなく知っているのだ。帝都座の舞台で紫安欣子を串刺しにした手際といい、怪盗隼白鉄光を誘拐し去ったあの手段——あの水際だった手段に万が一の誤算があろうとは思われぬ。しかもその復讐鬼は次ぎの犠牲者として自分を名差しているのだ。何んの為に、またどういう理由で、自分はこんな恐ろしい復讐を背負わねばならないのだろうか。彼女は日夜、その無情な悪党を恨み歎いた。無理もない。彼女は産れてからこの方、虫一匹も殺したことのないような繊弱い女性だ。その繊弱い女性の身をもって、どうしてこんな恐ろしい復讐鬼との闘いに耐え得るものぞ！

「あら、あなたでしたの？」

冴子は今、小日向台町の邸宅の奥まった一室で、恐怖に戦く心をわざと押し鎮めるために、編物を手に取上げていたが、ふとそれを置くと、脅えたような声でそう言った。其処にはいつの間に入って来たのか、服部新一の凄いほど蒼白い顔が見える。

「え丶、僕です。何しろ警官たちがうるさいほど見張っていますから、わざと裏の方から忍び込んで来たのです」

「まあ、警戒を抜けて来たと仰有るの？　それじゃ、まだまだこの邸には忍び込む隙があるので厶いますわね」

「え丶〳〵、隙だらけですよ。あんな人形のような警官が何十人立っていたところで、何んの役にも立ちゃしませんよ。僕はそれを、実地にお眼にかけようと思って、わざと彼奴等の眼を盗んで入って来たのです」

新一の蒼白い顔はだん〳〵紅味を帯びて来た。彼は冴子と向い合っているといつもこうなるのだ。冴子の霑んだ瞳、長い睫毛、さては濡れた唇などを眼のあたりまざ〳〵と見ていると、彼の心の中は不思議なほどの惑乱を覚えて来るのだった。

「まあどうなすったの？　そんなにあたしの顔ばかり御覧になっちゃ、あたし厭でございますわ」

冴子は編みかけの肩掛けに眼を落すと、ぽっと顔を紅らめた。

「いや、そういうわけじゃありませんが」

新一は瞬間感じた心の動揺を押えつけながら、

「実は今日は、貴方にい丶お便りを持って来たのですよ」

「い丶便りですって。まあ、あたしにはい丶便りなどありませんわ。あの恐ろしい日は、こういううちにも刻々と迫って来るのですもの――」

言ったかと思うと、冴子は持っていた編物を傍の卓子の上に投げ出して、ふいに袂の中に顔を埋めた。

又してもこみ上げて来る不吉な予感、恐ろしい死の刻印――それを思うと、彼女は居ても立っても居たたまらない恐怖を覚えるのだ。新一は微かに慄えている冴子の肩の上に手を置くと、

「冴子さん、そう絶望したものじゃありませんよ。僕たちは闘うのです。彼奴だって人間です。僕等が死もの狂いになって防げば防げないことはありませんよ」

「でも、でも――あゝ、あたしは恐ろしい。妾しは見たのですもの、欣子さんの殺されたところを見たのですもの。私もきっと同じように殺されるに違いありませんわ」

「欣子さんのこと考えるのは止しましょう。あれは明らかに我々の失敗だったのです。警官たちに委せきって安心していたのがいけなかったのです。でも、あのお蔭で我々には充分の覚悟が出来ました。それに僕には、悪魔の正体が半ば分って来たような気がするのですよ」

「え？　何んですって？」

冴子は突然、臥伏していた顔をあげた。

「悪魔の正体が分ったのですって？」

「えゝ、そうです。いや、まだ此処で充分に納得するようにお話するわけには参りませんが、僕は此の間から、亡くなった親父の古い手紙や日記などを整理していたのです。その中にふと、今度の事件に、関係がありはしないかと思われるような名前を発見したのですよ」

「えゝ。そ、それは一体何という名前ですの」

冴子は蒼白んだ顔を緊張させて、凝っと新一の唇を見詰めている。

新一は急に恐ろしくなったように辺を見廻わしながら、低い声でたった一言囁いた。

「城田伝三郎」――あゝ、城田伝三郎――読者よ、この名をよく記憶していて戴きたい。城田伝三郎――この名前こそ、後日になって総ての謎を解く鍵とはなったのだ。

「城田伝三郎？」

冴子は何事かを思い出そうとする風に、一心になって考えていたが、やがて失望したように、

「あたし、一向聞き覚えのない名前でございますわ。その人がどうしたのですか。その人がもし今度の事件に関係があるとすれば、一体、どんな恐ろしいことがその昔あったのでございましょう」

「そこまではまだよく分りません。しかし冴子さん！　こう言っちゃ悪いが、僕の親父やあなたの叔父さんたちは、その昔あの紫安欣子や仙石雷蔵、神前伝右衛門と一緒になって、随分色んなことをやったらしいですよ。その祟りが血筋を引いているあなたや僕の上にまで来てるのです」

服部新一はそう言うと、唇を歪めて苦笑を洩した。凄い苦笑だ。冴子はその笑顔を見ると、何んとはなしに椅子の中でぎゅっと身を固くしたほどだった。

服部新一の父と言えば、ついこの間亡くなったばかりの某政党の領袖だ。冴子の伯父というのは、これも二三年前に死んだが、一度は警視総監になった程の人物だ。これ等の人々とあの大富豪仙石雷蔵――それに宝石王と言われる神前伝右衛門、女優の紫安欣子たちを取巻いて、その昔、どんな恐ろしい事件があったのだろうか――服部新一はその秘密を知ってか知らずにか、さも恐ろしげに身を慄わせたのである。

呪われた日

恐ろしい十一月五日はしだいに近附いて来た。そして小日向台町の樺山邸は、物凄いほどに警官の警戒だ。帝都座に於ける失敗にこりている探偵結城三郎は、今度こそ失敗ってはならなかった。それに、冴子の口から聞いた鉄光誘拐の顚末をもってしても、相手が如何に恐るべき人物であるかを覚った結城三郎は、警視庁としては空前と言ってい丶程の厳重な警戒網を張り廻らした。

しかし、如何なる名探偵と雖も、暦の繰られてゆくのを防ぎ止めるだけの力はない。悪魔の殺人暦に、第二の犠牲者を血祭りに挙げる日として指定された、十一月五日は到頭やって来たのである。

その日の樺山邸の警戒は、実際筆紙に尽しがたい程だった。邸宅の周囲には一間置きぐらいに警官が立って居り、出入りは一切厳禁されていた。

実際何も知らない附近の人たちは、一体何事が起ったのかと怪しんだ程である。

結城探偵は、これでもまだ不安が鎮まらなかった。こういう場合、彼はいつも隼白鉄光のことを思う。憎い敵だ。

——長年愚弄され続けて来た法の敵だ。併しあの男がいたら何かしらもっと安心出来るような気がするのだ。

尠くとも鉄光は、かゝる無残な殺人鬼の跳梁を許しては置かない。彼はいつも警視庁を愚弄しながら、一方ではその警視庁になり代って、許るすべからざる悪党を斃してくれる。不思議と言えば不思議な存在だ。

しかし冴子に聞けば、その鉄光も殺人鬼の一味に誘拐されたまゝ、未だ杳として消息が分らないという。結城三郎は何んとはなしに不安を感じながら、邸内を見廻って歩いていた。幸い樺山邸は、至って小人数だったので、邸内に住む人々の中に悪党の一味が混っていようとは思われぬ。その点だけは結城三郎にとっても安心だった。

午後四時ごろ、服部新一が見舞いに来た。

そして彼が帰った後へ、冴子のかゝりつけの篠山老博士がやって来た。老博士は何も知らないらしく、物々しい警戒に不審の眼をパチ〳〵させながら、冴子の寝室へ入って来たが、一通り彼女の診察を済せると、さっさと帰って行った。無論、新一も篠山老博士も、厳重な取調べを受けたことは言うまでもない。

こうして午後六時以後には、絶対に何人をも通さないことになった。結城三郎は刻々として不安が増して来る。時計の針が生命を刻むようにさえ思われるのだ。

彼は冴子と顔を合せるのさえ懼れた。この、恐怖に脅え切っている哀れな小雀を見ることは、実際結城三郎としても耐えがたいことであった。

「大丈夫です。気を確かに持っていらっしゃい。これだけ厳重に警戒してあるのですから、たとえ悪魔だって、あなたの身辺へ近附くことは出来ませんよ」

結城三郎は朝から何度となく繰り返えしている言葉を、又しても繰返えさねばならなかった。

冴子はそれを、気休めと知ってか知らいでか、たゞ微かに頷いて見せるだけである。蒼白な彼女の面は穏かに澄み切っていて、其処には最早何の恐怖も昂奮も見られない。

彼女は既に観念の臍を固めているのだ。それを見ると、結城三郎は彼女の勇気に驚嘆すると同時に、一層哀れさが増して来るのだった。

「さあ、もう九時です。あなたは寝室へお入りになった方がいゝでしょう。なあに心配することはありませんよ。寝室の前には私たちが徹夜して張番をしていますからね」

「有難うございます。ではお茶でも戴いて、あたし失礼することに致しますわ」

やがて小間使いの夏江が、お茶の用意をして持って来た。冴子は手ずから熱いオレンヂのお湯を拵えると、それを口許へ持って行こうとした。

「いや、鳥渡待って下さい。私にそのホット・オレンヂを少し飲ませてくれませんか」

「まあ、これは失礼いたしましたわ。あたし一人で飲もうなんて……」

「いや、そういうわけじゃないのです。鳥渡毒味をしようと思いましてね」

「おや、そうでございますか。では、別にお注ぎいたしますわ」

冴子は有り合せた三つのコップに、ホット・オレンヂを注ぐと、結城三郎を初め、其処に居合せた二人の部下にもすゝめた。

「まさか。あたしを毒殺しようとはしないでしょうね」

冴子は皆なで熱いオレンヂをすゝって了うと、そう朗かに言い残して、自分の寝室へ入って行った。

これからが愈々本舞台だ。時計を見ると九時五分過ぎ。十二時までにはもう二時間と五十分しかない。

殺人鬼が約束を履行するとすれば、この短い時間しかないのだ。彼奴はやって来るだろうか？　そうだ！　帝都座の手際から見れば、十中の八九までやって来るものと思わなければならない。しかし、やって来るとすれば、今度こそ袋の中の鼠も同然だ。冴子の寝室と警官たちが張番している部屋との間にある扉は開け放たれて、結城三郎の眼には、冴子の寝台が真正面に見える。彼は冴子が屏風の影で寝間着に着更えて、その寝台へ潜り込んだ時から、一時と雖もその寝台から眼を離そうとはしなかった。

　やがて寝台の方からは、微かな寝息が聞えて来た。何んという大胆な女性だろう。彼女はこの恐るべき危険を前にして静かな眠りに入ったのだ。

　結城三郎を初め二人の部下の者も驚嘆の眼を見張って、横になった冴子の後頭を眺めていたが、不思議！　不思議！　その間に彼等もだん〲眠くなって来たではないか。時計を見ると、まだ九時半を過ぎたばかりだ。まだそんなに眠いという時間でない。それに緊張し切っているこの場合、睡魔がかくも突如として襲って来ようとは思われぬ。

　結城三郎はその時、ふと先刻飲んだホット・オレンヂのことを思いだした。と、突然、恐ろしい考えが頭の中に泛んで来た。

　彼はハッとして何か言おうとしたが、もうすでに遅かった。睡魔は容赦なく全身に拡がって行く。喋べろうにも舌が縺れて声も出ない。

　椅子から立上ろうとすると、脚がよろ〲とよろめいてどしんと床に尻餅をついた。見れば部下の二人は、とっくの昔に昏々たる夢路に入っている。魔酔薬だ。恐ろしい魔酔薬があのホット・オレンヂの中に混入されていたのだ。結城三郎は、今初めてその事に気附いた。しかし、これをどうすることが出来よう――表には見張りの警官がいる筈だ。一声叫べば、直ぐにも此処へ飛んで来てくれることだろう。しかし、呼ぼうにも声が出ない。歩こうにも足が立たないのだ。結城三郎は恐ろしい苦悶を感じながら、漸くのことで隣室との境まで這いよった。

　しかし、それが漸く彼に残されていた力だった。

此処まで来ると、彼は急に体の力が抜けてゆくのを感じた。彼はバッタリと敷居の上に臥伏せになると、そのまゝ昏々として深い眠りに落て行った。

死の寝台

丁度その時である。

冴子の寝室の中では、世にも奇妙なことが持上った。冴子が、今横になっている古風な寝台の天蓋が、突如するくと静かに滑り落ちて来たのである。冴子の寝台というのは、日頃から彼女が自慢しているもので、ベッドの四隅には、太い柱がついていて、その上には箱の蓋のようになった天蓋が取りつけてあるのだ。今、その天蓋が四本の柱を伝って、するくと滑り落ちて来るのだ。

一寸――二寸――刻々として天蓋は冴子の体の上へ覆いかぶさって来ようとする。

分った。分った。これが殺人魔の計画なのだ。天蓋は部厚な樫の木で作られてあるのだから、それが冴子の体を包んだが最後、彼女は窒息するより他にない。

何んという奇抜な手段だろう。多分、寝台には巧みな仕懸けが施してあって、その上に誰かゞ横になると、体の重みで、何分かの後に自然と天蓋が下るような仕組みになっているに違いない。危い、危い。冴子の生命は風前の灯火も同然だ。

彼女は今、そんな恐ろしい危険が眼前に迫っているとも知らず、安らかにすやくと眠っている。そして、彼女を護衛すべき筈の結城探偵を初め、二人の部下も昏々として深い眠りに落ちているのだ。

五寸――一尺――と、天蓋は愈々下降して来た。このまま放って置けば、もう三分とは経たないうちに、恐ろしい死の天蓋は、すっぽりと冴子の身体を押し包んで了うだろう。そうなれば、冴子の体は蠅とり菫に捕まった昆虫も同様だ。どうもがいたところで助かる見込みはない。

その時である。結城三郎たちが眠りこけている部屋の後方にあるカーテンが、突如静かに大きく揺れた。と思うと、ぬっとその影から人の顔が現れた。

煌々たる電灯の明りで見れば、誰でもない篠山老博士だ。さっき冴子を診察して帰った筈の篠山老博士だ。一体彼はどうして今まで、この邸内に隠れていたのだろう。

それはさて置き、老博士は天蓋の仕懸けを見ると、ぎょっとしたように二三歩後退りしたが、その次ぎの瞬間には結城三郎の体を跳び越えて、栗鼠のように冴子の寝台へとび込んで行った。そして、何も知らずに眠っている冴子の体を抱えると、毛布のまゝずる〳〵と彼女を床の上に抱き下ろした。

その途端、天蓋はバッタリと寝台を押し包んで了った。危機一髪！　真に危機一髪だった。もう数秒遅れると、冴子はその恐ろしい天蓋に押し包まれて了うところだった。

篠山博士は驚嘆したように、つく〴〵と寝台のあちらこちらを調べていたが、やがてその秘密がすっかり分って了うと、ふと、床の上に横になっている冴子の体に眼を落した。何も知らない冴子は、まだまだ安らかに眠っている。老博士はそれを見ると、ほっと安心したように、身を跼めてその顔を覗き込んだが、その途端彼は思わず。

「や！　や！」

と、叫んで、二三歩跳び退いたのである。それは冴子ではなく、冴子の小間使いの夏江という女だ。あゝ、いつの間に冴子と夏江と入変ったのだろう。それよりも冴子は、一体何処へ消え失せたのだろう――。篠山老博士は惑乱したように、きょろ〳〵と部屋の中を見廻していたが、ふと部屋の隅に立っている屏風に眼をつけると、つか〳〵とその側へ寄って中を覗き込んだ。

すると、彼は一眼見て何もかも分った。屏風の影には冴子の着物が脱ぎ捨てゝある。冴子は探偵たちにお休みを言って、この寝室へ入ると、すぐこの屏風の影へ入った筈だ。其処で彼女は、寝間着に着換えると見せかけて、その実小間使いと入変わりになって了ったのだ。結城三郎は遠視のことだし、それに後姿しか見えなかったから、てっきり冴子だとばかり信じて見張りをつゞけていたに違いない。

それにしても、冴子は何処へ行ったのだろう？　老博士はふと傍の窓を見た。それは丁度屏風の影になって、隣室から見えないのだが、その窓の端に小さな布が引っかゝっている。

そうだ。この窓から冴子は抜け出して行ったのだ。しかし――？　しかし――？　老博士は尚も不審そうに首を傾けた。冴子が抜け出したのは自分の意志からか、それとも何者かに誘拐されたのだろうか。

「馬鹿！　そんなことを考えている時じゃねえぞ。一刻を争う場合だ。あのお嬢さんが生きるか死ぬかという瀬戸際じゃないか。何を貴様は愚図々々しているのだ」

老博士は自分で自分をそう叱咤すると、いきなり部屋をつき抜けて行った。

その足どりはどうして、老人とは思えない達者さだ。あゝ、この奇怪な老博士は何者だろう。慧眼な読者のうちには、早くもその正体を見破った方もあることだろう。

篠山博士の正体

篠山老博士は、あの厳重な警戒網をどうしてくゞり抜けたか？　それから暫くの後には、久世山の坂を大急ぎで走り下りていた。

その傍には警官の服装をした男が一人ついている。

「それでどうしたのだ。貴様は冴子さんがあの邸を抜け出すところを確かに見たというのだな」

そう訊ねる博士の眼は異様に輝き、言葉は嵐のように鋭い。

「そうです。あの裏門の横の方に、最近使ったことのない耳門があるのですが、たしか三十分程前に、その耳門が突然内部から開いたのです。おやと思って様子を見ると、其処から冴子さんがきょろ〳〵と辺を見廻しながら出て来ました」

この男、警官の服装はしているが、本当の警官ではないらしい。言葉つきから見れば、どうやらこの篠山老博士の部下らしく見える。いや〳〵彼は、警視庁に奉職している一方、この老博士の手先となって働いてるのかも知れぬ。それにしてもこの老博士は何者か。警視庁へ部下の者を住み込ませて、その内情をいち早く知り得る人間は、この世の中に、たった一人しかいない筈ではないか。

隼白鉄光――そうだ。隼白鉄光より他にかゝる奇抜な思いつきを持っている男はない筈だ。そうするとこの老博士は、隼白鉄光なのだろうか。

然り！

この夜の篠山老博士こそは隼白鉄光の変装に他ならないのであった。無論、冴子のかゝりつけの篠山博士は立派にこの世に存在している。しかし、篠山博士は目下のところ旅行中なのだ。鉄光はその留守中を巧みに利用したに過ぎない。敵を欺かんと欲せば先ず味方より――鉄光はその格言をよく知っていた。冴子さえも、鉄光のこの変装には、気附かなかった程である。

それにしても鉄光は、あの品川の沖で、海底の藻屑と消えた筈ではないか。いや〳〵鉄光ほどの男だ、そう易々と殺されると思っていたのが、悪党の一生の不覚だったかも知れない。

本当のことを言えば、鉄光は一旦海の底へ沈んだ。しかし、持前の沈着と機敏とが彼の生命を救ったのだ。彼は幸い持合せていた懐中ナイフで、袋を切破ってもう一度この娑婆へ浮び上ると、そのまゝ身を隠してひそかに、今日まで待っていたのである。

それはさておき、冴子の行方だ。

「ところで、その時冴子さんは一人だったかね」

「はい、一人でした。何んだか男のような黒い着物に身を包んでいましたが、誰も見ている者がないと思ったのか、そのまゝ塀の側を離れてこの道を下へ、足早に降りて行ったのです」

「貴様はそれを何故止めなかったのだ。あの女を一人で外へ出すなんて、気狂いの沙汰じゃないか」

「私もそう思ったのですが、何しろ貴方からは何んの合図もないし、仕方がないものだから、保田の奴に後をつけさせたのです」

「あゝ、そうか。保田が後をつけて行ったというのだね。それじゃ大丈夫だ。あの男は中々抜目のない男だからな」

篠山老博士――いや、今では全く隼白鉄光であるところのこの男は、それを聞くと、初めて、安心したように、足を緩めた。

「それで保田の奴はどうしたんだね。つけて行くのはいゝが、俺に報告するのは一体どうしてくれるんだ。俺にはあいつにだって委せ切りにはして置けない。一刻も早く安否が知りたいのだ」

「あゝ、その事なら抜目はありませんよ。保田はもう一人、池上――ほら、御承知でしょう。この頃警視庁へ入った男ですが――あいつを連れて行きましたから、行先を突きとめたら、池上を報告に寄越すだろうと思います」

「そうか、そいつは有難い。成程貴様たちも近頃大分抜目がなくなって来たわい」

鉄光に褒められて、警官の服装をした男は嬉しそうに顔を紅らめた。

彼等がこうして、久世山を下りて江戸川まで来た時である。向うから警官の服装をした男が、急ぎ足でやって来るのを認めた。

「あゝ、池上が帰って来ました。行先を突きとめたとみえますよ」

池上は鉄光の姿を見ると、つと道の傍に寄った。それを見ると、鉄光もさり気なくその側へ寄って行った。

「突きとめたか」

鉄光の質問はいつも簡単だ。

「はい、突きとめました」

「何処だ。行先は？」

「雑司ケ谷の蛇屋敷です」

「なに？　蛇屋敷？」

「そうです。どういうわけか、附近ではその屋敷の事を蛇屋敷と呼んでいるのです。見るからに陰気な建物です」

「よし〳〵、それで冴子さんは一人かね」

「いゝえ、連れがありました」

「何？　連れがあった？　何処でその連れと逢ったのだ」

「ハイ、予め打合せがしてあったのでしょう。ついこの向うに自動車が待っていまして、冴子さんが来ると直ぐ乗っけて駛り出しました」

「フーム。して、その連れというのは一体何者なんだね」

「服部新一です」

「何！　服部新一だって！」

そう聞くと、さすがの鉄光も思わず声をあげて愕然とした。

蠢く壁

雑司ケ谷の奥に、古くから空家になっている一軒の洋館がある。空家といっても貸家札が出ているわけでもなく、荒れるにまかして、誰もその内部を覗いて見た者はない。

どういうわけか、附近の人々はその屋敷の事を昔から蛇屋敷と呼んでいた。多分、庭の辺りによく蛇が這っているところから、ついこんな無気味な名がついたのだろう――と、附近の人々も詳しくはその理由を知らない。

今、この蛇屋敷の表へ近附いて来た三人の男がある。

「大将ですか」

突然傍の闇の中から、一人の男がぬっと姿を現わしてそう声をかけた。

「おゝ、保田だね。どうだね、首尾は？」

「それがおかしいのです。たしかに、この屋敷の中へ入ったのは入ったのですが、それきり、何んの音沙汰もないのです」

「フーム」

鉄光は夜目にもあり〱と不安の色を見せながら、凝っと建物を振り仰いだ。

成程、無気味な建物だ。長い間修理もせずに、風雨に曝らしていたものと見えて、白い壁は処々落ちて、一面に蔓草が伸び放題に伸びている。如何にも妖怪じみた西洋館だ。

「一体、これは空家なのかね」

「いゝえ、空家ではないようです。さっき調べて見たのですが、門のところに城田寓という古びた表札が懸っています。しかし近所で聞くと、もう長い事、誰も住んでいないという話なのです」

「城田寓？　成程ね」

おゝ、城田といえばこの間、服部新一が見附けたという城田伝三郎に何か関係があるのではなかろうか。若しやこの屋敷が、その昔城田伝三郎の住居ではなかったろうか。

鉄光はそんなことまでは知らなかったが、言い知れぬ不安が、むら〳〵と、胸もとにこみ上げて来るのだった。この無気味な家へ、服部新一は何んの用事があって、冴子を連れ込んだのだろう。

「よし、お前たちはこの屋敷の附近を警戒していろ。俺は鳥渡内部を調べて来る」

「大将、一人では危険ですぜ。俺たちのうち誰かを連れて行っておくんなさい」

「馬鹿を言うな。これしきのことに恐れている俺じゃねえよ。それより貴様たちは抜かりなく見張りをしていて、服部新一の奴が出て来たらフン捕えて了うんだぞ」

「へえ、あの服部をですかい？」

「そうさ。何んでもいゝから俺のいう通りにしろ」

鉄光はそれだけのことを言い残すと、ひらりと鉄の門を乗り越えると、漸く玄関へ辿りついた。

意外にも玄関の扉は細目に開いていて、如何にも此処からお入りなさいと言わぬばかりである。

中は漆のような真の闇――

鉄光は暫く躊躇していたが、思いきって一歩中に踏み込んだ。と、その途端、プーンと鼻をついた一種異様な匂い――それは何んとも形容のし難い、むか〳〵と胸の悪くなるような匂いだ。鉄光は手巾を取出して鼻を押えると、勇を鼓して奥の方へ進んで行った。玄関の隙間から、蒼白い月光が斜に差し込んでいるので、歩くのにもそう不自由はしない。

彼はふと廊下の右手にある扉が細目に開いているので、その扉の中を覗いてみた。と、あの気持ちの悪い匂いは一層強烈になって来る。

たしかにこの部屋だ。この部屋の中からあの無気味な匂いは流れて来るのだ。鉄光はそう考えると、その正体を見極めずにはいられなかった。彼は足音を忍ばせて、そっと部屋の中へ忍び込んだ。

と、何処からともなく、サラ〳〵、サラ〳〵という微かな物音が聞えて来る。

四方の壁からのようでもあり天井からとも思われる。いや〳〵四方の壁と言わず、天井と言わず、到るところでサラ〳〵、サラ〳〵と何かの蠢くような物音がするのだ。と、同時にあの胸の悪くなるような臭気はいよ〳〵烈しくなって来る。鉄光は思い切って懐中電灯を取出した。

が、一度その光を壁に向けるや否や、彼はあっと叫んで、思わず二三歩跳び上った。

蛇だ。夥しい蛇の群だ。壁と言わず天井と言わず、一面の蛇がうね〳〵と、無気味に体をくねらせながら這い廻っている。その鱗が動く度に、まるで壁が揺れているように見える程である。

それにしても、蛇は何故その壁から這い出さないだろうと思って、もう一度よく見直せば、分った！

分った！ 壁から天井へかけて一面に細い網が張ってあって、蛇はその網の中に蠢いているのだ。

つまりこの夥しい蛇は、偶然にこの屋敷の中へ這い込んだのではなくて、何者かが飼っているのだ。あまりのことに、さすがの鉄光も思わず眼を外向けた。

と、その途端、廊下の方に微かな物音が聞えた。鉄光がぎょっとして振返えると、足音はよろめくように部屋の方へ近附いて来る。それと同時に、低い啜泣くような声音が聞えた。

一歩、二歩、三歩。

足音と啜泣きの声は次第に間近かに迫って来た。やがて、部屋の前で立止ったかと思うと、いきなりドシンと扉にぶつかるような音がして、よろよろと人影が鉄光の足許へ転げて来た。

鉄光は思わずきっと身構えをしながら、懐中電灯の光を向けたが、一眼相手の姿を見ると思わずあっと叫んで跳び上った。

冴子だ。樺山冴子だ。

男のような洋服に身を固めた冴子が、瀕死の呻き声を挙げながら、鉄光の足許に倒れているのだ。見れば肩のところにぐさりと短刀が刺さっていて、そこから真赤な血がどく〳〵吹出している、――あゝ悪魔は、遂に第二の殺人に成功したのだろうか。

死の熔鉱炉

奇怪な恋愛場面

鉄光は一目冴子の様子を見ると、あゝと叫んでその側へ駆け寄った。

「冴子さん！　冴子さん！　気をしっかり持って！」

冴子はその声に気づいたものか、薄すらと眼を開けると、まるで物に魅かれたように怯えた眼で、おど〳〵と鉄光の顔を打見守っていたが、漸く相手が誰であるか分ると、ほっと安堵の吐息を洩して、そのまゝ又眼を閉じてしまった。

それを見ると、鉄光は言わんかたなき恐怖を感じた。このまゝ冴子は、永久に還らぬ眠りに入ってしまうのではなかろうか。この不可抗な昏迷から、再び目覚める日がないのではなかろうか。――

そう考えると、鉄光は名状し難い胸の痛みを感じた。生れてから此方、かつて一度も味わったことのない感情だ。

何かしら暗黒な、絶望的な恐怖が彼を揺ぶるのだ。

「冴子さん、しっかりしなきゃ駄目だ。眠っちゃいけない眠っちゃいけない」

怪盗鉄光としては、不思議な程取乱した態度でそう叫びながら、必死となって冴子の両手を握りしめている。まるで、その手を離したが最期、彼女の魂は永久に逃げてでもしまいそうに。——だが、暫くすると彼は、漸く日頃の沈着を取戻した。

そうだ。こんな馬鹿げた子供染みたお芝居をしている場合じゃないぞ。馬鹿め、貴様はそれでも、怪盗鉄光と言われる程の男か、は、は、は、——俺も余程どうかしているぞ！　鉄光は自ら嘲りながら、先ず第一に冴子の肉を刺している短刀をそっと引抜いた。

血がぱっと散って、華奢な指先を染める。調べて見ると幸い傷はそんなに深い方ではなかった。兇器は肩甲骨を外れて、僅かに肉の中に喰入っているに過ぎない。若し熟練な医者が診れば、全治に一週間とはかゝらないことを断言したゞろう。鉄光は素早く手当てを済せると、ほっとして額の汗を拭った。

冴子はまだ深い昏迷に陥っている。閉された二つの眼の上には長い睫毛が覆いかぶさって、くっきりと高い鼻のあたりに細やかな陰影をつくっている。抜けるように白い額は恐怖のためか、心持ち汗ばんで、髪の毛が二筋三筋縺れていた。

鉄光はその物静かな、美しい顔をつく〴〵と見守っているうちに、不思議な感情に捉われて行った。未だかつて一度も味わったことのない夢のような甘美な情感だ。彼は我れを忘れて、頭を下げると、美しい額にそっと唇を押しあてた。

十秒——二十秒——そのまゝ彼の姿勢は動かない。

他から見れば、それは世にも奇妙な光景だったに違いない。場所は雑司ケ谷の奥の廃屋の中だ。しかも二人を取り巻くものは、あの無気味な蠢く壁である。何十、何百と数知れぬ蛇の群が、壁一面に張られた金網の中で黙々と、ひそやかに、無気味な蛇行運動を続けている。

その薄気味の悪い部屋の中での不思議の恋愛の場面。

突然、鉄光は夢から覚めたように、冴子の額から唇を離した。相手が微かに身動きをしたからだ。見ると蒼白の面には、さっと一抹の紅味が浮んで、唇がかすかに動いたと思うと、冴子はパッチリと美しい瞳を開いた。

「あら――あなたでしたの」

冴子はまじ〱と鉄光の顔を打見守りながら、そっと溜息を吐くように呟いた。

「あたし、夢でも見ていたのでしょうか」

「夢？　そうです。あなたは恐ろしい夢を見ていられたのです。しかしもう大丈夫、私が来たからには親船に乗った気でいらっしゃい」

「じゃ――、あなたがあたしを救って下すったのね」

冴子は微かに身動きをしようとした。その途端、彼女は初めて肩のあたりの烈しい痛みを意識した。

「あっ！」

と叫ぶと、彼女は美しい眉根を顰めて、かちっと歯を噛みあわせる。

「静かにしていらっしゃい。痛みますか、なあに、傷は浅いから大丈夫です。一週間もすれば元通りになりますよ」

「有難うございます。いゝえ、大丈夫ですわ」冴子は強いて元気な微笑をつくろうとしたが、その途端、何を思いだしたか、彼女はさっと恐怖の色を泛べると、犇と鉄光の腕に縋りついた。

「どうかしたのですか。私が此処にいる以上は大丈夫です。何も怖いことはありませんよ」

「いゝえ、いゝえ」

冴子は美しい瞳を虚空に据えたまゝ喘ぐように呟いた。

「二階へ――二階へ行って見て下さい。あたしは大丈夫です。服部さんが――服部さんが――」

「服部？　服部新一のことですか。服部新一がどうかしたのですか」

「二階の、右から二番目の部屋――あゝ怖ろしい、行って見て下さい。服部さんが、若しや服部さんが――」

鉄光は突然、理由の分らぬ腹立たしさを感じて来た。冴子は何故新一のことをこうも気にかけるのだろう。あんな男なんかどうなっても構わないではないか。

「お願いです。どうぞ、どうぞ私には構わないで、あの人を――あの人を」

　冴子の瞳には名状し難い熱情が現われている。その声は心痛の為めに打慄え、美しい双頬からはさっと血の気が去って、今にも昏倒しそうな様子である。

　鉄光はそれを見ると、一瞬間打挫かれたような気がしたが、すぐ次ぎの瞬間には、やっと気を取直した。

「よろしい。二階の右から二番目の部屋ですね。では、鳥渡行って見ましょう。しかしあなたは？」

「いゝえ、いゝえ、あたしは大丈夫です。あたしよりあの方が――」

「よし！」

　皆まで聞かずに鉄光は、決然として部屋を出て行った。

血の祭壇

　階段も廊下も堆高い埃の山だ。むっとするような悪臭、嘔吐を催しそうな重い空気――鉄光はその薄暗闇を掻き分けるようにしながら、一歩々々気をつけて二階へ登って行った。一つ、二つと数えるまでもなく、冴子の言った部屋はすぐ分った。扉が細目に開かれたまゝになって、其処から紫色の月光が微かに溢れ出している。

　鉄光は護身用の短銃を左の手にしっかり握りしめると、足でいきなり扉を蹴った。さっと一煽り空気が大きく動いたが、部屋の中は藻抜の殼、誰もいない。鉄光は半ば期待を裏切られたような気持がしたが、それでも用心に怠りなく部屋の中へ入るといきなりぴたりと壁に背をつけた。

　誰もいない。部屋の中は重く鈍く静まり返って、人の気配は更らにない。

　冴子の気使った服部新一の姿も見えない。鉄光は安心して、つか〳〵と部屋の中央へ進むと、ぐるりとあたりを見廻した。その途端、ふと奇妙なものが闇に慣れた彼の眼を捉えた。部屋の一隅に、不可思議な祭壇が設けられてある。白木の上に黒布をかけた壇が二つ、その上に何やら飾ってある様子。鉄光は怪訝そうに首をかしげながら、そっと忍び足に側へ寄ると、懐中から取出した点火器をかちっと鳴らした。

　めら〳〵と淡い光があたりの闇を引裂いて、黒い大きな影が、天井から壁へかけてゆら〳〵と無気味に揺れる。鉄光はその光の中で、つく〴〵と祭壇の上を見ると思わず微かな呻き声を洩した。

　祭壇の上には大きな写真が五つ、不吉な黒枠に嵌められて並んでいる。しかもその写真の主というのが、奇怪なことには、総て鉄光の見知っている人々ではないか。

　仙石雷蔵、神前伝右衛門、服部新一、樺山冴子、紫安欣子の五人だ。何者にとも知れず、命を覘われている五人の犠牲者――その写真がずらりと並んでいるのだ。

　しかもよく〳〵見ると、紫安欣子の写真の上には、大きく朱で十文字が描いてあるではないか。

　何んという無気味な祭壇だろう！　何んという冷血な祈りだろう！　殺人鬼は此処で五人の犠牲者を順々に斃して行くために、世にも奇怪な祈禱を捧げていたのだ。昔話に聞く調伏の祭壇――それよりも、もっともっと無気味なことがこの現実の世界でも行われているのだ。

　鉄光はそれを見ると、あまり恐ろしい殺人鬼の執念に、ぞっと背筋が冷くなるのを感じた。見ると祭壇の前には、グロテスクな恰好をした銅壺が置いてあって、中から微かに薄い煙が立ちのぼっている。

　それで見ると、祈りの主はつい先刻までこの部屋にいたものと見なければならぬ。そうだ！　殺人鬼は冴子を斃す前に、此処で祈禱を捧げていたものに違いない。

　それにしても、そ奴は何処に隠れたのだろう。

　鉄光は用心深く部屋の中を見廻した。しかし、がらんとした部屋の中には更に人の気配はない。

思い切って引返えそうとして、もう一度つく〴〵と無気味な写真に眼をやった時だ。彼はふと妙なものを見附けた。

五つの写真の下には、それ〴〵短冊型の真赤な紙が貼りつけてあって、それに何やら文字が書きつけてある様子。

側へ寄って点火器を差しつけてみると日附けだ。赤い紙一ぱいに書いた悪魔の殺人暦、それが一人一人の写真の下に貼りつけてあるのだ。

先ず左から見ると、紫安欣子の写真の下には十月廿五日、樺山冴子の下には十一月五日、それから神前伝右衛門、仙石雷蔵、服部新一と順々に十日ずつ置いて五の字のつく日が記入されている。紫安欣子の殺されたのは確かに十月廿五日だった。そして、今日は十一月五日ではないか。

あゝ、何んという恐ろしい暦だ！　殺人鬼は犠牲者を血祭にあげる日を、予め暦の中に記入しているのだ。恐ろしい殺人暦！　奇怪な悪魔の吸血暦だ！

さすがの鉄光も唖然としてその生々しい日附の上に眼を釘附けにされた。

——とその時である。突然絹を裂くような女の悲鳴が階下から聞えて来た。冴子だ。冴子の声だ。何事かが、また彼女の身に振りかゝって来たに違いない。

鉄光はそれを聞くと、体を扉に投げつけるようにして、部屋から外へ飛び出した。

意外な少女

「アレ！　誰か来てえ！」

冴子の悲鳴に続いて、どたんばたんと格闘する物音が聞えて来る。それを聞くと、鉄光は心臓の凍るような思いがした。如何に彼女の懇願とはいえ、たった一人冴子を部屋の中に残して、一時でも外へ出たことが、犇々と悔まれて来る。階段を石のように転げ降りて行く彼の網膜の上には、血みどろになって兇悪な殺人鬼とあらごうている可憐な冴子の姿が映って来る。

彼は一足に五段、六段と滅多矢鱈に階段を飛下りると、いきなり先刻の部屋へ跳び込んだ。と、その途端眩しい強烈な光がさっと彼の面を打った。

「あゝ、あなた！」

という冴子の叫び声。

しかし、焼けつくような光線に眼をやられた鉄光は、何を見ることも出来ない。

たゞ声によって、冴子がまだ無事だったことだけが彼を感謝させた。

「冴子さん！　冴子さん！」

鉄光は手探りに部屋の中へ進んで行く。その途端、

「あれ、危い！」という冴子の悲鳴。つゞいて、ズドンという銃音。――弾丸がビュッ！　と彼の耳を掠めてうしろへ飛んだ。

「畜生！」

漸く闇に慣れて来た鉄光。ふと見ると、今しも窓に片脚をかけて外へ跳び出そうとする曲者の姿だ。

黒い布に顔半分を隠した洋服姿の男――

「ウヌ！」

鉄光の指先から短刀が飛んだ。

「あっ！」

という悲鳴――窓ガラスにかけた曲者の手からさっと鮮血が散る。が、その次ぎの瞬間には、曲者の姿はもう窓の外へ飛んでいた。

「危い、あなた！」

冴子が縋りつくを振りもぎった鉄光、矢庭に窓かまちに片脚をかける。庭の雑草をかき分けて、ざ、ざ、ざっ――と、栗鼠のように逃げて行く曲者の姿が見える。

「離して下さい。畜生！　彼奴だ！」

「いゝえ、でも――でも、相手は兇器を持っています」

「大丈夫、離して下さい」

離そう、離すまいとあらごうているところへ、銃音を聞きつけたのか、外に待たせてあった鉄光の部下がひょっこり扉の外へ顔を出した。

「大将、どうしました」

「おゝ、保田か。冴子さんを頼んだぞ」

鉄光はそう言い捨てると、まだ縋りついて来る冴

子を突ッ放して、庭の雑草の上へ飛び降りた。

深い雑草の茂みが、この場合却って幸いだった。曲者の逃げて行く後をまるで印づけるように、丈なす雑草がざわざわと左右に揺れる。それを目当てに、鉄光も草の中に頭を突込んだ。庭は思ったより遥かに広い。その中を曲者と鉄光の、まるで隠れん坊のような追跡だ。

今しも雲を離れた月が、この無気味な追っかけごっこを白々と照している。やがて、雑草の切目まで来た。

ふいに眼界が展けて、黒い土の湿りが見える。しかし、曲者は？

其処は裏門の近くに当ると見えて、四五間先に崩れかゝった高い土塀が見える。

しかし、其処から曲者が外へ飛び出したとはどうしても思えない。それかと言って、他には隠れるような場所は何処にも見えぬ。

鉄光は呆然としてあたりを見廻した。その時、極く近くのところでふいに女の声が聞えた。

「あら、あんなところに人がいるわ！」

若い美しい女の声だ。

鉄光はあまりのことに、ぎょっとして声のした方を振返った。

十八九の、まだ女になり切らぬ生々しい顔をした少女が、不思議そうにこちらを見ている。

「あなたは誰？　どうしてこゝへ入っていらしたの？」

少女は臆する色もなく、鉄光の方へ近附いて来る。それには寧ろ、鉄光の方があっけにとられた。

「私ですか。私は怪しいものじゃありませんが、そういうお嬢さんこそ、こんなところで、一体、何をしていらっしゃるのです」

「あら、だってあたしは此処の家のものですもの、あゝ分った。あなたあちらのお化屋敷からいらしたのですわね。沢山蛇がいたでしょう。あなた蛇がお嫌いなんでしょう。それで、そんなに驚いていらっしゃるに違いないわ」

鉄光は呆然として少女の眼を覗き込んだ。綺麗に澄みきった眼だ。何んの邪心も企みもない眼だ。

「お嬢さん！　あなた、此処のお家のものだと被仰ったが本当ですか」

「ほんとうですとも。でも、たゞ番人の娘なのよ。ほら、向うに灯が見えるでしょう。あすこにお父様と二人で住んでいるのよ。このお屋敷の御主人が帰っていらっしゃる迄あたし達は此処に住んでいなければならないのですって」

「ほゝう――ところでお嬢さん、あなたはさっき、誰か此処へ来るのを見ませんでしたか」

「此処へ？　えゝ来たわ、男の人でしょう」

「そうです。そうです。その男は何処へ行きました」

「裏門の方から出て行ったわ。あたしが門を開いてあげたの」

「えッ、あなたが門を開いたのですって？」

「そうですとも。だってあの人、悪者に追っかけられていると言って、手に怪我をしていたんですもの」

　手に怪我をしていたと言えば、確かにさっきの曲者だ。鉄光の投げつけた短刀で、負傷をしたのを鉄光ははっきり覚えている。

「で、その男はどんな様子をしていました」

　鉄光は思わずせき込んだ。この少女の唇から、今や殺人鬼の正体は暴かれようとしているのだ。彼が思わず息せき込んだのも無理ではない。

「あの方、どんな様子って、いつもと同じような風をしていたわ」

「いつもと同じ……」鉄光はふとその言葉を聞き咎めて、

「それじゃ、お嬢さんはその男を御存知なんですか」

「知ってるわ。この頃、ちょく／＼あたしのところへ来るんですもの」

「で、その男の名は――」

「その人の名は？」

　少女は鳥渡首を傾げた。鉄光は焼けつくような眼で、その唇を見つめている。今にも心臓が張りさけそうな気がするのだ。恐ろしい殺人鬼の名前、それがこの少女の唇から洩れようとする。

「服部さんというのよ。たしか服部新一という名だわ」

「何んだって！　服部新一だって！」

　鉄光は突然、地の底へのめりそうな声をあげた。服部新一！　あの男が殺人鬼の本体なのか。その時向うの小屋の方で、

「奈美江、奈美江――」

　と呼ぶ声が聞えた。

「あら、お父さんが呼んでいるわ。じゃあたし、失礼してよ」少女奈美江はそう言い捨てると、軽い足どりで、向うの方へ行ってしまった。しかし鉄光は、それに気もつかない様子で呆然として立っている。彼の頭の中には今聞いたばかりの名前がまるで、火矢のように渦巻いているのだ。

　服部新一！――服部新一！

人造大宝石

　服部新一は一体、この事件にどんな関係を持っているのか。そして、蛇屋敷の番人の娘、少女奈美江の許を、何んのために彼は度々訪問したのか？　それ等のことは後に述べるとして、此処には同じ夜に、全く別の方面で起ったもう一つの惨劇について述べることにしよう。

　宝石王、神前伝右衛門は、その夜川崎の方に持っているガラス製造工場に、遅くまで居残っていた。彼はその工場の社長であると同時に、又かなり優秀な技師でもあった。

　一体、日本の宝石王と言われている伝右衛門の巨富は、大方このガラス製造工場から産れたものである。

　ガラスと言っても其処で製造するのは普通のガラスではなかった。

　誰にも覗かせないその工場を、誰か覗くものがあったとすれば、ドロ／＼の熔塊から、やがて豆粒程の大きさに冷却してゆくガラスの玉を見て、思わず眼を見張らずには居られぬだろう。

　つまりそれは、人造ダイヤの製造工場なのだ。いや、ダイヤばかりではない。ルビー、エメラルド、オパールとあらゆる高価な宝石の類がその工場から

無数に製作される。

しかも、それが一度伝右衛門の持っている銀座の店へ出ると、何千円、何万円という値段がつけられるのだ。一体誰が発明したのか、其処で製造される宝石類は、人造宝石のうちで最も巧妙なものであった。

世界の宝石市場と言われるオランダへ出しても、かつて贋物であることを観破された例がなかった。それ程、そのガラス工場から作り出される人造宝石は、巧妙を極めているのである。伝右衛門はそれだけに、ガラス工場の秘密が曝露することを極度に懼れていた。彼はそれを隠すために一方ではわざと、つまらないガラス製品などを拵えているのであった。だから、世間ではこの高価な秘密を誰一人気附いているものはなかった。それを知っているのは仙石雷蔵と、紫安欣子の唯二人だった。

そしてこの秘密が、遠い昔の秘密と関連しているのでもあった。

伝右衛門は小さな社長室で、さっきからいら〱しながら時計を眺めていた。白い壁にかゝっている月並な柱時計は今しも十時五十分を指している。

遠くの方で車輪の音が聞えるたびに、彼はビクッとして扉の方を振返えった。言う迄もなく、彼も最近、紫安欣子を殺したあの恐ろしい殺人鬼に命を狙われている一人なのだ。従って近頃の彼は、すっかり神経質になっていた。鳥渡した物音、僅かの気配にも、心臓が破裂しそうな怯えを感じる。

殊に、こうして人気のない郊外の社長室に、たゞ一人居残っている場合など、彼の恐怖は極度に増大されるのだ。尤も、殺人鬼の遣口をよく知っている彼は、予告なしに襲われた例がないだけに、今夜のところ幾分安心してもいゝのだ。彼はまだあの真紅の警告状を、一度も受取ってはいないのだから。

柱時計が十一時を打った。

伝右衛門は知らなかったが、それは恰もあの雑司ケ谷の蛇屋敷から、服部新一と覚しい曲者が逃げ去ってから、四十分程後のことである。

ふと扉の外をコツ〱と叩く音に、伝右衛門はぎっくりと振返った。

コツ、コツ、コツコツ、コツ、コツコツ——と、扉を叩く音はある記号を罩めて響く。それは伝右衛門たちの仲に予め定められた暗号なのだ。

コツ、コツ、コツコツ、コツ、コツコツ——伝右衛門はその叩き方に、凝っと耳を傾けていたが、やがてほっと安堵の吐息を洩らした。

「仙石か」

「ウム」

伝右衛門はツカ〳〵と扉の側へよると、扣に手をかけて静かに内へ開いた。その途端、さっと躍り込んで来た一人の曲者——伝右衛門はそれを見ると、ぎょっとして二三歩後退りした。

「だ、誰だ！　き、貴様は！」

男の手には銀色のピストルが光っている。顔半分は黒い布で隠して、眼ばかりが異様に光っている。ピストルを握った手には、白い手巾を捲きつけていたが、その手巾に赤く血が滲んでいるところを見ると、つい今しがた怪我をしたものだろう。

「ダ、誰だ！　キ、貴様は！」

伝右衛門はよろ〳〵しながら卓子に倚りかゝった。

「止せ！　つまらないお芝居は止せ！　いくら押しても駄目だ。その呼鈴の線はちゃんと切ってあるのだ」

「うう」

伝右衛門は、低い呻声をあげながら卓子から手を退いた。

「おい、伝右衛門、お前の待っていた仙石雷蔵の代りに、この俺が飛込んで来たからといって、そんなに驚くにも当るめえぜ。なあ、おい、ゆっくり話をしようじゃねえか」

男はピストルを持ったまゝ、傍の椅子を引寄せると、どっかりとそれに馬乗りに跨った。

「イ、一体、キ、貴様は何者だ！」

伝右衛門は咽喉の奥に何か引っかゝっているような声を挙げた。

「おや〳〵、ひどく又俺の素姓が聞きてえんだな。じゃ、言ってやろう。ほら、紫安欣子をプスリと一突き——な、それがこの俺なんだ。どうだ、そういえば分るだろう」

男の声は、顔に巻きつけた黒布のためか妙に曖昧に聞える。

それがわざと、作り声をしているようにも聞えるのだ。伝右衛門は冷水を浴びせられたような恐怖を感じた。

「そ、それで、貴様は俺に何んの用があるというのだ。貴様は俺を——俺を殺そうというのか」

「ウンニャ、殺すにゃまだ早い。この殺人鬼さまはな、そう易々とは人を眠らせないのだ。おい、伝右衛門！」

突然曲者の声音はがらりと変った。

「あの秘密書類を返してくれ。ほら、人造宝石の製造法を書いたあの秘密の書類だ」

「えッ？」

伝右衛門はそれを聞くと、髪の根まで白くなるような恐怖に打たれた。

熔鉱炉の焔

「人造宝石の作り方だって？　ソ、それは一体、何んのことだ」

「白ばくれるのは止してくれ。へん、この御大層なガラス工場の中で一体何を作っているのか、世間の人はいざ知らず、この俺の眼ばかりは誤魔化すわけにはゆかねえぞ」

伝右衛門は烈しい困惑を感じた。一体この男は何者だろう？　そして、どうしてこの秘密を知っているのだろう。

元来、この人造宝石の秘密を知っているのは、最初より六人しかいない筈ではないか。

仙石雷蔵、紫安欣子、冴子の伯父の樺山勝五郎、新一の父服部省吾、そして神前伝右衛門の他にもう一人加えて都合六人。しかし現在では、仙石雷蔵と伝右衛門を除いた他の四人は、皆亡くなっている。従って、今ではこの大秘密を知っているのは、仙石雷蔵と伝右衛門の他には誰一人いない筈なのだ。

それをどうして、この男は嗅ぎつけたのか。それよりも一体、この男は何者なのだ！

「おい〳〵、思案をしている場合じゃないぜ。もともとあの秘密書類は貴様のものじゃねえんだぜ。そうとも、お前たち五人のものがある男から捲上げたものなんだ。それを俺が取返えして正当な持主に返えしてやろうというんだ。おい伝右衛門何んとか挨拶をしねえか」

曲者のピストルはじり〳〵と伝右衛門に向って進んで来る。伝右衛門は形容しがたい恐怖に打たれた。男の眼には覆い切れぬ殺気が漲っている。彼は決して、こけおどしのためにピストルを弄んでいるのではないのだ。

「おい、黙ってちゃ分らねえ。返えすのか、返えさねえのか」

「か、返えせない。……」

「ナニ、返えさない？　フフフ、貴様はこうしているうちにも、あの仙石の親父がやって来るかも知れねえと、そいつを頼みにしているんだろう。よし、それなら貴様に見せてやるものがある。あれを見れば少しゃ薬が利くだろう」

男は背後を振り向くとピュッと口笛を吹いた。と、予め待たせてあったのだろう。同じく覆面をした男が二人、バラ〳〵と部屋の中へ飛び込んで来た。

「親分、何か御用で」

「ウン、この老耄を彼処へ連れて行け」

「承知しました。じゃ、いよ〳〵、荒療治と出かけるんですかい」

「あまり剛情だから、少し目を覚してやるんだ」

曲者はそういうと、ピストルを懐中へしまって、自分から先に立って悠々と部屋を出て行った。二人の男はバラ〳〵と伝右衛門の側へ寄ると、しっかりとその両腕を握った。

一体どうしようというのか、荒療治というのは何を意味するのか、伝右衛門には少しも分らなかった。しかし、彼がたゞ一つ心頼みにしていることは、相手がこのまゝ自分を殺して了うのではないだろうということだった。あの書類の所在を知っている者は、自分を除いては他に一人もない。仙石雷蔵さえも知らないのだ。

従って、彼を殺して了えば彼等の欲しがっている書類は永久に手に入らないことになるのだ。伝右衛門はそう考えると、些か心が易らかになるのを感じた。

何処へ行くのか、二人の男は伝右衛門の両腕を捉えた儘ひそやかな足どりで進んで行く。

一言でも叫べば、忽ち跳びかゝって、猿轡をはめる用意をしているのだ。首領らしい男は、先きに立ったまゝ振返りもしないで、進んで行った。それがゴタ〳〵した工場の一画で、壊れた機械だの、金屑だのが堆高く積上げてある。

それを巧みにくゞり抜けながら、この奇怪な行列は黙々として進んで行く。

やがて、ふと、首領が足を止めた。それに続いて、後の三人も足を止めた。

「これをかけろ！」

首領がポケットから何か取出して、伝右衛門に渡した。青眼鏡だ。

「そいつをかけて、この工場の中を覗いて見るんだ」

伝右衛門はぎょっとして、首領の顔を振返った。

ガラス工場というのは何処でも普通厚い煉瓦で周囲を包まれていて、ところ〴〵に覗き穴が拵えてある。そしてその覗き穴から中を覗く時には誰でも青眼鏡をかけなければならないのだ。そうしないと、溶融したガラスの白光のために、いつ何時視覚を失うかも知れないのである。

曲者はそんなことまで知っているのだ。

伝右衛門は眼鏡をかけると、命じられるまゝに恐る〳〵覗き穴へ眼を当てた。と彼は思わず二三歩後退りした。

工場の中に、沸々とたぎり立っている大熔鉱炉――その熔鉱炉の上に、一人の男がブラ下っているではないか。しかもその男というのが、他でもない。仙石雷蔵だ。彼は恐怖のために眼を見張り、舌をだらりと垂れて、必死となって踠いている。

魂ぎるような叫声を挙げているらしいが、厚い煉瓦塀に遮られて聞えない。血管は今にも破裂しそうにふくれ上り、髪の毛は一本残らず逆立っている。

まるで地獄絵だ。いやそれよりも、もっと〳〵恐ろしい現実なのだ。体に巻きついている綱が切れたが最後、雷蔵の体は一瞬にして、熔鉱炉の焔と消えてしまわねばならないのだ。

「おい、これでも言わねえのか。貴様が言わぬとあらば、あの綱を切るまでだ。そうすりゃ、可哀そうに雷蔵の体は煙になって了うんだぜ」

伝右衛門は必死になって踠いた。

何んという恐ろしい光景だ。この殺人鬼は決して、唯では人を殺さない。彼は犠牲者を血祭にあげる場合、いつも其処に見物人を置いておくのだ。しかしこれは、何んという恐ろしい見世物だったろうか。中にいるのは伝右衛門と同じ仲間だ。そして彼が、若し一言否といえば、その仲間は一瞬にして熔鉱炉の焔と化してしまう。

沈黙すべきか、語るべきか。——

「おい、何んとか言わねえか。俺アそう長くは待てねえ性分なんだ」

伝右衛門の額にはビッショリ汗が浮んでいる。彼の眼前には、今や旧知の友が瀕死の躍りを躍りつゝあるのだ。しかもその命は彼の一言にかゝっているのである。

しかし伝右衛門は、その時ふと、残忍な微笑を洩した。雷蔵を殺して了えば、このガラス工場の利益は自分一人のものになる。曲者との闘いはその後の事だ。彼は突然はっきり言った。

「言わぬ！」

それを聞くと同時に、首領はピュッと高く口笛を吹いた。と思うと、雷蔵を釣していた綱がぷっつりと切れた。

工場の中に隠れていた仲間の者が、綱の端に刃を当てたに違いない。

その瞬間、ぱっと熔鉱炉の中から青白い焔が上った。それきりだった。

一瞬の青白い焔——それきり雷蔵の姿は彼等の眼前から消え失せた。

そして仙石雷蔵の存在は、最早この宇宙から完全に抹殺されたのである。

密室の髑髏

殺人鬼の正体

「服部さんが、あの恐ろしい殺人鬼ですって？　まあ！　あたし信じられませんわ。とてもとても、あたしそんなこと信じられませんわ」

　冴子は唇まで白くして、かすかに細い肩を慄わせた。

　打ちつゞく恐怖、惨劇のために、彼女の繊弱い体はいよいよ痩せ細って、まるで風にも得耐えぬ風情である。

　鉄光はそれを見ると、世にも痛ましい同情にうたれるのだった。しかしこの並々ならぬ恐怖も、もう大詰に近づいているのだ。

　殺人鬼の仮面は今や剝がれようとしている。いや、否が応でも、自分の手で引ん剝いてやらねばならないのだ。そして、この可哀そうな犠牲者を恐ろしい死の脅喝から救ってやらねばならぬ！

「今に分ります。服部新一があの恐ろしい殺人鬼であったという証拠を、今にお目にかけますよ。しかしその前に、この間の夜、あなたがどうして邸を抜出して、あの蛇屋敷へ行かれたのか、それを一つお伺いしようじゃアありませんか」

「えゝ、そのことなら申上げますわ」

冴子はふと、シェードを下した自動車の窓から、遣瀬ない視線を外に向けた。

彼等二人を乗せた自動車は、今麻布六本木にある服部新一の邸宅へ向っているのだ。向うへ着けば、新一が殺人鬼であったという証拠を見せてやろうという鉄光の言葉である。

しかし、しかしそんなことを信じられるだろうか。服部新一が紫安欣子を殺し、そして自分を殺そうとした恐ろしい殺人鬼？　そんなことがあり得るだろうか。

「あの日、服部さんがお昼頃にいらした時、誰にも知れないように、こっそり小さな紙片を下すったのですの」冴子は深い溜息と共に、低い声で語り始めた。

「それには、今夜邸にいる事は却って危険だから、誰にも知れないようにこっそり抜け出して来いと書いてあったのですわ。そうすれば、自分が発見した秘密を、何も彼も打明けてやろうというのです。で……」

「あゝ、それであなたは、探偵たちに睡眠剤を飲ませておいて、こっそり抜出したのですね。しかし、女中を身代りに、ベッドの上へ寝かせておいたのは、あなたの智慧なんですか」

「えゝ、そうですの。まさか、あんな恐ろしい仕掛けがベッドに施してあるとは、あたし夢にも知らなかったものですから」

「御尤もです。で、邸を抜出してからどうしました」

「あたし、江戸川まで歩いて行ったのです。すると、服部さんが自動車で待っていて、あたしを蛇屋敷まで連れて行きましたの。そしてあたしたち、あの恐ろしい呪いの祭壇がある部屋まで入って行ったのですわ」

「一寸待って下さい。その時服部新一は、あの邸の鍵を持っていましたか」

「えゝ、持っていらっしゃいましたわ。まるで、御自分のお家へでもお入りになるような御様子でしたわ」

「そうですか」鉄光は眼を瞠ると、さも満足げに何か頷いていたが、

「有難うございました。それから……」

「えゝ、それから、あたしあの気味の悪い祭壇を見せられて、びっくりして了いましたの。まるであたし、気が遠くなる程驚いて了いましたわ。ところが、その内にふと気がついてみると、いつの間にやら、服部さんの姿が見えなくなっているじゃありませんか。あたしぎょっとして、二三度呼んでみましたが、何処からも返事は聞えて来ません。あたし、もう恐ろしくて恐ろしくて、一時もそんな場所に凝っとしている事は出来ませんので、急いで部屋を飛出すと、階段を下りようとしたんですの。その時ふいにうしろから、ぐさっと肩のあたりを刺されまして……」

「その時あなたは、相手の顔を御覧にはなりませんでしたか？」

「いゝえ……でも肩を刺された瞬間、あたしはもう気が遠くなって後のことは少しも覚えていないのですもの……」

冴子は今更のように、あの夜の恐ろしさを思い出して、ぶる〱と細い肩を慄わせた。無理もない。彼女の肩のあたりには、今もなお、あの夜受けた傷口がまざ〱と残っているのだ。

「あなたは、それを服部新一の仕業だと思いませんか。あなたをあの蛇屋敷へ連れ込んで、何処か暗闇の中に身をひそめていて、突然背後から刺し殺そうとしたのだとは思いませんか？」

冴子は遣瀬なげに首をうなだれて、黙って唇を噛んでいる。彼女の頭の中には、今しも大きな疑惑が渦巻いているのだ。その疑惑は、鉄光の手によって、ふいに投げられたものだったが、それに反抗しようとすればする程、今では益々大きくなって行こうとする。打消そうと努めれば努める程、それは打消し

難い確固たる信念に変って行く。

「でも、でも……」

冴子は自分の疑惑と闘うように、「あの人が若しあたしを殺そうと思うんでしたら、何もあの蛇屋敷まで連出す必要なんか少しも厶いませんわ。だって、あんな巧妙な仕掛けがベッドに拵えてあったのではございませんか」

「それもそうです。しかし、私の考えはそれでも変りませんよ。見ていて御覧なさい。あの男が犯人であるという確かな証拠を今直ぐにお目にかけますよ」

鉄光が自信ありげにそう言った時である。

自動車がガタンと一揺れ、大きく揺れたかと思うと、ぴったりと停まった。服部新一の邸の表へ着いたのだ。

切断された指

「服部さん、いらして？」

冴子が、かねて顔見知りの女中に訊ねると、

「旦那様でございますか」

玄関へ出迎えた女中は慇懃に手をつかえながら、

「旦那様は、この間から、ずっとお帰りになりませんので……」

「まあ、そんなに長いことお帰りにならないの？」

「えゝ、もう一週間ばかり……はい、たしか十一月の五日にお出かけになったきり、何んの音沙汰もございませんので、あたしどもも心配申上げているところでございますの」

「まあ十一月の五日？――」

冴子ははっと息を飲込みながら、背後に立っている鉄光の方を振返った。十一月の五日と言えば、忘れもしない彼女が蛇屋敷で危禍に遭った日ではないか。そうすれば、あの日以来彼は、自分の邸へも帰って来ないのだろうか。鉄光は無言のまゝ、意味ありげに冴子に眼配せをした。

「あの、あたし、服部さんに是非申し伝えねばならない用事がございますの。一寸お居間の方へ通して戴いては御迷惑でしょうか」

「はあ、どうぞ」

冴子は度々この邸を訪問したことがあると見えて、女中は何んの躊躇もなく身を引いた。

「そう、では一寸失礼いたします。この方、やはり服部さんのお友達なんですけれど……」

「えゝ。どうぞ、どうぞ」女中は何んの疑いも抱かずに、快く二人を新一の部屋へ通した。

女中が退くと、鉄光の様子は急にがらりと変わった。彼はいかにも忙しげに辺を見廻しながら、

「お聞きになりましたか。服部新一はあの夜以来、自分の邸へも帰らないのですよ」

冴子はそれに対して答える術も知らない。

こうして鉄光の言葉が、一つずつ実際となって現れて来る度に、彼女は言い知れぬ恐怖を感じるのだった。

「見ていて御覧なさい。今に手品の種をすっかり割ってお目にかけますよ」

彼はそう言い捨てると、急に敏捷に立働き出した。部屋の中の、どんな些細な秘密も見出さずには置かぬという風に、炯々と輝く眼光を八方に配りながら、その指は急がしく卓子から壁、壁から本棚へと這い廻る。

冴子はそれを見ると、恐ろしい期待のために、胸もついえそうな気がするのであった。

突然鉄光が勝ち誇ったような叫び声を挙げた。

「あった。あった。これを御覧なさい！」

鉄光の声に、ふと顔を挙げた冴子は、その瞬間、さっと顔色を失った。

片方の壁に立てかけてある本棚が、今や鉄光の手によって一尺ばかり横へのけられた。その後に、五寸平方ばかりの穴が開いている。鉄光はその穴の中へ手を突込むと、何やら手に一杯掴み出した。それはまぎれもなく、殺人鬼がいつも死の予告に用いるあの真紅な紙片だ。

「フフフフ。あるぞ、あるぞ、この穴こそ、恐ろしい手品の種明しだ」

鉄光はにや〳〵と薄気味の悪い微笑を泛べながら、次から次へと種んなものを掴み出した。顔を覆う為の黒布、手袋、ピストル、短刀——だが、最後に掴

み出したものを見た時、流石の鉄光も思わずあっと声を挙げた。

「こりゃ、どうしたのだ。人間の指じゃないか！」

冴子もそれを見ると、失心せんばかりに驚いた。如何にもそれは人間の指だった。根元から、ぷっつりと断ち落された生々しい薬指——しかもその指には、ダイヤモンドの指輪が燦然と光を放っているではないか。

「フン。この指輪が抜けないものだから、指ごと切り落したんだな。何んという残酷な真似をする奴だろう。それにしても、この指は一体誰のだろうな」

冴子は怖々、鉄光の背後からそっと覗き込んだ。が、その途端、彼女は唇まで白くなるような恐怖に打たれたのである。

「あっ！　その指輪には見覚えがございますわ！」

「え！　この指輪に見覚えがある？　一体、誰の指輪です！」

「あゝ、でも、まさか、まさか——」

冴子は歯を喰いしばり、拳を握りしめたまゝ、まるで幽霊でも見るような眼附きで、凝っと虚空を見詰めている。その眼の中には、名状しがたい恐怖の色が泛んでいた。

「え？　言って御覧なさい。これは誰なのですか！」

「はい、それは——」

「冴子さん、躊躇したり、怖がったりしている場合ではありませんよ。さあ、早く言って下さい」

「はい、それは——それは仙石雷蔵さんの指でございますわ！」

冴子はそれだけ言うと、もう立っている事すらも出来ない様子であった。

彼女は、よろ〳〵と蹌踉いたかと思うと、そのまま、ぐったりと傍の寝椅子に腰を落してしまった。

あゝ、仙石雷蔵といえば、冴子が蛇屋敷で襲われた晩、同じく殺人鬼の手によって、熔鉱炉の焔と化した筈ではないか。

彼の指が此処に残っているとすれば、恐らく彼は、死の直前に、無慙にも指を断ち落されたものに違いない。殺人鬼は一体何んのために、そんな恐ろしいことをする必要があったのだろう。

鉄光や冴子は、雷蔵が殺されたことはまだ知っていなかった。

しかし彼等は、この指を見た瞬間、ある恐ろしい想像のために、思わずぞっと身を慄わせたのであった。

奇怪な老人

鉄光も冴子も、石のように黙りこくっていた。たった今見た恐ろしい情景が、まるで悪夢のように冴子の頭にこびりついている。最早断然打消すことのできない真実の証拠を、彼女はまざ〳〵と二つの眼で見て来たのだ。そんな事があってよいことだろうか。あゝ！　何んという恐ろしい偽瞞だ。裏切りだ！

冴子に対して、さも親切らしく、力づけていた新一こそ、その実恐ろしい吸血獣だったのだろうか。

「これから又何処へ参りますの」

冴子は散々思い悩んだ。疲れ果てた眼をあげると、まるで訴えるように鉄光の顔を振り仰いだ。

「雑司ケ谷まで」

鉄光は簡単にそれだけ言うと、それきり唇を閉じてしまった。彼の頭の中にも、今大きな渦が巻いているのだ。あまりあっけなく、万事が明るみへ出されたことを、彼は今つらつらと考えているのだ。

あんなに用意周到な犯人としては、あまり雑作なく証拠が発見され過ぎた。これが果して、犯人の残して行った真実の証拠だろうか。鉄光は今迄、この犯人の遺口を鬼畜の如く憎悪していたゞけに、この解決はあまり雑作がなさすぎるのだ。

鉄光よ！　貴様は少し図に乗り過ぎているぞ。こんなに易々と尻尾が押えられるなんて、少し怪しいとは思わないのか。気をつけろ鉄光！

然し鉄光は、今迄見て来たこと、して来た事を振返って見て、何処に間違いがあろうとも思えないのだ。万事は服部新一を指さしている。

「あいつが犯人だ！　間違いがあって耐るもんか！」

鉄光は低い呻き声と共に、そう呟きながらふと窓外に眼をやった。自動車は今、江戸川のほとりを走っている。

「あなたは先刻(さっき)の指をどうお考えになりまして?」

冴子は物惑(ものまど)わしげな眼で、鉄光を見返えりながら訊ねた。

「どう考えると言って、他に思いようはありませんね。あの指輪が仙石雷蔵氏のものである以上、あの指も雷蔵氏のものに違いありませんよ」

「でも、もしあれが仙石さんの指としたら、一体、仙石さんはどうなすったのでしょう」

「無論、殺されたのに極(きま)っています。先刻(さっき)も仙石邸へ電話をかけて聞いてみたのですが、雷蔵氏が、行方不明になったのは、十一月五日の夜からだそうです。つまり、あなたが雑司ケ谷の蛇屋敷で襲われたと同じ晩です。そしてその夜から、服部新一の行方も分らなくなっているのです」

「では、では——あの晩、仙石さんは何処かで殺されたのでしょうか」

「そうとしか思えませんね」

「あたし、神前さんにお伺いすれば、何か分ると思いますわ。あの方は、仙石さんとは特別にお親しかったのでございますし……」

言いかけて、冴子は何に驚いたのか、ぎょっとしたように自動車の隅に身を縮めた。

「おや、どうかしたのですか」

「いゝえ、何んでもありませんの……」冴子は肩をすぼめて、低い声で言った。

「あたし、何んだか気分が悪くて耐りませんのよ」

「もう少しの御辛抱(しんぼう)です。ほら、もう直ぐに蛇屋敷です」

「まあ、蛇屋敷へ参りますの?」

「そうです。すべての秘密はあすこにあるのです。私はあの夜以来、度々蛇屋敷を訪ねて、留守番の弥(や)吉爺(きちじい)さんや、娘の奈美江という少女とすっかり心易くなったのですが、探れば探る程この事件には深い秘密がありますよ」

丁度その時、彼等の乗った自動車は、雑司ケ谷の陰惨な蛇屋敷の裏門の前へ着いた。成程(なるほど)、度々来たというだけあって、鉄光はよく勝手を知っていた。彼は冴子を車から助け下ろすと、古びた鉄門を何んの雑作なく開いた。中は丈なす雑草だ。その雑草の向うに冷い、灰色の、見るからに無気味な建物が見える。かつての夜、あの建物の中で、恐ろしい危難に遭ったのだと思うと、冴子は思わず寒そうに肩をすぼめた。

「冴子さん、どうなすったのです」

「あたし、でも……」

「大丈夫です。私たちが用事のあるのはあの建物の方ではありませんよ」

彼等が雑草の中の小径(こみち)を五六歩行くと、突然向うから、六十あまりの爺さんが出て来た。「あゝ、弥吉爺さんだ」

弥吉爺さんは、不思議そうに二人の様子を見較(みくら)べていたが、鉄光が何か合図をすると、やっと安心したらしく、おず〳〵と側へ寄って来た。

「あゝ、旦那(だんな)でございましたかい」

「爺さん、今日は。今日は又訊ねたい事があってやって来たよ。ところで奈美江さんはどうしたね？」

「奈美江ですかい。奈美江は今、あるお方と一緒に出て行きましたよ」

爺さんは不安そうに冴子の顔を見ながら、おずおずと言った。

「あるお方って誰だね。あゝ、この方か。この方なら決して心配はいらない方だ。何も彼(か)も言っておしまい」

「はい、あの、神前伝右衛門さまと御一緒に出かけましたので……」

「何？　神前伝右衛門か？」鉄光がそう叫ぶのと一緒だった。冴子があっと軽い叫び声をあげた。

「じゃ、やっぱりそうだったのだわ。さっき擦(す)れ違った自動車——あの中に、確(たしか)に神前さんが乗っていらっしゃいましたわ。そうです。若い、美しい御婦人と……」

鉄光と冴子は思わずひたと顔を見合せた。

神前伝右衛門が蛇屋敷の番人奈美江を連れ出したのだ。一体それにはどんな意味があるのだろう。

「へえ、それはこうなのでございますよ」

弥吉爺さんは問われるまゝにおず〱と語った。

「つい先刻、神前さまが大周章てに周章てゝいらして、奈美江に用事があると言って、無理矢理に自動車で連れて行かれたので……」

「まあ！」

と、冴子は大きく息を吸い込みながら、

「じゃ、爺さんは前から神前さんをよく御存知なのね」

「えゝ、えゝ、よく存知て居りますとも。神前さんも、仙石さんも、この間亡くなられた紫安欣子さんも、それから新一さんのお父上の服部省吾さま、それにあなたの伯父さまも……」

「まあ！　じゃ、爺さんはあたしを知ってるの」

「はい、はい。樺山勝五郎さまの、姪御さまでございましょう」

冴子は思わず息を内へ引いたまゝ、眼を丸くして、この不思議な老人の顔を見詰めていた。一体、この爺さんは何者だろう。どうして、自分の伯父や、その他種んな人々を知っているのだろう。老人は、しかし冴子のその驚きには眼もくれないで、不安そうに鉄光の方を振返った。

「旦那さま。何かしら、又よくない事がこのお屋敷で起っているようでございますよ。はい、わたくしはちゃんと知っているのです。誰かゞ、このお屋敷の中で殺されかけておりますじゃ」

「え？」

鉄光は思わずそう言い返した。

「はい。二階のあの恐ろしい祭壇のあった部屋、あすこへ行って見なされ。人の呻き声が何処からか聞えますぞ。昔、城田の旦那さまが行方不明になられたお部屋じゃ」

弥吉爺さんはそれだけの事を言うと、さも恐ろしそうに肩を揺って、そのまゝすた〱と向うの方へ立去った。

「城田ですって？」

冴子はふと、老人の言葉を聞きとがめて、

「今、爺さんは確か城田とか言いましたわね」

「そうです。城田伝三郎というのが、この建物の所有主なのですよ」

「まあ」

冴子はふと、かつて服部新一の言った言葉を思い出した。城田伝三郎！　この名前こそ、総ての秘密の背後に隠されている恐ろしい謎だ。――服部新一は確かにそう言ったではないか。

「行ってみましょう。人の呻き声がするという部屋へ行ってみましょう」

冴子は何を思ったのか、突然鉄光の腕に縋りついてそう叫んだ。

「大丈夫ですか」

「大丈夫ですわ。あたし、この秘密を、底の底まで突きとめないではいられませんわ」

「よろしい。その覚悟なら大丈夫です」

鉄光は冴子の手をとると、丈なす雑草をざわ〳〵と掻き分けて行った。老人の言葉も気にかゝるし、奈美江の行方も気になった。しかし今の場合あの部屋を検めてみるのが、何よりの急務だった。幸い、前に一度来た事があるので、問題の部屋を見附けるのは何んの雑作もなかった。

がらんとした薄気味の悪い部屋の隅には、依然として、あの呪いの祭壇がしつらえてある。夜見た時もそうだったけれど、昼見ると一層無気味な妖気に満ちていた。

「この部屋ですわね」

冴子はこの間の夜の事を思い出して骨の髄まで冷くなるような恐怖を感じた。

「そうです。この部屋です」

その言葉がまだ終らないうちに、二人は突然、ぎょっとして床から跳び上った。何処からともなく、かすかに這いのぼって来るかすかな人の呻き声。――泣くような、或いは恨むような、まるで地獄の底からでも、聞えて来るような、低い、細い絶え絶えな呻き声だ。

「まあ、怖い」

「しっ！」

鉄光は冴子をたしなめながら、静かに声のする方へ近寄って行った。声は一方の壁を伝って、遥か床の下から聞えて来るのだ。その壁の前には、あの呪いの祭壇がいまわしく飾られている。

「此処だ！」

突然、鉄光はそう叫んで祭壇を蹴返えした。しかし、何も見当らない。堆高く積った白い埃があるばかりだ。

「冴子さん、手を貸して下さい。何処かこのあたりに隠し戸があるに違いありません」鉄光はその辺の壁をこつ〳〵と叩きながら叫んだ。冴子もそれに倣って、盲滅法に壁の面を撫でていた。ふと、彼女の繊細な指先が、その壁の面の小さな突起に触れた。

と思うと、突然、壁の下部に仕掛けてあった嵌板がするすると床の下へめり込んだ。後には漸く人間一人入れるか入れないくらいの真黒な穴があいた。

「あれ！」

と、冴子が跳びのくと同時に鉄光がつか〳〵とその側へ寄って来た。呻き声が急に高くなって来た。たしかにこの穴の奥に、誰かゞ幽閉されているのだ。

「冴子さん入ってみますか」

「あたし。――あたし恐ろしい！」

冴子は、唇まで白くなっている。

「よろしい。じゃ、私一人入ってみましょう。あなたは此処で待っていて下さい」鉄光はそう言い残して、その狭い穴の中へ入って行った。

其処は半坪程の空地になっていて、すぐ脚下から、下の方へ通じる石の階段がある。それは部屋と部屋との極く僅かな隙間を利用して作られた秘密の通路なのだ。

鉄光は用意の懐中電灯で、脚下を照しながら、一歩々々階段を下りて行った。

何十年という長い間、ついぞ陽の目を見たことのない闇の階段は、まるで噎ぶような悪臭に満ちていて、うっかりすると、窒息でもしそうな程、埃が堆高く積っていた。

階段は二十段あまりあった。それを下りると、鉄光は突然、広い石畳の部屋へ出て来た。壁土がざらざらと落ちていて、空気が骨を刺すように冷い。鉄光は何気なく、懐中電灯の灯を一方の壁に向けた。と、さすがの彼も、髪の白くなるような恐怖に打たれた。

壁を背にして、骸骨が坐っているのだ。眼も鼻もない醜い骸骨が、まるで刺すような笑いを、唇のない歯並みの間に泛べて、凝っと洞ろの眼でこちらを見ている。

一瞬間鉄光は、その骸骨が生きていて、今にも跳びかゝって来そうな恐怖を感じた。一体、あの気味の悪い呻き声は、この髑髏の歯並の間から洩れているのだろうか！　ふいに呻き声が高くなった。鉄光はぎょっとして、その方へ電灯の円を向けた。見ると、今迄気附かなかったけれど、その髑髏と並んで、一人の男が臥伏せに倒れているではないか。呻き声はその男の唇から洩れているのだ。

鉄光はつか〳〵とその男の側へ寄った。見ると臥伏せになった後頭部が、柘榴のように割れて、髪の毛一杯に赤黒い血がこびりついている。

鉄光はその男の肩に手をかけた。

「おい、君、君」

二三度揺ってみたが答えはない。呻き声が高くなるばかりだ。鉄光は思いきって、その男の顎へ手をかけると、ぐいと顔を引き上げた。

その途端彼は、

「あっ！」

と叫んで、思わず手を離すと棒立ちになってしまった。男というのは服部新一ではないか！

服部新一が此処にいる。しかも瀕死の重態で、人事も弁えない！　一体、これはどういうわけだ。鉄光は突然、眼の前の壁が自分の方へ倒れかゝって来るような惑乱を感じた。今の今まで彼は、服部新一を犯人だとばかり思っていたのだ。そして、総ての事件を、その考えから出発して解決していた。それだのに、今、彼の想像が根本からくつがえされたではないか。突然鉄光は、床から跳び上った。何を思ったのか、彼は夢中になって、今降りて来た階段を登って行った。しかし、階段を半分も登らぬうちに、彼は思わず低い呻き声を挙げた。彼が今潜り込んで来た隠し戸がぴったりと締っているではないか。

「冴子さん、冴子さん！」

鉄光は階段を登り切ると、夢中になって扉を叩いた。

しかし、冴子の答えは聞えなかった。

あたりは森として人の気配もない。鉄光は初めて恐ろしい罠に気がついた。

隠し戸は想像していたよりも、何倍も何倍も頑丈に出来ている。彼は今完全に袋の中の鼠だ。それにしても、冴子は一体どうしたのだろう。

焔の肉団

悲憤の遺書

蛇屋敷の奇怪な密室に閉籠められた隼白鉄光は、最早全く手も足も出なくなってしまった。

厚い篏板は打てど、叩けど、びくともしない。広いがらんとした空屋敷——しかも、恐ろしい蛇を飼う屋敷とて、誰一人近附こうとしない蛇屋敷の奥まった密室の中だ。呼べばとて、叫べばとて、人の耳に届こうとは思われない。

「冴子さん——冴子さん！」

鉄光はさき程から、何度となく繰返えした名を更らにまた呼びつゞける。

今の場合彼にとって、唯一人の救いの神は冴子あるのみだ。冴子はこの篏板の向うにいる筈だ。どうして返事をしないのか？　どうして自分を救い出そうとしないのか？

突然鉄光の頭に、恐ろしい考えが浮かんで来た。

——冴子も亦賊の術中に陥っているのではなかろうか。鉄光をこの密室に閉籠めた悪魔は、更に冴子の上へまで毒手を伸ばしているのではなかろうか。そうだ！　それより他に考えようはない。

　そう考えると、鉄光は言いようのない不安に駆られた。冴子の救援が待てないとしたら、彼は否が応でもこの密室を、自分自身の手で破って出なければならないのだ。

　しかし、打見たところこの厳重な、鉄のように厚い鍁板をどうして破ることが出来よう。彼はさっきから叩きつゞけて、赤くなった掌を見ながら、ふと考えを直して、さっき登って来た階段を下の方へ降りて行った。

　長い間、陽の目を見ない密室の中は、堆高く積んだ埃のために、身動きをする度に、窒息しそうないやな臭気である。鉄光は用意の懐中電灯で足下を照しながら、その無気味な密室の中へ入って行った。

　壁には、例の気味の悪い髑髏が、さっきのまゝの姿勢で倚りかゝっている。その髑髏の足下には服部新一が、相変らず苦しげな呻声を挙げていた。

——間もなく鉄光はすっかり日頃の落着きを取戻した。急にこの密室を破ることが出来ないとなれば、いゝ思案が湧いて来るまで、とも角この部屋の中の様子をよく見て置こう。——鉄光は懐中電灯をしまうと、ポケットから一本の巻煙草を取出した。かちっ、とライタアが鳴る。やがて彼は、悠々と紫色の煙を吐きながら、ライタアの光の中でつく〴〵と辺の様子を見廻した。

　壁に倚りかゝっている何者とも知れぬ髑髏——鉄光は先ずその方へ体を跼めた。

　髑髏の着ているボロ〳〵の衣服から見て、それが十数年以前から、この部屋の中に横っているものであることが推察される。

　多分この男も、鉄光や服部新一と同じように、この部屋へ閉籠められたまゝ、飢えか、或いは他の理由で、冷い骨になって了ったのであろう。骸骨の保っている一種異様な歪んだ姿勢が、当時の苦悶の様を如実に物語っているように思われる。

それにしても、この骸骨の主は抑も何人であろうか。

鉄光がそう思って、ふと体を前に乗出した時である。果敢ないライタアの焔のまたゝきの中に、壁面に書かれた異様な文字が眼に映った。

おや――とばかりに、鉄光は身を起した。そして、あわてゝライタアの火を消すと、再び懐中電灯を取出した。

壁に書かれた文字というのは、多分、暗闇の中を手探りで書いたものだろう。

ところどころ書き損ったり、重なり合ったり、猶その上に、長い年月のために壁面が摺り減らされて、判読するに随分骨が折れた。

だが、それは間違いもなく、其処に横っている骸骨の手によって、死の直前に書き綴られた無念骨髄の遺書なのだ。文意は凡そ次のようなものである。

毒瓦斯襲来

――余、城田伝三郎ハ五人ノ悪漢毒婦ノタメニ、明治四十五年十月廿二日此ノ所ニ閉籠メラレタリ。余ノ命間モナクコノ所ニ於テ亡ビン。余ハソノ死ノ直前ニ於テ、コノ怨ミノ遺書ヲ此処ニ書キ残スモノナリ。

――五人ノ悪漢毒婦トハ左ノ人物ナリ。樺山勝五郎、服部省吾、仙石雷蔵、神前伝右衛門、紫安欣子――何ガ故ニ彼等余ヲ陥レタルカ。余、今ソノ理由ヲ左ニ述ベン。余ハ世界ノ富ヲクツガエスベキ大イナル発明ヲナシタリ。コノ発明ガ大規模ニ行ワレンカ、余ハ忽チニシテ世界ノ大富豪トナリ得ベシ。サラバ、ソノ発明トハ如何ナル種類ノモノカト言ウニ、ソハ人造ダイヤモンドノ完成ナリ。現在坊間ニ流布セル人造金剛石トソノ撰ヲ異ニシ、余ノ発明セルダイヤモンドハアラユル点ニ於テ、天然ダイヤト毫モ異ルトコロナシ。

――試ミニ、余コレヲ世界ノダイヤ市場ト言ワレルオランダヘ送リタレド、誰一人コレヲ人造ダイヤナルヲ観破セルモノナシ。此処ニ於テ、余ハ大イナル財産ヲ作ルベキ緒ヲツカミタレド、遺憾ナガラ余ハイト貧シキ一理学士ニ過ギズ。カヽル大発明ヲ実際ニ応用スベキ資本ヲ持タズ。余、此処ニ於テ、伝手ヲ求メ前記ノ五名ト親交ヲ結ビ、彼等ニ秘密ヲ明カシ、ソノ出資ヲ求メ、此処ニ人造ダイヤ製造ノ秘密工場ヲ起シタルナリ。

――余等六名ハ、先ズ樺山勝五郎ヲ盟主ト仰ギ、コノ秘密ノ絶対ニ外ニ漏レザルコトヲ神ニ誓イタリ。

――人造ダイヤノ製造工事ハ着々トシテ進行シ、半歳ナラズシテ、余等六名ハ大イナル富ヲナシタリ。若シ、コノマヽ何事モナク進マバ、余等ハ世界ニ類ナキ幸福人トナリ得シナランガ、人生好事魔多シ。間モナク、余ト五名ノ共同出資者トノ間ニ、大イナル溝ヲ生ズベキ事件起リタリ。

――ソヲ何事ナラント言ウニ、樺山勝五郎ニ一人ノ妹アリ。名ヲ澄子トテ頗ル美人ナリ。余コノ澄子ヲ深ク恋シテ、幾度トナクソノ事ヲ兄勝五郎ニ仄メカシタリ。

――サレド、余モトヨリ至ッテ武骨ナル一学者ニシテ、時ニハ狂人ノ如ク荒々シクナル性質ヲ知レルタメカ、勝五郎ハ深ク余ヲ恐レテ、遂ニハ澄子ヲ余ノ眼前ヨリ隠シタリ。

――余、即チ悶々ノ情ニ耐エズ、日夜狂人ノ如ク澄子ノ行方ヲ探シ求メタルガ、或ル日遂ニ、彼女ガ鎌倉ノ別荘ニアルヲ聞キ知リ、無理矢理ニ押シコミ、遂ニ暴力ヲ以テ澄子ノ処女ヲ奪イタリ。

――嗚呼、カクシテ遂ニ、余ト五人ノ共同出資者トノ間ニハ、完全ナル亀裂ヲ生ジヌ。勝五郎ノ怒リハサルコトナガラ、彼他ノ四人ヲ煽動シ、余ガ発明ヲ他ノ人物ニ売ラントスル行動アルガ如ク彼等ニ説キ、遂ニ余ヲ亡キ者ニセント計リタルナリ。

――余モトヨリ、人造ダイヤ製造工業ノ資本ヲ彼等ニ仰ギタルノミニシテ、製法ノ秘密ハ些カモ彼等ニ説キ明シタルコトナシ。余コノ秘密ヲ一片ノ紙ニ書記シ、常ニ肌身離サズ持居タレド、ソノ盗マルヽ日ヲオソレ、ワザトコレヲ暗号トナシ、ソノ暗号ヲ解クベキ鍵ヲ、余ガ家ノ召使イノ娘、少女奈美江ノ背中ニ刺青シタリ。

――サレド、カクノ如キ余ノ用心モ遂ニハ無駄トナリ了セタリ。彼等ハ遂ニ余ノ秘密ヲ盗ミタルナリ。ダイヤ製造ノ秘密ヲ知ル上カラハ、彼等ニトッテ、余ハ全ク無用ノ人物ナリ。否、否、無用ト言ウヨリモ寧ロ、有害ナル存在ナリ。
――彼等、此処ニ於テ余ヲ計リ、此ノトコロニ余ヲ幽閉セリ。余ノ命間モナクコノトコロニ尽キン。サレド余ノ恨ミハ永遠ニ彼等ト共ニ生キン。
――聞クトコロニヨレバ、勝五郎ノ妹澄子ハ、余ノ暴力ニアイテ間モナク妊娠シ、近頃一人ノ女児ヲ分娩シタリトカ。
――嗚呼！　コノ女児コソ余ニトリテハ、コノ世ニ残スタダ一人ノ娘ナリ。娘ヨ！　余ガ娘ヨ。余ハ此処ニ命ヲ落ストモ、余ガ恨ミハ汝ノ体内ニ於テ再生セン。娘ヨ！　汝成長ノアカツキハ必ズ余ノ遺志ヲツギ、余ノ恨ミヲ酬イヨ。余再ビ書記ス。
余ノ敵ハ左ノ五人ナリ。樺山勝五郎、服部省吾、仙石雷蔵、神前伝右衛門、紫安欣子。
城田伝三郎誌ス。

あゝ、何んという奇怪な遺書であろうか。分った、分った。これで総ての事件は明らかになった。あの恐ろしい殺人鬼は、この城田伝三郎の遺志をついで、壁に書かれたこの五人の者に復讐しようとしているのだ。

樺山勝五郎を初め、彼の五人の者が今日の不思議な富をつくった原因も、これによってすべて明らかになった。

人造ダイヤモンド！　何んという素晴らしい思いつきであろう。

然し鉄光にとって、更に、更に意外な発見は、樺山勝五郎の妹澄子と、城田伝三郎とのいきさつである。これが若し事実とすれば、樺山勝五郎の姪こそは、城田伝三郎の娘であり、この燃ゆるような怨みの遺志をつぐべき唯一人の人物である。おゝ、そして勝五郎の姪とは誰あろう、あの冴子その人でないか。

冴子！　あの冴子が――？

何んという恐ろしい欺瞞だ。何んという素晴らしいお芝居だ！　あの、虫も殺さぬ顔をした冴子が、今度の恐ろしい殺人暦の元兇であろうとは！

　しかし、そう言えば何も彼も納得がゆく。紫安欣子を殺したのも冴子だ。あの場合人の疑いを起さずに、欣子に近附き得たものは、冴子の他に誰一人ないではないか。次ぎに鉄光自身に面会を求めたのも、彼が彼女にとって、唯一人の邪魔者であったからであろう。

　そう言えば、結城探偵に鉄光との面会を密告したのも彼女に違いないし、それが失敗したとなると、乾分の者に命令して、鉄光の巣窟まで尾行させ、そして鉄光を袋詰めにして、品川沖で海へ投げ込んだのも彼女の仕業なのだ。

　何んという恐ろしい女だ。何んという悧巧な女だ！　こうして、唯一人の邪魔者を亡くした彼女は、次ぎには人々の疑いをさける為めに、わざと自分で自分を脅迫して見せたのだ。

　そして自ら死の寝台を作り、探偵達に麻酔剤を飲ませ、そして自分は、服部新一をこの蛇屋敷に連込んで殺そうとしたのだ。総てが辻褄が合っている。今までは彼女の美しさに眩惑され、彼女の被ったしとやかな仮面に欺かれていたのだが、こうして事実が明らかになると、彼女の狡猾な計画が、掌を指すように一々うなずけて来る。

　鉄光は獣のように呻いた。激しい自嘲と怒りのために、彼は気も狂わんばかりだった。

「馬鹿！　馬鹿！　鉄光、貴様は何んという馬鹿な男だ。あんな小娘に欺かれ、飜弄され、いゝ玩具になっていた貴様は何んというお人好しだ。たった今貴様は、あの女の奸計によってこの部屋へ閉籠められながら、今のさきまであの女に救いを求めていた貴様は、何んという間抜けだ。大馬鹿野郎だ！」

　彼は野獣のような怒りに眼を輝かせ、唇を慄わせ、気狂いのように真暗な部屋の中を歩き廻っていた。

　が、突然彼は、異様な臭気を感じて、ふと床の上に立止った。

　鼻を衝くような激しい臭気。埃の匂いか、否、違う。違う。涙を催しそうな、居たゝまらない匂いだ。あっ！　ガスの匂いだ。人間を窒息させるガスの匂いだ！

そうだ。その昔城田伝三郎も、このガスによって殺されたに違いない。その同じガスによって、今又、隼白鉄光を殺そうというのだ。

「うぬ！」

鉄光は部屋の中を独楽のように走り廻った。しかし四方の壁は、寸分の隙もない。鉄と樫の木で作られ、そして、恐ろしいガスの匂いは刻々として、彼の身辺にその濃度を加えて行く。

苦しい、息が詰りそうだ！　鉄光は襟を外し、喘ぐように新らしい空気を求めた。その、彼の体を取巻いて、死の匂いがだん〱高く濃くなりまさって行くのだった。

恐ろしき焼鏝

それと殆んど同じ時刻である。

東京の他の一隅で、この事件と関連して、もう一つ恐ろしい事件が起りつゝあった。それは向島にある神前伝右衛門の、別邸の奥った一室である。

その部屋の中央には伝右衛門が椅子にふん反り返って、悠々と煙草をくゆらしている。その傍には、一人の少女が不安そうな様子で、きょろ〱と辺を見廻していた。

「ね、ね、服部さんがお怪我をなすったというのはほんとうなんですの」

少女は声を慄わせ、哀願するように訊ねる。言うまでもなくそれは、蛇屋敷の番人の娘奈美江である。

「本当だとも。誰が嘘なんか言うもんか」

伝右衛門のその答えは、しかし、この場合としては不似合に落着いて、何処か毒々しい響きさえ帯びている。

「一体、何処にいるんですの。あの方は——ね、お願いですから、早く逢わせて下さい。その怪我というのは重いんですの」

「そう、大へん重い。或るいは今頃は、もう死んでいるかも知れない」

「えッ！」

奈美江は紙のように白くなって、相手から二三歩とびのいた。伝右衛門はしかし、相も変らず煙草をくゆらせながら、悠々として椅子の中にふん反り返っている。

見ると、部屋の中には大きな暖炉が切ってあって、この季節としてはおかしい程赤い火がかっかっと燃えていた。

そして、その石炭の中には大きな鏝がさし込んであって、その鏝は、今や真赤に焼けているのだつた。

伝右衛門は煙草をくゆらしながら、何故か、さっきからこの鏝から眼を離そうともしなかった。

「もう死んでいるかも知れないのですって？」

暫くして、やっと奈美江は、切れ切れな声で、喘ぐようにそう言った。

「そんなに、そんなに大変な怪我なんですの。では、――では、一刻も早くあたしを連れて行って下さい。あたしはあの人を看護しなければなりません。そして若しまだ間に合うようだったら、あたしのこの一心であの人を救って見せます」奈美江は、伝右衛門の膝にしがみつくようにして訊ねる。伝右衛門は漸く、唇からパイプを外した。

「ところが、残念ながらこの俺は、服部君が何処にいるか知らないのじゃ」

「えッ」

「まあ、そう驚くことはない。多分今頃、あの男がそんな目に遭っているだろうと想像するだけで、さて、何処で、どんな目に遭っているかは、この俺にも皆目見当がつかんのでな」

「まあ――」

奈美江はしかし、その言葉を聞くと幾分落着いた様子で、

「それじゃ、あたしをどうしてこゝへ連れてお出でなすったの。あなたは、あたしをからかっていらっしゃるのね」

「からかっている？　どうして、どうして、あんたに此処へ来て戴いたのには、それだけの重大な理由があったからじゃ。しかし、本当のことを言うと、

あんたが素直に言うことを聞いてくれるかどうか分らなかったので、一寸服部君の名前を借用したまでじゃ」

「まあ」

奈美江は不安そうな低い叫声をあげた。

服部新一が大怪我をしたという相手の言葉が、全く嘘であったことは分ったが、さてそれでは、一体どんな用事があるというのだろう。

彼女は不安そうに、相手の顔から彼の視線を辿って、赤々と燃え上っている暖炉の方に眼をやった。そして其処に燃ゆる火と焼けている異様に大きな鏝を見ると、彼女は何故か、ぞっと全身を慄わせた。

「ハハハハハ、あんたもあの鏝を見られたようじゃな。そう〳〵、あんたに用事があるというのはあの鏝の事でな。どうしてあの鏝が、あんなに焼けているか、あんたには分るかね」

かすれたような、異様に残忍な声だ。その眼を見ると、何か血まみれになった小雀を弄んでいる野獣のような狂暴さが見える。

「あの鏝が――あれが、どうしたというんですの」

「あれでお前さんの背中を焼こうというのさ。ほら、お前さんの背中にあるあの刺青――あれを焼消してあげようというんだ」

「げっ！」

奈美江はそれを聞くと、本能的にうしろに飛退いて、一方の壁にピッタリと背を凭せかけた。

「何も驚くことはないて。お前さんにとっても、あんな刺青を持っているということは、あまり好ましいことではない筈じゃて。ところが俺にはそれが一層好ましくないのじゃ。お前さんは知るまいが、その刺青はある暗号を解く一つの鍵になっている。ところが俺は、此頃その暗号を盗まれたのでな。若しその鍵も盗まれて了うと、俺の秘密はすっかりそいつに奪われて了うことになるのじゃ。そこで、そいつがお前さんに手をかけない前に、その刺青を消して了おうというのじゃ。どうだ。分ったかな」伝右衛門はがらりと、パイプを卓子の上に投出すと、やおら立上って暖炉の側へ立寄った。鏝はもう充分に、真赤に焼けている。

伝右衛門はその柄を握ると、にやりと狂暴な笑いを口辺に浮べた。

最後の復讐

奈美江はそれを見ると真蒼になった。

今まで相手の地位を信じて、まさかそんな狂暴なことはすまいと思っていたのに、今彼の態度を見ると、相手が真剣であることが分った。

あの恐ろしい焼鏝を、自分の背中に当てようとしているのだ。自分の秘密を保ち、私慾を満足させるために、この男は他人の苦痛などは何んとも思わないらしい。

奈美江は絶望的な呻きを、咽喉の奥の方で立てた。彼女には今初めて、相手がこの淋しい向島の別邸を選んだ理由が分って来た。附近に人家とてない淋しい人里離れたこの別荘の奥まった一室では、どんなに叫声を挙げても、他人の耳に入ることはないのだ。それに、さっき自動車から降りて、この部屋へ入るまでに気がついたことではあるが、この広い建物の中には、誰一人、人らしい影は見られなかったことだ。思うに伝右衛門は、予め召使いに命じて、一時この邸の中を空っぽにさせたものだろう。

「助けてエ――助けて下さい。あゝ、恐ろしい」奈美江は壁にしがみついたまゝ、襲いかゝって来る伝右衛門の魔手から身を縮めた。

「フフフフフ、今更何んといったところで始まることじゃない。この別荘の中には、俺とお前さんの二人きりしかいないのだからな。まあ、じたばたせずにおとなしくしているがいゝ。ナアニ、暫くの辛抱だ。すぐ快くなるよ。な、その代りにお礼はたんまりする。暫く俺の言う通りになっているがいゝ」

荒々しい野獣のような鼻息が、次第々々に奈美江の方へ襲いかゝって来る。その手には、白い焔をあげている恐ろしい焼鏝が握られているのだ。

「アレ！　助けてエ！」

身を翻えして逃げようとする奈美江の手を、しっかりと伝右衛門がとらえた。

「まあさ、そう他人をじらすものじゃない。おとなしくしていな。ほらほら、おとなしくしていないと危いよ」

「何を——何をするのです。あゝ、恐ろしい。そんなことが——そんなことが——」

必死となって、身をもがく奈美江の帯に伝右衛門の指が触れた。するくと帯が解かれる。

「あれ」

独楽のように舞いながら、奈美江は生命懸けで帯の一端をとらえた。

「そんな無法なことを——あゝ、あなたはあたしを殺そうというのですね」

「殺す？　フフ、何んなら殺しても構わないのだ。いや、殺して了った方がいっそ後腹が病めなくていゝのだ。それをそうしようといわないのは、むしろ俺の慈悲じゃと思いなさい」

帯が解けて、着物が剝がれた。無残にも白い肌が襦袢の襟からこぼれかゝる。

「あゝ、あゝ、あたしは殺される。殺される」

奈美江は苦しげに、喘ぐようにそれだけのことを呟いた。

と、そのまゝ気を失って、枯木のように床の上に倒れてしまった。

「フフフ、いゝ按配に気を失ったらしい。やれ、やれ、これで手術も少しは楽になろうというものだ」

伝右衛門は奈美江の体の上にのしかゝると、残忍な微笑を浮べながら、哀れな肉体の上から最後の一枚を剝ぎとった。

と、その下に現れたものは世にも奇怪な肌絵だった。

あゝ、奈美江のような少女の肌に、こんな恐ろしい秘密があろうと誰が想像し得よう。真白な雪のような肌に、紫色に浮上っている奇怪な数聯の文字、あの大仕掛けな、人造ダイヤモンドのすべての秘密は、この数聯の文字の中に秘められているのだ。

伝右衛門はそれを見ると、満足らしい微笑を口辺に泛べた。そして、一旦傍に置いた焼鏝を再び手に取上げた。焼鏝は白く熱して、かすかな焔さえ上げている。伝右衛門はそれを右手に取直すと、今将にそれを相手の肌の上に押しつけようとした。と、その時である。何処かでズドンという砲音が聞えた。と、思うと、伝右衛門の体が突然前のめりに、ばったりと床の上に倒れた。見ると、彼の胸からは間もなく、赤い血がだく〳〵と溢れ出した。たった一発のもとに、彼は撃殺されて了ったのだ。

気を失った奈美江の側に、伝右衛門が激しい最後の痙攣に襲われ始めた。そして間もなく、その体は石のように固くなってしまった。

そこへ静かに扉を開いて、二人の人物が入って来た。その一人は、間違いもなく冴子である。彼女の手には、まだ薄煙の立っているピストルが握られている。

彼女は黙って、伝右衛門の側に跪いたが、やがて、紙のように白い顔を連れの男の方へ振りむけた。

「どう？　あたしの射撃の腕前は？」

連れの男は感歎したように二三度頷く。此男の様子は、何処から何処まで服部新一とそっくりである。奸悪な冴子が、いざと言えば、いつでも新一に罪を転嫁することが出来るように、予め雇っておいた腹心の部下なのだ。

過ぐる夜、あの蛇屋敷で冴子と共に、鉄光の前でお芝居をしてみせたのもこの男だったし、また川崎のガラス製造工場で、仙石雷蔵を殺したのもこの男である。みんな冴子の命令なのだ。

「この死骸はどうしましょう」

「そのまゝ、放っておいたらいゝだろう。この男は四人のうちで一番倖せだったよ。だって、たった一発のもとに、何んの苦痛もなく死ぬことが出来たのだからね」

冴子の白い顔は毒々しく落着いて、その美しい口辺には、今や疑いもなき殺人鬼の兇笑が刻まれている。

鉄光があの密室の苦痛の中で、初めて発見したように、あの恐るべき殺人鬼の正体は冴子だったのだ。

この虫も殺さぬ美しい容貌を持った冴子！　彼女が恐ろしい吸血獣であろうなどと、どうして想像することが出来よう。そこに彼女の欺瞞があり、そして、彼女の恐ろしい成功があったのだ。

「さあ、その娘さんを自動車の中へ運んでおくれ。あたしたちはもう一度、あの蛇屋敷へ帰らねばならないのだよ」

冴子は奈美江の白い腕を見ながら、復讐を果してしまった後の、稍々懶げな声音でそう命令した。

焔の肉団

向島から雑司ケ谷の蛇屋敷へ引返すまで、冴子は自分でも名状しがたい激しい憂鬱に襲われて、一言も口を利かなかった。

服部新一に似た部下のものも、彼女に気をかねて、黙りこくって自動車のクッションに身を凭せている。奈美江は気を失ったまゝぐったりと正体もなく横になっていた。

冴子は自分でも、この激しい憂鬱の理由がよく分っていた。それは一種、悔恨にも似た深い自責の念だった。では彼女は、彼女の行って来たその数々の罪業を後悔しているのだろうか。否々！　復讐に関する限り、彼女は何んの悔悟も自責も感じていないのだ。

彼女が初めて、自分の両親に関する秘密を知り、父があの蛇屋敷で、悲惨な最後を遂げたことを知った日以来、彼女は魂を悪魔に売ってしまったのだ。

どんな罪業も、どんな流血の惨事も、彼女は眉根一つ動かすことなしに、平然として行うことが出来る。それだのに、では、何故彼女が今かゝる不可思議な憂鬱に捕えられているのだろうか。

それは鉄光に対する彼女自身でも分らない不思議な感情だった。生命を賭けて闘って来た二人――そして、到頭その末に得た彼女の勝利――その勝利の影に、彼女は言うに言えない暗澹たる憂鬱を感じたのである。

自動車は間もなく、雑司ケ谷の蛇屋敷へついた。彼等はまだ正体もなく突伏している奈美江を、番人小屋へ運び込むと、蛇屋敷の地下室へ這って行った。

「や、や、こんな所に人が死んでいる！　こりゃ、こゝの番人の爺やじゃないか！」

突然、新一に似た部下が頓狂な声を挙げた。

「叱ッ！　そんな大きな声を出すもんじゃないよ。それはあたしがやっつけたのさ。邪魔になるといけないからね」

冴子は爺さんの死体を跳び越えながら、平然としてそう言った。

地下室は間もなく、ばったりと行きどまりになった。しかし冴子が、その行きどまりの壁の一隅を押すと、突然そこにぼっかりと黒い洞穴が口を開いた。

「さあ、そこにある洋灯に火を点けて先に歩いておくれ。この隧道は狭いから、気をつけなきゃいけないよ」

真暗な狭い隧道は、この建物の壁と壁の間の空間を巧みに利用してあると見えて、間もなく段々爪先登りになって行った。

かすかな洋灯の火を先に立てて、冴子は黙ってついて行く。その顔は蒼白く緊張して、時々身慄いさえもするのだった。

隧道は余程高くなって、間もなくばったりと行き止りになった。そこには、厚い鉄の扉がピッタリと閉っている。その扉の向う側こそ鉄光が幽閉されている筈の、あの密室になっているのだ。冴子は一体、何んの為めにこんなところへやって来たのか。

言う迄もない。彼女は一眼、自分と闘って来たあの憎いしかし、そのくせ憎み切れない強敵、鉄光の最期のさまを見とゞけたかったのだ。

「其処に踏台があるだろう」冴子は洋灯を持って立っている部下に命令した。

「その踏台に登って、この扉の向う側を覗いておくれ。ほら、扉の上の方に小さな蝶番があるだろう。そこのところを押すと、小さな窓が開く筈だ。分った？　そう、じゃ中を覗いてみておくれ」

部下の者は命令された通り、危っかしい踏台の上に上ると、小窓を開いて中を覗き込んだ。

「何か見えて？　誰かその部屋の中にいるのが見えて？」

「いゝえ、何しろ真暗なので……」

「もっと、その洋灯を高くして御覧！」冴子がいら立たしそうに叫んだ。

「ねえ、中に男が二人倒れている筈だ。見えない？ そんな筈があるもんか。もっとよく見て御覧」

部下の者は、言われるまゝに、洋灯を高く持って部屋の中を覗き込んだ。

異様なガスの臭気がはげしく鼻を衝く。しかし、部屋の中には何人の姿も見えない。彼は洋灯を持ち変えると、真暗な他の一隅に眼をやった。

と、突然彼はわっと恐ろしい悲鳴を挙げた。思いもかけぬ不気味な髑髏の姿が、彼の眼に入ったのだ。彼はその無念そうな、白い顔を見ると、もう一度、

「うわッ！」

と叫んで、周章て踏台から跳び降りようとした。その途端、危っかしい踏台がぐら〳〵と左右に揺れた。

「あれ、危い！」

周章て、跳びのこうとする冴子の頭の上へ、真逆様に洋灯が落ちて来た。

「あっ！」

という暇もない。

油が忽ち、彼女の全身の上に流れた。そして、火がパッとその油へ燃え移った。

「アレ！」

彼女は生不動のように、全身焔の塊となって部屋中を転げ廻る。

その度に、火が廊下の所々に燃え移った。

あまり突然の出来事に、部下の者は呆然として、どうしていゝか分らないらしい。

「畜生！ 畜生！ お前はあたしを見殺しにする気かい。覚えておいで、あゝ、苦しい。助けてエ！ あつッ！ あつッ！」

焔と化した髪の毛からパッと火の粉が散って、異様な香がはげしく鼻を打つ。

肉の焼ける匂いだ。

「苦しい。あゝ、苦しい、助けてエ！」

冴子は何を思ったのか、突然密室への扉を開くと、一散にその中へかけ込んだ。彼女が動く度に焔が散

って、見る見るそこら中一面の火の海となった。

――番小屋でふと正気に返った奈美江は、不思議そうに辺の様子を見廻した。そして、其処が自分の住居である事を知ると、ほっとしたように胸をなで下ろした。

それではさっきまでの、あの恐ろしい出来事は皆夢だったのだろうか。彼女はよろ〳〵と小屋を出ると、誰が自分を救ってくれたのだろうと、きょろきょろ辺を見廻わした。と、その時、向うの雑草の中に横っている二人の人影が見えたので、彼女は足早にその方へ近附いて行った。

「あゝ、奈美江さん、いゝところへ来てくれました」そう声をかけたのは鉄光である。

「服部君を介抱してやって下さい。すっかりやっつけられているようだが、まだ息はある。介抱によっては助かるだろう。さあ、手をかして下さい」

奈美江はそう言われて傍を見ると、そこには服部新一が、真白な顔をして倒れているのだった。


「まあ」

奈美江は周章て駆け寄ると、新一の頭を膝の上に抱き上げた。

あの、蛇屋敷の窓という窓が、奇怪な焔を吐き出し始めたのは丁度その頃だった。

「あっ！　蛇屋敷が焼ける。誰があんなところへ火をつけたのだ」

鉄光はよろ〳〵と立上ったが、すぐ又、草の上にばったりと倒れた。

火は、見る見るうちに屋敷中に燃え拡って行った。そしてあの殺人鬼の体と、人造ダイヤモンドの秘密を包んだまま、やがて一団の焔と化し、そして間もなく灰となり果ててしまった。

女王蜂

その女

大理石ずくめのホテルの大玄関を上って行くとき、そこにある大姿見にちらと映った自分の姿を見ると、畔柳半三郎はさすがに何んともいいようのない苦笑を口辺に浮べた。

長いこと、手を通したことのないタキシイドを着込んだ自分の姿も姿だが、それよりも第一、今夜自分の帯びている妙な使命を考えると、擽ったいような、気恥しいような、我れながら呆れはてる次第で、——はてな、自分にもまだ、こんな若々しい昂奮が残っていたのかなと、しかしそれが満更不愉快ではなく、どうしてどうして、その反対に妙に気が弾んでいるのだが、そういう気持を打消すように、彼はわざと荒々しい歩調で、グリル・ルームの方へ下りて行った。

半三郎にとっては、丁度程よい時刻であったらしい。七色のテープと、金銀のモールと、そればかりはわざと日本趣味に拵えたのだろう。つなぎ団子の紅色提灯とで飾り立てられた大広間の中には、早、紫色の煙が立てこめて、陽気なジャズの音と、賑やかな、そのくせ節度を外さない笑い声が満ちていた。

半三郎がその部屋の入口まで来て、ふと足を止めたのは、もう何年にも踏込んだ事のない、こうした空気に一寸気おくれを感じたためでもあったらしいが、しかしそれにはもう一つの本当の理由がないのでもなかった。彼は上衣のポケットから、銀のシガレットケースを取出すと、仏蘭西製の細巻煙草を一本抜取って、それに火をつけると、ゆっくり、ほの白い煙を吐出した。その様子を見ると、部屋へ踏込むまえに、彼には一応、中にいる人々の間を物色しておく必要があったためと思われる。

たっぷりと一本の煙草を半分も喫ってしまった頃であろう、漸く彼の姿を見つけたらしいボーイが、急ぎ足に近附いて来た。

「どうぞ、こちらへ」

半三郎が取出して見せたチケットを、しかし、このボーイはほんの形式的に一瞥したゞけで、奥まった、隅の方のテーブルへ真直ぐに彼を案内した。半三郎はテーブルにつくと、喫いかけの煙草を灰皿のなかで揉み消して、さて改めて鷹揚に部屋の中を見廻した。長い間遠ざかっていた世界とはいえ、こういう場合に於ける彼の態度はいたについたもので、そのものごしなり、顔色なりには寸分の隙も見られない。ボーイはこの様子を見ると、やゝ安心したように、その間、テーブル掛けを直したり、花瓶の位置を置きかえたりしていたが、半三郎が今無意識的にシガレットケースを取出したのを見ると、急いで側へよって来てマッチを擦った。その火を煙草に移すために、当然二人の顔がすれ〳〵に近づいたが、その時、稲妻のように速い視線が二人の間に交された。

「右隣りのテーブル」

ボーイはそれだけの事を、やっと聴きとれるくらいの速さで囁いたかと思うと、すぐマッチの火を消して反り身になった。

「何にいたしましょうか」

「そうだね。何か軽い飲物を貰おうか」

半三郎はタイプライタアで打ったメヌウをいじくりながら、結局ホットクラレットを注文した。

緑色のズボンに、赤い上衣を着て、赤と黒との縁なし帽子を一寸、小意気に横っちょに被った、まだ十八九の、仲々美貌のボーイだが、半三郎はその後姿を見送りながら、にやりと擽ったそうな笑いを口辺に刻んだ。若し傍に注意深い観察者がいて、今の二人の視線に気がつき、ボーイの囁いた言葉を聞いたとしたら、何かこの二人が、容易ならぬ陰謀でも企んでいるように思うに違いない。と、そう考えると半三郎は、滑稽なくらい愉快になってくるのだった。

尤も、実際に於て、ある種の陰謀を企んでいないとは言えない今夜の彼の立場であった。――というのは、中年を過ぎて、とっくの昔に読者からも雑誌社からも存在を忘れられて了ったこの時代遅れの小説家は、それ故に一層世間に対して臆病になってしまって、この頃では滅多に書斎から外へ出たこともないというのに何を思ってか五年も前に着たきりのタキシイドなんか着込んで、ところもあろうにホテルの創立何十年かの記念舞踏会へ姿を現わそうというのだから、それにはそれ相当の理由がなければならない筈である。しかも、その理由というのが、ある若い、美しい令嬢を見に――というよりも、確かめに――というのだから、この時代遅れの小説家としてははなはだ滑稽である。

近藤富士郎――というのが、さっきのボーイの名前なのであるが、万事はその男の法寸から出ていた。というのは、二三日前にこの富士郎が彼のもとを訪れて来て、突然切り出したことには、

「先生、先生が昔畔柳プロダクションをやって居られた頃、先生のところで働いていた紅沢千鶴という女を先生は憶えていますか」

畔柳半三郎がプロダクションなんか起して、怪しげな映画を作っていたのは、もうかれこれ五六年も以前の話である。その当時から不良性を帯びていた富士郎は、当時まだやっと十三か四の少年に違いなかったのだが、将来映画界の大スタアを夢みて、このプロダクションによく出入をしていた。そういう関係で、今でも彼は時々半三郎のもとを訪れるのであるが、さて、突然彼からこんな風な質問を切出されて見ると、半三郎は思わず顔を紅らめるのだった。

当時はまだ半三郎の文名も隆々たるものがあったし、丁度親がのこしてくれた遺産が、彼の自由になるように都合よく転げ込んで来たので、何かしていずには生きていられない青年の血気から、到頭怪し

げなプロダクションなんか起して、若い男女を盛んにその周囲に集めていたものだが、その結果は士族の商法で、経済的に行きづまってしまったばかりか、風紀上にも種んな問題を惹起したその揚句の果が、あの忌わしい事件に引っかゝって、プロダクションばかりか、彼自身の生活まで滅茶々々に叩きつぶされた。その苦い思出を境として半三郎は社会の表面から沈澱してしまったのである。

しかし、当時まだやっと十三や四の少年だった富士郎は、事件の表面はとも角、半三郎の魂を根こそぎからせてしまった深いいきさつを知っている筈がなかった。だから、その当時の、しかも事件の中心をなした女の名を口に出す事が、どんなに相手の心を苦しめるか、それに気がつかなかったのも無理とは言えない。

「蛇の眼を持った女——たしか、そういうあだ名がありましたね」富士郎は相手の気持ちなど考える余裕もなく話し出した。「何しろ、当時僕はまだほんの子供だったし、向うはあれでうちの大スターだったので、僕なんか相手にもして貰えなかったし、口を利いた事もなかったくらいですが、それでも僕はあの女の顔だけは不思議に忘れません。蛇の眼と言われた、あの眼が特徴で、油の中に真珠を溶かせたような、不思議な光沢を持った眼でしたが、それが物を言う時、凝っと相手の瞳の中を覗込んで動かない——その眼付だけでも、僕は生涯あの女を忘れないでしょう。ところで先生、あの女がホテルで外人を撃ってつかまったのは、たしか五年前のことだったと憶えていますが、いつ監獄から出て来たのでしょうね」

「さあね」

と、半三郎は口に啣えていたマドロスパイプを、思わず取り落しそうになりながら、相手が何故そんなことを聞こうとするのかを確かめるように、凝っと美しい白い額を見た。

「確か去年あたり出て来た筈だと憶えているが、君はまた何故そんなことを聞くんだね」

「いえね、この頃時々あの女に逢うのです。しかもそれがおかしいのですよ。先生は近頃あの女にお逢いになりましたか」

「いゝや、あれきり逢わない。何んでも監獄を出てから、上海(シャンハイ)へ渡って向うで死んだという話を、いつか、誰からか聞いたことがあるが」

「それは間違いです。あの女は確かに生きていますよ。尤も、それが少し妙なのですがね」

　富士郎の話すところによると、この頃ホテルのグリルへ時々踊りに来る女の中に、紅沢千鶴に違いないと思われるのが一人いる。前にも言ったように、彼はその女と口を利いたこともないし、向うの方ではまるきり彼を知らないらしいのだが、彼の方では、例の蛇の目の印象から確かにあの女に違いないというのであった。

「それが妙なのは、ひどく物振(ものぶ)りがよさそうなのですよ。それに名前も違っていますしね」

「なら、別に不思議はないさ」半三郎は何か別のことを考えながら「死んだというのは間違いだったのだろう。あの女のことだから、金持ちのパトロンを見つけるくらいの腕は十分あるからね。それに、名前の違っているのだって不思議はないさ。あんな事件で世間に知れ渡っている悪名だもの。若しそのまゝの名前で現われたら、むしろ、その方が不思議なくらいのものだよ」

　半三郎としては、出来るだけこの話題から早く逃れたかったので、無愛想というよりは、寧(むし)ろそっけないくらいの調子でそう説明してのけたが、しかし、それだけでは、富士郎の異状な熱心は仲々冷されそうにもなかった。この男はこの男で、何か別の思惑があって、最近彼の眼前に現われたこの女を十分探求する必要があるらしい。ホテルのボーイをやっているのは、ほんの表面だけで、この男の化粧代や、衣服代や、さては今もネクタイに飾っている大粒のダイヤモンドなどが何処(どこ)から出ているか、半三郎も内々知らないではなかった。つまり彼は近く自分の餌食(えじき)になりそうな女の弱点を、出来るだけはっきり知って置く必要があるのに違いないのだ。

「いえね、それが単に名前が変っているくらいなら、僕も一向驚きはしないのですがね」と富士郎は白い額に異様な熱心を現わしながら、「その名前というのがどうも腑に落ちないのです。ほら、前の枢密院議長の鷲尾子爵ですね、その鷲尾子爵の令嬢で、鷲尾芙蓉子と名乗っているのです。しかも、それが嘘とは思えない証拠には、いつも子爵家の自動車でやって来ますし、時々邸の方へ電話をかけたりしているのです。とも角、鷲尾家を知っている人々の眼にも、十分鷲尾令嬢で通っているのですが、それでいて、僕が見るとどうしても紅沢千鶴としか思えないのです。先生は紅沢千鶴のことはよく御存知だと思いますが、あの女は何か鷲尾家と関係があったのですか」

「まさか」

半三郎はむしろ、この突飛な質問に驚いたくらいで、無論彼の知っていた無名女優の紅沢千鶴が、前の枢密院議長と関係などあろう筈がなかった。

「それなら多分君の感違いだろうよ」半三郎は気の毒そうな苦笑を洩らしながら、「あの女が如何に化けるのがうまいと言ったところでまさか子爵家の令嬢にはなれないからね」

しかし、そう言った言葉のすぐその後から、彼は何かしらどきりとするような疑いにぶつかって思わず愕然とした。無論それは、不良少年の富士郎などに打開けるべき性質のものではなかったし、彼自身そんな事を信じる気には到底なれないのであったが、しかし、まさかと否定するその後から、何かしら、得体の知れぬ疑いがもくもくと頭を擡げて来る。

「何と言ったかね。前の枢密院議長で鷲尾子爵だね。その令嬢の芙蓉子さんというのかね」

半三郎はそこでパイプを詰めかえると、ものゝ五分間あまりも、ぼんやりと虚空に瞳を据えたまゝ、何事か深く考え込んでいたが、突然からりとパイプを投出すと、富士郎の方を振り返って言った。

「そいじゃ、一つ僕がその令嬢というのを検分しようか。何、君の感違いにゃ違いないのだが、紅沢千鶴に似ている女といや、一寸逢って見たくもあるからね」

富士郎は富士郎で、何か他の考え事に急がしかったのだが、この言葉を聞くとやゝたじろぎ気味で、

「えゝ、先生が来て下さるのですって？」

と、周章てそう繰返したが、さて、何がこう急に相手を熱心にさせたものか、その真意を知ろうとするように、凝っと半三郎を覗き込んだ。

もう一人の監視人

半三郎はたっぷりと半時間待たされたろう。

こういう場所に於ける、一人ぽっちの客ほど詰まらないものはない。尤も半三郎にして見れば、その気にさえなれば、パアトナアを見つけるくらい雑作ない事だし、昔とった杵柄で、こういう場合に於けるエティケットはよく心得ているつもりであるが、これから間もなく、一寸した冒険を試みようとしている彼にとっては、今他にパアトナアを撰んで置くという事は後の邪魔になるばかりで、退屈でも暫く、一人でいる方が好都合なのであった。

ボーイ姿の富士郎が注文を聞く風をして何度目に側へ近附いて来た。その眼の色を見た半三郎は、すぐ彼の言おうとしている事が反射的に諒解された。素速い視線を交し合った後、半三郎は何気ない眼を入口の方へやった。

今しも其処に姿を現わした女というのは、日本人にしては背の高過ぎる、四肢の均整のよくとれた体つきをしていて、肩幅など、どちらかと言えば広過ぎるきらいがあるくらいの立派な体格をしていた。それが最近の流行なのか、やゝ黒味を帯びた鳶色のドレスを着て少し反り身になった胸の上には、大粒の真珠をつないだ頸飾をかけていた。身の廻りの装飾品と言えばたゞそれだけなのだが、それが却って、この女全体を上品に浮き立たせて、好みの程も偲ばれるのである。

彼女は一寸入口に立止って、素速い、しかし無礼でない一瞥でぐるりと部屋の中を一通り見廻したが、やがて体を半分程 斜後に振返った。すると、この時まで女の影にかくれてよく見えなかったのだが、そこに脊の高い西洋人が立っていて、女に腕をかす

と、二人はそのまゝとん〱軽く碁盤目の床を踏んで半三郎のテーブルの方へ近附いて来た。

　富士郎はそれを見ると、つと半三郎の側を離れてその方へ行った。この事は半三郎にとっては何よりもの幸いだった。というのは、この時彼の顔をよく注意してみていたら、そこに隠し切れない驚愕の色を、はっきりと見る事が出来たからである。彼は女の姿が部屋の入口に現われた瞬間から、何か妙な気おくれを感じていた。それが愈女が自分の方へ近附いて来るのを見ると、不安だの驚愕だという感情よりも、寧ろ恐怖に似たものを激しく心の中で味わった。今にも女が自分を見附けて跳びかゝって来そうな、そんな馬鹿々々しい妄想にさえ捉えられたものである。

　しかし、やがて富士郎が女のテーブルの用を聞いて、再び彼の方へやって来た時には、さすがに彼は日頃の冷静に立ちかえっていた。彼が指に挟んでいた煙草を見つけて、富士郎がそれに火をつけてやりながら、

「如何ですか？」

と意味ありげに聞いたのに対しても、

「そうね」

と、極く冷淡に答えるだけの余裕は取戻していた。

　間もなく正面の楽師団の方からオーケストラの音が起って、人々はふら〱とテーブルから立上った。それを見ると、隣のテーブルでも先ず西洋人の方から立上って、女に手を貸そうとした。最初女は一寸ためらったように、豊かな頬に片笑靨を浮べて相手の顔を見ていたが、すぐ悪びれない態度でそれに応じた。

　二人とも鮮かなステップを踏みながら、間もなく人々の中へまぎれ込んで行った。もうこの時分には、さすがにそういつ迄も節度を保っているわけにもゆかなかったと見えて、踊っている人々のステップにも大分狂いが見えて来た。中に一組、独楽のように敏捷に廻転しながら、巧みに人々の間を踊り抜けて行く若い男女があったが、見ていると、その一組は、故意か偶然か、絶えず鷲尾令嬢の一組の側につきま

とって離れないのである。そして鷲尾令嬢の側を摺り抜ける毎に青年の方からおどけた様子で挨拶したり、時には無遠慮に近い言葉をかけたりした。その度に西洋人の方は一口愛嬌のある態度で受け答えしていたが、令嬢はと言えば、相も変らず片笑靨を刻んだまゝ、その方に視線をくれようともしなかった。

やがて一曲終って、人々は又ぞろ〳〵とめい〳〵のテーブルへ引揚げて来た。それから、そういう踊が何回となく繰返された。そして、その何度目かに、半三郎にとっては又とない機会がやって来たのである。丁度その少し以前から、座を外していた鷲尾令嬢の相手は、ダンスが始まる時刻になっても、どうしたものか姿を見せようとはしなかった。もうその頃には、場内もすっかり乱れていたし、それにもっと好都合な事には、半三郎自身そろ〳〵程よく酔いが廻って来ていた事である。彼は思い切って席を立つと、つと鷲尾令嬢の前に近附いた。

「一つ、お相手を願えませんでしょうか」

この言葉は出来るだけ低声に、そして最上級の慇懃さを罩めて言われたものであるが、それにも拘らず、この時の芙蓉子の驚愕は言語に絶していた。一瞬間彼女は、棒を呑んだような表情で、例の蛇の目で凝っと半三郎の瞳の中を覗き込んでいたが、やがてその顔はまるで悪戯を発見された子供のような表情に変って行った。しかしそれも一瞬間の事で、その次の刹那には、拭ったような無表情にかえると、突然憤ったように立ち上って彼の腕に手を貸した。

「何処かでお眼にかゝった事があるような気がしますが、僕の思い違いでしょうか」

やがて程よいステップを踏みながら、人々の中にまぎれ込むと、半三郎はふと相手の耳の中に囁きかけた。

「いゝえ」と女はきっぱりとした声で、「それは思い違いでございますわ。もっとも私の方ではよく先生を存知あげて居りますけれど」

「おや」と半三郎は軽い驚きをこめた声で訊き返した。「それは光栄ですな。でもお眼にかゝった事もない僕を、どうして御存知でいらっしゃいますか」

「先生のお写真をよく方々の雑誌の口絵で拝見するんですもの」

　そう言ってから彼女は急に思いついたように附け加えた。

「さっきは本当に驚きましたわ。先生のような方が、突然私の前に立ってお申込みをなさるんですもの」

　しかし、この言い訳めいた言葉は、この場合まことにふさわしからぬ言葉であったと同時に、いっそう相手の疑いを深くするものでしかなかった。これが五六年以前の、十分自信を持っていた当時の畔柳半三郎ならば、この言葉で或は誤魔化されてしまったかも知れないのだが、この二三年来、雑誌の口絵はおろかな事、名前さえ出した事のない半三郎には、まことに不味い弁解でしかなかった。

　半三郎は何かこの事について言おうとした。が、その言葉は口を出る前に、他の事件のために遮られてしまった。というのは、又してもさっきの若い男女の一組が、うるさく芙蓉子の周囲につきまとって来たからである。

「御存知なのですか。あの連中を」

　半三郎はうるさそうに顔をしかめながらそう訊ねた。

「いゝえ、一向――尤も向うの方では知っているのかも知れませんけれど」

　この終りの方の言葉に、女は特に力を入れたように思われた。やがて、そうしているうちに、オーケストラは一曲終って、それ迄踊っていた人々は、めい〳〵互に拍手しながら、思い〳〵の席に帰って行った。半三郎も女の手をとって、その席へ送って行ったが、するとそこには、依然としてあの外人の姿は見えなくて、その代わりに富士郎でない他のボーイが、何か紙片のような物を持って待っていた。芙蓉子はそれを受取ると、一寸半三郎の方に目礼して、急いで中味に眼を通したが、そのまゝに紙片は掌の中に丸め込んで何か二口三口ボーイに囁いていた。

　多分それは、連れの外人に言い残す言葉を頼んだのに違いない。彼女はボーイが頷くのを尻目にかけて急ぎあしで部屋を出て行った。

この場合半三郎としては、後をつけて行きたいのは、山々であった。

しかし、たった今、素知らぬ顔で、一緒に踊った後で、今またその後を尾行して行くのは何が何でもあまり後めたい気持がしたので、心ならずもそのまゝ控えていたのである。

ところが、半三郎がかくして優柔不断に居残っている間に、もう一人の別の男がこっそりと彼女の後をつけていた。それは、さっきからうるさく彼女の周囲につきまとっていた若い男女の一組のうちの青年の方で、彼は女が出て行くのを見ると、素速くその後について行った。

女はグリル・ルームを出ると、真直ぐに携帯品預り所の方へ歩いて行く。

その後を見え隠れについて行く青年の眼には、ふと、彼女を待合せているらしい男の姿が眼についた。それは、四十を三つ四つ越えたかと思われる、色の浅黒い、瘦せこけた紳士で、何か心配事があるように、片手に握った手袋をひら〳〵させながら近附いて来るのを待っていた。

その側まで行くと、女は何か早口に男に訊ねていたが、それに対する男の答えを聞くと、急に真蒼になって、二三歩後へよろめいた。

それをまた男の方が叱りつけるようにして、早口に言っていたが、やがて女の外套を取出して着せてやると、その腕をとって急ぎ足でホテルを出て行った。後をつけていた青年は、二人の後姿を見送りながら、一寸暫くの間考え込んでいたが、直ぐ思い切ったように、自分も預けてあった外套を取出すと、急ぎ足に後をつけて行ったのである。

青白き貴公子

小石川音羽の通りから関口台町の方へ登って行く、滑かな坂道を曲り角につき当ると、そこの左傍に最近出来た赤い屋根の瀟洒な建物が建っている。

外から見ると、卵色の壁と赤い屋根が、如何にも程よく調和して、よく見受ける文化ハウス式なちゃちな感じではなしに、むしろ古風な、落着いた印象を人々に与える。

この建物の建っている屋敷は、随分広大なもので、関口台町の通りから、もう一方は江戸川公園の上の方まで続いているのである。この卵色の建物の屋上の、サン・ルームめいた硝子張りの部屋の中には、一人の青年がドレシングガウンのまゝで、さっきから部屋の中をあちこちと歩き廻っていた。二十七八の、色の抜けるように白い、態度なり表情なりに何処か外国人くさい匂のする青年であった。それもその筈、井汲譲治――というのがこの青年の名前であるが――は二十三の歳に英吉利へ渡って、二十八の年になるまで足かけ六年というものを、あの物堅いイギリスの上流家庭で教育を受けて来たのである。

そこで彼は、イギリス人の一面のみしか習んで来なかった。即ち彼等の持つスポーツ精神、諧謔趣味などは性来彼の性分に会わなかったと見え、彼が得て来たものは、持って産まれた孤独的な魂に益々磨きをかけて来たぐらいのものである。

彼は帰って来ると直ぐに邸内の一隅に、この卵色の建物を建てゝ、その中に固く引籠ってしまった。というのは、彼がその臨終に間に合うようにと、大急ぎで帰って来たにも拘らず、彼の父の、有名な千万長者の井汲闊造は既に亡くなっていたので、今や彼は、この莫大な財産を、誰にはゞかるところなく、自由にする事が出来たからである。

彼は待ちくたびれたように、時々サン・ルームの硝子窓から関口台町の通りを覗いてみた。しかし、待っている人物の姿は仲々やって来ないと見えて、その度に彼は一層いら〳〵しながら、部屋の中を歩き廻った。

そして、時に思い出したようにテーブルの側に立止っては、その上に飾ってある三枚の写真に眼を落すのである。この写真というのが、仲々注目に値するのだ。というのは、その三枚の写真の主というのが、いずれも二つ三つずつ年齢に於て異っているし、服装も同じではないのだが、どう見ても同じ女を写したものとしか思えないのだ。

若し諸君が、この三枚の写真についている、一つ一つの説明書を一瞥すれば、この青白き貴公子が、果してこの物語りの女主人公に大いに関係がある事が分るだろう。

一番右の一番若い頃の写真の説明——

紅沢千鶴——畔柳プロダクション時代
　大正十五年八月頃写す。

次の説明——

紅沢千鶴——K——刑務所時代
　昭和三年十二月二十日写す。

最後の説明——

鷲尾芙蓉子——現在
　昭和六年二月一日写す。

この説明の通り、三枚の写真のうち二枚まで紅沢千鶴の写真で、後一枚が鷲尾芙蓉子の写真なのである。ところが、若しこの三枚の写真の主の中に異を発見しろと言われゝば、誰しも非常な困難を感ずるに違いない。

譲治はこの写真を一通り見較べた後、思い出したようにポケットから一枚のカードを取出した。

そして、その中にあるどんな誤謬をも発見して見せるという意気込みで、暫く一心にカードの面を眺めていたが、やがて、急に一種の憤怒を感じるように、ポイとそのカードをテーブルの上に投げ出した。

我々の主人公の奇怪な正体を知る上に於て、このカードは仲々便利である。

此処に一寸写しとって見よう。

紅沢千鶴
　元、畔柳プロダクション女優。
　昭和二年四月十五日、Gホテルに於ける外人狙撃事件に於て入獄、同五年八月三十一日出獄。爾来行方不明、上海にて客死せりとの風評あり。

鷲尾芙蓉子

前枢密院議長鷲尾子爵令嬢。

昭和二年四月十五日頃より同年九月三十日頃迄、支那旅行と称して家をあけたる他は絶対に怪しむべき節なし。但しこの支那旅行には種々の疑問あり、誰一人彼女を支那にて見かけたるものなく、支那より便りを得たる者もなし。船客名簿にもその名を発見する事を得ず。

つまり、このカードを比較して見れば、直ぐにも分るとおり、紅沢千鶴がK――刑務所に服役中の期間も、鷲尾芙蓉子は立派に鷲尾家に生活していたのである。従って、この二人が同じ人間である事は絶対にあり得ない。

唯疑問とするところは、紅沢千鶴の入獄の当初鷲尾芙蓉子が居所を曖昧にしているのであるが、それとても、お金持ちの娘さんの、何か秘密を要する旅行と解釈すれば、そう難しく考えるにも及ぶまい。

それにも拘わらず、井汲譲治が飽迄もこの事件を探求しようと決心しているのには、深い理由がある、それは唯、一通の手紙ではあったが。

だが、丁度その時、彼の待ちくたびれていた客がようやくやって来た。

見るとそれは、昨夜ホテルの舞踏会で、しつこく芙蓉子に附纏っていたあの青年に違いなかった。

「どうしたのだ。島津、ひどく遅いではないか」

譲治は相手の顔を見ると、テーブルの上のものを片附けながら、難しい顔をしてそうきめつけた。

「失敬、失敬、何しろ大変な事が出来たのでね、一寸、他を廻っていたのさ」

島津はそう言いながら、如何にも急いで来たという風に、額の汗を拭いながら、どっかと傍の椅子に腰を下した。

「その大変という、君の電話を聞いたから、今まで待っていたのだが」

と、其処で気がついたように、譲治は棚からソー

ダ・サイフォンを取出すと、それにウイスキーを割ってやりながら、

「何か、昨夜の舞踏会で発見する事があったかね」

「ウム、まあ」

と島津はわざと言葉を濁して、

「それよりも君に聞きたいのだが、抑々今度のこの事件を捲き起した女な、ほら、K——刑務所で、紅沢千鶴と一緒に服役していたという女さ。あの女の顔を、君は見た事があるかね」

「ウム、逢った事はないが一度玄関際で追帰すところを見た事がある。何しろ僕の婚約者に対して怪しからん事を申立てゝ来るのだから逢う気にはなれなかったのでね」

「君は今でも、その女の申立てを嘘だと思っているのかね。ほら、その女の手紙にあった、紅沢千鶴ならば、右の肩に大きな牡丹型のあざがあると言う、——その同じあざを芙蓉子さんの肩に発見しても、君はやはりその女の言葉を疑っているのかね」

「どうして、今頃になってそんな事を聞くんだね」

譲治は憤ったように、相手の顔を瞰下ろして、

「だから、君に頼んで、探偵の真似までして貰っているのじゃないか」

「まあ、いゝさ、君がその女の顔を憶えているというなら幸いだ。実はね、昨夜ホテルの帰りに芙蓉子さんの後を尾行したんだよ。相手は芙蓉子さんと例の木場の奴さ」

「木場?」

譲治はその名を聞くと、一種嫌悪の情に耐えぬように顔をしかめた。

「そうさ、君の嫌いな芙蓉子さんの後見人の木場と一緒さ。何んでも木場の奴が急用で芙蓉子さんを迎えに来たらしい。で、僕も自動車でその後を尾行したのだが、芝公園の附近でまんまと見失って了った」

「何んだ。見失ったのか。それじゃ何にもならないじゃないか」

「そうさ、それで昨夜はそのまゝ引上げて来たのだが、今朝になって新聞で大変な事を発見したのだ」

島津はそう言いながら、ポケットから皺苦茶にな

った一枚の新聞を取出して、その三面記事を相手の前につきつけた。見ると、それはほんの五行ぐらいの短い記事である。

芝公園の他殺死体――。今暁二時頃芝公園内に於て、一見三十歳前後の女の死体が発見された。死因は背後より鋭利なる刃物にて刺されたものらしく、兇行時間は昨夜十一時過ぎと推定さる。云々。

報道は至って簡単なものである。

譲治はその記事が何を意味するかよく分らなかったが、急に恐ろしい不安がこみ上げて来るのを感じた。

「君が、芙蓉子さんを脅迫しようとした女の顔を憶えているのなら幸いだが……」

そう言いながら、島津は一枚の写真を取出して見せた。

「今朝警察へ廻って、死体の写真を写して貰って来たのさ。死骸の顔だから大分違っている事と思うが、君には見憶えがないかね」

譲治はその写真を手にすると、穴のあく程その顔を凝視していた。やがて、彼の顔には見る〳〵激しい驚きと不安の色が拡がって行った。

やがて、彼はきれ〳〵な声音で言ったのである。

「フム――この女だ、たしかにこの女に違いない」

譲治はそれきり、写真を取落した事も知らずに、洞の眼を凝っと虚空に据えていた。

人魚の部屋

鷲尾子爵の令嬢、芙蓉子は、若い女中のお君に髪を上げさせながら、さっきからぼんやりと鏡の中の自分の姿に見入っていた。我儘で気まぐれなこの令嬢も、入浴の後だけはいつも上機嫌で、女中に思いがけない冗談を言ったりするのであるが、今日はどうしたものか、その入浴の後でさえ、ひどく心が浮かないらしかった。

彼女はさっきから、女中のお君が、彼女の髪の多いことだの、皮膚の綺麗なことだのを、褒めたり羨ましがったりしているのを、さもうるさそうに聞きながしながら、スリッパの落ちそうになった左の足を痙攣的にひらひらとさせていた。こんな時お君はいつもそう思うのであるが、この若い令嬢は、機嫌の変化によって、その容色の上にもひどく違った印象を来すのである。機嫌のいゝときの彼女は、眼の色も生々と湿いを持っていたし、皮膚にも弾力があって、お君のような同性にも、若さと健康の美しさを感じさせた。それが一度不機嫌になると、今度は打って変って唇がかさかさに乾いて、眼にも生色がなく、肌の色にさえ異様な荒みがみえて、彼女のような順調な育ちを持っている令嬢としては、ふさわしからぬ肉体の衰えを感じさせるのである。

お君は今もそれを不思議に思いながら、いつの間にか、若い主人の不機嫌に感染して、彼女も多く黙りがちのまゝ髪を上げていた。

「もういゝわ。それでいゝわ、後は私が勝手に結ぶから」

さっきからいらいらしつづけていた芙蓉子は、お君の指先が思うように働いてくれないのに業を煮やしたのか、突然鏡の方へ身を引いてそう叫んだ。

「はい、あの――」

「いゝの、心配しなくてもいゝの、私自分一人で結ってみたくなったんだから」

芙蓉子はそう言ったかと思うと、折角お君が八分通り結上げた髪を、ばら〳〵にほぐしてしまった。

お君はそこで当惑したように、手を引っ込めたが、しかしそれ以上余計な口を利こうとはしなかった。この邸へ来てからまだ日の浅い彼女ではあったが、さすが芙蓉子の一番お気に入りだけあって、彼女の気性は他の女中の誰よりも一番よく嚥み込んでいるのである。

芙蓉子は何度も何度も結上げては、またばら〳〵にほぐしている。彼女自身の手でも仲々うまく結ないらしい。

「そのピンを取って頂戴」

「は」

「それから櫛――」

「これでございますか」

芙蓉子は櫛をさすと、邪慳にぐう〳〵と今結い上げたばかりの根をゆすっていたが、それでもやがて、諦めたように鏡の中で唇を反らしてみせた。

「タオルを取って頂戴」

「私、お拭きいたしましょう」

「そう」

芙蓉子は化粧台の前で足を組合せたまゝ、桃色地の寛いガウンの衣紋を抜いた。お君はその襟筋を、ほどよく冷した蒸タオルで拭いながら、ふと奇妙なものを発見した。

「あら、お嬢様これ何んでございますの」

「なアに」

「右の肩のところにございますもの。痣――でございますか。まあ綺麗でございますこと。牡丹の花そっくりの形をして居りますわね」

お君はしかし、この奇妙な発見にあまり気を取られていたために、その時起った芙蓉子の急激な変化に気がつかなかったのである。彼女の白い眉の間を、その時、一閃の稲妻が激しく通り過ぎたのを。

「おや、どうかしたのでございますか」

「いゝえ、何んでもないの。パフを取って頂戴、私、自分で叩くから――」

芙蓉子は静かに肩を入れると、稍々蒼白んだ頰の上へ無闇にパフを叩きつけた。そして漸く彼女の長いお化粧が終ると、それでもさっきとは見違えるほど生々として来た。最後に棒紅で唇を彩ると、彼女は立上って細目に鏡の中の自分の姿を検討している。

「いやだわね。ちっともうまく出来ないんだもの」

暫く彼女は、さも不満足らしく鏡の中をしげ〳〵と眺めていたが、やがて溜息とともに、吐き出すようにそう言うと、化粧台の上から一つ一つ指輪を取上げた。

「おや」

「どうかしたのでございますか」

「指輪が一つ――」

「其処にございません?」

「一つ見えないわ。真珠にダイヤをちりばめたのが、――その辺に転がっていやしない？」

だが。芙蓉子のその言葉が終らないうちに、お君が頓狂な声を挙げて床から二三歩跳上った。彼女のスリッパの下で、ガリ〳〵と物の砕ける音がしたのである。

「どうしたの？」

「申訳ございません。つい粗相をいたしまして……」

床の上から指輪を拾い上げた彼女の顔は蒼白だった。見るとダイヤを嵌め込んだ台金が少し歪んで、二粒ほど抜け落ちている。お君は周章てそれを拾い上げた。

芙蓉子は指輪を手に取ると、黙ってしばらく見ていたが、やがて何を思ったのか、

「お君、手を出して御覧」

と言った。お君が叱られることを覚悟で、すっかり恐縮しながらおず〳〵と右の手を出すと、芙蓉子はその手を握って、

「まあ、割に細い指をしているわね」

そう言いながら彼女は、お君の無名指に指輪を嵌込んで、

「丁度合うようだね。落ちたダイヤも大切にしまって置くがいゝわ。今度、天運堂が来たら修繕させるといゝ」

「あの、お嬢様――」

お君は咽喉が窒がりそうな声を出した。

「いゝの、お前にあげるから大切にしてお置き。その代り――」

と彼女はそこで、指先で唇を撫でながら、鏡の中のお君の姿を鋭く見つめた。

「さっきの事は誰にも言うんじゃないよ」

「さっきのことでございますって？」

「牡丹型のあざのことよ。いゝかい。それは口止料だよ」

そう言い残すと、彼女はさっと寛いガウンの裾をひるがえして、その部屋を出て行った。お君はその後を呆然と見送っていたが、やがてふと眼を右の指

に落した。そして彼女は思うのである。——気まぐれなお嬢様を持っているということも満更悪いことではない——と。

だが、お君は今、この高価な口止料に喜んでばかりはいられないのである。彼女は急がしい視線で部屋の中を見廻すと、そっと化粧台の側に置いてある紙屑籠の方へ近寄った。そして、そこでもう一度辺を見廻すと、素速い指先でその中から二三片の紙片を拾い上げた。

それは芙蓉子の入浴中に届けられた手紙で、彼女はそれを読終ると、直ぐずた〳〵に破いてこの紙屑籠の中へ放り込んだものなのである。その時彼女は、出来るだけ平静を装うていたが、鋭いお君の眼は、その平静の下に起った激しい惑乱を看破らずには置かなかったのだ。幸い芙蓉子は、こういうところに意外なスパイが居ようとは夢にも知らなかったと見えて、あまり細く破いてはいなかった。だから、お君が今それをもと通り継合わして、その上に書いてある文句を読む事は何んの雑作もないことだった。
それは次ぎのような簡単な文章であった。

——美しき人魚の部屋は今も尚昔のままにあなたを待っている。今夜——

お君はそれだけの文章を諳誦すると、紙片をもと通り屑籠の中へ放り込んだ。そして差出人のない、この奇妙な手紙の意味を考えながら、若い主人の後を追ってその部屋を出て行った。

スパイ

筆者はこゝで、この若い女中の奇妙な行動に説明を与える前に、一応鷲尾子爵家の内情をお話して置かなければなるまいと思う。

三年前に亡くなった、前の枢密院議長鷲尾勘蔵氏には二人の子供があった。芙蓉子とその弟の康則である。康則はこの物語にあまり関係がないから説明を省略するとしても、現在子爵家を継いでいる者はこの若い青年に違いなかった。彼はうまれつきあまり体が丈夫な方でないので、一年中の大半を葉山の別荘の方で送っている。従って赤坂にある子爵家に居る者と言っては、芙蓉子と彼女の後見人木場省吉の二人だけだった。木場省吉というのは先代子爵の信用の厚かった友人で――というよりは、世間の取沙汰によると、先代子爵の種んな秘密を知っていたので――子爵の生前からこの一家とは離れ難い密接な関係を続けていたのだが、子爵が亡くなると同時にこの邸へ後見人として堂々と乗り込んで来たのである。元来、子爵家はその地位の高いにも拘らず、有力な親類というものが少かったし、それに木場が、どういう風に持込んだものか、臨終の床にある子爵に、彼を子供たちの後見人にするようにとの遺言状を書かしていたので、彼のその地位に対して誰一人異存を挟む者はなかった。

若しあるとすれば、彼が日頃から煙たがっている井汲譲治だけだったろう。譲治と芙蓉子はその親同士が極めて置いた許婚者で、そして彼は先年、父親が生きている間に親同士の約束を果すために、長年の英吉利生活から帰って来たのである。

幸いその結婚は、譲治の父親が急に亡くなったところから、今にいたるまで延びのびになっているのであるが、もし二人がその気にさえなれば、この結婚式はいつでも挙げられるべき性質のものだった。しかもこの危険な可能性は十分にあった。譲治と芙蓉子は誰の眼にも似合いの夫婦だったし、若し彼等に沁み〴〵と語り合う機会を与えれば、直ぐにも好きになってしまいそうな二人の状態であった。

木場省吉はそれを妨げなければならないのである。それは現在の彼の立場を守るばかりではなく、将来子爵家の莫大な財産を自由にするためにも、是非必要なことであった。

それにも拘らず彼は、最近指に受けた傷手のために、自由に行動することが出来ないので、すっかりいらいらしていた。ところで、この指の傷というのがまた奇妙なのである。彼の言葉によると、自動車の扉に嚙まれたというのであるが、お出入りの医者の診察するところでは、誰か、人間の歯によって嚙み切られたものに違いなかった。それはもう一月(つき)も前の事で――そうだ、一月前と言えば、芝公園内で不思議な殺人事件のあった頃であるが――彼の傷も丁度その頃からである。

　初めは大したこともなかろうと思っていたのに、傷口から悪性の黴菌(ばいきん)が入ったと見えて、この頃では全身の節々(ふしぶし)が痛んで、起居振舞(ききょふるまい)さえ自由にならないのである。

「木場さん、如何でございますか」

　夕方からいつも極(きま)って上昇する熱の予感に、木場が今もいらいらしているところへ、美しく着飾った芙蓉子が入って来た。木場はその姿をじろりと意地悪そうな視線で眺めたが、そのまゝプイと横を向くと、気難しそうに眉根に深い縦皺(たてじわ)を刻んだ。芙蓉子はしかし、わざと、相手の態度には気がつかない風をして、鏡の前へ寄ると、その美しい後姿を映してみていた。

「芙蓉子さん」

　木場は寝台の上に半身起上ると、いりつくような視線で芙蓉子の眼の中を覗き込んだ。

「…………」

　芙蓉子は黙って振返ったが、相手の視線に気がつくと、一寸顔色を変えた。

「あなた、今夜譲治君と帝劇へ行くというが本当ですか」

「えゝ、本当よ。今夜デルモント夫人のリサイタルがありますの。折角(せっかく)の御招待ですから行かなければ悪いと思って……」

「いゝですとも。行くことは一寸も構いませんよ」

木場はそこまでをわざと気軽に言って、「しかし芙蓉子さん、あの男とこんなに度々会うことが、どんなに危険だということをあなたは御存知でしょうね」

「度々――？　いゝえ私そんなに度々あの人と会っているわけではありませんわ」

「いゝや、会っている。一昨日(おととい)あなたは邦楽座(ほうがくざ)へ行くと言って、お君を連れて出ましたね。しかし、邦楽座へは行かずに鶴見(つるみ)の花月園(かげつえん)へ行ったというじゃありませんか。そして、そこには譲治君があなたを待っていた」

「まあ」

芙蓉子は思わず眼を瞠って、

「お君がそんなことを喋舌ったのですか」

「お君のことはどうでもよろしい。それよりも私はあなたに自重して欲しいというのです。譲治君と会うことを悪いとは言わない。いや、許婚者の仲だから、相手に誘われたら三度に一度ぐらいはつき合わないと却って怪しまれる。だから私は、むしろ進んで譲治君の招待に応じることをすゝめるのだが、たゞあなたの自重をうながしたいのです」

「分っていますわ、私――」

芙蓉子はそこで急に声を落すと、

「私、どうせあの人と結婚出来る体じゃないんですもの」

「そう、それさえ分っていれば間違いはありません。じゃ、行っていらっしゃい。――芙蓉子さん」

木場は最後の言葉に特別に力を罩めると、異様な熱心さをもって、射るように芙蓉子の眼の中を覗き込んだ。それを見ると芙蓉子は一瞬間、背筋の冷たくなるような悪寒を感じたが、やがて観念したように眼を瞑って、相手の差出した腕の中に身をゆだねた。

その時の木場の表情は、まるで歓喜に慄える悪魔のようであった。日頃のつゝましやかな仮面はがらりと落ちて、たぎりたつような淫らな欲望に輝いているのである。芙蓉子はまるで、祭壇に供えられたいけにえのように、不愉快な感触を耐えながら、相手のなすがまゝにまかせているより他に仕様がないのである。

しばらくしてから木場はやっと芙蓉子の体を解放した。

「有難う、では行っていらっしゃい」

芙蓉子はその言葉を終りまで聞かないで、逃げるようにこの忌わしい部屋を出て行った。

木場はその後姿を見送って置いて、ぐったりとしたように寝台に身を投げ出した。暫く彼は、眼を閉じて、たった今の歓楽が体の隅々まで拡がって行くのを楽しんでいたが、やがて、何を思ったのかがばとまた寝台の上に起上った。

凝っと澄ましている彼の耳に、ふと電話をかけているらしい女の声が聞えたからである。

お君は丁度その時、芙蓉子を玄関へ送り出すと、急いで電話室へ駆け込んでいた。彼女の呼び出したのはGホテルのグリル・ルームである。

「若し、若し、近藤さんいますか。――あゝ、ふうちゃん、あたしお君よ、分って?――例のね。今出かけたわ。帝国劇場よ、ほらデルモント夫人のリサイタルね。あすこであれと会うらしいの。それから、もし〳〵、分って?　あの手紙が又来たわ。あたし諳誦しているから、此処で言ってみるわ。――美しき人魚の部屋は今も尚昔のまゝにあなたを待っている。今夜――というの。分って?　差出人の名前はなかったけど、今夜はそのリサイタルの帰りに、美しき人魚の部屋というのへ行くんじゃないかと思われるの。――報告はたゞそれだけよ。じゃ、今度いつ会ってくれる?　あさって――?　えゝ、いゝわ、じゃ左様なら」

お君はそこで電話を切ると、扉（ドア）を開こうとして後を振返った。

だが、その途端彼女は咽喉のつまりそうな驚愕に打たれたのである。そこには、いつの間に来たのか、木場省吉が燃えるような眼をして立っているのだった。お君はそれを見ると、紙のように蒼白（そうはく）になった。

「お君！」

木場省吉は自分から電話室の扉（ドア）を開いて、低いが、鋭い、きめつけるような声で言った。

「もう一度言って御覧、今の手紙の文句を――」

そう言う彼の体は、高い熱のためか、それとも昂奮のためか、おこり患者のようにぶる〳〵と慄えているのである。お君はふと、鷲（わし）の爪のように曲った、筋（ふし）くれ立った相手の指を見た。その途端彼女は相手が如何に危険な人物であるかを覚って、眼の前が真暗になったような気がした。

島津君の手柄

帝国劇場の大廊下を、さっきから人待ち顔にうろうろと歩き廻っている若い青年があった。粗いホームスパンの洋服に、粋なネクタイをかけて、抜けるように白い顔に、漆黒の頭髪を波打たせているところは、どう見ても活動俳優か何かとしか見えない。彼は多分、デルモント夫人の独唱なんかよりも、もっと他に大切な用事があるらしく、さっきから一度も場内に入ろうとはしないで、正面の大廊下を何かいら立たしげに歩き廻っている。

「ねえ、あれ蒲田の役者じゃない?」

携帯品預所とした前に集まった二人の若い女案内人は、その青年の方を見ながらそんな事を囁き合っている。

「そうね。でも、あまり見たことのない顔ね」

「この頃売り出したOさんじゃない?　この間『都会の白鬼』で一寸顔を出したゞけだけど、たしかあんな顔をしていたと思うわ」

「そう、じゃ、そうかも知れないわね」

だが、丁度その時、場内では一つの曲目が終ったらしく、俄かに多勢の人々が、ぞろ〳〵と廊下へ溢れ出して来たので、彼女たちはそれ以上、その青年に注目しているわけにはゆかなくなった。

近藤富士郎は——言う迄もなくそれは富士郎だったのであるが、——今多勢の人々が廊下に溢れ出したのを見ると、急に体を緊張させて、いよ〳〵せわしい視線で、激しく人々の間を物色していたが、やがて目的の人物を探し当てたのか、ふと肩を落して、ポケットから煙草を一本摘み出した。

そして、うつむき加減にマッチの灯を煙草に移している彼の前を、今しも通過ぎる若い男女の二人連れを、ちらと素速い視線で一瞥した。女はたしかに、鷲尾子爵の令嬢芙蓉子に違いない。男は多分、お君から聞いた許婚者の井汲譲治だろう。

二人は無論、富士郎などには眼もくれずに、手を組合ったまゝ、何か話しながら通過ぎた。富士郎はその後姿を見送ると、マッチをピンと指で弾き上げて、何気なく彼の後について行った。

「気分は如何ですか」

男が心配そうに訊ねかけるのを富士郎は耳にした。

「えゝ、何んだか、こう――」

芙蓉子は白い額に手を当てると、顔をしかめて、訴えるように譲治の顔を振仰(ふりあお)いだ。

「いけませんね。少し蒸すせいじゃないですか。何か冷たい物でも飲んでみたら」

「えゝ」

芙蓉子は気のない返辞をしながら、それでも別に拒もうともせずに、譲治と歩調を合せていた。間もなく彼等は喫茶室の前までやって来た。

「混んでますね。止(よ)しましょうか」

譲治がそう言った時、しかし、都合のいゝ事には、五六人の客が一時にどや〳〵と立上ったのである。

「あゝ、丁度いゝ工合です」

譲治は芙蓉子の手を執(と)って中へ入ると、彼女のために席をこしらえてやり、それから自分も椅子についた。富士郎が同じくこの部屋へ入って来たのは丁度この時である。彼は都合よく、譲治たちの隣の卓子(テーブル)に、背中合せに腰を下ろすと、ソーダウイスキーを注文した。隣の卓子(テーブル)ではフルーツ・ポンチとホットクラレットを注文していた。

「木場さんはその後如何ですか」

暫くの間無言のまゝ、めい〳〵の前に置かれた飲物に口を当てていた譲治と芙蓉子は、ふと譲治の方からそう話を切出していた。

「えゝ、相変らずですわ。はき〳〵しないで弱っているようです」

「ひどいことになるものですな。扉(ドア)に指を嚙まれたぐらいで」

譲治はその言葉を何んの気なしに言ったのであるが、その途端芙蓉子はさっと顔色を変えた。幸い彼女は、丁度その時、うつむいてストローを口に当てゝいたので、譲治には気づかれなかったようであるが、さっきから向うの鏡に映っている姿によって、それとなく観察していた富士郎の眼には、はっきりとその狼狽(ろうばい)の色が読まれた。

「でも、我々にとっては、あの人の病気が何よりも有難いというものです。お蔭でこうして、度々あなたとお眼にかゝることが出来るんですからね」

「まあ」

芙蓉子はその時漸く顔をあげた。そして非難するような眼で譲治をたしなめながら、

「そんなことを仰有るものじゃありませんわ。あの人、気難しい人ですけれど、決して悪い人じゃないんですもの」

「そうですかしら」

譲治はちらと不愉快そうな色を面に現わしながら、

「僕にはあの人のことがどうも信用出来ませんね。あなたやあなたのお父様が、どうしてあの男を信用なすったのか不思議なくらいです」

「もういゝわ。その話は止しましょうよ」

芙蓉子はまどわしげな眼をあげて、相手に哀願するように頭を振ってみせた。その瞬間、譲治は名状しがたい激しい感情に囚われた。彼はもう日頃の忌まわしい疑いなどを思い起している余裕はなかった。もし、傍に人がいなかったら、彼はきっと、相手の細い腰に腕を捲きつけて、その額の上に唇を押あてたに違いなかった。

——丁度その時、次の曲目に移るベルが激しく場内に鳴り響いた。

「如何です？　気分は癒りましたか」

「あの私——」芙蓉子はそこで、言い憎そうに声を落して言った。

「甚だ勝手なんでございますけれど、これで失礼させていたゞけませんでしょうか」

「やっぱり悪いですか、それじゃお屋敷までお送りいたしましょう」

「いゝえ、あの——」芙蓉子は周章て譲治の言葉を遮った。

「そんなにして戴いては困りますわ。私一人で大丈夫です。あなたお残りになって……」富士郎にとっては丁度それが潮時だった。彼は素速く勘定を済ませると、急ぎ脚でその部屋を出て行った。

富士郎がとったその策はまことに賢明だったと言

わねばならない。何故ならば、一足先に出た彼が、劇場の前をぶら〳〵しているところへ、どう話を極めたのか、芙蓉子が唯一人で出て来た。

　彼女は玄関に立っている譲治に最後の挨拶をすると、すぐに自動車を呼ぼうとはせずに、何を思ったのか、日比谷公園の方へ急ぎ足で歩いて行った。

「はゝあ、あとに証拠が残らないように、途中でタキシを拾うつもりだな」富士郎のその考えは適中していた。芙蓉子は日比谷の交叉点まで来ると、一寸立止って前後を見廻していたが、やがて、折から通りかゝったタキシを呼び止めた。それを見ると、富士郎は急に足を早めて、側へ近寄って行ったが、彼の敏捷な行動にも拘らず、芙蓉子の方が彼より早かった。

　彼女は自動車に乗込むと直ぐにバタンと扉をしめてしまった。と思った瞬間には、早、車は富士郎の前から滑り出していた。

「しまった！」富士郎はしかし、直ぐその後から来た車を摑えていた。

「おい、君、向うへ行く自動車を尾行してくれ給え」

富士郎が早口にそう言って、ステップに片足かけた時である。ふいに、後から彼の肩に手をかけたものがあった。

「おい〳〵、待ち給え」振返ってみると、若い男が帽子の廂の下から、探るように富士郎の顔を瞶めている。

「しまった！　刑事だ！」

脛に傷持つ富士郎は、咄嗟の間にそう考えた。そして蒼白になった。

「おや〳〵」とその男は口の中で呟いた。

「君はＧホテルのボーイだね。まあいゝから、僕と一緒に来給え」

　その男は刑事ではなかった。富士郎は知らなかったけれど、芙蓉子の一番熱心な監視人、井汲譲治の友達の、島津という新聞記者だった。

畔柳プロダクション

島津が富士郎をつかまえたのは何んといっても大

手柄に違いなかった。何故ならば、彼等は全く別の出発点から、それ〴〵芙蓉子の正体に疑いを抱くに至ったものである。だから若し、彼等が膝を交えて談合し、お互いに知っているところを打開けてみれば、或いは芙蓉子の正体をつかむのに好都合な結果を見ることが出来るかも知れないからである。

しかしこの場合、彼が、富士郎の出現によって、つい一瞬間、芙蓉子のことを忘れていたのは、何んと言っても大失態だったと言わねばなるまい。

お蔭で芙蓉子は、同時に二人の尾行者から遁れることが出来たわけだ。彼女は自動車の窓から、ちらと富士郎の姿を見つけた。そして、その途端、彼女はふいに相手の正体を思い出した。

そうだ。いつも行くホテルのボーイだ。しかし、何んのためにあの男が自分を尾行しようとしているのだろう。

芙蓉子は何故かしら不安な胸騒ぎを感じて、いっそ今夜のこの冒険を諦めようかしらとさえ思った。しかし、そうすることの出来ない、もっと大きな不安が別の方向にあったのだ。

自動車は坦々たる京浜国道を西へ西へと駛っている。そして、自動車の中にいる芙蓉子は、まるで石像のように身動きもしないで、凝っと虚空に瞳を据えていた。それはたしかに、真珠を溶かしたような不思議な光沢を持った眼、富士郎の所謂蛇の目に違いなかった。

彼女の白い、広い額にはほんのりと汗が浮んで、唇は時々激しく痙攣していた。それは何か、非常に大きな決心を抱いている者のように見えた。

自動車は品川を過ぎ大森を過ぎ、間もなく六郷の橋へ差しかゝったが、まだ停ろうとはしない。やがて到頭川崎の町へ入って来た。

「其処のところで右へ曲って下さい」

川崎市へ入ってから、彼女の態度は一層緊張していた。暗い、狭い道を幾度も、幾度も曲りながら、彼女は到頭、川崎市の山の手側の町外れに自動車を着けさせた。

「其処――其処でいゝの。其処で降ろして頂戴」

「え？　こんなところで停めるのですか」

運転手はびっくりしたように訊き返す。それもその筈、若い女の身で、こんな淋しい原っぱの中で自動車を停めようというのであるから。正気の沙汰とは思われない。

「えゝ、こゝでいいの。御苦労様」芙蓉子は極めた賃金の上に、たっぷりとチップを弾んでおいて自動車を降りた。運転手は呆気にとられたようにその後姿を見送っていたが、何を思ったのか、ヘッドライトを消すと彼もまたこっそりと自動車から這い出した。この不思議な女客を、このまゝ見逃してしまうことは、彼の好奇心が許さなかったと見えるのだ。彼は殆ど四つん這いにならんばかりの恰好で、芙蓉子の後を尾いて行った。芙蓉子は無論、そういうことはまるで気がつかない。足場の悪い原っぱの道を、雑草を掻き分けながら彼女は進んで行く。やがて、その眼前に不思議な、真黒な建物が現われて来た。

「はてな。変な建物だなあ」

後から尾いて行く運転手も直ぐその建物に気がついた。工場のようであるが、それにしては煙突が何処にも見当らないのである。半円形の細長い屋根が、折からの薄曇りの空に聳えて、一種異様な、妖怪めいた感じを起させるのである。

芙蓉子はその表門と思われる木戸の側へ近寄ると、そっと扉を押してみた。古びて、腐りかけた木戸は、何んの手応えもなくするりと内へ開いた。芙蓉子はそのまゝ、この不思議な建物の中へ吸い込まれるように入って行った。運転手はそれを見ると、ふいに闇の中から躍出して、ばら／＼とその木戸の傍へ近寄った。そして、暫く凝っと暗闇のなかに耳をかしげていたが、やがてポケットからマッチを取出すと、それに灯をつけた。朧気なその光りの中に、彼は辛うじて、**畔柳プロダクション**の文字を読取ることが出来たのである。

ハレムにて

畔柳プロダクションというのは、前にも言ったとおり、数年前までかなり人気のあった小説家畔柳半三郎が、当時親の遺産がころげこんだのをいゝことにして、道楽半分に起した映画会社である。しかし、これも前にも言ったとおり、そういう気紛れな活動会社の長つゞきをするいわれがなく、間もなく、種々な経済的な破綻と、それに伴っておこった諸々の醜聞とのうちに、またゝく間もなく瓦解してしまった。そして、それと同時にプロダクションの盟主畔柳半三郎は、文壇からも、彼の気紛れな映画界への野心からも引退してしまったのである。

しかし、こうして事実上、畔柳プロダクションの事業は滅亡してしまったが、その残骸は、数年後の現在にいたるまで、川崎市の郊外にとり残されていたのである。それはいっそ醜く、荒廃した、何処やらに相馬の古御所を思わせるような妖怪めいた廃墟である。

芙蓉子がいま、足を踏みこんだのは、この物すごい廃墟のなかであった。一歩々々、ぬかるみの道を拾ってゆく彼女の面には、さま〴〵な、交錯した感情が現れている。それは怖れと、懐しさと、憎悪と、そして同時に愛着をも含んだ複雑な感情だった。

芙蓉子に会見を申込んだ人物が、それが誰であろうと、会見の場所として、この古い撮影所を選んだのは、まことに賢明であったと言わねばならない。何故ならば、彼女はいつも、もう一度この撮影所へもどって行くであろう自分の姿を、殆んど運命的に信じていたからである。

間もなく彼女は、朽ち果てたグラス・ステージの入口まで辿りついた。さすがに彼女は、この巨大な妖怪のように横わっている、無気味なほどがらんとしたスタジオの中へ入ってゆくには、余程の決心が必要だった。

しかし、こゝまで来ておいて今さらどうしようというのだ。それに彼女としても、なるべく早くかたをつけたいある用件があるのだった。それには、仮令強いられて来たとはいえ、こうしてわざ〳〵やって来た機会を、なるべく遁さない方が得策でもあった。

彼女はそこで、肺臓の中に湿っぽい空気を一杯吸い込むと、思いきったように、薄暗いステージの中へ入っていった。もし、現代の作家が現代式な妖怪芝居を書下すとすれば、彼等の撰定すべき場面は、あの鶴屋南北の墓場だの、寺の本堂だのの代りに、さしずめ、こうした古朽ちた撮影所だの、深夜の機械工場の内部であらねばなるまい。

芙蓉子はぞっとするような恐怖を背筋に感じながら、それでもそろ〳〵と摺足で奥の方へ進んでいった。長いこと捨てておかれた建物の内部特有の、むせるような空気が重っくるしく澱んで、しかもそれが、ガラス張りの温室の中で温められているために、酸味を思わせるような臭気を帯びていた。

だが、彼女はもう躊躇しなかった。というのは、行手にあたって、彼女を待っている不思議な部屋の輪廓が、おぼろげながらも見えはじめたからである。

それはまことに異様な部屋のたゝずまいであった。厚い掛布と、深々としたクッションと、目も綾な敷物と、——そして甘い香ぐわしい匂いを持った香煙に包まれた、ハレムのような一室だった。そしてそこばかりは、この埃っぽい撮影所の内部でも、全くかけ離れた別の世界を形造っているのだ。

彼女は今、アーチ形になったその部屋の入口に立止った。そして重い緋色のカーテンを静かに押しのけた。部屋の中には蔭電灯でもともしてあるのか、それとも、スタジオのグラス天井を洩れて来る淡い月の光か、ともかく程よい微光が漂っていた。彼女は闇に慣れた目で、あまり広くもない紫色の部屋のなかを一渡りずっと見渡した。そして、その眼を、わざと一番最後に、隅の方にあるオレンジ色の寝椅子の上に落すと、はじめて彼女は、作りつけたような微笑を口もとに刻んで、静かにうしろのカーテンから手を離した。

暫く二人は——彼女と、寝椅子の上に腰を下ろしていた男とは——そのまゝの姿勢で凝っと探りあうように、お互いの眼の中を覗きこんでいたが、やがて男の方が固い微笑を浮べてかすかにからだを動かした。

「やっぱりあなたでしたね。千鶴さん」男はそう言って寝椅子から立上りながら、「その眼を持っている限り、あなたは僕を欺きおおせるわけにはゆきませんよ」

芙蓉子はふいに虚をつかれたように、激しく二三度また丶きをしたが、やがて胸の上に置いていた手でぎゅっとショールの一端を握ると、そのままずる〲と引張って、無雑作に丸めると手提鞄と一緒に、ぽいと傍の卓子の上に投出した。そしてことさらに草履の音をばた〲させながら、男のそばへ寄って、どっかりと寝椅子の上に腰をおとしたのである。

「一体、私をどうしようと仰有るの」彼女はそう言って、きっと男の白い額を見つめた。「あなたは私を売った筈じゃありませんか。今更私にどんな御用がございますの」

男はポケットから細巻の莨を取出すと、ゆっくりとそれに火をつけながら、

「いや、たゞあなたにお祝い申上げようと思いましてね。それと同時に、僕は結局、あなたに対して、済まないことをしたのではなかったということを認めて貰いたかったのですよ。何しろ、このボロダクサンの撮影所の女優から、子爵家の令嬢とは大した出世ですからな」

男は斜に芙蓉子の顔を見ながら、紫色の煙をもく〲と吐出した。

言う迄もなくそれは畔柳半三郎だった。

秘密の一端

女はその言葉を聞くと唇を歪めて、鼻の先でフフンと軽く笑いながら、

「今更そんな厭がらせを聞かせるために、わざ〲こんなところまで私をお呼出しになったんですの」

「いゝや、決して！」

半三郎も女に並んで腰を下すと、

「決してそんなわけじゃありませんよ。僕だってこれで大いに良心はありますからね。あの時僕がとった態度は、たしかに利己的でありすぎた。その点僕が煩悶しなかったと思うのはあなたの間違いですよ。

あれ以来消息をたってしまったあなたのことを、僕がどんなに心配していたか――、だから子爵令嬢になりすましているあなたが、楽しい昔の紅沢千鶴であるかどうかを確かめようと思ったのも、決して単なる好奇心からではないのですよ。僕の気持ちとしては、ただあなたの安否を確かめたかったのです。だから、あなたも素直に、私の心からなる祝辞をうけなければいけませんよ」

「有難う、じゃ、素直にお礼を申上げるわ」

芙蓉子は皮肉なながし目で相手を見ながら、ゆっくりと寝椅子(ダイヴァン)から立上った。

「じゃ、御用というのはそれっきりね。あたしもう、お暇(いとま)しても構いませんか?」

女のこの思いがけない逆襲には、さすがの半三郎も思わずたじたじとした。寝椅子(ダイヴァン)の端に腰を下ろしていた彼は、一瞬間、ぽかんとした表情で立っている女の顔を振仰いでいた。しかし彼もさる者、直ぐ次ぎの陣容を整える事を忘れはしなかった。

「いゝですとも、どうぞ。しかし一言申しておきますが、僕はまだあなたに何んのお約束も与えはしませんでしたよ。したがって、あなたの秘密を、ついうっかり他人に喋舌ったからと言って、後になって不服を言われても知りませんよ」

芙蓉子は凝っと焼けつくような眼で男の顔を瞶(みつ)めていた。その口辺には激しい憎悪がひらめいた。しかし、彼女はすぐその表情を拭い捨てて、

「それがあなたの切札なのね」

と、吐捨(はきす)てるように言いながら、彼女はべったりと虎(とら)の皮の敷物の上へ体を投出した。

「切札? はゝゝ、そう言われると何だか僕が、あなたを脅迫しているように聞えますね。まあいゝです。それよりももっと昔の話をしようじゃありませんか」

「もう沢山、あたし昔のことは考えないことにしていますの。だから、あまりその問題には触れないで頂戴」

「成程(なるほど)、あの痩せた紳士にそう注意されているんですな。木場省吉というんですね、あの男の名は?」

「あなたはどうして、そんな事まで知っていらっしゃるのです」

「どうしてゞもいゝです。それればかりじゃありませんよ。僕は現在のあなたのことなら、大抵何んでも知っているつもりです」

その時ふいに彼女は、さっき自動車の中から見た近藤富士郎のことを思い出した。そうだ、この男に最近出会ったのは、あのボーイのいるホテルのグリル・ルームではなかったか。

「分ったわ。あなた、あのボーイをスパイに使っているんですわね」

「ボーイ？　Gホテルの近藤富士郎のことですか。否、否！　あの男がどんな事をしているか知らないが、今のところ僕とは全然無関係ですよ。だがそんなことはどうでもいゝ。それよりも木場氏についてもっと語ろうじゃありませんか」

その名が出る度に、芙蓉子は痛い傷にでも触られるように顔をしかめた。木場省吉！　その名は彼女にとって、最早呪いのほかの何ものでもないのだ。しかしそれでいて、あの男の恐ろしい妖術から脱し切れない彼女なのだ。

「何故あなたは、そんなにあの人のことを話したがるんですの？」

あんぐりと口を開いた虎の頭を撫でながら、彼女はわざと静かに、声を落して言った。

「何故——？　そうですね。多分敬服しているからでしょう。それとも嫉妬からですかな。いや、何にしてもあの男の智慧には驚かざるを得ないですね。あゝいう咄嗟の場合に、ホテルの人が人違いをしたのを幸いに、あなたを身代りに使うことを思いついたあの男、そしてこの僕に、五千円の金を叩きつけてぐうの音も出させなかったあいつ。——悪魔——そうですね。悪魔の智慧ですね」

芙蓉子は黙って聞いていた。血の気の失せた顔は真蒼で、きっと引結んだ唇の端が、時々妙に痙攣するのだった。それはこみ上げて来る激しい感情を、無理矢理に抑圧している悲しい努力を示すのだ。しかし、間もなく彼女は静かな声音で言った。

「どうしてあなたは、あの男のことばかり仰有るの。五千円という金であの男に私を売ったあなた御自身も、悪魔の手下だとはお思いになれない？　ほゝゝゝ、おかげでこの私がどうなったとお思いになって？　外人狙撃犯人ですって？　この私が？　ほゝゝゝ、全くそれに違いないわね。だってそのために私は、二年あまりも監獄へ入っていたんですものね」

「ほゝう。それじゃあなたは、やっぱり監獄へ入ったんですね。しかし、どうしてそんな事が出来たのです。僕にはどうにも分らない」

「今あなたは仰有ったじゃありませんか。あの男は悪魔だって、悪魔にはどんな事だって出来るものですわ。ホテルで外人を撃った本当の鷲尾令嬢を、みんなが紅沢千鶴と間違ったのを幸い、早速あなたのところへ私を買いに来たくらい機敏なあの人ですもの。監獄へ入っていた鷲尾令嬢とあたしを擦り変えるぐらいの事は、何の雑作もないことですわ」

　芙蓉子の言葉は、ことごとく半三郎にとっては驚きの種らしかった。然し、何も知らない読者諸君は、より以上の混乱を感じられるに違いない。薄暗いハレムのような一室で、彼等の口から縷々として語られる、この異常な物語を聞くことはまことに興味の深いことである。私等は今暫く彼等の物語に耳を傾けようではないか。

呪わしき相似

「擦り変えたのですって？　監獄の中で」

　暫くして半三郎が呟くように訊ねた。

「いゝえ、監獄の中ではありませんわ。あの人を一度脱獄させたんですの。そして直ぐまた捕えられたんですわ。でも捕えられた時にはもうあの人ではなく、私が身代りになっていたんです。だからあの人は大手を振って鷲尾家へ帰って行くことが出来たんですわ。だって世間じゃ、外人狙撃事件で監獄へ入っているのは、紅沢千鶴だとばかり思っていたんですからね。現に千鶴と一番縁の濃い筈のあなたまでが、あの人を見て、たしかに千鶴だと証言したじゃありませんか。五千円の金でね」

しかし半三郎には、その最後の皮肉も殆んど耳に入らない様子だった。彼は自分も一役演じているこの奇怪な事件の、更に複雑な秘密にたゞ〳〵驚嘆するばかりだった。

「そう、あなたの非難は甘んじて受ける。しかし、今更そんな事を言っていても始まらない。僕はこの事件の真相をはっきり知りたいのです。――あの時、そうだ忘れもしないあれは昭和二年の四月でしたね、あの男が突然訪ねて来て、あなたの体と、紅沢千鶴に関する一切の沈黙を五千円で買いたいと言い出したのは。あの当時、実際僕は金に困っていた。そして一方あの男はどういう風にあなたを説伏せたのか知らないが、兎も角私たちは二人ともあの男の申込みを受ける事になった。そしてあの男はすぐその場からあなたを連れて行ったのだが、その日の夕方僕は警察へ出頭を命じられたのです。しかし僕は約束通り、殆ど何も語らなかった。たゞ、外人狙撃犯人を目の前につきつけられた時に、紅沢千鶴に違いないと証言したに止るのです。しかし、この嘘はあまり困難ではありませんでしたよ。何故と言って、あの女と来たら、あなたとまるで生写しで、もし木場氏から予め聞いていなかったら、僕自身あなたと間違えてしまう程でしたね。こうして兎も角、あの女は紅沢千鶴として処刑を受け、それと同時に、本当の紅沢千鶴は姿をくらましてしまった――と、僕はたゞこれだけの事しか知らなかったのです。それ以来あなたにも、あなたを買いに来た木場氏にも会わなかったし、従ってあなたの名前で監獄へ行った女が、何処の何者だかまるきり見当もつかなかった。また最初の約束があるので僕は知ろうともしなかったのです」

「最近まではね」

そこで突然芙蓉子、いや、今では疑いもなき千鶴がそう言葉を挟んだ。

「そう、最近まで。――しかし、仮令あなたが身代りに立った女が鷲尾子爵の令嬢だったという事を知っても、僕はそれ以上深入りはしなかったでしょう。僕も随分卑劣な男だけれど、五千円で一切の沈黙を売った以上、脅迫がましい事はしたくありませんからね。しかし、あなたが現在鷲尾令嬢になりすましているのは例外だ。この事は最初の約束にもなかった筈です。だから僕は当然詰問(きつもん)していゝ権利があるのです。本当の鷲尾令嬢はどうしたのです。あなたと入変りに監獄を抜出したという鷲尾令嬢、本当の芙蓉子さんは今どこにいるのです」

　突然、千鶴はさっと顔色を変えた。彼女の顔色は紙のように白くなった。唇がわな〳〵と慄えて、咽喉がぜい〳〵と鳴った。

「知りません！　あなたはどうしてそんな事を訊ねるのです」

　千鶴はふいにすっくと立上ると、まるで恐ろしい悪夢でも払いのけるような恰好で、たじ〳〵と入口のカアテンのところまで身を引いた。だが、彼女よりも半三郎の行動の方が早かった。彼は一跳びに入口のところまで飛んで行くと、カアテンを背に、千鶴のまえにすっくと立ちはだかった。慄えている女の肩にしっかりと両手を置いた。

「知らないという筈がない。言って御覧なさい。本当の芙蓉子さんは生きているのか死んでいるのか」

「知りません、知りません。そこを離して頂戴！」

　千鶴は必死になってもがきながら、傍(そば)の卓子(テーブル)の上に投出した手提鞄を取上げた。

「知らないという筈はない。それじゃ芙蓉子さんは死んだのだな。そうだ。木場の奴が殺したに違いない。あの男が操縦するには本当の芙蓉子さんより、贋(にせ)の芙蓉子の方が都合がいゝからな。だからその昔、芙蓉子さんを千鶴の身代りにしたように、今度は千鶴！　あなたを芙蓉子さんの身代りにしているのだな」

「知らない、知らない。離して頂戴、離さないか。畜生(ちくしょう)！」

　手提鞄の中に突込(つっこ)んでいた千鶴の手が、ふいに前方にのびた。半三郎はさすがにはっと息を嚥込(のみこ)みながら、たじ〳〵と二三歩下ったが、

「僕を撃とうというのですか。成程、それが君の答えだね。僕を殺してゞも、あの不義の贅沢(ぜいたく)にかえり

たいというのだな」

「そこをお退きなさい」

「いゝや、退かない。千鶴お前は馬鹿だ。言いようのない馬鹿だ」

「その馬鹿には誰がしてくれたんです。まあいゝからそこを退いて頂戴、退かないんですか。私は伊達や見得にピストルを持っているんじゃありませんよ」

ズドンとピストルが鳴った。無論彼女には本当に撃つつもりなど毛頭なかった。たゞこけおどしに床へ発砲したばかりである。しかし、立罩めた白い煙が薄れて行った時、千鶴はそこに世にも恐ろしいものを見た。

「千鶴――」

半三郎が叫んだ。と思うと、引掻くように重いカアテンに縋りついていたが、やがてくな〳〵と床の上へ倒れた。

「千鶴――、お前は、――お前は馬鹿だ」

床の上に腹這いになった半三郎は、両手で体を支えてもう一度起上ろうとしたが、すぐまたどたりと横倒しに転げた。その途端、脇腹からどっと夥しい血潮が溢れて床の上へこぼれた。

千鶴は化石したように、ピストルを持ったまゝ立竦んでいる。自分で自分の眼を信じる事が出来ないのだ。あの弾丸が命中したのだろうか。そんな馬鹿な筈がありようがないではないか!

彼女はふいに恐ろしそうにピストルを投出すと、よろ〳〵と二三歩よろめいた。と、その途端、カアテンの間からしっかりと彼女の手を握ったものがある。

「大丈夫、しっかりして!」

彼女は耳の傍で囁かれたその言葉によって、振返ってみる迄もなく、それが何者であるかを悟る事が出来た。

「あゝ!」

彼女はふいに絶望的な呻きをあげると、両手でしっかりと顔を覆うた。カアテンを掻きわけて、姿を現わした木場省吉は、ぎら〳〵と光る眼で、床の上に倒れている半三郎の姿を見ていたが、やがてにやりと薄笑いを浮べると、右手に握っていた短刀の血を拭った。そして静かに床の上に身を跼めると、まだ煙を吐出しているピストルを拾い上げて、弾丸の有無を検べていたが、やがてそれを瀕死の半三郎の白い額に押しあてた。

「芙蓉子さん、あなたの秘密を知ろうとする者はみなこの通りですよ。いつか芝公園でやっつけた女にしても、女中のお君にしても、そしてこの男にしても……」

千鶴は引金を曳く音を聞いた。それと同時にぱっと舞い上った煙を、彼女は朦朧と意識した。と、その途端、四方の壁がどっと自分の方へ倒れて来るような恐怖を覚えた。

「あゝ、恐ろしい、あゝ、恐ろしい――」

それきり彼女は気を失って倒れたのである。

絶望

「それでも君はまだ、芙蓉子さんの罪悪を信じる事が出来ないのかね」

いかにもいら〳〵した調子で、きめつけるようにそう言ったのは新聞記者の島津である。眉をつり上げ、肩をいからして、憤懣に耐えぬ面持ちで部屋の中を歩き廻っている。その傍には、井汲譲治が普段よりは一層蒼白い顔をして、きっと下唇を噛みしめながら、うつろな瞳を虚空に据えていた。

前章に述べた事件があってから数日後のこと、関口台町にある井汲譲治の、例のサンルームめいた部屋の中の出来ごとである。

「殺された畔柳半三郎という男が、芙蓉子さんに特別の興味を持っていた事は、あの近藤という男の話でも分るじゃないか。あの男も別の出発点から我々と同じ様な疑を芙蓉子さんに対して抱いていたのだぜ。然も兇行のあった晩、芙蓉子さんそっくりの女を、日比谷からあの畔柳プロダクション迄乗りつけて行った自動車があるというのだ。それでも君はまだ芙蓉子さんを信じようというのかい?」

譲治はそれに答えようともせず、かたくなに沈黙を守っていた。いや、沈黙を守っているというよりも、すべての発声機関にサボタージされているといった方が正しい。発声機関ばかりではない。彼は何を考える力も、何を判断する能力も完全に失って了ったのだ。無論彼は、島津の言葉を聞いていないのではない。聞くまいとしても耳に入って来るその言葉の中に、呪わしくも無限の真実を認めればこそ、一層物を言う事が出来ないのだ。島津はその様子を哀れむようにしげ〴〵と眺めていたがやがて静かに傍のソファに腰を下ろした。

「ねえ、井汲君、僕等はもう一度この事件を最初から考えてみようじゃないか」

彼はポケットから煙草を取出して火をつけたが、すぐそれを床の上に投げ出して靴で踏みにじった。

「我々が芙蓉子さんに対して、初めてある疑いを抱きはじめたのはあの女――そうだ、紅沢千鶴と同じ監房にいたという女が、我々に密告して来て以来だ。調べてみると成程、その女の言葉の中にはところ〴〵否定出来ない点がある。例えば芙蓉子さんと紅沢千鶴の恐ろしい迄の相似だ。しかし、君も僕もまさかとその当時は打消していたね。一分の疑いは抱いたもの〻、後の九分までは否定していた。ところで、我々に密告して来たあの女はその後どうなったね。芝公園で何者にとも知れず殺害されたじゃないか。しかもその晩、ホテルの舞踏会から芙蓉子さんと木場省吉の後をつけていた僕は、丁度芝公園の附近で彼等の姿を見失ったのだぜ」島津はそこで一寸言葉を切った。実際、出来る事なら彼としてもこんな忌まわしい暴露は止したかったに違いない。しかし、何かしら得体の知れぬ泥沼の中に引摺こまれようとしている友人を見ると、彼の気性としては、何処までもこの事件の真相を突止めずには居られないのだった。

「丁度その時分だ」

島津は言葉をついで、

「近藤富士郎の話によると、彼もまたその時分から芙蓉子さんに対して同じような疑いを抱き始めたのだ。そして、紅沢千鶴の昔をよく知っている、小説家の畔柳半三郎を仲間に引入れようとした。近藤としてはこれは失敗で、畔柳半三郎は一目芙蓉子さんを見ると、彼はまた彼で、勝手に行動しようとしたのだ。そこに今度の悲劇の原因があるのだが、一方富士郎は畔柳に失敗すると、今度は手をかえて、自分の女を直接鷲尾家の女中として住み込ませた。あの男は不良少年で、無論その目的は結局脅迫にあったのだろうが、さすが不良少年だけあってやる事が思いきっているよ。自分の情婦を直ちに敵陣へ放ったのだからね。ところでそのスパイのお君という女中はどうなったか。これもまた、殺された畔柳半三郎と前後して、姿をくらましてしまったじゃないか。近藤富士郎の話によると、たとえ何処にいても彼のところへ便りを寄越さないような女じゃないと言うぜ。では一体、この失踪は何を意味するのだね」

　譲治はまるで、自分自身が詰問にあっているように、髪の毛をかきむしりながら苦しげな呻き声をあげた。あらゆる指が彼女を指さしている。しかも彼はまだ、その中心にいる芙蓉子の微笑を真実のものと信じたいのだ。彼女のあの白い腕が罪の血に汚れていようなどゝ、どうして信じる事が出来よう。彼はかさ〳〵に乾いた唇を舐めながら、哀願するように瞳をあげたが、直ぐにまた顔を伏せて了った。島津は結局友人以外の何者でもないのだ。自分のこの苦悶、肉体的な痛みにまで感じられるこの懊悩を、この男は同情こそすれ、同感する事は出来ないのだ。島津は痛ましげに、痩せこけた友人の頰を眺めていたが、やがて立上ると静かにその肩に手を置いた。

「ねえ、諦めたまえ。君が諦めるとさえ言ってくれゝば、僕は生涯の沈黙を約束する。なあに、近藤だって大丈夫だ。いくらかの金といくらかのおどしで僕がきっとあの男の唇は閉じて見せる」

　島津はしかし、この言葉のあまりに空虚な響きに気がついてそのまゝ唇を閉じた。彼等がいかに沈黙を守っていたところで、この秘密が永遠に保たれるものだろうか。尠くとも事件は三人の人物の生命に関係しているのである。しかも警察では自動車の運転手を有力な証人として拘留しているのだ。そして日比谷公園の附近から、畔柳プロダクションまで芙蓉子を送って行ったこの運転手は、十分証人となり得る価値があるのだ。

　島津は暗然として事件の将来を見詰めていた。と、その時である。突然卓上電話のベルが激しく鳴り出した。島津は邪魔臭そうに受話器を取上げたが、その顔は見る〳〵うちに、隠しきれない驚きのために緊張して来た。暫くしてがちゃんと受話器を置いた彼は、いきなり譲治の方を振り返ると、まるで噛みつくように呶鳴りつけたのである。

「おい！　鷲尾邸が大へんだ。直ぐ出掛けよう！」

悲劇の大詰

　丁度その少し前から、鷲尾家の奥まった一室では妙なことが起りつゝあった。

　この数日来、主人から呼ばれる事なしに、この奥の部屋へ近附く事を絶対に禁じられていた召使いたちは、最初のうちこそ気がつかなかったが、間もなくこの妙な出来事に注意しはじめた。

　一体この数日間というもの、彼等は漠然とした不安に絶えず脅かされ続けていたのだ。芙蓉子も木場も、この奥の一部屋に閉じ籠ったきりで、滅多に外へ出て来ようとしなかった。ある時食事を運んで行った女中の言葉によると、芙蓉子は高熱の為に絶えず囈語を言っているという話だったし、それを介抱している筈の木場自身も例の不思議な傷の為に唸り続けているというのである。それでいて医師を招く事を絶対に拒んでいる彼等の真意は、召使いの者にも計り兼るのだった。しかも真夜中の寝静まった頃になると、屢々激しい鞭の音が、遠く離れている女中部屋迄響いて来るのだった。その音に混って絶え絶えに聞えるのは、確かに芙蓉子の呻き声に違いなかった。とすれば、後見人の木場が芙蓉子を折檻しているのであろうか。併し、あんな病人を鞭で乱打して、一体どうしようというのだ。

　女中たちはその音を聞く毎に、水を浴せられたようにおびえ切って、お互に必死となってしがみついて寝るのだった。

　ところが今朝になると事情が少しばかり変って来

た。

　久し振りで奥の部屋から出て来た芙蓉子は、案外元気で、女中たちに機嫌のいゝ冗談などを言いながら、お湯へ入って身仕舞いをしたりした。木場のために食事を運んで行った別の女中の話によると彼もまた久し振りで晴々（はればれ）とした顔で、いつもより大分（だいぶ）沢山の食事を摂ったという話である。芙蓉子はお気に入りのお君がいなくなったので、湯から上ると自分一人で念入りにお化粧をしていたが、やがてそれが済むと、二言三言、お附きの女中に冗談を言い残して、再び奥の部屋へ入って行ったのである。

　それが午後の二時頃のことだった。

　そしてあの気味の悪い呻き声が洩れ始めたのは、それから半時間程後のことなのだ。それはいつもの芙蓉子の呻き声と違って、どうやら木場の唇から洩れて来るものらしかった。女中たちはしかし主人たちの上機嫌にすっかり安心し切っていたものか、はじめのうちは別に気にも止めず、また木場が、例の傷の痛みに唸っているのだろうくらいにたかをくゝっていたのである。

　しかし、その呻き声はだん〱高まるばかりではなく、聞いている者に、何かしらぞっとするような悪寒を感じさせるのである。到頭耐（たま）らなくなった女中の一人が、抜足差足（ぬきあしさしあし）、そっとその部屋の前まで近寄ると、鍵穴から中を覗いてみた。と同時に、彼女は魂消（たまげ）るような悲鳴をあげてその場にへたばったまゝ、口を利く事が出来なくなってしまったのである。

　その時木場は寝台の上に仰向（あおむ）けになって寝ていた。不思議な事に彼は殆んど一糸をも纏（まと）わぬ裸体に近い姿をしていた。そしてその枕もとには、芙蓉子が日頃より一段と立優（たちまさ）った美しい顔に、不可思議な微笑を湛（たた）えながら立っているのである。見ると彼女は、手にどき〱するような刃物を握っている。そしてその刃物が痩せた腹上をすうと滑るごとに、真っ赤な線が縦横無尽に刻まれて行くのである。

　その度毎に木場の唇から低い切ない呻き声が洩れるのだった。それでいて彼が抵抗しようとしないのは、手足をしっかりと寝台の脚に縛りつけられているからである。

どうしてこんな事が始まったのか分らない。或はこれは、木場の日頃の奇妙な性癖が昂じた結果ではなかろうか。そうでもなければ彼のような大の男が、如何に病気であるとはいえ、芙蓉子のような女の手にかゝってこんな惨めな姿になろうとは思えないからである。

「さあ、これであなたも満足でしょう。あたし今迄、一度だってあなたの要求を拒んだことはありませんでしたわね。結局あなたは、あたしの一番可愛い人だったかも知れませんわね」

そう言って芙蓉子は、矢庭に男の唇に武者ぶりついた。木場はその下で苦しげに頭を左右に振ったが、しかし不思議なことには、最早断末魔に近い彼の顔には、少しも憤っているような色は見受けられないのである。むしろその反対に、神の姿を眼近に見詰めている狂信者のような歓喜が、体一杯に溢れているのだった。

「さあ、これであなたももうお終いよ。芙蓉子さんを殺し、畔柳半三郎を殺し、お君を殺し、そしてあたしの秘密を最初に見附けたあの女を殺した木場省吉、でも、何も彼もあたしのためにした事なのね。この紅沢千鶴のために。あたしだから、決してあなたを恨んだり、憎んだりしちゃならなかったのだわ。尠くとも譲治さんとあんなに近附きになるまではね」

その言葉を聞くと、今将に息を引取ろうとしている木場の面に、一瞬激しい焔が舞い上った。彼はもう殆んど見えなくなったらしい眼で急がしく芙蓉子――否、最早紅沢千鶴と言った方が正しいだろう――の顔を探した。

「ほゝゝ、今になって、まだあなたは嫉妬しているの。お馬鹿さん。安心していらっしゃい。こうなってはあなたと一緒に行くよりどうにも仕様のないあたしじゃありませんか」

その途端千鶴の右手がさっと空に上った。と同時に霧のように飛び散った真っ赤なものの中で、木場の体が最後の激しい痙攣をした。

譲治たちが駈けつけて来たのはそれから間もなくの事である。

厳重に錠を下ろした扉(ドア)を、無理矢理に押し破って入った彼等は、あまりの無残な光景に思わず眼をそむけてしまった。

そこは文字通り血の海だった。

そして腑(ふ)分(わ)けをされたような木場の醜い体の上に、千鶴がまるで接吻(せっぷん)するような恰好で、顔を埋めて死んでいたのである。

この事件に対する一番熱心な研究者だった島津君は、その後鷲尾家の整理を委任された時、ふと紅沢千鶴の遺書を発見した。それは遺書というよりも、千鶴が悶々(もんもん)の儘(まま)に書き綴(つづ)ったものらしかったが、それによって彼は初めてこの事件の恐しい真相を知ったのである。

――芙蓉子さん、(即(すなわ)ち私ではなしに本当の鷲尾芙蓉子さん)が不良少女の仲間に落ちたのも、やはり木場の感化だったらしい。――そういう風に千鶴の遺書は始まっている。

――不良外人に欺(だま)されたり、その揚句の果に相手を撃ち殺したり、それにはみんな木場が影で糸を操っていたに違いないのだ。しかし、彼女が外人を狙撃してその場で捕えられた時、そこに不思議なことが起った。というのは、居合せた人々はみんな彼女を畔柳プロダクションの紅沢千鶴だと間違えてしまったのである。――それが木場にとって乗ずる機会を与えた。彼は芙蓉子さんに沈黙を教える一方、すぐに本当の紅沢千鶴を買い出しに来たのである。そして私は畔柳半三郎によって五千円の金で彼のもとへ売り込まれた。私はすぐ姿を隠さなければならなかった。何故といって二人の紅沢千鶴が存在していてはならないからである。こうして昭和二年の四月のはじめから、九月の終(おわり)まで生ける屍(しかばね)のような生活を送っていた私は、ある日、紅沢千鶴の名で監獄へ入っている芙蓉子さんと擦り変えられたのである。

——こうして鷲尾家の名誉は完全に救われた。芙蓉子さんがそんな恐ろしい処から帰って来たとは誰が知ろう。外人狙撃犯人は紅沢千鶴なのだ。そして彼女は今監獄にいる！……そうだ、私は芙蓉子さんに代って、そこで残りの刑期を済ませねばならなかった。

——一体私が何故こんな馬鹿な事を承諾したのか。それは自分でも分らない。報酬に眼がくれたのか。否々それよりも木場省吉という男の恐ろしい魔力に支配されていたと言った方が正しいだろう。

——兎も角私は、残りの二年あまりの刑期を過ごして監獄を出ると、約束通りすぐ木場のところを訪れた。報酬を受取るために。ところがそこに待受けていたのは、私の思いも設けぬ恐ろしい将来であったのだ。

——その日から私は、鷲尾芙蓉子になりすました。私は何処までも芙蓉子さんの影を踏んで生きなければならないらしい。

——本当の芙蓉子さんはどうなったのか、私は知らぬ。しかし木場が殺したのではないかという疑いは十分ある。私はもう木場のかいらいに過ぎない。——

島津はそこでポツンと切れている其遺書を何度も〳〵読返した。

そして得体の知れぬ恐怖に眼の前が真暗になった様な気がした。

彼はそれを再びイギリスへ渡った井汲の許へ送ってやろうかと思ったが、すぐ思い返して灰皿の中に突っ込んだ。そして火をつけた。白い燃えかすが軽くゆるやかに部屋の中に舞い上った。それを見つめ乍ら島津は、何かしら暗い〳〵溜息をついたのである。

死の部屋

一

　暫くホテル住居いをしていたアメリカ帰りの木藤仙吉が、今度小日向台町に古い家を買ったというので、ある日私は久し振りに彼を訪問して見る気になった。

　三四年前、××新聞の特派員として紐育へ派遣されていたみぎり、私はよくこの木藤仙吉の厄介になった。木藤は二十五の年にアメリカへ渡って、足かけ十二年向うに生活していたという話だったから、当時既に三十六七歳になっていたわけだが、かなり手広く毛織商売をやっていた。紐育の日本人会でも、まあ顔の売れた方で、アメリカに於ける成功者の中でも指折りの方だったろう。

　それが最近、相当金を溜めてこの日本へ帰って来たのだが、私は横浜埠頭へ出迎えたきり彼に会わなかった。ホテル生活をしている間にも時々社の方へ電話をくれたが、そのつど社務が急がしくて、不本意ながらも彼の招待に応ずる事が出来なかった。

　その晩、私がわざ〳〵分り難い小日向台町の新居を訪問する気になったのは、一つはそういう無礼を埋合せたい気持ちもあったのだ。

　小日向台町へは一度社用で来た事があるが、実に分り難いところだったと覚えている。それに夜の事でもあったので、三丁目の二十七番という番地だけでは、甚だ覚束ないと思っていたが、果してその通りだった。酒屋の御用聞きだの、通りすがりの学生だの、子供を遊ばせている近所のお主婦さんなどに、何度となく聞き直して、結局探し当てた家は、しかし、私の満更馴染(まんざらなじみ)のない屋敷でもなかった。まさかと思って二三度素通りしたその家が、結局木藤の新居と分った時、

「おや〳〵、木藤の奴、妙な家を買ったものだなア」

と思わずそう呟(つぶや)かずにはいられなかった。

それは家並(やな)みの建込(たてこ)んでいるその辺としては家の周囲にかなり広い地所をとった、見るからに陰気な和洋折衷(せっちゅう)の建物だ。暫く空家になっていたと見えて、門の鉄柵(てっさく)には仰々(ぎょうぎょう)しく鉄条網を張って、それがまだそのまゝになっている。私は仕方なしに、側(そば)の耳門(くぐり)の方から入って行って玄関の呼鈴(よびりん)を押した。

「どなた」

という声が奥の方から聞えて、やがてガラ〳〵と玄関の戸を開いてくれたのは、見覚えのある木藤自身だった。アメリカ流の派手な室内着(ドレッシングガウン)を着て、難しそうな顔をして出て来たが、薄暗い軒灯(けんとう)の光に私の姿をすかして見ると、急ににこ〳〵として、

「君かい？　ミスタア鈴木(すずき)」

と嬉(うれ)しそうに言った。

「夜分で失礼だと思いましたが、急にお目にかゝりたくなって――」

私が弁解がましくそう言うと、木藤は打消(うちけ)すように、

「いや、どうぞ、どうぞ。私も今退屈して困っていたところです」

と手を取らんばかりにして私を招じ入れた。

中に入って見ると、どの部屋もがらんとして折柄(おりから)の梅雨時に、到るところカビ臭(くさ)い匂いが漂うている。道具らしい道具も全(まった)くなくて、歩く度に畳がめり込みそうな程だ。

「何しろまだ間がないのでこんな有様です」

奥の八畳へ通した時、木藤は仰山(ぎょうさん)そうにわざと道具のない部屋を見廻して笑った。

「追々住居(すまい)らしくするつもりですが、何しろ日本(こちら)の勝手がよく分りませんのでね。それに相談相手もないので困っています」

そう言われると私は、自分の冷淡を責めないわけ

にはいかなかった。

　十数年振りに帰って来た彼は、この広い東京に身寄りもなければ友達もないのだ。強いて相談相手を求めるとすれば、私くらいのものであったろうから、今更のように私は自分の忘恩が恥じられた。

「まあ〳〵、それでも洋館の方はこゝより幾分ましですよ。向うへ行こうじゃありませんか」

　木藤は八畳の座敷に取散かした、鋸だの、鉄棒だの、巻尺だのという奇妙な道具を、手早く片附けると、自分から先きに立って縁側の隅にある、抜穴のような廊下の扉を開いた。

「妙な建物ですね。こんなところに廊下があるのですよ。たぶん洋館の方は後になって建増したのでしょうが、幾ら何んでも随分変ですね」

　木藤はそう言って笑った。

　かなり長い廊下には、中程にぽっつりと薄暗い電灯がついているきりで、後は殆ど真暗だった。通りすがりに窓の外を見ると、桐の葉がさや〳〵と音を立てて白い葉裏を見せていた。また雨になりそうな天気だ。

「さあ、どうぞこちらへ」

　渡り廊下が終ると、洋館の内部でそこに一寸した広間があった。木藤は二つある扉の奥の方を開きながら、そう言ってにっこりと私の方を振返った。

二

　なるほどその部屋はさっきの日本座敷から較べるとずっと整頓されている。寝台もあれば鏡台もあり、寝台の枕下にある書物机の上には、シェードを被せた電気スタンドが置いてあって、その下には読みさしらしい横文字の本が伏せてあった。

　思うに木藤は、一日の大抵の時間をこの部屋の中で暮しているのだろう。長く向うにいた彼にとっては、日本座敷に用のないのは当然だった。

「お一人ですか？　女中さんはいないのですか？」

　彼がすゝめて呉れた畳み椅子に腰を下ろしながら、私はそう訊ねた。

「えゝ、まだ一人です。適当なのを物色しているのですが、どうも見附かりませんでね。それに向うの簡易生活に慣れている者にとっては、結局この方が気楽なんですけれどね」

　木藤はそんな事を言いながら、戸棚の中を探して、日本には珍らしいモントラッシュの酒瓶と、鷓鴣の冷肉を皿に盛って取出した。

「いやはや、寡夫暮らしの不自由さには、こんなものしかありません。まあ遠慮なくやって下さい」

　彼が二つのグラスに酒を注いでいる間に、私はふと机の上に伏せてある本の、背の金文字を読んでみた。

"Experience of Criminal Investigation"

「おや」

　と私は内心驚いて、この男、犯罪学を研究しているのかしらと審かった。木藤はそれを見るとさり気なく本を取上げて机の下に放り込むと、

「は、は、は、は！　暇つぶしに下らないものを読んでいますよ」

　と、取ってつけたような笑い声を立てると、ぐっと一息にグラスを空けた。それを見ると、相手の素振りを怪しむ暇もなく、私も思わず自分のグラスに手を出した。

　それから暫くアメリカ時代の思い出や、こちらの生活の不自由なことなどに話の花が咲いたが、その切目に、私はふと、さっきから心の中にわだかまっている問題を口に出したのである。

「木藤さん、私がこの家へ来るのは、今日が初てゞはありませんよ」

「おや、どうしてゞす？　じゃ前に知った方でも住んでいられたのですか？」

「知っているというわけでもありませんが、一寸新聞の用で訪ねて来た事があるのです。半年程前迄、この家には畔柳信三郎という物理学者が住んでいたものですよ」

「えゝ、それなら私も知っています」と木藤は凝っと私の顔を見ながら、「私はこの家を、さる周旋業者の手を経て買ったのですが、持主が畔柳博士だという事を聞きました」

「あゝ、そうですか、ではこの家は博士の持物だったのですね」

「そうです。しかし、あなたが社用で訊ねて来られたというのは、一体どんな用件だったのですか？」

「それがねえ、一寸——」

　私が言い渋るのを見て、彼は一寸不愉快そうな顔をしたが、すぐ顔色を柔らげて、

「あゝ、何か社の機密に属する用件だったのですね。それならお話なさるにも及びませんよ」

「いゝえ、そういうわけじゃないのですが…」

　と私は一寸考えたが、別に言って悪いという話でもない。それに途中で言葉を濁したりして、この家に悪い印象でも持っては気の毒だと思ったので、私は思い切って話す事にした。

「木藤さん、あなたが半年早く帰っていられたら、あの事件をよく御存知になられた筈ですがね」

「ははあ、すると相当騒がれた事件だったのですね」

「そうです、新聞でも随分書き立てましたし、世間でも大分問題になりました」

「そんな喧しい問題がこの家に関聯してあったとすれば、一寸住むのは厭ですね」

「いや、家とは何んの関係もない事です」

　私は周章てて打消しながら、

「気になさるといけませんから、博士には気の毒ですがお話しましょうか」

「どうぞ」

　木藤は低い声でそう言うと、私のグラスに波々と酒を注いでくれた。その態度には、さっきの熱心にもかゝわらず、何処かよそ〳〵しいところが見えるのだ。そのくせ私は、彼がその話を聞きたくて耐らない事はよく分っていた。

「お会いになった事があるかどうか知りませんが、畔柳博士は六十を二つ三つ越した年輩の方です」と私は話し出した。「何んでも十五六年前に奥さんを失われてからというもの、ずっと独身で婆やと二人きりで暮していられたのですが、それが突然、去年の春の終り頃結婚されたのです。しかも相手の婦人というのが当時十九だったと言いますから、かなり

突飛な結婚です。その上彼女はあるダンスホールにいたダンサアだというのですから、この結婚はかなり世間の問題になりました。しかし、こういう世間の非難も構わずに博士は無理に結婚されたのですが、博士の新夫人の可愛がりようと言ったら、尋常とは言えなかったそうです。何かこう、美しい人形でも可愛がっている――言ってみれば猫可愛がりですね、夫人の言う事なら一も二もなく肯かれるのだそうです。それでいて、何処か夫人を人間として扱っていない、――つまり、博士程の偉い学者になると、どんなに情熱的になっても、何処かに冷い批判性がひそんでいるのですね、それが反対の結果になって現れて、夫人の滅茶苦茶な我がまゝを何んでも喜んで肯いていたらしいんです。こういう夫婦生活ですから長続きのしないのは分りきっています。果して、間もなく破綻がやって来たのです」

「夫人――確か繁代さんと言いましたが――この繁代さんには、ダンスホールにいた時分からの恋人がありました。相手は沢田譲二という名で、繁代さんとは同じ年の仲々の美少年ですがこれが評判の不良なんです。初めは繁代さんを喰物にしていたらしいのですが、繁代さんが結婚して見ると、急に懐しくなったらしいのですね。結婚後は一層繁代さんに接近して来る風を見せたそうです。ところが、前にも言った通り、博士は繁代さんの言う事となるととても寛大ですから、この譲二という青年にも、平気で出入を許していたらしいのです」

「これがそも〳〵の間違いでした。何しろ一人は人妻とはいえまだ年若い娘さん、それに一方が不良少年と来ている。間違いが起らなければ寧ろ不思議というもの、それでも半年あまりは何んのこともなく過ぎましたが、到頭ある日駈落ちをしてしまったのです。それが今年の二月の初め頃のことでした」

「ほほう、駈落ちをしたのですか。そりゃ気の毒ですな。博士もさぞがっかりした事でしょうな」

「ところが案外そうでもないのです。私が博士の感想を聞きに来たのは、駈落ち事件があってから二日目のことでしたが、割に元気でしたよ。そう〳〵、博士の話を聞いたのも、丁度この部屋でしたが、博士はその時ワイシャツ一枚になって、ペンキ塗りをやっていましたっけ」

「ペンキ塗りを？」

「そうなんです。あれでやはり凝っとしていると内心苦しかったのでしょうね、大童(おおわらわ)になってこの部屋の扉(ドア)から羽目板を塗っていましたが、話す事は割にしっかりしていました。まあこうなるのが当然だと、前から覚悟していたらしいんですね」

「それで、駈落ちをした二人はその後どうしましたか？」

「さあ、一向消息を聞きませんが、何んでも三ケ月程経(た)って、上海(シャンハイ)から博士宛(あ)てに手紙が来たそうです。それ以外にどうなったか知りませんね。しかし、何にしても気の毒なのは博士ですよ。そんな事から××大学の方も止(よ)さなければならぬ事になりましてね、それでこの屋敷も引払(ひきはら)ってしまったのでしょう」

「そうですか、いやどうも気の毒な話ですなア」

木藤は暫くぼんやりと虚空(こくう)を見詰めていたが、

「いや、どうも有難(ありがと)うございました。近日この家の売買について、直接博士にお目にかゝる事になっているのですが、いゝ事を聞かせて下さいました。うっかりそんな問題に触れちゃ失礼ですからね」

木藤はそう言って、探るように私の顔を見たのである。

三

今夜是非(ぜひ)来てくれという木藤からの手紙を社で受取ったのは、それから一週間程後の夕方のことであった。

幸いその晩は体もすいていたので、少し頭痛気分だったけれど、小日向台町へ出かけて行った。木藤はあれから博士に会ったろうか、そんな事を考えながら、彼の家を訪ねて見ると、家の中は相変らずがらんとして、あれから少しも手を入れたように見えない。例によって洋館の方へ案内されたが、前の部屋と違って、その晩は隣の狭い書斎へ通された。通りすがりにふと見ると、隣の部屋には重い樫(かし)の扉(ドア)がぴったりと締っていた。

「いやよく来て下さいましたね、もう少し早く来て下さると、もっと面白い芝居をお見せする事が出来たのですがなア」

見ると木藤は大分酔っているらしかった。卓子の上には、殆んど空になりかけたウイスキーの瓶が置いてあった。

「どうです、住心地はどんなものですか？」

「住心地？」

木藤は酔払い特有の、白眼の勝った瞳で凝っと私を睨んでいたが、突然ワハハハハととってつけたような笑い方をした。

「悪くはありませんな。何しろ隣の部屋と来たらとても面白いですよ。随分いろんな研究材料がありましてな」

「研究材料？」

「そうです。この前あなたが訪ねていらした時僕が犯罪捜索に関する本を読んでいたのを御覧になったでしょう。これで僕は犯罪に関しては仲々興味を持っているのでしてね」

「ほゝう、すると隣の部屋に何か犯罪に関する研究材料があると仰有るのですか」

「ありましたなア」木藤はそこでグイとウイスキーを一息に呷ると、「それをお話しようと思って今夜お招きしたのですが……」

その時である、隣室に当って何か床に倒れるような物音が微かに聞えた。それに続いて思いなしか、人の呻声のようなものが聞える。私がぎょっとして立上りそうにすると、

「いや何んでもありませんよ、何んでもありません、それよりまア、僕の話を聞いて下さい」

木藤はまるで催眠術でもかけるように、凝っと私の眼の中を覗き込みながら、「僕があの部屋へ寝起きするようになって、最初何を発見したと思います。実に奇妙なものですよ。実に奇妙な——書置きを発見したのですよ」

「書置きですって？」

「そう、それも世の常の書置きじゃない。壁の羽目

板の床から二尺ばかりのところに紫鉛筆で書いてあるのです。『我々は殺される――』とたったそれだけ」

「ナ、何んですって？」

「まア、静かにお聞きなさい。それを見て僕はこう考えましたね。誰かがこの部屋で殺された。そして床の上に倒れて今にも息を引取ろうとした時、真相を書き残すつもりでここ迄書いたが、そのまゝ息を引取ったのだろう。――と、そう考えたが、とすればその時犯人はどうしていたのだろう。犯人が若し側にいたら、そんな事を書かせもすまいし、よし書いたところで後から消してしまったろう。ところがあの部屋には今でもちゃんとその文字が残っているのです。つまり犯人はそれに気がつかなかったのだと思わなければなりません。これはどうも不思議ですね」

「…………」

私は黙って木藤の口許を見詰めていた。何んのために彼がこんな話をするのか、私にはよく分らない。然し彼は仲々熱心に話しつゞけるのだ。

「どうも不思議だ。分らない、どんな風にして殺されたのだろう――、そんな事を考えている時、初めて聞いたのがこの間のあなたの話です、あの時博士はこの部屋にペンキを塗っていたという……」

「え？　博士ですって？　博士が何かこの事件に関係があるのですか？」

「まア、黙って聞いていて下さい。僕はその話を聞いた時、突然思い当りました。ペンキの匂いはガスの匂いとてもよく似ているのだからガスの匂いを消すにはペンキに限るのです。それにあんな際にも拘らず、博士がペンキ塗りなんかしていたのは、随分おかしな話じゃありませんか。そう考えて、さてあの部屋をもう一度よく観察してみると、実に奇妙な構造です。窓と言わず扉といわず、実にがっちりとしていて、一度締めると、何処からも空気の抜ける所はないのです。つまりガスを送るには理想的な部屋に出来ているのですね。そこに気がつくと、僕は一層熱心に部屋の中を調べてみました。そして到頭発見したのです。廊下からあの部屋の天井へ、昔ガス管を通じてあった後が残っています。そのガス管の一方の口は、天井の隅の人眼につかないところに開いているのです」

「一体、然し、それはどういう意味ですか？」

私はやっとの事で咽喉の奥の方から声を振絞った。

「おや、まだお分りにならないのですか。つまり畔柳夫人の繁代さんと、恋人の譲二君は駈落ちをしたのではなくて、博士に殺されたのです！」

「ナ、何んですって？　ソ、そんな馬鹿な事が……」

「馬鹿なこと？　いいえ、真実ですよ。現に先程、博士が自白したばかりですから」

「え！　じゃ、じゃ――」

「そうです。今隣の部屋にいるのがその博士です。私が欺して連れ込んだのです、丁度博士が妻と譲二を欺したようにね。今頃はもう死んでいるでしょう。ガスでね、は、は、妻と情夫を殺したと同じ方法で、隣の部屋で死んでいるでしょう」

私はその時、初めて木藤の眼の中に兇暴な光を見た。彼は凝っと私の顔を見詰めていたが、やがて、その面は次第に悲しげに歪んで来た。

「そうです。私は復讐したのです。譲二は私がアメリカへ渡る前、ある婦人――その人は今、立派な家庭の主婦になっていますが――との間に出来た子供です。私は譲二を探して日本へ帰って来たのです。そしてその婦人の口から、今度のいきさつを聞きました。婦人も譲二が駈落ちをしたとは思わないというのです。だから私はこの家が売物に出ていたのを幸い、自分から買って調べてみる気になったのです。おゝ、可愛そうな譲二！――」

突然、木藤の咽喉が奥の方でごろ〳〵と鳴った。と、思うと、ふいにがっくりと机の上に顔を伏せてしまった。私が驚いてその肩に触ってみると、その時既に、彼の体は冷く、固くなりつゝあったのだ。

私は愚かにもその時、初めて卓子の上にある毒薬の瓶に気がついたのである。

三通の手紙

その一　安宅源蔵より為安史郎へ、

到頭見つけたぞ、何んとうまく隠れていた貴様だったろう。井之頭百花園主人為安史郎か。——なるほど、カアネエションやアネモネや、ダリヤなどの咲き乱れた温室の中で、若い細君と一緒に、虫をとったり、水をやったりしている髭の白い老人を、誰がむかしのあの、蝮の四郎だと思おう。

現に昨日井之頭公園からの帰途、ふと垣間見た俺でさえ、最初のほどはなか〱気がつかなかったくらいだ。あの時、君は広い花壇のすみに、若い細君と一緒に尻からげで立ちながら、

「来年はこのあたりに、苺をもう少し作ろうじゃないか」

と話しかけていたね。

俺はその声を聞いたのだ。俺は丁度その時君から一間と離れない、檜垣の外に立って、ぼんやりと、何んの意味もなく、綺麗な温室の中に眼をやっていたのだが、その声を聞いた途端、とつぜん古沼の底から湧きおこって来る、あのメタンガスのように、とめどもない喜びを感じた。

君は外貌をあんなに迄巧みに作り変えることが出来たにも拘らず、潮と風できたえられたあの声だけは、どんなにも変えることが出来なかったと見えるね。長い〱間探していた声を、とつぜん、耳もとで聞いた時のこの俺の喜びをまあ想像してみてくれ。

俺は本能的に身を隠そうとした。身を隠してもっとよく君の様子を観察してみようと思ったのだ。し

かし、その場の様子が、俺にそんな不自然な態度をとらせる必要は少しもなかった。ちょうどその時、君の娘だろう、七つぐらいの女の子が大きな下駄をはいたまゝ、危っかしい足どりで君たちの方へやって来た。君の若い細君は、それを見ると子供の転ぶことの懸念で、すぐ君のそばを離れて向うへ行ってしまったし、君自身はというと鍬を杖についたまゝ、それこそもう、祖父の代からこんな職業をしているという様子で、いかにも平和らしくのんびりと微笑んでいた。実際誰が見ても、あの壊れかゝったぼろ船を乗り廻し、黄海から支那海、時には遠く印度洋まで出向いて、人の五人や十人、平気でやっつけたあの兇暴な蝮の四郎とは全く見えない。

四郎よ。

俺だって人間だ。まんざら血も涙もない男じゃないつもりだ。実際昨日、君のうちの平和な情景を見たときは、危く涙が出そうだったぜ。

善哉、善哉、貴様はよくこそ足を洗ったものだ。君の細君は可愛い。更に君の子供はもっと可愛い。四郎よ、二度と昔の夢を見るな。君の細君と子供のために、花造りとして平和に生きろ！

四郎よ、本当なら俺だってこう言いたいんだ。贅沢は出来なくっても、その日〳〵の腹の虫さえおさまってりゃ、俺だって決してこんな野暮なことは言いたくないんだ。

俺がどうして昨日、井之頭くんだりまで出向いていったか、それを言や、君にも俺の心持ちが分って呉れるだろう。俺はいま線路工夫をしているのだ。昨日、君の隠家を見附けたというのも、三鷹附近の線路を修繕に出向いたその帰途だった。

こういえば俺が今、どんなに困っているか分ってくれるだろう。多くとは言わない、志し――、志しだけでいゝのだ。

俺は今アメリカへ渡ろうと思っている、その旅費の一部分を君に喜捨してもらいたい。君の隠家を発見したこの俺を、アメリカへやってしまうことは、君にとっても決して無駄なことじゃなかろうぜ。

昔の罪劫はまだけっして帳消しにはなっていない

筈だ。この手紙を書く代りに、もっと短い、もっと簡単なハガキを、ほかの場所へ書き送ることによって、俺は君の現在の幸福を台なしにすることさえ出来たのだ。

表記の住所へ至急返事をしてくれ給え。

その二　為安史郎より安宅源蔵へ、

手紙見た。

俺がどんなに驚愕したか、失望したか、歎いたか、そんな事は今更繰返す迄もあるまい。

昔の俺なら、君をおびき寄せて殺してしまうことなんど、何んでもないことだ。しかし今は違う。俺は現在の妻と結婚する前に、決して今後この手を血で染めないと神にちかったのだ。

千円だけ用意しておいた。

今夜八時、三鷹村の踏切りより南へ入る三丁、櫟林の中で待っていてくれ。合図はカンテラだ。かっきり八時に、S行きの列車があの踏切りを通りすぎる筈だ。その列車が見えなくなったら、カンテラを三回振ってくれ。

但し、君がアメリカ行きを誓わない限り、この千円も決して渡さないつもりだ。ひょっとしたら現在のこの老人にも、まだむかしの四郎の血がどこかに残っているかも知れないから、会ったら素直に物を言ってくれ。俺は二度と昔の二の舞いをしたくないのだ。終りにこの手紙は読んだらすぐに焼き捨てゝくれ給え。

その三　生方貞吉宛ての無名の手紙

拝啓、突然にて御驚きの事と存知候らえ共、其許様、其後益々御隆盛之由、数年前より拝察仕　蔭乍ら喜び居り候者にて御座候、お互に膝を交えて、久闊を叙し昔の憶出話に耽る事の能わざるは、洵に因果なる因縁とは存知候共、御訪ね申上げては却って迷惑と奉存知、今迄差控え申居候。其許様築地にて立派やかなる支那料理店被成居事を承り候時は、小生も御懐しさの余り、飛立つ思いにて御座候共、思い直せば嫌々、上海にて一味解散の砌、爾後は往来にて出会う事あるも、決して口も交すまじ、お互に相識なるが如き挙動は一切差控え申すべしと固く誓いし言葉も有是候儘、今迄御無音に打過申候。而るに如何なれば如斯手紙参らせ候也、其理由は夙に御賢察の事と存知候共、小生此度五千円の金が無くては如何にも立難き仕儀是有候儘、斯くは其許様に御縋り申上げる次第にて候。

今夜八時、府下三鷹村の踏切りを南へ去る事三丁、櫟林の中にて相待居候間、枉げて御救被下度く、合図は八時きっかりに踏切りを通過するS行き列車の影を没すると共に、カンテラを三回輪に可振、是を目当てに御進み被下度く、小生の身許は其時御判明の事と被存知候。此窮場御救被下候上は、今後其許様の秘密は絶対に安全なる事を附加え、今夜暮々も御待申上げ候。

その夜八時ごろ、為安史郎は夕飯の膳を引くと、ゆったりと茶を飲みながら夕刊を読んでいた。細君の美也子は子供を寝かしつけて、そろ〳〵と縫物をひろげようとしていた。

その時、どこかでズドンというような物音が聞えた。

「まア、何の音でしょう」

細君がふと顔をあげた。

「何？」

「鉄砲の音のようでしたわ」

史郎はゆっくりと柱時計を振返ると、

「八時だね」と言った。そして、「何でもないよ。自動車でもパンクしたのだろう」

と附加えた。事実間もなく、騒がしいエンジンの音と共に、自動車の走り去る音が聞えて来た。

史郎は今、クッションの下に銃を隠して、一散に東京の方へ走り去っている生方貞吉の顔を思い浮かて、にっこりと笑った。

――あいつならやるだろうと思った。生方貞吉――、あいつは鉄のような意志を持っている男だからな。

史郎は次に、枯れすゝきの中に丸太のように転がっている安宅源蔵の死体を思い浮べてさすがに一寸（ちょっと）いやな気持ちがした。

——しかし、しかし、俺は決してこの手を血で染めはしなかった。唯（ただ）、二通の手紙を書くためにインキでこの指を汚（よご）したゞけだ——

史郎はそこで細君の方を振り返っておだやかに言った。

「子供はよく寝てるようだね」

九時の女

深夜の電話

ちかごろ漸(ようや)く売出(うりだ)してきた探偵作家の寒川譲次(さむかわじょうじ)は、もう二(に)っちも三(さ)っちもゆかなくなっていた。明日の午後一時までに、どうしても三千円という金をこさえなければ、郷里にある彼の生家が、破産の宣告をうけなければならぬという破目になっているのだ。

譲次一人なら、破産ぐらいなんでもないことだった。ちかごろぼつぼつ原稿も売れだしたし、自分一人ぐらい食ってゆくには、大して困りはしないという自信はあった。

しかし郷里にいる母や妹のことを考えると、自分だけが食うに困らないからといって、安閑(あんかん)としているわけにはゆかない。田舎者(いなかもの)は元来正直だ。殊(こと)に父の代までは地方でも名望家として聞えていた家柄だけあって、破産というような不名誉な極印(ごくいん)を押されたら、あの気の小さい母がどんなに気をおとすだろうと思うと、譲次はいても立ってもいたゝまれないような気がするのだ。

――何(な)んとかうまくかたをつけて下さらないと、お母さまは絶望のあまり発狂なさるかもしれません。
――

妹からはそんな手紙さえ来ているくらいだ。

しかし、この寒川譲次に一体何が出来るというのだ。漸く売出したばかりの駈出(かけだ)しの探偵作家にとっては、三千円といえばなかなかの大金だ。しかも明日の午後一時までといえば、後十二時間しかないのだ。

寒川譲次はベッドのうえでごろりと寝返りをうつと、眉をしかめてデスクのうえの置時計をにらんだ。時計の針は丁度十二時五十分を指している。その時計の針の一分一分に、寒川譲次は何かしら追っかけられるような焦燥を感ずるのだった。

とに角、明日の朝になったら、心当りの出版屋や雑誌社を二三軒廻ってみよう。幸い、彼の初めての短篇集が、近くある出版社から出版されることになっているので、そこで五百円くらいの工面はつくだろう。そのほかもう五百円くらいは、何んとか目鼻がつくという当てがあった。

しかし、後の二千円をどうしようというのだ。

譲次は吸いかけのチェリーを、さも苦そうに灰落しの中へつっこむと、両手を頭のうしろで組んで、ごろりとベッドのうえに仰向けになった。

枕もとの電話がけたゝましく鳴り出したのは、丁度そのときだった。

誰だ、今頃――？

譲次はうるさそうに眉をしかめると、それでも仕方なしに不承無性ベッドのうえに起き直って、受話器を取上げた。

「あゝもし〳〵、えゝ、そうです。こちら寒川――寒川譲次です。あなたはどなたですか」

電話の声は女だった。細い、顫えをおびた透きとおるような声が、快く彼の耳朶をうった。

「あたし――分りません？　ほゝゝゝゝ、お分りにならないのは御尤もですわ。まだ御挨拶を申上げたこともない私ですもの、でもね、あなたはよく御存知の筈ですわ。九時の女――、ほら、あんたがたの間で、九時の女で通っている女ですわ」

「え？　何んですって？」

譲次はびっくりしたように、思わず送話器にしがみついた。

「ほゝゝゝゝ、何もびっくりなさることはありませんわ。あたしちゃんと知ってますのよ。あなたがたのお仲間で、あたしのことを九時の女とあだ名していらっしゃることを。でもね、そんなこと、どうでもよござんす。寒川さん、あなたとてもお金が要るんでしょう？」

　譲次はもう一度どきりとした。彼は自分の聞き違いではないかと思って、思わず相手に訊き返えした。

「な、何んですって？　今何んと仰有いました？」

「ほゝゝゝゝ、御免なさいね。だしぬけにこんな電話をかけたりして、びっくりなさるのは当然ですわ。でも、あたしちゃんと知ってますのよ。あなたのお家が破産に瀕していることだの、どうしても、明日――いえ、もう今日ですわ。今日の午後一時までに三千円のお金を作らなければならないことだの――」

　譲次は一瞬間受話器を握ったまゝぽかんとした。相手がどうしてそんなことを知っているのだろうという疑問よりも、むしろ、何んのために、こんな電話をかけてきたのか、その真意がはかりかねたからである。譲次はむしろ憤ったように、ぶっきら棒な声で問いかえした。

「それは本当です。明日の――いや、今日の午後一時までにはどうしても三千円という金が要るのです。しかし、それがどうしたというのですか」

「ほゝゝゝゝ、憤らないで頂戴」電話の向うからあでやかな笑声が聞えた。「あたし決して悪い女じゃないのよ。あなたが困っていらっしゃることを聞いて、とても同情しているのよ。それでものは相談なんですけどね」

　そこまで言って女は一寸言葉を切ったが、すぐその後をつづけた。

「もし、もし、寒川さん？　聞いていらして？」

「えゝ、聞いていますよ」

「そう、それでね、ものは相談なんですけど、あたし、そのお金を御用達てしてもいゝと思っているのですけれど」

「な、何んですって？」

　譲次はもう一度受話器を握りなおした。

「そ、それはどういう意味ですか」

「どういう意味って、言葉通りの意味よ。あたしがその金を――」

「だって、だって、一面識もない――尤もお互いに顔は識り合っているものゝ、何んの交際もないあなたが、僕に三千円という大金を貸して下さるというのですか」

「いゝえ、お貸しするのじゃないわ。差上げるのよ」

しばらく二人の間の会話がとぎれた。譲次は探るように受話器に耳を当てゝいたが、やがて、落着きはらった声でゆっくりと訊ね直した。

「よろしい、分りました。御好意は大変有難いです。それで、無論、無条件じゃありますまいね。その条件というのを聞かせて下さい」

「ほゝゝゝゝ、さすがに探偵作家だけあって、お察しがいゝのね。無論条件はありますわ。聞いて下さる？」

「えゝ、どうぞ仰有って下さい」

「そう」

女はしばらく考えるように言葉をきったが、やがてまた、透きとおった美しい声が聞えてきた。

「じゃね、その条件というのを申上げるまえに、この電話が決して冗談や出鱈目でないという証拠を見て下さい。あなた一寸、玄関まで出て下さらない？」

「玄関って、このアパートの玄関ですか」

「えゝ、そうよ、玄関を出ると石の階段がありますわね。その階段の一番下の段の隅に、棕梠の植木鉢が置いてあるでしょう。あなた覚えていらして？」

「えゝ、えゝ、よく知っています」

「その植木鉢の中に銀のシガレットケースがある筈ですから、それをとって来て下さいな。そうすれば、あたしの電話が出鱈目でないことがよく分りますわ。えゝ、今直ぐに——あゝ、電話はきらないでどうぞそのまゝ、シガレットケースがありましたら、もう一度電話へ出て頂戴」

譲次は何んだか狐につまゝれたような気がした。一体、相手は真剣なのだろうか。それとも自分が金に困っていることを知って、からかっているのではなかろうか。

九時の女。——

そのあだ名についてはこういう謂れがあるのだ。譲次はそのころひどくダンスに凝っていた。漸くフォックストロットが満足に踊れるか踊れないくらいの技倆でしかなかったが、それだけに面白くて暇さえあると彼は毎晩のようにフロリダへ踊りに出かけた。

九時の女――というのはそのダンスホールの定連なのである。すらりと脊の高い、太陽に燃えあがった緋ダリヤのように美しい女だったが、誰も彼女の身分を知っている者はいなかった。譲次などと違って踊もなかなか達者で、ワルツでもタンゴでもなんでも鮮かに踊ってのけた。多分外国仕込みだろうと噂をする者もあったが、それ程の女の素性が分らないというのが第一不思議だった。素性どころか名前さえ知っている者はないのである。時々市会議員で、有名な漁色家として聞えている河合卓也という男と一緒に現れることがあったが、その卓也自身にきいてみても、どこの女だか分らないという曖昧な返事だった。

唯、この女には妙な習慣というか、規則というか、非常にきちょうめんなところがあった。どんなことがあっても、九時になるとさっさとそのダンスホールから帰ってゆくのである。最初それに気がついたのは譲次だった。そして、この奇妙な女性に対して、あの「九時の女」という尊称を奉ったのも譲次自身なのである。むろん譲次もその女と二三度手を組んで踊ったことはある。しかし二人の間はたゞそれだけのことだった。ダンスホールでの浅い識合い――識合いというにはあまりにも薄い馴染の、しかも素性も知れぬ女から、突然三千円という大金を提供しようと切出されたのだから、譲次ならずとも一応怪しんでみるのは無理でもなかった。

譲次はそれでも念のため、寝間着のうえから羽織をひっかけると、言われた通り電話をつなぎっぱなしにしておいて部屋の外へ出た。十二時すぎのことだから、どの部屋も電灯は消えてしまって、アパートの中はしんと静まり返えっていた。階下へ降りてみると、受附も窓を閉ざして寝た様子。夜中開けっぱなしになっている玄関の扉を開いて外へ出てみると、冷い風がひゅっと電線を鳴らしていた。空には凍えたような星がちかちかと光っている。

「おゝ、寒い！」

　譲次は首をすくめながら、指定された棕梠の植木鉢へ近寄って行ったが、言われたシガレットケースはすぐ見附かった。いつ誰がおいて行ったのか、無論、あの女に違いないが、まだ真新らしい銀色のケースが、少し土をかむって埋っているのだった。それをみると譲次の面は思わずじりゝと引きしまった。女の話は出鱈目ではなかったのだ。

　彼はそのシガレットケースをつかむと、大急ぎで部屋へ帰ってきた。

「もしもし、もしもし、シガレットケースはたしかにありましたよ」

　女のかすかな笑声がそれに応じて聞えてきた。

「そう、それであなた、そのケースに見覚えはございません？」

　そういわれて、譲次はもう一度そのケースを見直した。銀地に宝石と七宝とで美しく孔雀を描き出したその品には、たしかに彼は見覚えがあった。一昨日のことである。銀座の散歩の途次、天賞堂のショーウインドウで、しばらく彼が去りがたく眺めつくしていた品がそれだった。定価はたしか百二十円とついていたから、いかに譲次が欲しがっても、仲々手の出せそうにもない品なのだ。それにしても女がどうしてそれを知っているのだろうか。

「ほゝゝゝゝ、お気にめしまして？　でもあたしを怪しまないで頂戴。あの時丁度あなたの後を通りかゝって、あまりあなたが欲しそうにしていらしたので、つい悪戯心から買ってみたゞけですわ。お気にめして倖せ、じゃ今度はそのケースを開いてみて頂戴な」

　譲次はもうすっかり度胆をぬかれた態だった。甘い、誘うような女の声音には逆らいがたい一種の魅力がこもっている。譲次は受話器を耳に当てたまゝ、片手でパチッとそのケースを開いてみた。その途端、今度こそは前にも倍する激しい驚きで、思わず受話器を取りおとしそうになったのである。

奇妙な命令

ケースの中には手の切れそうな百円紙幣が、きちんと折畳んで入れてあった。それはたった今銀行から引出してきたばかりのように、青々として、羊皮紙のような光沢をもっている。瞬間譲次は棒のように立ちすくんだまゝ、その紙幣を眺めていた。

「何かありまして?」

電話の向うからうながすような女の声が聞えてきた。

「あ、ありましたよ、お金が」

「そう、じゃ、一寸それを勘定してみて頂戴」

譲次はケースの中から紙幣の束を引きだした。恥しい話だが、それを勘定する時の譲次の指はひどく顫え、額にはびっしょりと汗が浮んでいた。彼は自分の荒々しい息使いが、向うの女に聞えやしないかと思って、あわてゝ送話器の口を掌で押えたくらいである。

しばらくして紙幣束を数え終ると、彼はぐっと唾を飲込んで、息をとゝのえながら、強いて落着きはらった声音でいった。

「百円紙幣が十五枚——千五百円あります」

「ほゝゝゝ、いかゞ、その贈物は、お気にめしまして?」

女のたてた高い笑いが、痛いほど強く耳にひゞいてきた。譲次はもうすっかりその女に飜弄されている態だった。

「はい、いや、大変結構です。しかし——」

譲次が何か言おうとするのを、女は押えつけるように遮って、

「そう、お気にめして倖せですわ。それでこの電話が冗談や出鱈目でないことは分りましたでしょうね」

「えゝ、よく分りました」

「そう、じゃこれからあたしの方の条件というのを申上げますわ。聞いていて下さるでしょうね」

「無論、うかゞいます」

女の声はやゝとぎれた。何か思案をめぐらしているのだろう、少し早目な息使いが電話を伝わって聞

えて来るような気がした。その間があまり長かったので、譲次はもどかしそうに、

「もしもし、もしもし、どうぞその条件というのを仰有って下さいませんか」

「えゝ、今申上げますわ」女はやっと決心したようにいった。

「でも、予め申上げておきますが、あたしの方の条件というのは大変奇妙なことなんですよ。きっとあなたにはよく飲込めないところがあるだろうと思いますの。しかし、それについて余計な質問をされたりしますと、あたしの方では大変迷惑なんですけれど――」

「分りました。じゃ、あなたのお話がすむ迄黙ってうかゞっていればいゝのですね」

「えゝ、そうなんですの、そして、そのうえあたしの言った通りのことをして下さると、大変有難いんですけれど――、では先ず、あたしの条件というのを申上げてみますわ。第一にあなたは今すぐアパートを出て、小石川の小日向台町までいらっしゃらなければいけません。自動車でもなんでも、出来るだけ早いほうがいゝのですけれど、たゞ注意しておきますが、運転手に見覚えていられるようだと後のために困ります。ですから、二三度自動車を乗換えなすった方がいゝと思いますわ。そして、小日向台町へいらっしゃるには大日坂を登っていって、そこを突当ると、左へ曲るのです。そしてもう一度そこを左へ曲ると角に青い電灯のついたお屋敷があります。あなたにその家の中へ入って行っていたゞきたいの。いゝえ、門も玄関も鍵はかゝっていない筈ですから大丈夫ですわ。玄関を入ると、すぐ左側に広い応接間があります。その応接間には英国風の広い暖炉が切ってありますが、その暖炉の前の床に、真紅なショールが落ちている筈なんですけれど、それを取ってきていたゞきたいのですわ。お分りになりまして?」

「えゝ、よく分りました」

「あたしの方の条件というのはたゞそれだけのことなんですのよ。たゞ言っておきますが、くれぐれも

あなたはそこへ入るところを誰にも見られちゃいけませんそしてお屋敷の中へ入っても出来るだけ用心をして、絶対に家人に覚られてはならないということを覚えていて頂戴。尤も、家人といっても女中が二人に書生が二人、それに婆やと五人きりですが、みんな遠くのほうに寝ている筈ですから、特別に大きな音を立てない限り大丈夫です。いかゞ、やって戴けます」

「まあ、待って下さい」譲次はあまり奇妙な相手の命令にやゝあわて気味で、「そして、そのショールを持ってくれれば、それをどうすればいゝのですか」

「あゝ、それを言うのを忘れていましたわね。ショールはすぐあたしのところへとゞけていたゞかねばなりません。あたしは、新宿の遊廓のそばにあるチンチンチャイナマンという酒場で待っていますわ。御存知でしょう。えゝ、あなたが御存知なことをあたしちゃんと知っているのです。そこへそのショール、真紅なショールを持って来て下されば、あたしたちの取引は終るのです。そこでショールと引換えに後金千五百円を差上げます。如何？」

譲次にはすぐ返答が出来なかった。成程、話にすると至って簡単で、むしろあっけないような気がするくらいだったが、しかし、又考えてみると、そんな簡単な仕事に、三千円もの懸賞がついているところに、何んともいえぬ程無気味さが感じられるのだった。譲次があまり長いこと黙り込んでいるので、今度は女の方からせかせかとした声が聞えてきた。

「いかゞ、やって下さる？　それとも――」

「まあ、待って下さい」譲次はちらりとデスクのうえにある紙幣束に眼をやりながら、「たゞ一つこれだけのことを聞かせて下さいませんか。これは犯罪を構成する仕事なのですか、それとも――」

「あら、だから最初申上げたじゃありません？　あなたのほうから質問されると、大変迷惑をするということを」

女の声はむしろ荒々しいほど強かった。譲次はぴしゃっと鼻先を叩かれたような、たじろぎを感じながら、

「成程、そうか、それでもし僕が承知しなかった場合は、――この手附けの金はどこへお返えしすればいゝのですか」

「いゝえ、」女はゆっくりと押えつけるように「その御心配には及びません。もともと、あたしのほうが勝手なのですから、そのお金だけは御遠慮なくお役に立てゝ下すって結構です。だけど、あたし、あなたはきっと引受けて下さることと信じているのですわ」

再び二人の間には長い沈黙が割りこんできた。それはまことに際どい刹那だった。譲次の額にはびっしょりと汗がうかび、受話器を握った手はぶるぶると激しく顫えている。三千円、故郷の家、母の顔、――そんなものが、めまぐるしく彼の眼前に浮んできた。そして、その中央に、女の、あの緋ダリヤの如く妖艶な女の、憂わしげな眼がはっきりと波紋のひろがるように大きくクローズアップされてきたのである。その途端、譲次の決心ははっきりとついた。

「やります！」

譲次は満身の力をふりしぼるようにして、大声でそう怒鳴った。

「あゝ、そう、有難う。ではいずれ後程――」

女の声はそれきり切れた。

ガチャンと受話器をかける音が、痛いほど鋭く譲次の耳にひゞいて来た。

黄色いショール

譲次が小日向台町まで辿りついたのは、もう二時近かった。彼のアパートはお茶の水だったから、そこから真直ぐに自動車を飛ばせれば、ものゝ十分もあれば行ける筈だったけれど、女の注意もあったので、彼はわざとほかの方向へ自動車を走らせて、そこからまた別の自動車を拾ったので、時間が倍以上もかゝったのだった。

しかも尚用心深く彼は、石切橋の附近で自動車をおりると、そこから徒歩で、ゆっくりと大日坂を登っていった。冷い風が電線をすさまじく鳴らせている。坂のうえにも下にも人影は一つもみえなかった。

幸い小日向台町のうえには友人が一人住んでいるので、その辺の地理にはかなり詳しかったしそれに巡廻のお巡りさんにつかまった場合には、その友人の名前を口に出すことも出来た。場合によっては、仕事のほうは諦めて、その友人のところへ行って泊ってもいゝと思っていた。

しかし、こういう用心までもなく、彼は誰にも見とがめられずに、目的の家まで来ることができた。そこは道が鍵の手に曲ったところで、小日向台町でも一番人通りの少いところだった。その道を通る者といえば、僅か半丁ほどの道の両側に並んでいるお屋敷の住人しかない筈だった。しかもその辺には宏壮な邸宅が並んでいるのだから、家の数からいえばほんの四五軒しかない。従って、こんな時刻にその道を通りすがる者があろうとは思われなかった。

譲次は安心して、落着きはらって、目指す青電灯のお屋敷の中へ入って行った。女がいった通りの鉄門には鍵がかゝってなかった。譲次は中へ入ると、静かに門をもと通りしめておいて、綺麗な玉川砂利を踏みながら、玄関のほうへ進んでいった。玄関にはぽっつりと青い電灯がついている。そのほかには、どこにも灯の色はみえなかった。家全体が海底に沈んでいる廃墟のごとく、黒く、ちんまりと静まり返えっていた。

玄関の扉にも鍵はかゝっていなかった。譲次はしかし、その扉をひらいて中へ入るまえに、玄関の傍にかゝっている表札を見ることを忘れはしなかった。

河合卓也。――

譲次は瀬戸の表札にそう書かれているのをみた時、思わずぎょっとして、足を一歩うしろへ引いたのである。

河合卓也といえば、時々あの不思議な「九時の女」と一緒に、ダンスホールへ現れる、あの漁色家の市会議員ではないか。そうか。これが河合卓也の住居なのか。瞬間彼は、卓也の脂ぎった、いかにも精力的な二重顎と、でっぷりとせり出した腹とを思い出した。何かしらそれは、汚い動物を聯想させるような、不愉快な、穢らわしい印象だった。

譲次は玄関の扉(ドア)に手をかけたまゝ、しばらくためらったように辺(あたり)を見廻していたが、考えてみると、これが河合卓也の邸宅であろうとなかろうと、これから彼がやろうとする仕事には何んの関係もないわけだった。この邸宅が誰のものであろうと、これから彼のしようとする仕事は、どっちみち夜盗に類したことではないか。

譲次は思いきって玄関の扉(ドア)をひらいた。

中は真暗(まっくら)だったが、幸い外の電灯の光が、扉(ドア)にはめこんだ硝子(ガラス)越しにぼんやりと溶け込んでいるので、歩くのに困るという程でもなかった。見廻すと広い三和土(たたき)の向うに、低い板の床が見えた。その床板の片隅には大きな帽子架(ハットラック)がおいてあって、その側(そば)に応接間へ入る扉(ドア)の把手(ハンドル)が、ぼんやりと金色に光っていた。

譲次は靴(くつ)のまゝ躊躇(ちゅうちょ)なくその床のうえに上ると、応接間の扉(ドア)をひらいた。

応接間の中は真暗だった。

しかも薄(うっす)らと外の光をうつして四角に区切られている窓までの距離から察すると、その部屋はかなり広いらしく、従って種(いろ)んな家具調度類などが置いてあるに違いなかった。だからうっかりと踏み込んで、物に突当(つきあた)ったり、躓(つまず)いたりして音を立てゝは大変だ。譲次は一寸途方にくれたように扉(ドア)の外に立っていた。こんなことなら、スイッチのありかをよく聞いてくるのだっけ。

しかし、譲次はすぐまた思いかえした。

一体こういう部屋のスイッチのありかなどいうものは大体極(きま)っている筈だ。それは扉(ドア)を入って一番手(て)近(ぢか)なところ、つまり右側の壁にあるのが普通なのだ。譲次はいろいろと手探りに壁のうえを探ってみた。スイッチはすぐ見附かった。そこで彼は思いきってかちっとそれをひねった。

明るい、薔薇(ばら)色の光が、洪水のように部屋の中に溢(あふ)れた。その光の中で彼は先ず第一に、英国式の暖炉(ストーヴ)というのを眼で探した。広い凡(およ)そ二十畳敷きもあろうかと思われる部屋の中には、贅沢(ぜいたく)な、金目な調度が、程よい調和を保って置かれている。それはいかにも快い、コンフォタブルな部屋のたゝずまいだった。

　しかし、譲次は今そんな事に感心しているべき場合ではなかった。いつ何時、時ならぬ灯の色を怪しんで、人がやって来ないとも限らないのだ。一刻も早く目的のショールを手に入れて逃出さないと、どんなことになるかも知れない。暖炉はすぐ見附かった、それは扉を入ると、右手の壁の中央に大きく切ってあって、そのまえには総革張りの安楽椅子が暖炉のほうへむけて備えつけてあった。いま譲次が急ぎ足で、二三歩その方へすゝんでゆくと、その安楽椅子の陰から、ショールの端が蛇のようにうねりながら覗いているのが見えた。

　何んだ。こんなことか！

　譲次は約束した使命があまり思いがけなく簡単にすまされそうなので、張りつめた気持ちが、一寸しぼんでしまいそうな気がした。

　しかし、むろん彼は大急ぎでそのほうへ近附いてゆくと、床のうえにかゞんでそのショールの端に手をかけた。

　しかし、その途端彼は、がんと頭を殴られたような驚きに打たれて、思わずそこに棒立ちになったのであった。

　今迄、大きな安楽椅子のかげに隠れてみえなかったのだけれど、暖炉のまえの床のうえには、一人の男が俯に倒れているのだった。しかも男の顔は、赤々と燃えあがっているストーヴの火の中へ突込んだまゝになっていて、そこから何んともいえぬいやな匂いが立ちのぼっているのだ。

　譲次はそれをみると、思わず自分の立場も忘れて、わっと叫んでうしろへ飛退いた。

　男の死んでいる事は考えるまでもなかった。誰が生きたまま、ストーヴの火の中へ顔をつっ込もうぞ。しかも毛の薄い後頭部には、ぽっかりと柘榴のような裂傷が口を開いているではないか。暫く譲次は釘附けにされたようにその場に立ちすくんでいたが、やがて、だんだんと落着きを取り返えしてくるに従って、持前の鋭い頭で、この場の情景を解釈してみようと考えていた。

　ゆるい部屋着のようなものを着ているからには、それがこの家の主人河合卓也に違いなかった。毛の薄い頭、丸い肉附きのいゝ肩、大きなお臀、短い脚――それは焼けたゞれた顔を見るまでもなく、見覚えのある河合卓也のそれらしかった。しかも、ダンスホールで幾度か見たことのある、太い金の指輪をはめた左手が、しっかりとショールの端を握っているのだ。それを見ると譲次は、もう一度ぎょっとして生唾を飲込んだのだった。

　女の言ったことは嘘ではなかった。ショールはたしかに暖炉の前の床のうえに落ちている。しかしそれはショールが単独で落ちているのではなく、その端には恐ろしい死人の手がつながっているのだ。

　譲次はそこではじめて、この不思議な取引の理由が飲込めてきた。成程、これでは三千円でも高価くはない。女が、――あの不思議な「九時の女」が犯人なのだ。どういう原因でか、彼女は河合卓也を殴り殺してしまったのだ。そうだ、あのストーヴのすぐ側に落ちている太い火掻棒、――あれには生黒い血がこびりついているではないか。何かのはずみに、女があの火掻棒で河合卓也を殺したのだろう。そしてあわてゝこゝを抜け出してから、はじめてショールを忘れて来たことに気がついたに違いない。しかし、女には二度とこゝへ取返えしに来る勇気は出なかったのだ。そこでこの奇妙な取引を思いついたに違いない。

　譲次はそこではじめて、自分の立場をはっきりと認識した。それはこのうえもなく危険な、薄氷のうえに立たされているような自分だった。万一、こんなところを人に見附かったら、どういって弁解することが出来るだろう。誰があんな奇妙な電話の取引きを信用するものか。しかも自分の懐中にはいま、身分不相応の大金がはいっているのだ。

　譲次は急にぞっとするような寒さを身内に感じた。その時彼がもう少し臆病な男だったら、前後の考えもなく、そのまゝその場から逃げ出していただろう。しかし、さすがに探偵作家の頭で、彼はそういう恐怖の中でも自分の仕事だけは忘れなかった。彼は大急ぎで、死人の指からショールをもぎとると、それでもまだ用心深く、スイッチをひねって電気を消しておいてから、その部屋を飛出していったのである。

譲次が新宿の酒場チンチンチャイナマンへ着いたのは、もう三時近い時刻だった。

女は——見覚えのある「九時の女」は、真白な、白亜のような顔をしてボックスの奥でまっていた。譲次の姿を見た途端、花の崩れるように、緊張した面がほぐれてゆくのを、とっさの間にも譲次は見逃さなかった。

「有難う——」

譲次は見た、訴えるような眼の中には、そういう無言の感謝が秘められていた。譲次は黙って女のまえに腰をおろした。

「持って来て下すって?」

低い、顫えをおびた声が、さも気使わしそうに尋ねた。譲次はポケットへ手を突込んだまゝ黙ってうなずいた。そのとたん、女は鋭く息をうちへ吸い込んだ。それはまるですゝり泣いているように譲次の耳にひゞいた。

「有難う。じゃ、これお約束のもの」

女は手早く白い封筒を譲次のほうへ押しやった。

「何も聞かないでね、——約束ですから、——あたしのやったことはやり過ぎだったかも知れないけれど、決して悪いことじゃないと思っていて頂戴、——では、あれを戴かして頂戴な」

女は始終譲次の眼をさけるようにしながら早口にいった。譲次は無言のまゝ、テーブルのうえの封筒を胸のポケットにしまい込むと、上衣のポケットからぞろりと例のショールをつかみ出した。女は手早くそれを自分のほうへ引き寄せたが、そのとたん、さっと彼女の顔色がかわった。

「あっ! これは違います」

「え?」

譲次ははじめて声を出して、女の顔を見直した。女の顔には見る見るうちに激しい困惑のいろが浮んできた。そして息も切れ切れに、

「あたしはたしかに、真紅なショールと申上げた筈ですわ。ね、覚えていらっしゃるでしょう。だのに、これは、——これは——」

　譲次もそれを聞いたとたん、白墨のように真蒼になったのである。

　いま女の手にあるショールは、たしかに真黄な色をしているではないか。

脅喝者

「九時の女」——と、そうとしか譲次は相手の素性を知らないのであるが、その女から二度目に電話がかゝって来たのはあの奇妙な取引があったその翌日のお昼すぎだった。

　前夜譲次は、自分の意外な失策から、この取引を零にしようと申出でたのだったが、女はどうしても聞入れなかった。自分にとっては三千円くらいの金はあってもなくても同じことなのだし、それに譲次は間違えたとはいえ、たしかに女の命令通りの仕事をしてきたのだから、ともかくもその金だけはおさめておいて、有効に使って欲しい、その代り、今度また何か自分の方から頼むことがあるかも知れないが、その場合には是非力を貸していたゞきたい——そういう約束で譲次は別れたのだった。

　しかし、その女からかくも速かに電話がかゝって来ようとは夢にも思わないところだった。

「寒川さん?」電話の声はいちじるしく顫えをおびていた。

「大へんなことが起ったのです。それで是非ともあなたのお智慧を拝借したいのですが、お目にかゝっていたゞけます?」

「えゝ、どうぞ」

　譲次は何んのためらいもなく答えた。昨夜のいきさつから、彼はすっかり女に好感を持っているのだ。どことなく俠気のみえる、男のように大胆な彼女の態度に、彼はすっかり心を惹かれたのだった。仮令あの女が河合卓也を殺したにしても、それにはやむを得ぬ事情があったに違いない、そして非はむしろ向うにあるのだ、——そんな風に譲次はいつか同情的な気持ちになっていた。それにはむろん、女の美しさも大いに手伝っていたことは確かだったけれど。

「どこでも合う場所をおっしゃって下さい。すぐ出かけますよ」

「有難う。じゃ、銀座裏のユーカリという喫茶店御存知？　あたし今、その二階にいるのですけれど、すぐ来て下さいません？」

「承知しました」

「じゃ、お待ちしていますわ。あゝそれから、昨夜のお金お役に立ちましたかしら？」

「有難う、おかげで破産から免れましたよ」

「そう、それは結構でした。じゃお待ちしていますから、出来るだけお早くね」

「いま、すぐ出かけます」

　電話をきると、譲次はすぐにアパートを飛出した。一体、どうしたというのだろう。いま時分銀座あたりへ出ているところをみると、彼女の身辺にはまだ危険は迫っていないらしい。とすれば、大変なことゝいうのはどんなことなのだろう。


　譲次がとつおいつそんなことを考えているころ、自動車は早ユーカリ喫茶店の表についている。

　譲次の姿をみると、女はほっとしたように蒼白いながらも綻びそうな笑顔で迎えた。相手がそれ程まで自分に頼っているのかと思うと、譲次は一寸いじらしい気がした。

「昨夜はどうも」

「いゝえ」

　女は疲れ切ったような声で答えた。

「それで、どんなことが起ったのですか。僕に出来ることなら何んでも仰有って下さい。あの三千円は僕にとっては生死の鍵も同じだったのですからね」

「まあ」女は涙ぐんだ眼に一寸笑いをみせて、

「ほんとうを言えば、昨夜の取引はあれですまさなければならない筈だったのですけれど、大変困ったことが起ったのであれとは別にあなたのお力にすがらねばならぬと思っておりますの。きいて下さる？」

「どうぞ」譲次はじっと相手の眼の中を見返えした。

女は譲次の誠意を全身に感ずると、ほっと軽い溜息

をついて、

「どうせ、今日の夕刊に出ることですし、そうなれば何も彼も分ってしまうことですから、あたし率直に申上げますわ。寒川さん、あなた半年ほど前に自殺した大江雷蔵という人を御存知じゃありません?」

「えゝ、よく知っています。一度は内閣書記官長までしたことのある人でしょう」

「そうです。その大江雷蔵というのがあたしの父なのです。あたしは大江の娘で珠実というのですわ」

「えゝ?」

譲次はさすがにぎょっとしたように、思わず椅子から乗出すと、相手の顔をじっと見直した。いずれは身分ある人の令嬢だろうとは思っていたが、あの有名な——尤も自殺したが故に一層有名になったことも確かであるが——大江雷蔵の娘とは夢にも思わないところだった。

「今度の事件は、あの父の自殺からずっと引続いているのですわ」

珠実——いまこそ「九時の女」などという怪しげなニックネームは返上して、はっきりとそう呼ぶことが出来る。彼女は深い、暗い溜息とともにそう語り出した。

「世間では父の自殺の原因は全くわからないことになっています。しかしあたし達周囲のものなら誰でも知っていることなんですの。父の死んだ原因は、あの河合卓也に脅喝されつゞけたその揚句だったのですわ」

河合の名前を口に出すとき、彼女の眼には烈々たる憎悪の色が浮んでいた。それをもってしても、彼女がいかに相手を憎み、呪っていたかゞ分るような気がするのだった。

「このことはあたし一人の秘密ではないので、あまり詳しくお話するわけには参りませんが、父はあの男に対して非常な失策を演じたのです。というのは、父が生命をもっても守らなければならない筈の、ある重要な秘密書類をあの男に盗まれてしまったのですの。その書類が一度発表されると、それこそ大変なことになるのです。迷惑を蒙るのは父一人だけではなく、日本の、およそ知名な人たちの大半が、非常な打撃を蒙ることになるのです。中にはその書類が発表されると日本にいることの出来なくなる人たちもあります。話が甚だ漠然としていて恐入りますが、どうぞこの程度で御免下さいまし。これはあたし一人のことではありませんので、――さて、それを手に入れた河合卓也は、いかにもあの男らしいやりくちでその書類を利用しはじめたのです。つまりそれを種にそこに名前を連ねている人たちを、片っ端から脅迫しはじめたのです。実際その書類を一通持っているということは、全能の力をもっているのも同じことなのです。誰でもその男から無心を吹っかけられて、いやと頭を振るわけには参りません。渋々ながらでも相手の要求に応じないわけにはゆかないのです。これで、あの男がちかごろめきめきと羽振りのよくなった原因がお分りになったでしょう」

　譲次は黙ってうなずいた。珠実は心持ち上気した頬を静かに撫でながら言葉をついで、

「父が自殺したのは実にその責任観念からでした。父の一寸した過失のために、有力な先輩や恩人が、まるで赤ん坊のように、あの悪党に操られているのをみると、居ても立ってもいられなくなったのです。それで到頭――」

　珠実はさすがにその日を追想するがごとく、悲しげに眼をふせた。しかし、すぐその歎きを振い落そうとするかのように激しく首を振ると、

「あたし達、あたしと弟の俊作とが復讐を誓ったのは、父の死の枕もとでした。あたしたちはどうしても父の敵を討ちたいのです。それにはどうすればいゝか、一番手短かでしかも一番効果的な手段は、その秘密書類を取返えすことよりほかにはありません。あの男のいまの地位、いまの財産は全くその書類のおかげなのですから、それさえこちらへ取戻してしまえば、あの男は羽根をもがれた鳥も同様で、その書類あるがために刑罰から遁れてきた様々な罪悪のためにでも、忽ち今の地位を失ってしまうのは火を見るよりも明かな事実なのです。それ以来あたしは、心にもない媚びを浮べ、胸では口惜しさと悲しさで

泣きながら、面には嬌笑を粧いつつあの男に近附いていったのでした。しかし、結局これは浅墓な女の浅智慧だったのですわ。向うでもちゃんとそれを知っていて、逆にあたしから一番大切なものをつまみとろうと企んでいたのですからね。こうしてお互いに虚々実々の戦いをつゞけながら、到頭昨夜までやってきたのでした」

珠実はそこで一寸眼を伏せたが、すぐにまた昂然と眉をあげると、

「昨夜はあたしにとっては、実に恐ろしい危機でした。あゝして、あたしがあの男を倒さなければ、あたしは女の一番大切なものをむざむざとあの男に奪いとられるところだったのです。尤もあの書類さえ取返えすことが出来たら、あたしの体なんかどうなっても構いません。それは最初からの覚悟でした。しかし、あの獣のような男は、口ではどんなに約束をしたところで、取引が自分のほうに有利にすゝめば、結局その約束を果さないのは分りきっています。あたしはもう死にもの狂いでした。相手は野獣のように迫って来ます。その時幸いにも手に触れた火搔棒であたしは夢中で、あの男を殴りつけたのでした。むろん、あたしにはあの男を殺すつもりなど毛頭なかったのですが、当りどころが悪かったとでもいうのでしょうか。あの男はまるで雪達磨が解けるように、床のうえに倒れてしまったのです。まあ、その時のあたしの驚きをお察し下さいませ。あたしはあの男の硬直した姿をみると、もう無我夢中になって屋敷を飛び出したのでした。そして大分たってからあたしはやっとショールを忘れて来たことに気がついたのです。その後はあなたも御存知の通りですわ。つまりあたしの方でもあなたを助ける代りに、あなたにあの恐ろしい証拠品を取戻してきて頂こうと思ったのです」

「成程」、譲次は考え深げにいった。「ところが僕は、頼まれ甲斐もなく間違ったショールを持ってきたというわけですね」

「えゝ、でも今こうして来ていたゞいたのは、その事ではありませんの。実は」と珠実は急に声を落す

と、「弟のことなんですの、弟の俊作があたしの代りに犯人として捕えられてしまったのですわ」

「え、何んですって？」

譲次はどきりとしたように、体を前に乗出すと、改めて相手の顔を見直した。

「そうなんですの。弟はやはりあたしと同じ目的をいだいて、始終あの男をつけ廻していたのですが、何んという運の悪いことでしょう、昨夜あなたがお帰りになったその後へ、またあの屋敷へ忍び込んだらしいのです。そしてその現場を、巡廻の警官に捕えられてしまったのですわ」

珠実は深い深い溜息とともにいった。

「むろん、あたしの一言で、弟を救うことはわけはありませんわ。そして、あたし自身、弟を救うためならどんなことをしてもいとわないつもりです。しかし、然しあたしは口惜しいのです。あんな男のために――と思うと、腸を千切られる程残念なのです。それで一応あなたに御相談しようと思ったのですが、やはりあたしが名乗って出るよりほかには、弟を救うみちはないものでしょうか」

「そうですね」

それは実際難しい問題だった。おそらく彼女が名乗って出ない以上、現場で捕えられたという俊作が罪におちるのは分りきっていた。しかし、今それをはっきりと言ってしまうのはあまりにも残酷なような気がするのだった。そこで譲次はわざと別の方面から話を切出して行った。

「昨夜あなたは真紅なショールをかけていられたんですね。ところが僕の持って帰ったのは真黄なショールでしたね。あれはどういうわけなんでしょう」

「さあ、あたしにもそこのところがよく分らないのです。あたしはたしかにあの男が、あたしの真紅なショールを握ったまゝ、床のうえに倒れた姿を思い出すことが出来ます。それだのにどうして別な黄色いショールを握って死んでいたのでしょう、あたしも不思議でなりませんの」

「一体あなたは、あの黄色いショールには全く見覚えはないのですか」

「いゝえ」珠実は素速く相手の言葉を遮ると、

「実は昨夜帰って、つく〴〵とそのショールを眺めているうちに、ふと思い出したのですが、このショールはたしかにあの男のお妾（めかけ）みたいなことをしている、松村蓉子（まつむらようこ）という女の持物（もちもの）に違いないのです。あたしはその女がこの黄色いショールをかけているところを、何度も見たことがあるのを思い出しましたわ」

「成程、すると昨夜、あの部屋へその女がきていたという事になりますね。フヽン、これは面白い、一体その蓉子というのはどんな女ですか」

「さあ、もう三十五六にもなりましょうか、あまり美しくないヒステリーじみた女ですけど、どういうわけかひどく河合の気に入っていた様子で、影の形に添うように、どんな時でも一緒のようでしたわ」

「成程、それではもう一つお訊ねしますが、河合という男はストーヴのすぐ側にぶっ倒れたのですね。室内着（ガウン）を着たまゝ――」

「いゝえ」珠実は何故（なにゆえ）かその時、急に顔を真紅にすると、しばらくためらっている様子だったが、やがて思いきったように、

「成程、あたしがあの部屋へ入って行ったとき、あの男はたしかに長い室内着（ガウン）を着ていました。ところが、あたしたち争っている間に、どうしたはずみか、室内着（ガウン）の紐（ひも）がとけて、するすると室内着（ガウン）が脱げてしまったのです。ところが――」

「ところが――？」

と、譲次はためらっている相手を励（はげま）すように口をはさんだ。

「ところが、室内着（ガウン）の脱げてしまった後のあの男といえば、まるで真裸（まっぱだか）だったのですわ、えゝ、殆（ほと）んど一糸をもまとわぬといってい�ゝくらい、全裸体になってしまったのです。あたしがあんな恐ろしいことをしてしまったというのも、その姿の醜（みにく）さ、恐ろしさにかっと逆上してしまったからなのですわ」

「ほゝう！」

譲次はふいに口笛に似た叫び声をあげた。

「そいつは不思議ですねえ。僕が発見したときには

死体はちゃんと行儀よく室内着（ガウン）を着ていましたよ」

「まあ！」

　珠実は思わず眼を丸くして叫んだ。

　譲次はしばらく考えていたが、やがてきっぱりといった。

「珠実さん、この事件はあなたが考えていらっしゃるより、よほど複雑しているようですね。謎（なぞ）は黄色いショールと室内着（ガウン）にあります。よろしい、検事局には幸い、僕の知っている検事がありますから、念のため、もう一度よく調べてみましょう。それまであなたは、沈黙を守っていらした方がよさそうですよ」

「まあ、何か助かる見込（みこみ）がありそうでしょうか」

「まだよくは分りません。しかし、万事僕に任せておいて下さい」

　珠実の眼の中にはその刹那（せつな）明るい希望の色がうかんできた。彼女は感謝をこめた眼差（まなざ）しで、じっと譲次の顔を眺めていた。

「時に、あなたは例の黄色いショールをお持ちですか」

「えゝ、こゝに持っていますわ」

「それは好都合です。そいつを暫く僕に預らせてくれませんか」

「えゝ、どうぞ」彼女はかすかに身顫（みぶる）いをしながら、あの凶々（まがまが）しい、黄色のショールを取出して譲次の手に渡した。

二つの煙草容器

「はゝゝゝ、物好きなお坊っちゃんがまた出娑婆（でしゃば）ってきたね」

　宇津木（うつぎ）検事は譲次の頼みというのを一通り聞き終ると、機嫌のいゝ声で朗（ほが）らかに笑った。宇津木検事と譲次とは同郷の出身で、学生時代から専門こそ違え、兄弟のように親しく交際して来た仲だった。ことに譲次が近頃探偵小説で売出してからというもの、職業柄二人の間は一層その親密の度を増してきていた。

　この場合、何よりも幸いだったことには、今度の河合事件は、宇津木検事の係りだったのである。

「どうも怪しいぜ。まだ夕刊も出ないうちに、君があの事件を知っているなんて、少々臭いぞ」

「いや、その事情はいずれ後程話すがね、僕は一度、その河合卓也という男の死体を見たいのだ。それに出来ることなら、是非現場を見せて貰いたいのだがね」

「そりゃまあ、わけはないといえば、わけのないことさ。死体はまだあの家にあるのだし、それに僕も、もう一度現場を検分してみようと思っていたところだからね」

「そりゃ好都合だ。じゃ是非とも僕を一緒につれて行ってくれ給え」

「仕方がない。言い出したからは後へ引かぬ男だからね。その代り、あとでよく説明をしないと、君を嫌疑者としてあげちまうぞ」

「冗談じゃない」

宇津木検事と寒川譲次を乗せた自動車は、それから間もなく小日向台町の河合卓也邸のまえの狭い道に横着けにされた。その時分にはもう、事件の噂が拡がっていたとみえて、日頃は至って物静かな屋敷中だのに、今日は一杯に人がたかっていた。その中に物々しい顔つきをした警官がいかめしく肩をいからせながら張番をしているのだった。

宇津木検事と譲次の二人は真直ぐに例の応接間に入っていった。譲次はその部屋へ入ると、何かしら一種の感慨に打たれずにはいられなかった。今から丁度十二時間ほど前に、この寒川譲次がまるで泥棒のようにこの部屋へ忍び込んだということを知ったら、宇津木検事はどんな顔をするだろうと思った。

「成程、これが現場なのだね」譲次はわざと物珍らしげにあたりを見廻わした。それは昨夜とは殆んど何んの変りもなさそうに見えた。思うに証拠を消失することをおそれて、死体が発見されたときのまゝにしてあるのだろう。譲次は珠実の残していった紅いショールがどこかに落ちていはしまいかと思って、素速くあたりを眺め廻したがどこにも見当らなかった。

「成程、この暖炉の前に被害者は倒れていたのだね。

それで犯人の遺留品というようなものはなかったのかしら？」

「遺留品——？　遺留品なんか必要じゃないさ。犯人が現場で捕えられているんだからね」

「あゝそうか、それもそうだね」

譲次は検事の言葉にほっと安心した。その口吻（くちぶり）から察すると、珠実のショールは警察の手にも入っていないらしい。一体、どうしたというのだろう。

譲次は大きなテーブルのうえに腰を下ろすと、何んの気なしに、側にあった金属製の煙草（タバコ）入れの蓋（ふた）を開いた。

「あゝ、キリアージか、なかなかしゃれてやがる」

彼はもと通り蓋をすると、もう一つの方の箱の蓋をとった。中にはウェストミンスタアが入っていた。この二つの煙草入れは全く同じ形をしているのだったが、たゞ違うことはその容器の色彩だった。一方は箱も蓋も真紅だったが、もう一つの方はすべて真黄なのだ。紅と黄、譲次は何んとなくこの二つの色彩が気になっているのだ。

「おいおい、何を考えているのだね、これから一つ死体を見に行こうじゃないか。奥の寝室のほうに置いてある筈だからね」

「あゝ、行こう」

譲次は二つの煙草の容器に、きちんと蓋をすると、検事の後について出て行った。検事は部屋を出ると、ぴったりと扉（ドア）に鍵を下ろして、その鍵を張番に立っている刑事に渡した。死体は奥の八畳のほうに寝かせてあったが、何んの気なく、ひょいと顔のうえにおいてあった白布を取除（とりの）けた譲次は、思わず、

「こいつはひどい！」

と叫ばずにはいられなかった。何んという凄惨（せいさん）な顔附きだろう、いや、それはもう顔という言葉は当らなかったかも知れない。正確にいえばかつて顔のあった跡の廃墟とも言うべきであろう。眼も鼻も口もない、まるで焼けたゞれた一塊の肉に過ぎないのだ。しばらく譲次は黙ってそれを見詰めていたが、やがて静かに白布で覆うと、今度は身体（からだ）の種々な部分を調べはじめた。

「おいおい、名探偵、いやに念入りに調べるようだが、何か発見するところがあったかね」

「あったね」

譲次は死体の側を離れると、自信にみちた声でゆっくりとそう答えた。

「ほゝう、それは意外だ。一体どんな発見だね」

「まあ、あの応接間へ行ってから話そう。こゝは話をするのにあまり感じのいゝ部屋ではないからね」

「こいつは驚いた。君に教わる事があろうなどとは夢にも思わなかったね」

二人はすぐもとの応接間へとって返えしたが、何んの気なしにテーブルのうえを眺めた譲次は、ふいにぎょっとしたように閾（しきい）のうえで立止（たちどま）った。

「君、君」彼はあわてゝ傍（そば）にいた見張りの刑事を振返った。

「僕たちが奥へ行ってる間に、誰かこの部屋へ入ったものがあるかね」

「いゝえ、そんな事はありません。御承知の通り、鍵は私が預っているのですし、この扉（ドア）以外には絶対に入るところはないのですからね」

「ところがそうじゃない。確かに今しがた、この部屋へ入ったものがあるね」

「え、そんな馬鹿なことが」

刑事は真紅になってそう怒鳴っていた。

「おい〳〵、名探偵〟どうしたというんだね」

宇津木検事が不審そうに横から口を出した。

「見給え、あれを」

検事は不思議そうに譲次の視線を追っていたが、

「君のいうのはあの煙草容器のことかね、君はさっきもいやに仔細（しさい）らしくあれをひねくり廻していたが、あの煙草容器がどうしたというのだね」

「僕はね」と譲次は一句々々に力を入れながらきっぱりといった。「ある理由からあの紅と黄という色彩について、特別の関心を抱いているのだ。だから、さっきこの部屋を出る時には、たしかに紅い箱には紅い蓋を、黄色い箱には黄色い蓋をしておいた筈なのだ。ところが今はどうだろう」

検事はそういわれてもう一度、その二つの煙草容器を見直したが、ふいにぎょっとしたように譲次の方を振返えった。

そこには紅い箱のうえには黄色い蓋が、黄色い箱のうえには紅い蓋がのっかっているではないか。

ショールの謎

あの物凄い騒ぎが問題の河合卓也邸に起ったのは、その夜の十二時過ぎのことだった。

最初例の応接間の窓がぱっと明るくなったかと思うと、瞬く間に猛々たる煙が部屋一杯に流れ込んできた。それに続いてパリパリと木材の焼け落ちる音、火事だ！　火事だ！　という叫びがどこか近くから聞えてきた。するとその時である。あの英国式に切った大暖炉の側の壁が、ふいにぱっくりと口を開いたかと思うと、その中から一個の黒影が鞠のように躍り出してきたのだ。

この不思議な人影は、しばらくきょろきょろと不安そうにあたりを見廻わしていたが、やがて大胆にとっとと部屋を横切ると、あわてゝ扉を開いた。しかし、その瞬間彼は、何かしら、獣のような叫び声をあげて二三歩後へとびのいたのである。

「やあ、とうとう自分から飛出してきましたね」

扉の外には譲次がさも嬉しそうに、にこにこ笑いながら立っていた。その側には宇津木検事と珠実が、まるで幽霊でも見るような眼附きをしながら附従っているのだった。これを見ると奇怪な人物は、何かしら得体の知れぬ唸声とともに、猛然と譲次のほうへ躍りかゝって来た。もしこの時、三人の刑事がいち速く相手の腕をとらえて手錠をはめなかったら、譲次はどんなにひどい大怪我をしていたか分らないくらいだった。手錠をはめられても尚その怪物は、牡牛のような唸り声をあげながら猛り狂っているのだった。

「いや、どうも御苦労さま。では早速、あの火は消しとめておいて下さい。消防署のほうへは宇津木検事から話がしてある筈ですから大丈夫ですが、近所の方々によろしくあやまって下さい。なあに一寸薪木を燃したゞけですからね」

譲次はそこで、手錠をはめられた男の方へ振り返った。

「河合さん、どうも失礼しました。なあに、あなたの隠れているところなど、探せばすぐ分ると思ったのですが、それも面倒だったので、一寸狂言を書いてあなたのほうから出馬していただいたのです。どうも御苦労様でした」

「まあ、——それじゃ、やっぱりこの人河合さんなのね」珠実はあまりの意外さに息も切れ切れにそう叫んだ。「それじゃ、それじゃあの死んでいたというのは？」

「はゝゝゝゝ！　この男が死ぬものですか、御覧なさい、此男の額に大きな打撲傷があるでしょう、それが即ち、珠実さんに殴られた跡ですよ」

「でも、でも、あの死体は——」

「待って下さい、待って下さい。僕には何も彼も分りかけてきた。唯一つ、まだよく解せないところがありますが、どうやらそれも分りそうな気がする。暫く待っていて下さい。僕に考えさせて下さい」

譲次はふいに狂気のように部屋の中を歩き出した。何かしら恐ろしい考えが彼の頭脳の中で旋回をはじめたのだ。きっと唇をかみしめ、眼を血走らせ、毛をかきむしりながら、部屋の中を歩き廻っている。ふいに彼の足は、たった今河合卓也が抜出したばかりの密室のまえでぴったりと止った。と思うと、ぎょっとしたように彼はうしろを振返った。

「珠実さん、大へんお気の毒ですが、こちらへ来て下さいませんか。宇津木さんもどうぞ。この密室の中にもう一つ死体があるようです」

それを聞くと、宇津木検事と珠実の二人はびっくりして彼の側へ駆けつけた。

「あゝ、蓉子さんですわ」

「蓉子——河合の妾だったというあの女ですね。そして黄色いショールの持主の——」

「えゝ、それに違いございませんわ」

珠実はさすがにがくがくと顫えながら答えた。蓉子はまるでくびれた袋のように床のうえに打倒れているのだった。

「絞め殺されている」

宇津木検事が重々しい声音(こえ)でいった。

「そうです。その男が絞め殺したに違いありません。その男の身体検査をしてみて下さい。何か兇器になるようなものを身につけているに違いありませんよ」

刑事の腕がすばやく河合卓也の体を探っていたが、間もなく、腹に巻きつけた真紅なショールをぞろりと取出した。

「あっ、それだ。それが珠実さんのショールだ。あゝ、段々分ってきたぞ。皆さん、静かにしていて下さい。そして僕にしゃべらせて下さい。しゃべっているうちに何も彼も分りそうな気がします」

譲次はテーブルのうえから煙草を取上げると、まるで煙突のように煙を吐きながらしゃべりはじめた。

「先ず第一に珠実さんの経験から考えて行きましょう。珠実さんは昨夜こゝで、非常な危険に直面した。この男が獣のように襲いかゝってきた。そこで、珠実さんは自分の身を守るために、手に触った火搔棒で相手を殴り倒してこゝから逃げてゆかれた。そのときこの男は、珠実さんが肩にかけていたショールを握りしめたまゝ一時床のうえに昏倒(こんとう)したのです。それからどのくらいたったか、この男はふと息を吹き返えした。と、そこへこの男の第二の敵が現れた。それが今、奥でこの男の身替りをつとめているあの死体なのです。あの死体の人物が何者であるか、それはこの男の自白にまつよりほかはありませんが、とも角(かく)二人の間には恐ろしい争闘が行われた。そして到頭この男は相手を殴り殺してしまったのです。そこでこの男は一石二鳥(いっせきにちょう)という素晴らしいことを考えついたのですよ。つまり彼は、近頃ひどく種(いろ)んな人々から怨(うら)みを買っている。生命がけでこの男を附(つけ)覘(ねら)っているのは二人や三人ではないのです。そこでもうこゝらで身の隠しどころだと思った彼は、その死体を自分に仕立てるといううまい方法を考えついたのです。そうすることによって、殺人の罪から逃れると同時に、執念深く自分を附覘っている復讐者たちの手からも完全に逃れようと考えたのです。しかもその殺人の嫌疑を、珠実さんになすりつけることも出来る。そこで彼は死体に自分の着物を着せると同時に、珠実さんのショールを握らせておこうとした。ところがこゝでこの男は二つの大失敗をしたのです。その一つは珠実さんのショールの代りに、蓉子のショールを握らせてしまったことです。多分蓉子はその少し前からこの部屋にいたのに違いありません。ひょっとすると、この男の手伝いをしたかも知れないのです。それからもう一つの失敗というのは、あまりこの男が大事をとりすぎて、死体が一眼みて自分だと分るようにちゃんと着物を着せたことです。珠実さんに殴り倒されたときには、この男は裸だったのですから、あの死体も裸のまゝにしておけば、却って僕の注意を惹かなかったでしょう。裸で死んでいる筈の男が何故着物を着ていたか、誰が何んのために着物を着せたか、僕は散々その謎を考えているうちにふと、一眼みてその死体を河合卓也だと思わせるためではなかろうかと考えつきました。ところでもし、死体が真実河合卓也であるとすると、何もそんな御苦労なことはしなくてもいゝ筈ですから、勢い、あの死体は河合卓也ではないということになります。そこで僕は今日念のために、もう一度あの死体を検べてみたのです。そして、やっぱり僕の考えが正しいという証拠を、あの死体のうえに種々と発見しました。ところが、こゝでこの男は又しても第三の失策を演じた。我々が奥の部屋で死体を調べている間に、こっそりとこの男は秘密室から這い出して、煙草を取りにやってきたのですが、その時間違えて、又もや紅と黄の煙草容器の蓋をとり違えたのです。その結果、僕にこの秘密室の存在を感附かせる事になったのですが、こゝですよ今僕が考えていたのは。――ほら、この男は紅と黄色について昨夜から二度も失敗を演じている。最初はショール、二度目には煙草容器――と。これは何故でしょう。分りますか。ね、今僕はやっとその解釈が出来たのですが、この男は紅と黄色の見境がつかない色盲なんですよ」

譲次はそこではじめて言葉を切ってあたりを見廻わした。誰も彼もこの条理整然たる彼の話しぶりに、すっかり感動して、余計な口を挟もうとする者は一人もいない。

「ところで皆さん、これでこの事件の謎は解決されたわけですが、この色盲ということはこの事件の根本にもっともっと深い関係を持っているものなんですよ」

　譲次は一同が謹聴している様子に満足したらしく再び言葉をついだ。

「こゝに珠実さんのショールがあります。御覧の通りこれは真紅な色をしていますが、この男はたった今までそれを黄色のショールだとばかり信じて後生大事に持っていたのです。考えても御覧なさい。この男はこのショールで蓉子という女を絞め殺しているのですよ。しかもその恐ろしい兇器に使用した品を、尚も肌身離さず胴に巻きつけていたのです。この男がいかに黄色いショールを大切にしていたか分るでしょう。一体それは何んのためですか」

　譲次はそういいながら、ポケットから黄色いショールを取出した。

「こゝに本当の黄色のショールがあります。これこそ蓉子が平生肌身離さず持っていたものです。おや、河合さん、眼の色が変りましたね。はゝゝゝ、やっぱりそうだったのだね。僕が話をしながらも、君の表情から片時も眼を離さなかったとは気がつくまい。君にとっちゃ、このショールは生命よりも大切なんだろう。よしよし、今その大切なものを取出してみせてやろう」

　譲次の指は素速く黄色のショールを撫で廻していたが、やがて彼の眼には勝誇った色がきらりと輝いた。

「あったぞ、あったぞ、河合さん、あなたもなかなかロマンチストですね」

　そういいながら、彼は器用な指先で、ショールの端についている玉になった黄色い総の一つを解きほぐしていた。

「ほうら、これだ！」

　一同の視線は期せずして譲次の指先に集った。そこには、ラムネの玉ほどの大きさに、叮嚀に丸めた一個の紙片の玉があった。それをみると、河合卓也は思わず大きく絶望の溜息を洩らした。

「はゝゝゝ、お気の毒だが、これさえこちらへ貰ってしまえば、君はもう翼をもがれた鳥も同じことさ。さあ、珠実さん、受取って下さい。これこそあなたが生命にかけて探していた例の秘密書類ですよ」

「まあ！」

　珠実は今にも気を失いそうな声をあげた。その眼にはみるみるうちに、涙が一杯ひろがってきていた。彼女は譲次の手からその紙片を受取ると、二度と再び他人手には渡すまいとするかのように、しっかり懐中の中へしまい込んだ。

「さあ、河合卓也君、これでもう君は妖術を失った悪魔も同じことさ。もう誰も君を支持してくれる大官はいなくなったのだぜ。君の罪はいずれこゝにいる宇津木検事がきめてくれるだろう」

　譲次はその時、自分の腕をしっかりと握りしめている或る力を感じて、思わずその方を振返った。そこにはあの「九時の女」の讃美と尊敬と感謝を混えた美しい視線があった。

　譲次は無言のまゝその視線にうなずいてみせたのである。そこには、昨夜彼女から贈られた三千円より、もっともっといゝ贈物が秘められているのだった。

付録①
「画室（アトリエ）の犯罪」作者の言葉

私は「新青年」の投書家出身だから厳密な意味で処女作といえば、「恐ろしき四月馬鹿（エイプリル・フール）」という十枚ばかりの投書原稿がそれに当るだろう。この小説が森下雨村（もりしたうそん）氏の眼にとまって一等に当選し、十円貰（もら）ったときの嬉（うれ）しさはいまだに忘れることが出来ない。神戸の中学を出て八ケ月ほど銀行員をしていた時分のことだから、十九の時になる。その後、西田政治（にしだまさじ）氏と心易くなり、氏の驥尾（きび）に附して、「新青年」に飜訳（ほんやく）を買って貰ったりしていたが、家庭の事情で家業を継がねばならなくなり、大阪の薬専へ入ってからは、相変らず外国雑誌の探偵小説など読み漁（あさ）っていたものゝ飜訳することもしだいに稀（ま）れになり、いつか「新青年」とも縁が切れた形になっていた。その間に江戸川（えどがわ）さんが「二銭銅貨」をひっさげて「新青年」にデビューし、それから暫（しばら）く間をおいて「心理試験」や「D坂の殺人」など矢継早（やつぎばや）に発表していられた。その直後の事であったろうと思う。当時大阪の近郊にいられた江戸川さんが、同志を糾合（きゅうごう）して大阪で探偵趣味の会を起された。その時私は薬専の学生であったが西田さんに連れられてこの会に出席し、仲間の一人にして貰った。その時分、江戸川さんの慫慂（しょうよう）で書いたのがこの「画室（アトリエ）の犯罪」である。幸いこれが森下さんにも気に入って、「新青年」に出ると、すぐに江戸川さんから手紙が来て、「自分の死体を画の一部分にするという処（とこ）ろ感心したが、想あまって筆足らずという感じがする」というような意味の批評を頂戴（ちょうだい）した。私がいまでも江戸川さんに敬服するのはあの人は自分一人えらくなってもはじまらない、探偵小説というような特異な小説の分野では、やはり大勢の作家が輩出し、一つの運動を起さなければならぬというような事を、当時から考えていられた事である。だから私が「画室（アトリエ）の犯罪」を書いた後は、機会ある毎（ごと）に、推薦して下すったらしく、当時まだ学生、それも薬専という畑違いの学校の一学生であったにも拘らず、私は「苦楽」等の「サンデー毎日」「新青年」以外の雑誌からも原稿の依頼を受けるようになった。そして宇野浩二氏の小説にもあるように、やがてむなしきその夢は、身のなりわいとなったのである。だからそういう意味で、「画室の犯罪」はやはり私の処女作というても差支えないと思う。大正十四年頃のことである。

付録②

還暦大いに祝うべし

　昭和三十七年六月二日、当年とって六十一歳、還暦を迎えた四人の作家翻訳家が探偵作家クラブを中心としたひとびとによって還暦祝いをしていただいた。四人の作家翻訳家とは、渡辺啓助、黒沼健、永瀬三吾の三氏に私である。

　ほんとうをいうと還暦祝いの話が出たとき、私は内心ロクな仕事もしてこなかったのにと、内心ジクジたるものがあると同時に、いっぽうおまえもとうとう還暦というジジイになりおったのであるぞよと、老令をハッキリ指摘されるような淋しさもあり、かたがた気乗りうすだったのである。

　ところが江戸川乱歩氏があまりご熱心なので、いっさいおまかせすることにしたのであるが、さて蓋をあけてみると、あまりにもハナバナしき還暦祝いだったので、いまでは嬉しさがいっぱいである。こんなことなら最初からもっと素直にお受けもし、じぶんからも積極的にやっていただくよう努力すればよかったと、いまになって悔まれるくらいである。これはおそらく私ひとりのみならず、ほかの三氏とておなじことだったろうと思っている。

　それに現今の還暦祝いというものは、昔のそれとだいぶ趣旨がちがうようだ。昔の還暦祝いというのはおそらく、あなたもよくここまで生きてこられた。人生わずか五十年というところを、あなたは慾ばって十年よけいに生きてこられた。しかもいままでアクセクとよく働いてこられたのであるから、ここいらであとはいっさい子供さんやお婿さんにおまかせなすって、あなたは赤ん坊におかえりになったのだから、人生に対する慾をいっさい捨てて、隠居でもなさいますようにと、おそらくこれが昔の還暦祝いだったのであろう。

　しかし、いまはちがっている。だいいち日本人の平均寿命も長くなっているし、精神的な感受性も昔のひとにくらべると、たしかに若くなっているようだ。

だからちかごろの還暦祝いはこれを契機として心気を新たにし、もうひと働きもふた働きもしなさいという、激励の意味であろうと思っている。

そして、そういう意味でなら私に関するかぎりたしかに効果があったようだ。

ここ数年ダラダラとマンネリ的作家生活を繰りかえしてきた私であったが、あの盛大な還暦祝いを境にして、たしかに活を入れられたような一種のハリというものを感じはじめているのである。

だから、将来還暦を迎えるひとびとにむかって、あれ以来私はいつもいっている。

「還暦大いに祝うべし」と。

終りにこの還暦祝いについていろいろご尽力いただいたかたがたに、ここから厚くおん礼申上(もうしあ)げるしだいである。

付録③

金田一耕助のために慟哭(どうこく)す

このあいだなにかで読んだのだけれど、石坂浩二(いしざかこうじ)君が「犬神家の一族」で、はじめて原作にちかいスタイルで金田一耕助(きんだいちこうすけ)をやることになったとき、その役作りについて市川崑(いちかわこん)監督はつぎのようなアドバイスをしたという。

「刑事コロンボとシェーンの意気でいったらどうか」と。

刑事コロンボのほうはともかく、シェーンの意気でいったらどうかというのは、けだし市川監督の卓見であろう。「シェーン」こそは古き好(よ)き時代の西部劇の典型的パターンだと思うからである。

明治三十五年神戸に生まれた私が、当時の旧制中学へ進んだのは大正四年であった。ところがその前年の大正三年に第一次世界大戦が勃発(ぼっぱつ)していて、日本の洋画界はすっかりサマ変わりを見せはじめていた。第一次世界大戦以前日本の洋画界を席捲(せっけん)していたのはヨーロッパ映画であった。私の小学生時代スクリーンの人気を両分していた外国の喜劇俳優は、マックス・リンダーと新馬鹿大将であった。マックス・リンダーはフランス、新馬鹿大将はイタリアの俳優であったと記憶している。あの有名な「ジゴマ」の前篇を私は見ていないのだが、その後篇を見て探偵小説好きの私が血を湧(わ)かせたのも小学生時代であった。「ジゴマ」はフランス映画であった。

ところが第一次世界大戦を契機として、それらのヨーロッパ映画がサッパリ入って来なくなった。それらの国々でも映画作りどころではなかったのかもしれない。そして、そのあとを襲って、日本のスクリーンに大進出してきたのがアメリカ映画であった。

しかし、当時のアメリカ映画は幼稚なもので、最初われわれ幼い中学生のハートを捉えたのは連続活劇というやつであった。連続活劇というのはむこうでは二巻ずつ製作して、あとは次週のお楽しみというわけで、人気があれば何週でもつづけたものらしい。なかには六十巻という大物もあった。

日本ではそれを六巻ずつくらいまとめて封切り、それが何週でもつづくのであった。そういう形態の活動写真であったから（いい忘れたが、当時はまだ映画という呼称はなく活動写真と呼ばれていたのだが）、あとへ興味をつなぐように、探偵趣味のものが多かった。心情いまだ幼くて、探偵小説愛好癖の強かった私が、そういう連続活劇に、毎週血を湧かせていたのもむりはないであろう。当時私が熱狂した連続活劇の題名を私はいまでも憶えている。「名金」「拳骨」「マスターキー」「護る影」等々。

ところがそれから二、三年長じたころ、今度私のハートを捉えたのが西部劇であった。それらは長尺物ではなかったので、題名はいちいち記憶していないが、それらの主役を演じた俳優の名を、六十年の後の現在にいたるまで私はおぼろげながら憶えている。

二挺拳銃のウィリアム・S・ハート、ウィリアム・ファーナム、ハリー・ケーリー、モンロー・ソールスベリー。これらの俳優の演じる主人公の多くは、あるとき飄然と西部の開拓地に現われ、町にはびこる悪をこらし善を扶け、つまり強きをくじき弱気を扶け、しかも恋も名誉もふりすてて、飄然として開拓地を去っていくのである。つまり「シェーン」で描かれたのとまったくおなじパターンである。私はこういう西部劇に血を湧かせつつ旧制中学の五年を終えた。

私はまえになにかに書いたことがあるが、人間の性格を形成するものは、人生でいちばん感受性の強い旧制中学時代の五年間に、読んだもの、観たもの、そして強く感動したことに影響されるのではなかろうかと。そういう時代に私は多くの西部劇に感動し、影響されてきたのである。

さて、前置きが少し長くなったようだが、ひるがえって思うに私の金田一耕助物が、いかに西部劇のパターンと共通しているかということに、思い当たられる読者も多いだろう。金田一耕助はつねに飄然と現われ、謎を解き、事件を解決し、飄然と去っていく。かれがはじめて登場した「本陣殺人事件」がそうであり、「獄門島」しかり、「八つ墓村」「犬神家の一族」「悪魔の手毬唄」「女王蜂」と最近映画になった金田一耕助物はみんなおなじパターンである。どれもこれも飄然と来たり飄然として去るのである。ちかごろ金田一耕助はたいへんな人気のようだが、そういうところにも原因がかくされているのではなかろうか。

それについて思い当たることがひとつある。飄然と来たり飄然と去るで幾篇かの金田一耕助功名談を書きつづけてきた私だが、それ以上かれの功名談を書きつづけていくには、どうしてもかれに事務所を持たせる必要があると思ったので、たしか「悪魔の降誕祭」だったと思うが、緑が丘町の緑が丘荘というところに事務所を持たせた。ところがさっそく二、三の読者からお叱りを受けたことがある。金田一耕助に事務所を持たせてはいけないと。いまにして思えばそれらの読者は非常に賢明だったわけで、金田一耕助はやはり西部劇の主人公の意気で飄然と来たり飄然と去らなければいけないのだろう。

それにしても私の書いてきたものが、かくも圧倒的な読者の支持を受けはじめたのは、やはり文庫本に入ってからである。私ははじめその原因がわからず、ただ戸惑うばかりであったが、それがどうやら金田一耕助の人気に負うところ大らしいと思い当ったのは三年ほどまえのことだった。それを知らせてくれたのは、神戸の銀行に勤める三人の若い女性であった。それらの三人の女性は「金田一耕助を守る会」というのを結成しており、金田一耕助を結婚させないで欲しいと警告しているのである。私はそれを私なりに解釈して、金田一耕助の無精ったらしい風貌が、若い女性の母性愛をくすぐるのではないかと思っていた。しかし、じっさいにそのひとたちのうちのふたりに直接会って聞いてみると、金田一耕助が結婚して所帯じみてくるのがいやだという。まことにもっともなご忠告であったが、いっぽうではこれは事務所を持つことに反対する読者とおなじように、飄然と来たり飄然と去る金田一耕助を愛するのであろう。

そうだ、金田一耕助はいつも飄然と来たり、飄然と去っていったのだ。しかし、かれ自身が私のまえに飄然と現われ、そして、私のみならずかれと縁の深かったひとたちのまえから、飄然と消えていくとはいったいだれが思い及んだであろうか。

昭和十二年十一月二十七日、岡山県の片田舎岡——村へ飄然と現われ「本陣殺人事件」を解決したとき、金田一耕助は二十五、六であったから、いまでいえば二十四、五というところであろう。その金田一耕助が飄然として疎開先の私のまえに姿を現わしたのは昭和二十一年の秋もおわりごろであったと、私は「黒猫亭事件」のなかに書きとめている。それ以来のつきあいだったのだが、その金田一耕助が忽然として因縁浅からざるひとびとのまえから姿を消したのは昭和四十八年の六月のはじめごろだと、私は「病院坂の首縊りの家」の最後に書いている。かれが飛行機でアメリカへ飛んだところまではわかっていても、それからさきのことはいまもって判っていない。天に翔けたか地に潜ったか、金田一耕助は完全に蒸発してしまったのである。

昭和二十一年の秋から四十八年の初夏まで、思えば金田一耕助と私は三十年近いつきあいであった。その友人を失って私はいま慟哭したい気持ちである。しかし、金田一耕助の面影はいまもなお私の脳裡にビビッドに生きているし、かれの遺していってくれた二、三の事件の厖大な捜査メモはいつも私の机辺にある。それを頼りに私は今後も老骨に鞭打ってかれの功名談を書きつづっていくつもりでいる。それがせめてものかれの友情に対する私の唯一の義務であろうと思うからである。

付録④
小芝居(こしばい)育ち

今年の五月二十四日をもって七十六歳になった私の十五、六歳頃、即(すなわ)ちいまから六十年以前、この国では現代ほど推理小説が氾濫(はんらん)していなかった。当時はまだ推理小説というよびかたはなく、もっぱら探偵小説とよばれていたのだが、私の十五、六歳頃、この国で探偵小説を読むということはまことに困難なことであった。

シャーロック・ホームズでさえ、まだ完全に翻訳されていなかったように思う。

あるいは私が東京うまれの東京育ちならば、不完全ながらもそれらの翻訳めいたものにお目にかかれたかもしれないが、神戸うまれの神戸育ちの私は十五、六歳のころ、シャーロック・ホームズの名前さえ完全に知っていたかどうか疑問だと思う。

ここでいきなりシャーロック・ホームズを持ち出したのは、この国ではまだ探偵小説の創作がなかったからである。即ち日本人の手によって書かれた探偵小説らしい探偵小説は皆無といっていいくらいの状態であった。したがって持ってうまれた探偵小説愛好癖(へき)をみたすには、もっぱら翻訳に依存せざるをえなかったのに、その翻訳さえまことに微々(びび)たるもので、探偵小説の代表作ともいうべきシャーロック・ホームズでさえ、まだ完全には翻訳されていなかったという意味で、ここにホームズを持ち出したのである。

では私はなにをもってわが探偵小説愛好癖をみたしていたかというと、まず第一に挙げられるのは黒(くろ)岩涙香(いわるいこう)の翻案物であったろう。十三歳で旧制中学へ入った私は、その前年はじめて涙香本を読んでいる。しかし、それは純粋の探偵小説ではなく、モンテ・クリストの翻案であった。その翌年中学へ入ってからまもなく、涙香こそは明治時代の探偵小説の大家だとしって、涙香本の渉猟(しょうりょう)に狂奔(きょうほん)した。なにしろ涙香の時代はとっくに終わっていたし、現代みたいに文庫本が整備されている時代とちがって、本を入手するのに非常な苦労をしなければならなかった。

人間が読書からうる感受性のいちばん強いのは、十四、五から六だと思うが、私はその年頃を涙香本に熱中して過ごした。

したがって私の原点といえば涙香本ということになりそうなのだが、後年かつてあんなにも熱中した涙香の「巖窟王」や「噫無情」の原作であるところの「モンテ・クリスト」や「レ・ミゼラブル」をより忠実な翻訳で読んでみると、涙香のそれは小芝居じみていると思われてならない。

現代では小芝居といっても通じないかもしれないが、私の中学時代には神戸にも小芝居の小屋が二、三軒あった。そこでは一流の大歌舞伎から落伍した歌舞伎役者の一座や、東京の新派の劇団から脱落した人びとが一座を組んで、二、三流の劇場を打ってまわっていた。それらのなかにはずいぶん芸達者な役者もいたし、容姿のすぐれた女形もいて、なかなか面白い芝居を見せたものである。しかし、それはどこか大歌舞伎や一流新派とちがっていた。

私はそのちがいをここに指摘するほど芝居に関する蘊蓄はないが、どこか涙香本に共通するところがあったように思う。面白いことは面白いが、どことなく安手で小手先がききすぎているのである。

その涙香が私の原点とすると、私は小芝居育ちということになるのであろう。

付録⑤

運命の一言

年をとると近いことは忘れがちだが、遠いことがとかく思い出されてならぬという言葉を、昔なにかで読んだことがあるが、今年の五月二十四日をもって七十八歳に到達したちかごろの私がそうである。ことにこの春千枚になんなんとする長篇を完結し、次の作品にとりかかるあいだの小休止状態にあるちかごろの私は、とくに昔のことが思い出されてならないのである。

生涯探偵作家として暮らしてきた私が、若干の成功をおさめて来たようだといっても、だれも思い上がりなどと非難するものはあるまい。ことに昭和四十六年四月以来、私の作品がつぎからつぎへと角川文庫へ収められればじめてから、私は自分でも思いもよらぬほど多くのファンを獲得した。私の文庫本は売れに売れ、ファン・レターは私のもとに殺到し、私は大きな名声とともに、贅沢さえいわなければ老後を養うに足るほどの蓄えをえた。

私たち夫婦は一男二女と三人の子どもをもうけたが、三人の子どもたちもよき配偶者に恵まれ、円満にしてかつ安定した生活を送っている。子どもたちはそれぞれ二人ずつ子どもを作ったから、われわれ夫婦は六人の孫に取り囲まれ、いたって幸福な日々を送っている。私たち夫婦に好意を寄せるものならだれだって、横溝のやつはうまくやっているというだろうし、私もまったくその通りだと答える自信がある。

しかし、なぜこういうことになったのか、なぜこういううまい境遇にめぐり合えるようになったのかと、七十八歳の私の思考はちかごろとかくそのへんを彷徨してやまないのである。

思えば神戸の貧しい薬屋の三男坊にうまれた私は、大正九年の春、旧制中学の五年を出ると、いったん第一銀行へ奉職した。しかし銀行員の生活が私の肌に合わないことに気がつくと、一年にしてそこを辞め、改めて家業の薬屋をつぐために大阪薬学専門学校へ入った。薬専は三年制である。大正十三年の春そこを卒業すると私は薬剤師の資格を獲得し、薬種商を薬局と改め、私はその経営者となったのである。しかし、一年もたたないうちに私は薬局の経営者としては失格であることに気がつきはじめた。どだい商いということは私には不向きなのである。

だからあのまま何事もなく打ち過ぎていたら、私はいまでもはやらない薬局の主人として、その日のたつきにも事欠くおのれをかこっていたかもしれない。いや、あまり健康な体質といえない私は戦後の再建に失敗して、とっくの昔に斃れていたのではないか。それを思うと私はいまでも鳥肌が立つほどゾーッとする。それがどうして作家に転身したのか。私のちかごろの思考はとかくそのへんをいきつもどりつするのである。

大正九年――即ち私が旧制中学を出た年の新年号を創刊号として雑誌『新青年』が誕生した。この雑誌はその名のとおり青年雑誌だったが、その読物として選ばれたのが翻訳探偵小説であった。探偵小説は編集長森下雨村の好みであり、この雨村によって後に多くの探偵作家がこの世に送り出されたのである。この雑誌が十枚の探偵小説を募集していることを知った私は、幼時から持っていた投書癖に駆り立てられて、それに応募したところが、まんまとそれが一等に当選して、ここに森下雨村に知られることになったのである。大正十年のことである。

それから二年後に江戸川乱歩がこの雑誌から作家としてデビューした。当時大阪に住んでいた乱歩と私が相識ったのは大正十四年の春のことである。もちろん雨村の紹介であった。大正十五年の春、作家としてやっていける見通しのついた乱歩は上京して牛込に居を構えた。私はまだ神戸のしがない薬局にしがみついていたのだが、東京の乱歩とはたびたび文通があった。そのうち乱歩を中心として、東京のほうで映画を作るという話が持ち上がった。私もいつかその話に一役持たされることになっていた。

大正十五年五月、東京の乱歩から、神戸の私のもとへ一通の電報が舞い込んだ。

トモカクスグコイ
私は半信半疑ながら電報が来る以上、いくらか実現性があるのではないかと、取るものも取りあえず上京した。しかし、汽車が東京へ近づくにつれて私はだんだん不安になってきた。これが冗談だったらどうしよう。自分はからかわれているのではないか。

乱歩の家はすぐ見つかった。しかし、私はなかなかその家へ入りかねた。半時間ほど家のまえを行きつ戻りつした。乱歩の家のすぐ近くに筑土（つくど）八幡があった。その玉垣に腰を下ろして私は何度かため息をついた。ついに意を決して玄関の格子を開くと、奥から乱歩夫人が飛んで出て来られた。この夫人には大阪の家で何度かお眼にかかっている。このとき夫人は満面に笑みを浮かべてこうおっしゃったのである。

「ああら、いらっしゃい。お待ちしておりましたのよ」

この一言が私の運命を決定したのである。あのとき夫人が迷惑そうな顔色を見せられたら、私にも私なりのプライドがある。

「さよなら！」

と、ばかりに家を飛び出し、スタコラサッサと神戸へ逃げてかえり、生涯をはやらない薬局の主人として甘んじていたことであろう。それを思うといまでも鳥肌が立つほどゾーッとする。

夫人が大歓迎の意を示して下すったので私も上がり込み、はからずも乱歩の言葉添えで森下雨村の編集助手として『新青年』へ入り、それからひいて現在の私があるのである。

そのとき私は二十四歳、八つ年長の乱歩は三十二歳。世話するにもされるにもよい年の差だったと思っている。

編者解説

日下三蔵

のっけからお詫びで恐縮だが、第四巻に付録として収録したエッセイ「ピンチ・ヒッター」を解説で単行本未収録としたが、著者の生誕百年を記念して新たに編まれた『横溝正史自伝的随筆集』に収められていたのを見落としていた。第三巻でも同じミスをしたのに、お恥ずかしい限りです。改めてお詫びして訂正いたします。

この『横溝正史自伝的随筆集』は、自伝エッセイ「続・書かでもの記」（全12回）を初めて収録した単行本という印象が強すぎて、その他のエッセイはすべて既刊のエッセイ集から自伝的要素のあるものをチョイスしたと思いこんでいた。実際には二十四本中四本の初収録エッセイがあり、その中に「ピンチ・ヒッター」も含まれていたのだ。

いい機会なので、ここで横溝正史のエッセイ集を整理しておこう。

A	探偵小説五十年	72年9月	講談社	※中島河太郎編
		77年8月	講談社	
B	探偵小説昔話	75年7月	講談社（新版横溝正史全集18）	
C	横溝正史の世界	76年3月	徳間書店	
D	横溝正史読本	76年9月	角川書店	※小林信彦編

79年1月　角川書店（角川文庫）
08年9月　角川書店（角川文庫）

E　真説・金田一耕助　77年12月　毎日新聞社
79年1月　角川書店（角川文庫）

F　金田一耕助のモノローグ　93年11月　角川書店（角川文庫）

G　横溝正史自伝的随筆集　02年5月　角川書店　※新保博久編

Aの新装版は著作リストを割愛、DとEの角川文庫版は元版にあった日記を、それぞれ割愛している。

Aは著者の古稀を記念して編まれた第一エッセイ集。講談社の『横溝正史全集』月報に連載された「途切れ途切れの記」と同じく『定本人形佐七捕物帳全集』月報に連載された「続途切れ途切れの記」を中心に、戦前から戦後にかけてのエッセイを幅広く収録したもの。諸家の横溝評や著作リストも収録。Bは『新版横溝正史全集』の最終巻として刊行された第二エッセイ集。朝日新聞に連載された表題エッセイに、Aから漏れたエッセイ、対談、日記、年譜や著作リストを加えたもの。

Cは「書かでもの記」を中心としたエッセイに、好きな自作三篇（「ネクタイ綺譚」「蔵の中」「蜃気楼島の情熱」）、対談六篇、日記などを収録。Dは小林信彦による長篇インタビューを軸に、エッセイ「探偵茶話」、江戸川乱歩、坂口安吾、高木彬光の各氏の横溝評、日記などを加えたもの。

Eは毎日新聞日曜版に一年間にわたって連載されたエッセイをまとめたもの。単行本のみ日記を収録。Fは「別冊問題小説」に三回にわたって発表されたエッセイ「楽しかりし桜の日々」の初単行本化。Gの内容は前述した通りである。

これらの他に、論創社の「論創ミステリ叢書」から刊行された『横溝正史探偵小説選』にも、相当量のエッセイが収録されている。第一巻（08年8月）は戦前、第三巻（08年12月）は戦後のエッセイを対象としており、横溝ファンには見逃せない。第二巻（08年10月）は少年ものを集成しているため、併録は少年向けのエッセイ三本のみだが、これらも貴重だ。

この「横溝正史ミステリ短篇コレクション」では、以上から洩れたエッセイを出来る限り発掘していきたい。

シリーズ第五巻の本書には、一九七八（昭和五十三）年に刊行された『芙蓉屋敷の秘密』（78年9月）と『殺人暦』（78年11月）の二冊を合本にして収めた。いずれも表題作の中篇を軸にして、前者は昭和二年から昭和五年、後者は昭和六年から昭和八年にかけて発表された作品を収めている。

角川文庫版作品集のセレクトを一手に引き受けていたミステリ評論家の中島河太郎氏は、『芙蓉屋敷の秘密』の解説で、こう述べている。

著者の作品総集としては、講談社版の「横溝正史全集」十巻、それを増補した「新版横溝正史全集」十八巻があるが、実は全集と称するには遠い。角川文庫版では昭和五十三年六月現在五十七冊を数えるが、そのうちから捕物帳三冊、時代小説「髑髏検校」を除くと、探偵小説は五十三冊に及んでいる。

三千万部という前例のないレコードが樹立された以上、文庫版による作品総集を心がけるのが、横溝ファンの要望に応える途であろう。そこで初期の作品を集めた「芙蓉屋敷の秘密他七編」と「殺人暦他五編」、中期の作品集二冊、さらに金田一物一冊の編集が進行中である。ほとんど雑誌発表のま

ま埋もれていた作品だから、読者に喜んでいただけると思っている。

中期の作品集二冊は本シリーズ第六巻に収録予定の『青い外套を着た女』（78年11月）と『血蝙蝠』（81年8月）のことだろう。金田一ものの発掘作品集は『七つの仮面』（79年8月）である。

各篇の初出は、以下の通り。

富籤紳士	「週刊朝日」昭和2年3月特別号
生首事件	「講談雑誌」昭和3年5月号
幽霊嬢	「新青年」昭和4年6月号　※鈴木傳明名義
寄せ木細工の家	「改造」昭和4年10月号
舜吉の綱渡り	「文学時代」昭和5年1月号
三本の毛髪	「朝日」昭和5年3月号
芙蓉屋敷の秘密	「新青年」昭和5年5月～8月号
腕環	「日曜報知」昭和5年11月9日号
恐怖の映画	「週刊朝日」昭和6年1月特別号
殺人暦	「講談雑誌」昭和5年11月～昭和6年3月、5月号
女王蜂	「文学時代」昭和6年5月～7月号
死の部屋	「日曜報知」昭和6年8月16日号
三通の手紙	「文学時代」昭和7年1月号

九時の女　　「オール讀物」昭和8年3月号

「富籤紳士」から「腕環」までの八篇が『芙蓉屋敷の秘密』、「恐怖の映画」から「九時の女」までの六篇が『殺人暦』に、それぞれ収録されている。

このうち「富籤紳士」は改造社の「日本探偵小説全集」第十巻『横溝正史集』（29年9月）、「生首事件」「寄せ木細工の家」は春陽堂の「探偵小説全集」第五巻『横溝正史・水谷準集』（29年12月）、「三本の毛髪」「腕環」「殺人暦」「死の部屋」は平凡社の「現代大衆文学全集」続の第十八巻『新選探偵小説集』（32年1月）、「芙蓉屋敷の秘密」「女王蜂」は新潮社版『塙侯爵一家』（34年2月）、「九時の女」は春陽堂の日本小説文庫版『幽霊騎手』（36年10月）に、それぞれ初めて収録された。

『新選探偵小説集』
平凡社版函

『殺人暦』
日本小説文庫版表紙

『殺人暦』
東方社版カバー（1955）

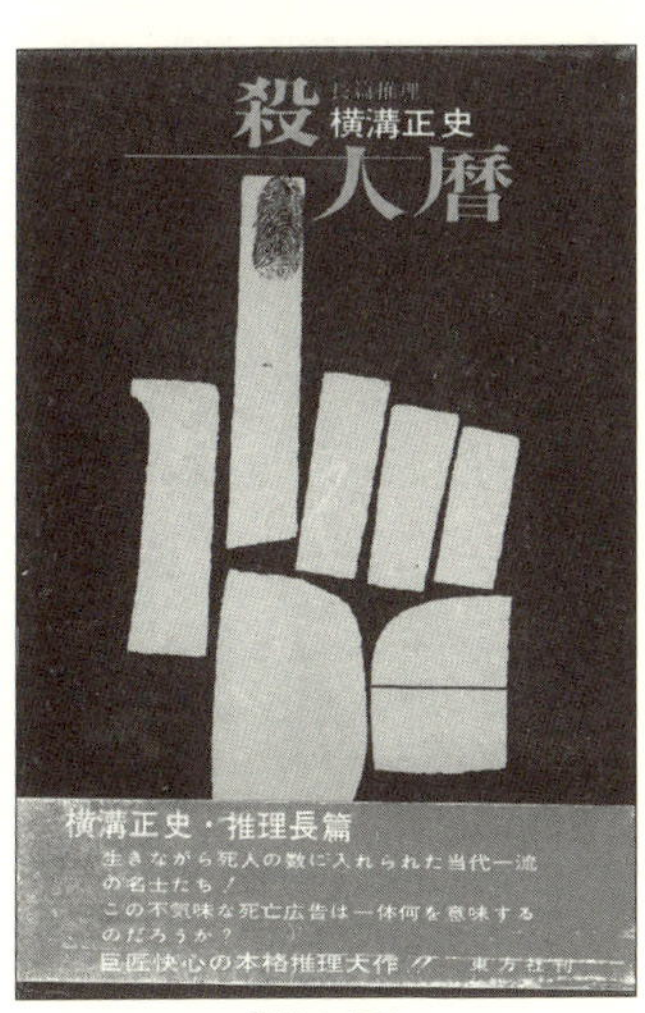

『殺人暦』
東方社版函（1961）

「幽霊嬢（ミス・ゆうれい）」「舜吉の綱渡り」「恐怖の映画」「三通の手紙」の四篇は、角川文庫版が初の単行本化だが、それ以前に「恐怖の映画」は「死の部屋」とともに「幻影城」13号（76年1月）の「横溝正史単行本未収録作品特集」に再録されている。「死の部屋」は前述の平凡社版『新選探偵小説集』に収められているが、この本は保篠龍緒（ほしのたつお）、横溝正史、浜尾四郎（はまおしろう）の三人の作品の合集のため、単独著書とみなされなかったのかも知れない。ちなみに「現代大衆文学全集」は一巻当たり千ページに及ぶ大部の全集なので、横溝の作品だけでも単行本一冊分に相当する分量が収められている。収録作品は保篠龍緒が「殺人暴力団」「侠盗竜伯」「深夜の客」「断崖の白百合」、横溝正史が「殺人暦」「髑髏鬼」「腕環」「丹夫人の化粧台」「カリオストロ夫人」「三本の毛髪」「死の部屋」、浜尾四郎が「肉身の殺人」「彼が殺したか」「島原絵巻」「虚実」「マダムの殺人」「彼は誰を殺したか」「殺された天一坊」「有り得る場合」であった。

それでは各篇の異同について触れておこう。

「幽霊嬢」は俳優の鈴木傳明名義で発表された。同じく俳優の岡田時彦「偽眼のマドンナ」と同時に掲載されたもので、目次には「封切り！　隠れたる探偵小説の愛好家たるキネマ界東西の王者が、単なる愛読者たるに飽たらず、今や機熟してこゝに繚乱を競う」とある。これはどちらもゴーストライターがいて、「偽眼のマドンナ」が渡辺啓助のデビュー作であることは、よく知られている。渡辺啓助のエッセイで「幽霊嬢」の作者が横溝だったことが判明したため、角川文庫版『芙蓉屋敷の秘密』で初めて覆面が脱がれた。

この号には江戸川乱歩の名作「押絵と旅する男」も掲載されていて、編集後記でも増大号となったことを自賛しているが、続けて「殊に映画界の両雄時彦傳明二氏の探偵小説界進出は、一つの大きなセン

『殺人暦』
ポピュラーブックス版カバー（1972）

『殺人暦』
ポピュラーブックス版カバー（1977）

セイションでなければならない。しかも両優とも手際の鮮かなることよ！　立派に一流作家の折紙をつけてよいであろう」とあるのがおかしい。「中の人」が渡辺啓助と横溝正史であれば、手際が鮮やかなのも当然といえよう。

「寄せ木細工の家」は初出及び初刊本では「寄木細工の家」だったが角川文庫で表記が変更された。同一タイトルの少年もの「寄木細工の家」が戦後に発表（「少年少女譚海」52年1月増刊号）されているが、内容的な関係はない。横溝正史には、このような同題異作が、他にもかなりある。戦後版「寄木細工の家」は〈論創ミステリ叢書〉『横溝正史探偵小説選Ⅲ』に収録された。

「三本の毛髪」は初刊時以降削除されていた被害者の遺した紙片の画像を掲載。画像外にある文章は、判読可能な範囲で編集部で付したものである。角川文庫版で被害者の状況に整合性が出るよう修正された箇所があるが、これは修正を活かした。

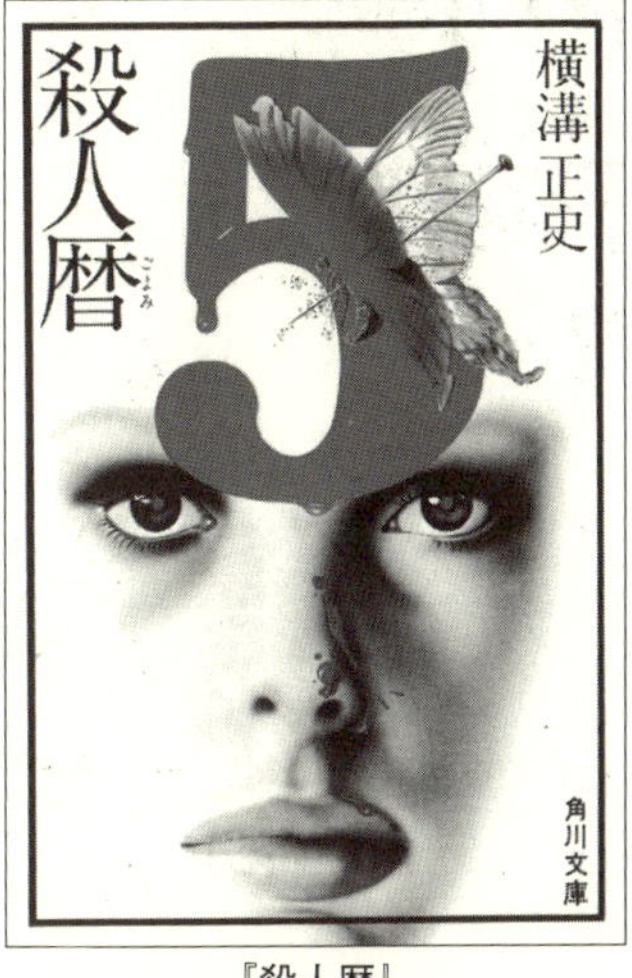

『殺人暦』
角川文庫版カバー

『殺人暦』
春陽文庫・探偵CLUB版カバー

「芙蓉屋敷の秘密」は四月号の予告ページでは「カメラの眼」と題されていた。紹介文には「本格的探偵小説を常に論じて止まざる氏が、これこそ自信ありとして世に問う長篇第一回作品が即ちこれである。涙香の持味に、近代的な色彩を加えたこの作品は恐らく本年度の読書界で充分圧倒的な賞讃を捷ち得るでしょう」とある。

翌号から連載された「芙蓉屋敷の秘密」は、ミルワード・ケネディ「死の濃霧」とともに五百円懸賞犯人当ての問題として発表された。ちなみに当時の「新青年」の定価が一冊六十銭である。五月号の告知と応募規定は、以下のとおり。

前者は、霧のロンドンを舞台とするケネディの新長篇。後者は横溝氏がはじめて世に問う長篇本格

『芙蓉屋敷の秘密』
日本小説文庫版表紙

『芙蓉屋敷の秘密』
角川文庫版カバー

小説である。共にその機構に於て現探偵小説壇の最尖端に立つ。事件は事件に重なり迷宮は迷宮をつくって、一たび巻を開けば必ずや諸君をして寝食を忘れしめ、熱狂快哉を叫ばしめずには置かない雄篇名篇。編者が賞をかけて広くその犯人を求めた意義はこゝに存する。二九六頁の規定参照の上、ふるって応募あらんことを。

犯人当て　五百円懸賞規定

この二作は四回で完結しますが、三回を以て各作中の犯人を探しだして下さい。両方とも当らなければ無効です。

問題

一、自殺か、他殺か?
二、他殺とせば犯人及びその動機如何?――復讐か、強盗か、過失か?
三、共犯者ありや?　あらば一人か、二人か、三人か?

賞金は一等が百円(一名)、二等が五十円(四名)、三等が五円(四十名)であった。二作のミステリの真相を、ほぼ完全に見破らなければ正解とならないのだから、相当に難易度の高い懸賞だったと思われる。

第二回以降、規定の文章は「三回を以て」の部分が「次号第三回を以て」「いよいよ今回を以て」となっているくらいで大きな変更はないが、告知の文章は毎回違っていて面白いので、順にご紹介しておこう。

前号に火蓋を切った犯人当て懸賞の右二長篇は、果然読書界の好評を博し、こゝにその第二回を発表するに先立ってもう紹介やら質問やら、続々として読者諸賢から来信ある有様。芙蓉屋敷に於ける都築の活躍や如何に？　死の濃霧に於ける幾多の疑問は？　二者共に本号に於ては更に新事実の発見を見、事件は一歩々々解決の彼岸に近づきつゝある。よろしく熟読の上、真犯人を指摘されんことを。

第一篇第二篇と、読者の興味を押し高めて来た此の両篇は本号に至って殆どその真相を明らかにした。死の濃霧はまさに霽れんとしているのである。又芙蓉屋敷の秘密も大半我らの前に曝露せられた。

――三二八頁規定参照の上一時も早く解答を寄せられんことを。

四ヶ月に亘り、読書界の人気を独占して来た右二長篇は、いよ〳〵本号に於て事件の解決を見た。しかもなんとその終曲の素晴しさ、結構さ、読者は更に本号に依って一倍の興味を増されるであろう。因みに見事犯人の推定をされて、賞金を得られた各位の氏名は二三一頁に掲げた。参照を乞う。

その「当選者発表」によると寄せられた解答は三千六百三通に及んだという。「殆んど完全に近いものは一、二等の五名のみで、三等四十名は動機或いは共犯者の問題で落伍している」とあるから、やはりかなりの難問だったと見ていいだろう。ちなみにケネディ「死の濃霧」は、抄訳だった「新青年」の連載から実に八十四年後の二〇一四年にようやく完訳され、「論創ミステリ叢書」から『霧に包まれた骸』として刊行されている。

本書では初刊時以降削除されていた第三章末尾の「読者への挑戦」および第四章冒頭の、第三章までを受けての一文を復元。また、初出・初刊時にあった傍点を復元した。初刊時になかった犯人の独白の二か所の加筆、初出・初刊時に×で記されている部分が〇、Kなどのアルファベットになっている修正は、角川文庫のものを活かした。捜査過程で犯人を「男」に限定している箇所を「者」に修正、人名や場所名などの不統一についても角川文庫版に準じた。角川文庫での脱落部は初出どおりに復元した。

もう一点、「芙蓉屋敷の秘密」には原型作品が存在する。「新青年」昭和三年七月号に川崎七郎名義で前篇のみが発表された「桐屋敷の殺人事件」がそれ。未完であるため横溝の著書に収録されたことはなく、末永昭二氏の編んだ『挿絵叢書　竹中英太郎（二）推理』（16年8月／皓星社）で初めて単行本化された。

「恐怖の映画」は角川文庫版初版では目次、本文ともに「恐怖の部屋」と誤記されていて、正確なタイトルは中島河太郎氏の解説中に一ヶ所しか出てこない。これでは解説の方が誤植だと思われても仕方がない。もしかしたら、いまだにタイトルを間違えて覚えている人もいるかもしれない。

「殺人暦」は初刊時に加えられた改行を採用。初刊時に加えられた加筆、文庫版で脱落した文章は、すべて初刊時に準じた。傷の状況、地名、日時、劇場名など、初刊時にも正されていなかった不統一・不整合の部分は角川文庫版に準じて正した。各章題のうち、「密室の髑髏」「焔の肉団」には初出時に「篇」が付いていたが、初刊時以降の「篇」のない形に統一。なお「生ける死人の群」内の小見出し「銀色のピン」は、初出時には「胸一めん唐紅」だったが、初刊時に変更されているため、本書でもこれに準じた。登場人物名の振り仮名は、隼白鉄光が初出では「はやぶさ」「はやじろ」が混在、初刊時には「はやぶさ」、角川文庫では「はやしろ」であったが、本書では「はやしろ」を採用した。紫安欣子は初出どおり「きんこ」とした。なお、隼白鉄光というネーミングは横溝が少年のころに愛読していた三津木（みつぎ）春影（しゅんえい）『大宝窟王』（『奇巌城』の翻案）で、アルセーヌ・ルパンに与えられていた名前を借用したもの。

「女王蜂」は戦後に金田一もので同一タイトルの長篇があるが、例によって内容的な関連はない。初出時にあった伏字部分の加筆および「芙蓉屋敷の秘密」と同様に×表記をアルファベットに直した部分は角川文庫版の修正を採用。職業の整合性のための修正も角川文庫版に準じた。また、文庫版には脱落が一か所あり、これは初出・初刊どおりに復元した。

本書に付録として収録したエッセイの初出は、以下の通り。手元に集めたものの中から自伝的要素のあるものを中心に選んでみた。

「画室（アトリエ）の犯罪」作者の言葉　「ぷろふいる」47年4月号
還暦大いに祝うべし　「日本探偵作家クラブ会報」178号（62年7月）
金田一耕助のために慟哭（どうこく）す　「バラエティ」78年5月号
小芝居（こしばい）育ち　「週刊文春」78年9月21日号
運命の一言　「瑠伯（ルパン）」80年秋季号（10月）

「新青年」大正十四年七月号に発表された「画室（アトリエ）の犯罪」は著者の最初期作品の一つだが、戦後、探偵小説誌「ぷろふいる」に再録された際、末尾に長めの回想エッセイ（無題）が付された。本来であれば「画室（アトリエ）の犯罪」を収めた第一巻に入れておくべきだったが、戦後作品を対象とした第三巻の編集作業中にたまたま発見したものなので、収録のタイミングがズレたことをお詫びしておく。

「還暦大いに祝うべし」は探偵作家クラブが横溝ら四人の会員の還暦祝賀会を開いた際に会報に寄せられたもの。昭和三十七年といえば「本陣殺人事件」でスタートした戦後の執筆活動の終息期に当たり、「これを契機として心気を新たにし、もうひと働きもふた働きもしなさいという、激励の意味であろう」という文中の言葉とは裏腹に「宝石」で始まった長篇『仮面舞踏会』の連載は中絶、三十九年の短篇「蝙蝠男」を最後に新作の発表も途絶えてしまう。まさか約十年のブランクを経て角川文庫の復刊から人気に火が付き、国民的な大ブームが巻き起こるとは、横溝自身もまったく想像していなかったに違いない。

「金田一耕助のために慟哭す」は、その大ブームのさなかに角川書店の月刊誌「バラエティ」に発表されたもの。「フルコース名探偵」という特集の一環で、他に都筑道夫、鏡明、瀬戸川猛資の各氏のエッセイなどが掲載されていた。

「小芝居育ち」は「週刊文春」千号記念号の特別企画「私の原点」に寄せられたもの。その他の寄稿者は、北杜夫、笹沢左保、安岡章太郎、西村寿行、荻昌弘、大岡信、吉村昭、藤本義一、柳原良平、遠藤周作、黒岩重吾、渡辺貞夫、横山隆一、山口瞳、野坂昭如、江藤淳であった。

「運命の一言」の掲載誌「瑠伯」は徳間書店の月刊誌「問題小説」の増刊として季刊ペースで六号が発行された。八〇年秋号は第二号に当たり、翌号から誌名表記が「ルパン」に変更されている。

本稿の執筆にあたっては、浜田知明、黒田明、野村恒彦、奈良泰明の各氏から、貴重な資料と情報の提供をいただきました。ここに記して感謝いたします。

本選集は初出誌を底本とし、新字・新かなを用いたオリジナル版です。漢字・送り仮名・踊り字等の表記は初出時のものに従いました。角川文庫他各種刊本を参照しつつ異同を確認、明らかに誤植と思われるものは改め、ルビは編集部にて適宜振ってあります。なお、今日の人権意識に照らして不当・不適切と思われる語句や表現については、作品の時代的背景と価値とに鑑み、そのままとしました。

横溝正史ミステリ短篇コレクション5

殺人暦

二〇一八年五月五日　第一刷発行

著　者　横溝正史
編　者　日下三蔵
発行者　富澤凡子
発行所　柏書房株式会社
東京都文京区本郷二-一五-一三（〒一一三-〇〇三三）
電話（〇三）三八三〇-一八九一［営業］
（〇三）三八三〇-一八九四［編集］

装　丁　芦澤泰偉
装　画　大竹彩奈
組　版　有限会社一企画
印　刷　壮光舎印刷株式会社
製　本　株式会社ブックアート

ISBN978-4-7601-4908-7